DARKHEARTS
A MELODIA DO CORAÇÃO

JAMES L. SUTTER

DARKHEARTS

A MELODIA DO CORAÇÃO

Tradução
João Pedroso

Copyright © 2023 by James L. Sutter
Copyright da tradução © 2023 by Editora Globo S.A.

Direitos de tradução negociados por Sandra Bruna Agencia Literaria, SL.

Todos os direitos reservados. Nenhuma parte desta edição pode ser utilizada ou reproduzida — em qualquer meio ou forma, seja mecânico ou eletrônico, fotocópia, gravação etc. — nem apropriada ou estocada em sistema de banco de dados sem a expressa autorização da editora.

Título original: *Darkhearts*

Editora responsável **Paula Drummond**
Editora de produção **Agatha Machado**
Assistentes editoriais **Giselle Brito e Mariana Gonçalves**
Preparação de texto **Catarina Notaroberto**
Diagramação e adaptação de capa **Carolinne de Oliveira**
Revisão **Paula Prata**
Projeto gráfico original **Laboratório Secreto**
Ilustração de capa © **Sivan Karim**
Design de capa original **Kerri Resnick**

Texto fixado conforme as regras do Acordo Ortográfico da Língua Portuguesa (Decreto Legislativo nº 54, de 1995)

CIP-BRASIL. CATALOGAÇÃO NA PUBLICAÇÃO
SINDICATO NACIONAL DOS EDITORES DE LIVROS, RJ

S969d

Sutter, James L.
  Darkhearts : a melodia do coração / James L. Sutter ; tradução João Pedroso. - 1. ed. - Rio de Janeiro : Alt, 2023.

  Tradução de: Darkhearts
  ISBN 978-65-85348-32-4

  1. Romance americano. I. Pedroso, João. II. Título.

23-86675
CDD: 813
CDU: 82-31(73)

Gabriela Faray Ferreira Lopes - Bibliotecária - CRB-7/6643

1ª edição, 2023

Direitos de edição em língua portuguesa para o Brasil adquiridos por Editora Globo S.A.
R. Marquês de Pombal, 25
20.230-240 – Rio de Janeiro – RJ – Brasil
www.globolivros.com.br

À minha mãe, Mary Lafond.
Trinta e nove anos e eu continuo encontrando
novos motivos para te admirar <3

Um

Não é fácil saber o que dizer no enterro de um amigo. No de um inimigo, então, é ainda mais difícil.

Agora, e no funeral de alguém que consegue ser os dois? Escolhi a solução mais covarde e fiquei quieto. Quando o rabino terminou a eulogia e perguntou se alguém ali tinha uma história sobre o falecido que gostaria de compartilhar, permaneci em silêncio. Pensando bem, essa teria sido a escolha certa mesmo que eu tivesse a coragem para dizer qualquer coisa. Com exceção de algumas mensagens de texto, fazia mais de dois anos que eu não falava com Elijah. O que eu significava para ele àquela altura?

E não era como se ninguém tivesse se oferecido. Havia muita gente que queria falar: familiares, amigos e até mesmo algumas celebridades. Disseram todo tipo de coisa que se repete quando um jovem morre: ele era tão brilhante, tão talentoso, tinha tanto potencial. A diferença é que, no caso de Eli, tudo isso era verdade mesmo. Ele não apenas era destinado à grandeza, mas tinha chegado lá. E tinha os troféus do Grammy para provar.

Chance, obviamente, esperou para ser o último. Sempre o protagonista do espetáculo, sem nunca correr o risco de ser ofuscado, até no funeral do melhor amigo. Ele contou a história de quando Eli ficou tão distraído compondo uma música nova que acabou trancado para fora do quarto do hotel só de cueca. A equipe de segurança o pegou tentando escalar a sacada achando que era algum fã doido. Todos riram em meio às lagrimas, com soluços altos de alívio.

Era o encerramento perfeito. Claro. Afinal, tudo a respeito de Chance Kain era perfeito, do caimento correto do terno escuro até o topete assimétrico do cabelo preto e liso. Era o que o tornava o babaca favorito dos Estados Unidos.

O resto da cerimônia foi um borrão. Não queria ser inconveniente, então mantive distância de quase tudo. No cemitério, fiquei perto de outras pessoas que também estavam vivendo esse luto e formamos um círculo ao redor da família para tentar protegê-los dos paparazzi, que esperavam como abutres, com as lentes teleobjetivas gigantescas apoiadas sobre lápides.

Então, fui à casa dos pais de Eli para a visita durante a Shivá, onde tirei os tênis e lavei as mãos no cântaro de água do lado de fora. Se no templo já tinha sido esquisito, a casa por si só era sufocante. Os pais e a irmã de Eli me cumprimentaram com olhos distantes. Todos os espelhos estavam cobertos com tecidos pretos, o que eu sabia que era parte de outra tradição judaica, mas só me remetia a toda a baboseira vampiresca da Darkhearts. Fora os breves murmúrios de condolências e lágrimas sussurradas, ninguém falava muito.

Ficar de pé na sala de estar se tornou desconfortável demais e, quando dei por mim, estava me afastando quase sem querer. Ninguém me viu vagando para além do banheiro e escada abaixo, seguindo a rota que eu já conheci como a palma da minha mão.

Os móveis da sala de jogos continuavam no mesmo lugar, menos as caixas de som enormes nos suportes. As luzes estavam desligadas e o sol da tarde que entrava pela janela imensa era tão familiar que doía como uma punhalada me prendendo ao pé da escada.

— É esquisito, né?

Me virei e dei de cara com Chance no cantinho do velho sofá, jogado com o paletó desabotoado e as pernas esticadas. Mesmo com os olhos vermelhos por causa do choro, ele parecia saído de um comercial de perfume. Eu, por outro lado, aparentava ser exatamente o que era: um ogro de dezessete anos cheio de espinhas e usando o terno do pai.

Em algum momento dos dois anos anteriores, Chance tinha feito uma tatuagem logo abaixo do olho direito, no canto exterior: a silhueta pequenininha de um corvo voando. Óbvio. Ele estava segurando um cigarro eletrônico, mas, como não havia nenhuma catinga de algodão doce no ar, dava para saber que pelo menos ele tinha alguma noção e não estava fumando ali. Chance gesticulou vagamente para a sala.

— Tá tudo igual. — Ele olhou para o teto, onde as pisadas dos convidados se arrastavam. — Lá em cima, lá fora, é tudo diferente. Mas aqui é como se a gente ainda tivesse catorze anos.

Eu não queria ter esse papo. Não queria ter papo *nenhum* com ele agora. Mas minha boca tinha outros planos.

— Quase — comentei.

Ele ergueu uma das sobrancelhas feitas no salão.

Apontei para a parede dos fundos atrás dele.

— Consertaram o drywall.

— Puta que pariu! É mesmo. — Chance riu, se inclinou para a frente e encarou o ponto onde o buraco costumava estar. — Eu tinha esquecido. Você pulou da mesinha de centro e enfiou a cabeça da guitarra direto na parede.

— Só porque o Eli veio correndo na minha direção. — Soltei um sorriso sem querer. — A gente tentou tapar com aquele pôster do Vera Project.

— É, porque não era nem um pouco suspeito, né. Um único pôsterzinho de nada numa paredona branca. — Ele puxou um joelho contra o peito, revelando uma meia social roxa com caveirinhas pretas. — Eu tinha certeza de que a mãe dele ia matar a gente daquela vez. Ou quando chamamos aquele mundo de gente pra filmar o clipe e alguém entupiu o vaso, lembra?

Fiz que sim com a cabeça.

— O Cagalhão.

— Tinha, tipo, uns três centímetros de água por cima do carpete. Sério, meus pais teriam me mandado pra um internato sem pensar duas vezes. Mas o Eli...

A voz de Chance falhou e ele ficou em silêncio. Ele não derramou nenhuma lágrima, mas pude ver os músculos no maxilar dele se contraindo.

— Verdade.

Eli tinha a habilidade de convencer os pais de qualquer coisa. Sem encarar Chance, eu me sentei no outro braço do sofá, e estar no meu cantinho de sempre ainda parecia muito natural.

— Lembra da dona Miller? — perguntou com uma leveza meio forçada na voz, e apontou para a casa da vizinha do outro lado do pequeno jardim. — Ela vivia batendo na porta e mandando a gente abaixar o som. Lembra do que ela sempre dizia?

— *"Meu pai tocava com o meu amigo Louis Armstrong! Se ele não precisava tocar alto assim, vocês não precisam também!*

Tinha virado uma piada interna entre nós três. Sempre que alguém errava uma nota ou tocava alto demais, jogávamos alguma coisa (uma palheta, uma almofada, etc.) e gritávamos *meu amigo Louis Armstrong!* Com o tempo, acabou virando um grito de guerra que servia para qualquer coisa. Nossa gíria.

Ficamos em silencio enquanto olhávamos pela janela.

Quando ele falou de novo, estava com a voz embargada:

— A gente se divertiu aqui, né?

— Verdade — respondi.

Fez-se mais um longo momento de silêncio.

De repente, Chance chutou o canto da mesinha de madeira com o calcanhar e a fez dar meia volta.

— *Porra*, Eli!

Ele cobriu o rosto com as mãos.

Eu ainda não fazia ideia do que dizer.

— Eu só queria que ele tivesse *conversado* comigo. — As palavras saíam abafadas, reverberando. Piscando rápido, ele afastou as mãos. — Eu sabia que ele tava bebendo demais, que tava cansado da turnê, mas *todo mundo* tava cansado da turnê. Sei lá…

Chance respirou fundo e se levantou. Puxou a mesinha de volta para o lugar, guardou o cigarro eletrônico no bolso e caminhou até a escada. No primeiro degrau, ele se virou para dar uma última olhada na sala, à procura de uma resposta.

— *Porra*, Eli — repetiu, agora com mais calma. — Como você pôde abandonar a gente assim?

E então sumiu no andar de cima.

Suspirei. Abri as mãos e de repente fui inundado de gratidão por Chance ter saído logo naquele momento. Era evidente que ele estava sofrendo e, por mais que me irritasse, eu não queria piorar a situação. Mas, se ele tivesse ficado por mais um minuto que fosse, talvez eu não tivesse conseguido segurar a língua.

Porque eu sabia a resposta para aquela pergunta retórica.

Como é que Eli podia tê-lo abandonado?

Do mesmo jeito que eles dois me abandonaram.

Dois

Beleza, vamos arrancar o curativo de uma vez:
Meu nome é David Holcomb e eu quase fui famoso.

Quando tinha treze anos, comecei uma banda com os meus dois melhores amigos. Chance cantava, eu tocava guitarra e Eli produzia todo o resto do instrumental no MacBook. Eli amava sons de bateria falsos e exagerados dos anos 1980, Chance amava vampiros e, juntando os dois, acabamos com um estilo pop-rock meio gótico. O nome da nossa banda era Darkhearts e nossa demo independente se chamava *Música Triste para Dançar*.

Não demorou para ficarmos bons e, por um tempo, era tudo o que eu queria. Tocamos em todos os lugares com entrada liberada para todas as idades de Seattle. Meu pai fazia questão de levar a gente e o equipamento em seu furgão todas as vezes. Era divertido bancar as estrelas do rock e, sério, havia algo de especial em atingir a puberdade como guitarrista da única banda do ensino fundamental II. Quando vencemos o show de talentos do oitavo ano, parecia até que

DARKHEARTS: A MELODIA DO CORAÇÃO 13

éramos o BTS, de tanto que a galera gritava. E quanto tocamos no centro de artes Fremont Abbey, Maddy Everhardt jogou *calcinhas de verdade* no palco. Então, sim, essa parte era legal.

Mas o que ninguém conta é que uma banda formada por menores de idade logo não tem muito mais como crescer. É um trabalhão apenas tocar no mesmo número limitado de lugares que aceitam público de todas as idades de novo e de novo. Não dá para fazer uma turnê porque, mesmo se fosse possível convencer algum dos pais a tirar licença do trabalho para nos acompanhar, quem é que iria assistir a gente? Afinal, nossos amigos também não dirigiam. E, sendo bem sincero, depois de todo o fuzuê inicial de ver um conhecido em cima do palco, a maioria já nem queria mais nos ver tocando sempre as mesmas músicas. De fato, o YouTube e o TikTok estão aí para isso, mas sabe quantas bandas adolescentes existem na internet? A resposta é *até demais*.

É só juntar a isso o fato de Eli estar ficando cada vez mais tirano quando o assunto era composição e Chance abraçar todos os clichês irritantes típicos de vocalistas… e já dá para entender no que deu. Então, quando o primeiro ano chegou, com todas as pressões do ensino médio, eu propus que déssemos um tempo na banda.

Discussões aconteceram. Dedos do meio foram mostrados. Quando deixei o lugar onde ensaiávamos, ninguém foi atrás de mim.

Dois meses depois, um representante da gravadora Interscope viu a nova versão de dois membros da Darkhearts num show de abertura na Neumos e fechou um contrato com eles na mesma hora.

Seis meses depois, eles eram a nova banda do momento em toda a América do Norte. A revista *Rolling Stone* os descrevia como "se Chris Cornell voltasse dos mortos para liderar a banda The Cure". Chance mergulhou ainda mais nessa estética vampiresca e até mudou o sobrenome para "Kain" (uma referência bíblica totalmente irônica, considerando a forma como encerramos as coisas, na minha opinião). A *Entertainment Weekly* o chamava de "o próximo David Bowie", enquanto a *Pitchfork* comparava seu sex appeal todo trabalhado no glam-rock a artistas como St. Vincent e Prince. Eles participaram até da turnê nacional da Billie Eilish a convite dela.

Enquanto isso, eu tentava não reprovar em sociologia. Felizmente, virar estrelas do rock significou a saída dos dois da escola quase que de imediato. Entre isso e o fato de que a gente mal havia se visto desde a noite em que saí da banda, eu quase conseguia fingir que eles nem existiam. Claro, era difícil ouvir as meninas falando de como Chance Kain era a melhor coisa que já tinha acontecido no mundinho do lápis de olho, ou ouvir algum carro passando com o som estourado tocando "Filhos da Meia-noite". Mas não, eu não tinha passado cada momento dos últimos dois anos morrendo de inveja e pensando em como a minha vida deveria ter sido diferente.

E *definitivamente* não era isso o que eu estava fazendo dois dias depois do funeral de Eli, deitado na cama enquanto me recuperava de longas horas empilhando madeira. O terceiro ano havia terminado algumas semanas antes e eu concordara em passar o verão trabalhando na construtora do meu pai. Um destino que, se já não fosse *pior* do que a morte, hora ou outra ficava tão parecido com a visão de Dante sobre o Inferno que chegava a assustar.

Meu celular tocou no lugar onde eu o havia deixado no chão. Estiquei o braço dolorido, virei o aparelho e vi uma nova mensagem.

DARKHEARTS: A MELODIA DO CORAÇÃO 15

> Tô entediado. Quer sair p comer alguma coisa?

O número não estava salvo nos meus contatos, mas também não era *spam*, a menos que os bots estivessem ficando meio solitários. Na *quase inexistente* chance de que alguma gata da escola, de alguma maneira, tivesse conseguido meu número sem que eu ficasse sabendo, escrevi:

> Depende. Quem é?

A resposta chegou na mesma hora:

> Chance. Tive que trocar de número.

Chance? Deixei meu corpo cair na cama de novo. Da imensa lista de pessoas com quem eu não queria sair para comer alguma coisa, Chance estava no topo, empatado com a minha mãe e o sr. Ullis, o professor tarado de educação física.

O cara que me fez sair da minha banda com toda aquela história de síndrome de protagonista (constantemente passando por cima de mim nos shows, vetando minhas ideias e tomando decisões unilaterais pelo grupo), ficado famoso e nunca olhado para trás. Era a primeira vez que ele me mandava mensagem desde que brigamos. E agora vinha falar comigo assim como se nada disso tivesse acontecido?

Eu estava prestes a responder bem direitinho onde é que ele podia ir tomar quando a imagem de um Eli desapontado passou como um flash pela minha cabeça.

Não deveria ter feito diferença. Eli também não me convidara para voltar para a Darkhearts nesse bonde em direção à fama. Mas pelo menos mantivera contato por um tempinho. Eli podia até sacanear os outros, mas dava para saber que ele tinha no mínimo a decência de se sentir culpado. Eli se sentia culpado por *tudo*.

Acima de qualquer coisa, ele sempre fora o agente da paz na banda. Eu sabia ele ia querer que eu fosse bonzinho. Se Eli ainda estivesse vivo, talvez eu o mandasse ver se eu estava na esquina também. Mas aí é que está: é difícil discutir com gente morta.

Meus dedos pareceram se mover sozinhos.

Quando?

O telefone apitou.

Agora. Me busca?

A mensagem chegou com uma localização anexada.

A soberba dele chegou a me fazer ranger os dentes. Ele deduziu que eu ia largar tudo naquele momento *e* buscá-lo? Mas respondi com um emoji de joinha e me icei para fora da cama. *Essa é por você, Eli.*

Tecnicamente, meu quarto era o sótão, o que tinha suas vantagens e desvantagens. Por um lado, era grande, cobria toda a extensão da nossa pequena casa. Por outro, o declive do telhado em ambos os lados do teto significava que havia apenas um corredor de uns dois metros em que era possível ficar de pé sem bater a cabeça. Peguei um moletom da pilha de roupas que não estavam tão sujas e puxei a Porta do Chão, o alçapão que eu e meu pai instalamos quando eu tinha doze anos. Com exceção do ângulo, parecia mesmo uma porta normal, com maçaneta e tudo.

Lá embaixo, papai estava todo jogado sem camisa no sofá enquanto assistia *Stranger Things*. Ao me ver descendo as escadas, pausou a série.

— Onde é que o *senhor* vai assim tão tarde? Pensei que você estaria morto depois de descarregar aquele trailer.

— Comer pizza.

— Ah, é? — Ele se sentou. — Quer companhia? Posso até colocar uma camiseta.

— Na real, eu vou me encontrar com uma pessoa.

— É *meeeeeeeesmo*? — Ele sorriu e agitou as sobrancelhas. — Alguém que eu conheça?

Por um breve instante pensei em mentir, mas decidi que não valia a pena.

— O Chance Ng.

Eu é que não ia usar o nome artístico idiota dele na frente do meu pai.

— O *Chance?* — Papai fez uma careta que pareceu até que tinha mordido algo podre. — O que é que *ele* quer com você?

—Ah, pai, sabe como é. — Eu odiava esse assunto. — O melhor amigo dele acabou de morrer por intoxicação alcoólica. Ele provavelmente só quer conversar com alguém que conhecia o Eli tão bem quanto ele.

Quando terminei de falar, de repente pareceu óbvio.

— Merda. É verdade. Desculpa. — A carranca evaporou, substituída por culpa. — Coitados dos pais do Eli… Bom, é muita gentileza sua conversar com ele. — Ele me deu um olhar de compaixão. — E como é que *você* está com essa situação toda?

Dei de ombros.

— Bem? Sei lá. Fazia dois anos que a gente não se encontrava.

— Eu sei, é só que... caso você queira conversar... o seu pai tá aqui, viu?

— Beleza.

O tique taque do relógio na parede preencheu o silêncio enquanto meu pai procurava alguma coisa para dizer.

— Você é um bom rapaz, David.

— Eu sei.

Abri a porta, nos poupando de continuar essa conversa.

Lá fora, o ar estava fresco apesar de o verão estar no começo. Um poste iluminava minha caminhonete estacionada no meio-fio.

"Minha caminhonete": duas das palavras mais bonitas que existem. Não era exatamente uma *super* caminhonete (na verdade, era a mesma F-150 acabadinha na qual eu andava desde que nasci, com a pintura vermelha arranhada em tudo quanto era canto depois de duas décadas percorrendo obras). Eu nem era muito fã de caminhonetes como aqueles garotos metidos a caubóis que viviam tentando aparecer no meio de todos os Prius e Camrys no estacionamento da escola de ensino médio Franklin. Mas no dia que meu pai me entregou as chaves, tudo mudou. Já não era mais *a* caminhonete, era a *minha* caminhonete. E isto fez toda a diferença, como já dizia o poeta Robert Frost. O carro despertou com um ronco como um dragão adormecido quando virei a chave.

Em vez de sua casa antiga, Chance mandou um endereço que ficava perto do Jardim Botânico, onde metade das residências tinham portões e cercas altas para se manterem escondidas dos olhos curiosos de transeuntes. Era num desses portões em que ele estava recostado, com o rosto iluminado pelo celular; o resto de seu corpo não passava de uma sombra esguia coberta por uma jaqueta jeans preta. Chance tinha grande talento para parecer descolado mesmo não fazendo nada.

Parei o carro e abaixei a janela do lado do carona.

— E aí.

— E aí. — Chance guardou o telefone e se afastou do ferro forjado. Abriu a porta do carro e, com um olhar julgador, deu uma bela olhada no interior do veículo assim que entrou.

— Carro maneiro.

Ele provavelmente tinha um Porsche estacionado atrás daquela cerca, talvez até mesmo uma Lamborghini. Segurei a língua para não retrucar e peguei a estrada.

— Pra onde a gente vai?

— Pra Orbital?

— Beleza.

Mexi no celular e coloquei uma música.

— Olha só, Bleachers! — Chance colocou o braço para fora da janela e começou a bater na carroceria no ritmo. — Sabia que a gente chegou a gravar com ele?

— Gravaram, é?

Mantive o tom de voz leve, mas meu dentista teria umas coisinhas a comentar a respeito de como eu estava trincando os dentes.

— Aham, o nome dele de verdade é Jack Antonoff. A gravadora chamou ele pra um single nosso, que saiu naquele filme com a Saoirse Roman. O cara é um mago.

— Legal.

Aumentei o volume alto o suficiente para que ficasse impossível de conversar.

A Orbital Pizza ficava em Georgetown, um velho distrito industrial parcialmente gentrificado, o que significava que o bairro era um labirinto de armazéns e fábricas transformados em galerias de arte. A pizzaria, com sua clientela crust-punk e trilhos de trem ativos no estacionamento, combinava bastante com o lugar. Entramos e nos sentamos em uma mesa de sofá reservada de frente para um avião de brinquedo que estava quebrado desde que eu tinha idade para brincar nele.

Uma garçonete toda tatuada e com cabelo verde nos entregou os cardápios

— Querem beber alguma coisa?

Pedi um ginger ale e Chance, só água.

— A conta vai ser junta ou separada?

— Separada — respondi, ao mesmo tempo em que Chance disse:

— Junta.

Ele sorriu para mim e mostrou o cartão de crédito.

— Essa é por minha conta.

Fui inundado pela raiva.

— Não, valeu. — Me virei de volta para a garçonete e disse: — Pode fazer a comanda separada, por favor.

— Claro, querido. — Ela parecia vagamente entretida, então semicerrou os olhos para Chance. — Você não é o...?

Ele abriu um sorriso cheio de dentes.

— Aham.

Com a mão na cintura, a moça o analisou por mais um momento e deu de ombros.

— Legal.

Ela se virou e caminhou de volta para o bar.

Me senti ligeiramente validado por vê-lo ser tratado assim, com tanta indiferença, mas Chance virou o mesmo sorriso na minha direção.

— Que deus abençoe as garçonetes punks. — E abriu um dos cardápios. — Eu poderia ser o George Clooney e ela continuaria tacando o foda-se.

— Você *gosta* de passar por isso? — Não consegui esconder a surpresa na minha voz.

— É revigorante. — Ele nem ergueu os olhos. — Você vai querer pão de alho? Eu quero.

A ideia de que Chance podia ser famoso ao ponto de considerar um luxo *não* ser atacado por uma fã não ajudou em nada a curar meu ego machucado. Felizmente, a garçonete voltou com as bebidas, o que nos obrigou a parar e fazer o pedido: uma pizza lotada de carne chamada "a do Brooklyn" que sempre foi a nossa favorita. Depois disso, Chance se acomodou em seu lado do sofá, levantou os pés e os sapatos sociais pretos brilharam contra o vinil vermelho.

Assim de lado, Chance ficava na posição perfeita para mostrar o pequeno corvo que marcava suas afiadas maçãs do rosto como algum tipo de tatuagem de cadeia. Sempre me perguntei se ele arrumava a ponta do topete para apontar para o desenho de propósito. Todo mundo que tatua o rosto vive morrendo de vontade que os outros perguntem a respeito.

Decidi que eu preferia morrer antes de sequer mencioná-la.

Chance olhou diretamente para mim, para minha jaqueta marrom e a camisa básica azul.

— Você mudou de estilo.

— Pois é. Acho que eu superei a fase gótica com lápis de olho.

Na verdade, eu tinha deixado a maquiagem para trás quando a Darkhearts assinou o contrato com a gravadora: as unhas pintadas, as roupas pretas, a tinta e o gel para transformar minha cabeleira castanha. A última coisa que eu queria era ver qualquer vislumbre de Chance e Eli toda vez que me olhasse no espelho.

— Essa doeu. — Chance sorriu e colocou a mão com manicure preta sobre o peito, reconhecendo a pancada. — Olha, pelo menos você continuou com essa *vibe* meio pálida e fantasmagórica.

— Verdade.

Essa parte do visual alternativo já era minha por natureza.

— Combina com você. Uma coisa meio fazendeiro Holcomb. Bem rústico. — Ele olhou para as paredes, admirando os antigos cartazes, crânios de touros e propagandas de cerveja nas paredes. — Cara, como eu senti saudade daqui. Lembra que o seu pai trazia a gente pra cá depois dos shows?

É óbvio que eu lembrava. Fazia só dois anos.

— Você não vem sozinho?

Ele deu de ombros.

— Tô sempre na estrada. E quando eu tô em casa, minha mãe tá sempre tão carente que quer que a gente ou cozinhe juntos ou viaje pra algum lugar.

— Ela não viaja com você nas turnês?

— E deixar o trabalho pra trás? Até parece. Meu pai vem comigo. Acho que eu tecnicamente "estudo em casa" agora. Mas minha mãe fica aqui com a Olivia. Diz que pelo menos um de nós deveria ter uma vida normal.

— Não sei o que é que tem de tão bom em uma vida normal — murmurei.

— Você se surpreenderia. — Ele se alongou e levou as mãos para trás da cabeça. — Sei que parece maneiro, mas a maior parte de fazer turnê é só ficar viajando. Acordar quatro da manhã pra voar até algum lugar ou tentar dormir num ônibus por dez horas no meio do nada. A gente só percebe como tem milho nesse país quando pega a estrada de Denver pra Omaha. Noventa por cento desse emprego é ficar sentado esperando pelas pausas pra ir ao banheiro.

— Pois é, e os outros dez por cento são tocar em estádios e dar entrevistas. — Esfreguei dois dedos juntos. — Vou até tocar um violininho aqui de tanta tristeza.

Para minha surpresa, Chance riu.

— Tá bem, tá bem. — Ele passou as pernas para baixo da mesa, sentou e se inclinou para a frente. — Agora deu de falar sobre mim. Como vai a sua vida? O que você tem feito?

Me contorci sob a força daquele olhar. Esse era o problema com Chance: quando ele virava o holofote para alguém, era impossível não sentir o calor. Era parte do que o fazia um grande vocalista.

— Nada demais — respondi. — Tô trabalhando para o meu pai esse verão, nas obras. O resto é só... você sabe, a escola.

— Mesmo? E como é isso?

— É sério?

— O quê?

— Você quer mesmo saber do colégio?

— Cara, eu passei menos de nove meses naquela escola... o que eu sei do ensino médio é baseado em filmes adolescentes. E tenho quase certeza de que não tem tanto sexo quanto a TV sugere. — Ele me lançou um olhar diabolicamente calculado. — Ou *será* que eu tô errado? Já chamou a Maddy Everhardt pra sair?

Cheguei a recuar.

— Como é que é?

— Cara, ela jogou uma calcinha em você.

— Ela jogou na *gente*. E foi só de brincadeira.

—Ah, pois é, sempre começa de brincadeirinha. E agora dois de nós estamos fora de cena. Você teve dois anos de caminho livre.

Mal consegui manter a boca fechada. Aquela afirmação do nada, o jeito que ele casualmente mencionou o fato de eles terem me abandonado e a sugestão não tão sutil de que eu só tivera uma chance com Maddy porque ele havia saído de cena, congelaram qualquer parte de mim que começara a derreter sob a atenção de Chance. Isso sem falar de como ele flertava descaradamente com Maddy mesmo sabendo que eu gostava dela. Do mesmo jeito que ele dava em cima de *todas* as meninas nos nossos shows para garantir que nenhuma tivesse tempo para o restante de nós já que, afinal, quem é que poderia competir com aquele sorriso deslumbrante? Isso tinha sido uma das razões que me fizeram sair da banda.

No fim das contas, eu fiquei, *sim*, com a Maddy. Por três meses, no segundo ano. Foi com ela que dei o primeiro beijo e fiz outras coisas também.

E depois ela acabou me deixando sem nem olhar para trás, como todo mundo acabou fazendo. Tudo por causa de (é lógico) Chance Kain.

Mas eu é que não ia contar nada disso para ele. Me recostei no assento e cruzei os braços.

— Pois é. Não é assim tão fácil.

Ele assentiu, todo empático.

— Sei bem como é, cara.

Bufei.

— Claro.

— O que? Você não acredita em mim?

Ergui uma sobrancelha para ele.

Ele levantou as mãos, fazendo um sinal de rendição.

DARKHEARTS: A MELODIA DO CORAÇÃO 25

— Tá bom, cara. É verdade... eu fico com muitas garotas. Mas quer saber o que os sites de fofoca *não* mostram? Meu pai e meu empresário no canto me esperando voltar pro ônibus. Toda noite eu tô numa cidade diferente. Como é que eu poderia namorar alguém assim?

Eu realmente não tinha pensado por esse lado. Ele passou a mão pelo cabelo e deu um jeito de bagunçar os fios enquanto continuava parecendo que havia saído de um filme.

— Vai por mim, cara: ficar em um lugar só pode ser libertador. Seus amigos estão sempre por perto. Tenho muitos contatos, muitos conhecidos e a chance de sair com um monte de gente legal, mas no fim das contas, somos só eu e o Eli. — Ele franziu o cenho. — Ou éramos, né.

— Merda.

O silêncio tomou conta da mesa. Dobrei a embalagem do canudo até formar uma sanfoninha enquanto Chance brincava com os talheres.

— Ele odiava as festas — comentou, por fim. — Eu vivia tentando fazer com que ele fosse. "Vem conhecer gente", eu falava, e ele dizia: "E pra que eu vou querer mais amigos?"

Tento segurar um sorriso. Isso era bem a cara de Eli.

— Eu nunca entendi — continuou Chance. — Tipo, a timidez, beleza. Tem gente que tem medo de conversar com os outros... Mas o Eli não era tímido. Tipo, você lembra do Jogo do Pênis?

O Jogo do Pênis, muito popular na quinta série, e era simples: ver quem tinha coragem de gritar "pênis" mais alto em um lugar público.

— Ele sempre ganhava.

— Não. Perdia. Nunca. E não fazia diferença se a gente tava num ônibus, numa loja ou sei lá onde. Foi por causa dele que as pessoas *pararam* de brincar. — Chance balançou a cabeça. — Ele não tava nem aí pro que os outros pensavam. Eu queria ter essa confiança.

Reviro os olhos.

— Falou o Chance Kain.

— Cara, eu ligo pro que *todo mundo* pensa. Todo vocalista liga. É por isso que somos os vocalistas.

A honestidade repentina me pegou desprevenido.

— Entendi.

Ele apontou um garfo para mim.

— E você é assim também, sabe? Confiante.

Bufei.

—Até parece.

— Não, cara, é sério. — Ele me encarou bem no olho, e foi como ser atingido por um raio do Ciclope do X-Men. — Desde o que dia em que a gente se conheceu. Você tinha dez anos e já queria me dar uma surra por causa daquele jogo, o *Magic: The Gathering.*

Dei um sorriso sem querer.

— Você trocou com o Eli dois Diabos Queimados de Piche por uma Hidra Kaloniana. Alguém tinha que colocar vergonha na sua cara.

Chance sorriu também.

— E eu lá tenho culpa se ele não olhou os preços? Mas você foi e montou toda uma operação pra pegar eles de volta. Extremamente destemido.

Eli queria deixar para lá, mas eu não aceitei isso. Chance não era da nossa sala, então fiz Eli me levar ao parque em que eles se encontravam.

— E aí você me deu um soco, do nada — comentou ele, com satisfação.

— *Mentira!* Eu te dei uma escolha! Não é do nada se eu te avisei antes.

— Pois é, mas eu não achei que você fosse *mesmo* me socar. Depois eu te bati com o meu fichário de cartas, aí o Eli fingiu um ataque de asma e fez a gente carregar ele pra casa.

Dei uma risadinha. Eli tinha ficado duro igual uma tábua; sendo um pré-adolescente, era assim que ele imaginava um ataque de asma. Três quarteirões depois, carregando-o até em casa, Chance já tinha concordado em devolver as cartas e fomos todos tomar sacolé e jogar Xbox.

— O cara era uma lenda. — Disse Chance e então, mais baixinho, acrescentou: — Não acredito que ele se foi.

Naquele momento, o menino do outro lado da mesa não parecia mais com Chance Kain, a Sensação Internacional. Ele parecia uma versão um pouco maior de Chance Ng, o garoto que parara uma briga pela metade para ajudar um rival a carregar outro. Ao vê-lo ali, tive a mesma sensação que me tomara naquele dia: de que esse cara poderia ser mais do que um trambiqueiro sorridente. Minha vontade foi esticar a mão e colocá-la no ombro dele.

Um prato de pão de alho deslizou pela superfície entre nós e cortou o momento.

— Aí *sim!* — Chance pegou um pedaço e ficou passando-o de uma das mãos para a outra. — Tá quente! Tá quente! — Ele deu aquele sorriso de capa de revista e, assim, voltou ao personagem. — Sabia que, por causa de leis do sindicato, sempre que alguma produção é feita em Hollywood é obrigatório ter um buffet gigantesco? A gente gravou um clipe no ano passado e tinha, tipo, uns dez mil dólares só de *besteira* pra comer. A garota do vídeo, Clara Shadid, você deve ter visto ela no filme novo do 007, enfim, ela ficou flertando comigo o dia inteiro, sabe como é. Aí ela pegou uma banana coberta de chocolate e, juro por deus...

Dei um suspiro e tentei manifestar que a pizza assasse mais rápido. Seria um longo jantar.

Três

— **Você jantou com o Chance Kain?!** — Ridley estava agachada no pequeno jardim da casa dos pais dela e, com a mão enluvada, apontou um dedo acusador para mim. — E esperou até *agora* pra me contar?

Relaxando numa velha cadeira de jardim, eu sentia as tiras do vinil formarem listras de zebra nos meus braços e pernas.

— Não foi nada demais.

— Hum, foi *sim*. — Ridley jogou mais um pouco de mato na pilha. Era um dia quente, e o suor reluzia ao longo da pele negra de seus braços até formar manchas nas axilas da regata. Minha pele, que tinha uma tonalidade parecida com pão de forma antes de ser torrado, já estava visivelmente mais rosada do que pela manhã. — Ele tá no top dez mais gostosos dos Estados Unidos. Quer dizer, isso é só um fato, não tô dizendo que *eu* acho isso. Foi a *Teen Vogue* que disse. A que é basicamente uma revista científica sobre celebridades gostosas. Eu sabia que vocês tinham tocado juntos, mas sabia só em um nível, assim, *intelectual*. Isso é diferente. — Ela enxugou a testa, sujando de terra o lenço rosa que segurava uma onda de cabelo preto e crespo. — Desembucha. Como ele é?

Ridley McNeill se mudara para o sul de Seattle no segundo ano, então era uma das poucas pessoas do nosso ano que não haviam conhecido ao menos de vista Chance e Eli. Honestamente, acho que esse deve ter sido um dos motivos pelos quais me aproximei dela: a chance de estar com alguém que não me associava automaticamente aos dois.

— Ele é meio babaca.

Enquanto respondia à pergunta, fui obrigado a admitir para mim mesmo que não estava sendo totalmente justo. Houve momentos na noite anterior em que ele quase parecera o antigo Chance, da época em que passávamos o verão inteiro jogando videogame e nadando no lago. No entanto, era mais fácil seguir com a minha resposta predefinida.

— Mas um babaca *bem gostoso*, né?

— Você pensa antes de falar?

— Enfim. — Ela jogou um dente-de-leão arrancado pela raiz em mim. — É um desperdício... O Chance Kain lá passando a noite com a única pessoa do planeta que não quer o corpinho dele, enquanto eu fico aqui, arrancando erva daninha.

— Tem tipo só uns dez matinhos. A gente já teria ido embora se você fosse um pouquinho mais rápida.

— Você podia me ajudar também, né.

— Desculpa, tô ocupado no momento. Não é, Artoo? — Perguntei ao salsichinha dos McNeill (seu nome completo é Artoo Dogtoo Dallas Multipass McNeill). Ele estava deitado ao lado da minha cadeira, aceitando os carinhos como um imperador flatulento. — Além do mais, isso é tarefa sua. Tô aqui pra dar apoio moral e só.

— Então me apoia. Me divirta enquanto eu pago minha penitência aqui no jardim. — Ela puxou outro punhado de mato do meio dos morangos de sua mãe e fez uma careta para uma pequena lesma presa nas folhas. — Me conta a fofoca. Ele tá namorando alguém?

— Quê? Sei lá.

— Você nem *perguntou?* Zero faro para a fofoca. Ele é o que? Bi mesmo ou isso é só coisa pra imprensa?

— Garota, eu não tava fazendo um perfil em aplicativo de relacionamento pra ele.

— É que criaram um grande mistério em torno da persona pública dele. Ele é hétero? É da comunidade? Qual é a dele?

Pensei na época em que a gente dormia na casa um do outro e trocava segredos no escuro.

— Tenho quase certeza de que ele gosta de meninas. Ou, pelo menos, gostava. Sei lá se isso mudou. Como eu disse, não perguntei.

Pensar em Chance falando de sua vida sexual era extremamente desconfortável.

Ridley meneou a cabeça.

— Você acaba comigo, Smalls.

— Smalls?

A maior meta da vida de Ridley era se tornar uma crítica profissional de cinema, o que significava que ela vivia referenciando filmes que ninguém nunca assistiu. Ela tinha até um blog, quase uma newsletter, chamada *Lente Moderna*, onde escrevia a respeito de filmes antigos e julgava se eles continuavam relevantes ou não na era moderna. (*Clube da Luta*, por exemplo, continuava uma obra de arte niilista apesar de suas contribuições para a masculinidade tóxica, enquanto *Ace Ventura* não passava de uma caçamba de lixo transfóbica.) Suas postagens mais populares eram, inclusive, cenas importantes que Ridley reescrevia para atualizá-las. Ela estava começando a pensar em estudar escrita criativa e cinema na faculdade.

— Você nunca viu *Se Brincar o Bicho Morde*?! — Ridley me encarou incrédula e depois fez um gesto de "deixa para lá" com a mão. — Isso é basicamente negligência infantil. Mas enfim... a gente lida com a sua criação traumática outra hora. A questão é que eu preciso de *detalhes*. Umas coisas bem específicas. Vai ajudar a montar o cenário quando eu estiver brincando de DJ.

— Cara, que isso!

— Tá bom, tá bom, relaxa. Não vou mais entrar em tantos detalhes. — Ela jogou um morango meio comido por lesmas para Artoo. — Tá, mas se você não tava se inteirando das fofocas sobre as pegações dos famosos, vocês conversaram sobre o quê, afinal?

Franzi o cenho.

— Basicamente sobre o Eli.

— Ah. — Ridley voltou a sentar e por pouco não derrubou um gnomo de cerâmica no processo. Ela parecia envergonhada. — Nossa, me desculpa. Eu aqui focada no meu tesão e você acabou de voltar de um funeral. Como você tá?

— Bem, eu acho. — Era de se pensar que eu já tivesse desenvolvido uma resposta melhor depois de ter ouvido essa pergunta tantas vezes. Peguei o dente-de-leão que Ridley havia jogado, girei-o com os dedos e observei a bolinha rodopiar.

— Quer dizer, eu já não conhecia ele tão bem. Mas ainda é esquisito, sabe? Ele é a única pessoa mais jovem que eu conheço que já morreu. E ele sempre teve um jeito meio melancólico e tal, mas nem bebia quando a gente se conhecia. É estranho pensar que uma pessoa com quem eu tenho tantas memórias se foi. Parece que as coisas mudam e ao mesmo tempo nada muda. Sei lá. — Cocei a sobrancelha. — A gente pode falar de outra coisa?

— Claro. — Compreensiva, ela assentiu e depois deu um sorriso. — Ah, olha que legal. Ainda não te contei, mas a minha família vai visitar meus avós em Yakima mês que vem.

— Que… legal?

— Não, você não entendeu, *meus pais e meus irmãos* é que vão dar uma de família Buscapé. *Eu* vou ficar aqui, porque vai ser no fim de semana do vestibular, que cai no sábado. — Ela fez um gesto teatral. — O que significa que sábado *à noite* a casa vai ser só nossa.

— Só nossa, é?

Ajeito minha postura na cadeira.

No que diz respeito à tensão sexual, Ridley e eu compartilhávamos o mínimo para dois adolescentes teoricamente compatíveis e sexualmente frustrados. O que, sendo bem sincero, era meio estranho, já que ela era bem gatinha: era cheia de curvas (característica que ela chamava de "rubenesca"), sua pele era como uma mancha da cor de mogno sobre cedro vermelho e ela tinha sempre um sorriso malicioso nos lábios. Ainda assim, por razões que eu não conseguia explicar, desde a primeira piada que ela sussurrou para mim durante uma aula introdutória de cálculo, entramos imediatamente numa amizade tranquila, coisa de irmãos. Um "bromance hétero", como ela chamava.

Mas, sendo a relação platônica ou não, um convite como esse vindo de uma garota nesse cenário parece cheio de possibilidades sugestivas.

Antes que eu pudesse destrinchar aquela frase, dois pontos de luz vermelhos apareceram na grama ao meu lado. Ouvi risadinhas quando os pontos alcançaram Ridley.

Fiz todo um showzinho de fingir surpresa ao reparar neles e então pulei da minha cadeira para cobrir o corpo de Ridley com o meu.

— Senhora presidenta! Abaixa!

Começou a chover uma enxurrada de balas Nerf e suas ventosas de borracha fizeram barulho ao atingir as minhas costas. Arrastei a cadeira e coloquei-a sobre nós como se fosse um escudo.

Rindo, Ridley se remexeu toda até sair debaixo de mim.

— Sai daqui, seu boqueteiro!

Incapaz de resistir à luz do laser, Artoo se aproximou devagar e começou a lamber meu rosto sem parar. Tentei, sem sucesso, segurá-lo longe enquanto esticava o pescoço para evitar a baba.

— Pelo amor de Deus, Artoo! Que bafo!

— Bom, ele passou a última meia hora lambendo a bunda, então… — Com uns tapinhas, Ridley tirou a poeira da parte superior do corpo e se virou para a janela do segundo andar, de onde dois demônios rindo nos encaravam com lasers amarrados com fita em arminhas Nerf. — A mamãe sabe que vocês tão abrindo as janelas?

— Não — gritou Kaylee.

— Foi uma pergunta retórica, seu idiota.

— Você falou um palavrão! — acusou Malcom, feliz da vida. — Eu vou te dedurar.

— Idiota não é palavrão, seu traidor da pátria.

— Rápido — falei enquanto juntava os dardos do gramado. — Que tipo de vilão nós somos? Orcs?

— Claro, porque os Hobbits *com certeza* tinham armas automáticas. Além do mais, essa coisa de orc é racista.

— Beleza. — Me levantei de trás da barricada formada pela cadeira e comecei a lançar os dardos na janela. — Pela Nação do Fogo!

A maioria bateu na parede externa da casa, mas um voou satisfatoriamente para dentro da janela e acabou na orelha de Malcom. As crianças gritaram felizes que só e desapareceram depois de fechar o vidro com tudo.

Ridley colocou as mãos na cintura.

— Eles só fazem isso com você, sabia?

— Sabia.

Arrumei a espreguiçadeira.

— Você é, tipo, cinco vezes mais legal com os dois do que eles merecem.

— Talvez. — Pessoalmente, eu achava os irmãos dela bem legais para quem estava na primeira e na segunda série. Mas devia ser por causa do meu status de filho único. Eu tinha certeza de que a correria e a gritaria constante me cansariam se eu vivesse trancado na mesma casa que eles. — Enfim. Você disse que eles vão viajar?

— Aham. — O sorriso todo orgulhoso voltou. — E eu vou dar a maior festa que você já viu, com direito a todos os clichês. Sabe tudo o que Hollywood mostra adolescentes fazendo, mas que na real nunca acontece de verdade? A gente vai fazer acontecer.

Parei de recolher os últimos dardos.

— Espera, é sério?

— Claro. O tema vai ser cinema, óbvio. É pras pessoas virem fantasiadas dos personagens dos seus filmes favoritos.

A gente vai ficar doidaço, jogar strip-Twister, tomar decisões românticas questionáveis e vai ser *épico*.

Parecia bem épico mesmo. Mas franzi o cenho.

— E onde é que a *senhora* vai conseguir bebida?

— O Jackson vai cuidar dessa parte.

— Você vai convidar o seu irmão?

— Não! — Ela mordeu o beiço. — Mas se bem que, agora que você falou, chamar alguns caras da faculdade pode ser legal. Mas não, o colega de quarto dele tem uma identidade falsa. Ele prometeu arrumar uns drinks de latinha e coisas do tipo.

— Maneiro. E o que foi que você prometeu pra ele em troca?

— Nada. — Um orgulho arrogante irradiou de Ridley como se ela fosse um aquecedor. — Ele ainda me deve uma depois de eu ter suavizado a situação do "Grande Fiasco do Dia dos Namorados".

Ergui uma sobrancelha.

— Você ainda não deixou essa passar?

— Tá de brincadeira, né? Depois de todo o meu trabalho na "Operação De Lixo Ele Não Tem Nada"? O cara nunca ia conseguir se safar sozinho.

Fazia sentido.

— Acho que aquela sacada de ter alugado um filhotinho de coelho foi bem impressionante mesmo.

— Ô, se foi. Gatas amam coelhinhos. E, pelos meus cálculos, ele ainda ter uma namorada vale *pelo menos* uma rodada de cerveja ilícita.

Balancei a cabeça, admirado.

— Você nunca deixa nada passar, né?

— E é por isso que eu sou a maioral, meu amor. Que nem o Poderoso Chefão, só que sexy. O Don Corleone de calça capri. — Ela apontou a pá de jardinagem na minha direção. — Inclusive, *você* ainda me deve uma por ter te deixado usar minha pesquisa pro trabalho final da professora Schiffrin.

Suspirei e me levantei.

— Beleza. Qual matinho você quer que eu arranque?

— Olha só, primeiro, agora já é tarde pra isso, né, e, segundo, você acha mesmo que *capinar* é um favor equivalente? Eu vou pegar leve com você, mas não *tão* leve. — Ela fez uma pausa para criar efeito. — Quero que você convide o Chance pra minha festa.

— Como é que é? Não! — Encarei-a, irritado. — Você não ouviu nada do que eu disse?

— Ouvi que ele é um babaca. E ele pode até ser. Só que ele *também* é a coisa mais empolgante que aconteceu aqui o ano inteiro, e eu quero um pouco de diversão também. Pensa em como a nossa festa vai ser muito mais legal com uma celebridade! Quem é que deixaria de vir?

— Não. De jeito nenhum.

— Fala *sério*, Davidzinho! Não deixa essa sua rixa atrapalhar nossa festa épica.

Será que havia alguma parte da minha vida a salvo de todo esse papo-furado da Darkhearts?

— Daqui a um mês ele provavelmente nem vai estar mais aqui. Vai estar em turnê ou em Los Angeles.

— Humm. — Ela cruzou os braços, pensativa. — Beleza, novo plano: arruma um jeito de sairmos com ele, só nós três.

Esfreguei os olhos.

— Você não vai mesmo esquecer essa história, né?

Ridley franziu o cenho.

— Olha, eu entendo, você odeia que o Chance tenha ficado famoso e você tenha ficado preso aqui no meio do nada com a rainha dos nerds. Sei que você não gosta de falar sobre a Darkhearts, por isso eu nunca pergunto nada. Prometo que não vou perguntar mais depois disso. Só leva ele lá no meu trabalho ou alguma coisa assim, só pra eu poder me gabar depois. Eu vou me achar chique e todos os meus colegas vão ficar se perguntando que outros mistérios tentadores se escondem dentro da menina que esfrega a grelha cheia de banha seca. — Ela arregalou os olhos e entrelaçou as mãos. — *Por favor?*

Não dava para discutir.

— Tá, tá bom. Só para de fazer esse olho de personagem de anime.

— *Aí sim*!!!

Ela ergueu o punho no alto imitando Napoleão Dinamite.

—Agora, será que dá pra você por favor terminar essa sua sentença da erva daninha pra gente ir logo nadar? O Gabe e a Angela já devem estar até no barco.

— Deixa comigo. — Ela se agachou e começou a arrancar tudo o que parecesse mato com uma força de vontade até então inédita. Ridley olhou para trás maliciosamente. — Ia ser muito mais rápido se você me ajudasse, sabia?

Peguei outro dente-de-leão e soprei, fazendo chover mil sementes flutuantes sobre minha amiga.

— Tá me sabotando agora, é? — disse ela, de bom-humor.

— Se alguma dessas sementes brotar ano que vem, eu jogo tudo na sua cama.

— Você tá investindo mesmo nessa *vibe* Poderoso Chefão.

— Aqui é Don Corleone, meu amor. Don. Corleone.

Quatro

Pedir qualquer coisa para Chance acabava comigo, mas promessa é dívida, principalmente se Ridley estiver envolvida. Então, na tarde seguinte, caminhei alguns quarteirões da minha casa até o Bamf Burger.

Diferente da de Ridley, que ficava perto do conjunto de restaurantes e lojas ao longo da Rainier, minha casa ficava em um bairro praticamente todo residencial com pouquíssimo comércio. Havia uma livraria, um pet shop, um salão de beleza... e o Bamf Burger.

Um carro com uma placa da Uber parou no acostamento. Enquanto eu atravessava a rua, a porta se abriu e Chance saiu do banco traseiro.

Ele parecia ter saído de um videoclipe. As roupas eram visivelmente discretas para o padrão dele — uma camisa de botão cor de carvão com uma gravata fininha e calça jeans bem justa. Em qualquer outra pessoa, as peças diriam "acabamos de sair da igreja", e talvez fosse mesmo o caso, já que era domingo. Mesmo assim, havia algo no *jeito* que ele as vestia que fazia toda a diferença: a camisa apertadinha contra os ombros largos com alguns botões de cima abertos, a gravata frouxa e as mangas enroladas sobre os antebraços magros. Era o tipo de visual cuidadosamente despojado que aparecia o tempo todo em comerciais, mas que sempre ficava esquisito quando um *qualquer* experimentava. A menos que esse qualquer fosse Chance Kain.

Ele abaixou os óculos de sol estilo aviador até a metade do nariz e deu um sorriso intenso.

— Decidi te esperar aqui fora pra gente fazer nossa grande entrada.

Ele deu um tapinha na lateral do carro, que se afastou.

— Obrigado, eu acho.

Abri a porta do restaurante.

Lá dentro, o ar chegava a pesar com o cheiro de gordura velha e cebolas. Páginas de quadrinhos antigos cobriam cada parede do salão apertado e uma TV na lateral reproduzia uma cena de luta de um filme da Marvel.

— Nossa, eu senti saudades desse lugar também. — Chance me deu um tapa no ombro. — Vou engordar se continuar saindo com você, Holcomb.

Fomos até o balcão do caixa, onde um cara cheio de espinhas usando um crachá com o nome Jeffrey atendia. Pedi um Burger Colossal com batata rústica e Coca-Cola. Jeffrey olhou de mim para Chance e arregalou os olhos ao reconhecê-lo.

Chance aprendera a lição depois da nossa primeira saída e estava alguns metros atrás de mim, esperando que eu pagasse antes de se aproximar e fazer o pedido dele. Me virei para encontrar uma mesa, mas só depois de vê-lo enfiando uma nota de vinte na caixa de gorjeta.

Cuzão, pensei, e me senti um idiota na mesma hora. Embora eu pudesse não gostar de vê-lo esbanjando riqueza, precisava admitir que, no geral, dar boas gorjetas não transformava ninguém em cuzão.

— Você veio! — Ainda de avental, Ridley saiu com tudo da cozinha. Seu volumoso cabelo, sempre majestoso, estava preso em um coque. Ela me agarrou em um abraço com catinga de óleo de fritura e me empurrou por metade do caminho até uma mesa de sofá. Depois, ficando tímida de repente, se virou e deu um aceno rápido para Chance. — Oi. Meu nome é Ridley.

— Oi, Ridley. O meu é Chance. — Ele assentiu em direção ao banco. — Quer se sentar com a gente?

Mesmo que os dois soubessem que o objetivo daquilo tudo era que eles se conhecessem, o rosto de Ridley se iluminou como se o Príncipe Encantado tivesse acabado de convidá-la para o baile. Ela se sentou ao meu lado.

Chance se recostou contra a janela, puxou uma perna para cima e descansou o joelho ali como se estivesse posando para uma sessão de fotos. Continuava com os óculos de aviador. Eu não sabia se isso fazia parte do teatrinho vampiresco da Darkhearts ou se era só o seu visual padrão de "celebridade disfarçada", mas qualquer uma das opções me irritava. O fato de que combinava muito com ele só piorava tudo.

— Ridley — disse Chance, com a voz suave. — Que nome legal.

Ridley revirou os olhos.

— Acho que sim. Meus pais são muito nerds. Eles amam *Star Wars*, então, se eu tivesse nascido um menino, meu nome seria Fisher, pra homenagear a Carrie Fisher. Mas eu nasci menina, então me chamaram de Ridley por causa do Ridley Scott, o cara que dirigiu *Alien*.

— Maneiro. — Chance deu um sorriso para ela. — Mas e aí, qual é melhor? *Alien* ou *Star Wars*?

— Puts! Hum... — Gostando do desafio, Ridley contorceu os lábios. — Se a gente for falar das franquias inteiras, as duas têm coisas bem geniais e um monte de lixo também. Mas acho que *Star Wars* é melhor. Assim, é bem menos transgressora... Sério, *Uma Nova Esperança* é literalmente apenas a jornada do herói do Campbell. Mas é obvio que teve um impacto maior na sociedade em geral, e as reviravoltas em *Ascensão do Império* basicamente definiram a estrutura de todas as trilogias que vieram depois. Além do mais, é um universo bem vasto e com mais personagens aos quais as pessoas se apegam. Leia, Han, Lando, Yoda. *Alien* se resume basicamente a Ripley e ao xenomorfo.

Chance assentiu, mas como se estivesse considerando tudo e não apenas concordando.

— Interessante.

Ridley ergueu as sobrancelhas em desafio.

— Você não concorda?

Uma pessoa mais gentil teria avisado Chance que ele havia acabado de desafiar uma faixa-preta para uma briga de bar, mas eu não estava me sentindo particularmente generoso.

Chance deu de ombros de uma maneira bem elegante.

— Você não tá errada. *Star Wars* é um panteão moderno. O vilão emblemático, a princesa fodona, o malandro, o menino do interior destinado à grandeza. E ainda há um elemento de Muppets. É a Lei de Henson: efeitos especiais sempre vão parecer datados, mas fantoches são pra sempre.

— *Né?* — Ridley sorriu. — Salacious Crumb até o fim.

— *Mas* — disse Chance em um tom pedante, erguendo um dedo —, eu argumentaria que a arte de *Alien* é melhor. O design das criaturas de Giger é tão estranho porque os elementos são familiares a ponto de ser *perturbador*. Assim como tudo o que Giger fez, ocupa um espaço na conexão inerente entre o obscuro e o sexy.

Agora era minha vez de revirar os olhos, mas o rosto de Ridley se iluminou como uma lanterna de abóbora no Halloween.

— Isso! — Ela se inclinou adiante. — Eu tenho uma teoria de que não importa a decoração, todo horror, no fim das contas, trata dos mesmos medos humanos fundamentais. Tipo, o ciclo inteiro de vida do alienígena é uma metáfora direta para os medos de estupro, pragas e gravidez.

— Exatamente. — Chance rabiscou uma curva no ar. — É só olhar pra cabeça do bicho. É basicamente um pênis gigante.

— E a gente aqui falando de pau em público. Que demais.

Dei uma olhada em volta para ver quem estava olhando, o que, no caso, eram quase todas as pessoas das mesas ocupadas.

Chance abaixou o pé do banco, tirou os óculos e encarou Ridley com uma expressão arrependida.

— Desculpa. Espero que eu não esteja te criando problemas.

— Que nada, tá de boa. É meu intervalo. — Ridley se inclinou para fora da mesa e, para ninguém em específico, gritou: — *Tô no intervalo!* — Depois, se virou de volta e arregalou os olhos. — Olha, você fez uma tatuagem! — Então tapou a boca com força. — Ai, meu deus! Saber que é nova me transforma numa stalker doida?

Sim, pensei, mas Chance só deu um sorriso gracioso.

— Se eu não quisesse que os outros percebessem, não teria tatuado o rosto. Foi quando eu fiz dezoito anos, umas semanas atrás.

Parecendo aliviada, Ridley abaixou a mão.

— Posso perguntar qual é o significado?

Chance deu um sorriso que era igualmente misterioso e atrevido.

— É o meu psicopompo. Ele me mostra aonde ir.

— Seu guia espiritual?

Ávida, Ridley se inclinou para a frente.

— Tipo o Virgílio n'*A Divina Comédia* de Dante — falei, só para deixar claro que eu também tinha feito aulas avançadas de literatura e, logo, era Muito Inteligente, como todos ali.

— Isso. — Chance não deu nenhum indício de constrangimento. — É um lembrete de que todo mundo vive vagando num bosque sombrio à procura de alguém que nos ajude durante a jornada. — Ele apontou para a tatuagem como se já não estivéssemos falando dela. — Foi por isso que eu fiz perto do olho direito, porque nós lemos da esquerda pra direita. Então, quando eu olho no espelho, ele me lembra de olhar pro futuro, não pro passado.

Alguém me mata, pensei, mas Ridley estava extasiada.

— Nossa — exclamou ela, e então, de repente, assumiu uma expressão sensível. — Sinto muito pelo Elijah, inclusive. Eu devia ter dito isso antes.

— Valeu. — Chance balançou a cabeça solenemente.

— Então, Ridley... o Holc me disse que você estuda na Franklin, certo?

— Aham, troquei de colégio faz dois anos. — Ela me olhou confusa. — Mas espera aí... "Holc"?

Dei um sorriso constrangido.

DARKHEARTS: A MELODIA DO CORAÇÃO 45

— Algumas pessoas me chamavam assim.

A maioria, na verdade. Fiz questão de abandonar o apelido na mesma época em que parei de me vestir todo de preto.

— Não chamam mais? — Chance parecia surpreso. — Mas é tão perfeito pra você! — Ele esticou o braço e agarrou meu bíceps. — Olha pra essas metralhadoras aqui. O Holc esmaga!

Incomodado e com o rosto corado, me desvencilhei dele. Houve uma época em que o fato de eu ser mais alto e mais forte do que Chance e Eli era algo com o qual podíamos fazer piada. Agora, esse apelido vindo dessa versão toda coberta de grifes e polida por Hollywood parecia suspeito, quase como uma piada quase gordofóbica sobre o meu tamanho.

Felizmente, Jeffrey chegou com uma bandeja antes de eu ter a chance de pensar mais a respeito daquilo. Ele deixou a comida na mesa e ficou ali de pé, nos encarando.

— Você é o Chance Kain.

— E você é o Jefrey. — Chance deu uma piscadela para o garçom, fez uma arminha com a mão e apontou para o rapaz. Depois, se aproximou, deu um tapinha no crachá dele e, em um sussurro fingido, disse: — *Eu trapaceei.*

— Nossa. — Jefrrey ficou de boca aberta. — É que tipo… nossa. Você deve ficar com todas as garotas famosas, né?

— Eu não diria "todas"… — Chance argumentou.

— Você conhece a Taylor Swift?

— Já nos encontramos.

— E a Carmen Elizalde?

Chance deu uma piscadela.

— Um cavalheiro nunca conta os detalhes.

— Valeu, Jeffrey — disse Ridley, séria.

— Nossa. — Jeffrey finalmente se mexeu, mas só para pescar o celular do bolso. — Será que a gente podia…?

— Claro.

Chance se inclinou para a frente e mostrou os dentes impecáveis enquanto Jeffrey fazia carão para a selfie.

— *Valeu, Jeffrey.*

Ridley pisou com força no pé do garoto.

O rapaz por fim entendeu a deixa e, com um último "nossa", voltou para o balcão.

— Foi mal — disse Ridley.

— Não se preocupa — respondeu Chance. — Acontece.

— Não acredito que ele fez aquele gesto da galera da Costa Oeste na foto — falei. — A gente *nem tá* na costa Oeste do país.

Ridley me ignorou.

— Então me conta, o que você faz quando não tá em turnê?

Chance tinha pedido fritas e um milk-shake, e abriu a tampa para mergulhar uma batata no sorvete.

— Ah, sabe como é. Entrevistas, uns *jobs* de atuação, trabalho em músicas novas. Leio poesia.

— Poesia? — Ridley parecia intrigada. — Tipo o quê?

— Todo tipo de coisa. Eu amo o *Art of Drowning*, do Billy Collins. Ou Stephen Crane. Você conhece o Crane?

Ridley meneou a cabeça. Chance se inclinou para a frente, encarou-a no fundo dos olhos e disse:

No deserto
Vi uma criatura nua e bestial
Que, agachada no chão,
Segurava o coração nas mãos
E o comia.
"É bom, amigo?", eu perguntei.
"É amargo… amargo", respondeu;

"Mas eu gosto
Porque é amargo
E porque é o meu coração."

Ele terminou e se reclinou de volta.

— Uau — suspirou Ridley.

— Dá pra acreditar que ele escreveu isso em 1895? — Ainda segurando o milk-shake, Chance esticou os braços sobre o topo do sofá. — É tão sombrio, tão cru. Uma melancolia atemporal. Conversa muito comigo.

O drama da cena foi meio que cortado quando ele tentou bebericar um pouco e o canudo travou. Depois de um segundo puxando sem sucesso, Chance desistiu.

— Eu tinha esquecido que não dá pra beber esses milk-shakes de canudo.

— Pois é, foi mal — disse Ridley. — A gente faz as bebidas bem encorpadas.

— Não tem problema. — Ele deu um sorriso malicioso para ela. — Eu *gosto* é das encorpadas mesmo.

Ridley, toda boba, chegou a *dar risadinhas*, e quaisquer sentimentos positivos que eu talvez estivesse desenvolvendo por Chance desde aquela noite da pizza evaporaram. Devorei meu hambúrguer.

O restante do almoço continuou assim, com Chance dando respostas dramaticamente intelectuais ou enigmáticas. Depois de Jeffrey abrir o precedente, três outros clientes do restaurante se aproximaram, dois pedindo selfies e um com um guardanapo que Chance devidamente assinou enquanto flertava com tranquilidade e sem vergonha nenhuma com todos eles.

Por fim, a comida acabou e Ridley, com remorso, olhou para o relógio no alto.

— Meu intervalo acabou.

— Bom, foi um prazer te conhecer, Ridley. — Chance voltou a vestir os óculos escuros. — Fiquei feliz que o David nos apresentou. Com certeza vou conferir a sua newsletter.

— Eu também. — Ridley continuava com aquele sorriso bobo idiota no rosto. — Quer dizer, eu também fiquei feliz que ele apresentou a gente, não que eu vou conferir a minha newsletter. Eu já vivo conferindo. — Ela deu uma risada toda sem jeito. — Tomara que ele traga você aqui de novo.

Me arrepiei por dentro (nosso combinado era de *uma vez*), mas Chance respondeu:

— Eu adoraria.

Levantamos e saímos enquanto Chance acenava para todos os olhos que nos seguiam.

Do lado de fora, falei:

— A gente se vê.

E me virei para voltar andando para casa.

Um toque no meu braço me fez parar.

— É… quer dar uma volta?

Eu devo ter deixado todo meu choque transparecer, porque Chance rapidamente puxou a mão de volta e transformou a ação num gesto discreto indicando a rua morro abaixo.

— Quer dizer, já vim de Uber pra cá. Vem, vamos pro parque.

Ele deu um sorriso encorajador.

A última coisa que eu queria era passar o resto do meu domingo com Chance, mas alguma coisa (talvez minha educação, talvez a surpresa, talvez o fato de que até *eu* mesmo fiquei lisonjeado por Chance Kain ter me chamado para passear) fazia com que fosse difícil negar. Enfiei as mãos nos bolsos.

— Beleza, pode ser.

Começamos a caminhar morro abaixo em direção ao lago Washington. Chance ficava virando a cabeça o tempo todo enquanto absorvia as fileiras de pitorescas casas tradicionais e o cheiro das árvores e jardins.

— Cara, como eu amo o verão daqui. Em qualquer outro lugar as pessoas escutam "Seattle" e ficam *ecaa, mas lá não chove o tempo inteiro?* — disse ele, com a voz mais alta e nasalada para fazer a imitação. — Eles não fazem ideia. Tipo, olha isso. — Ele indicou com o queixo uma madrona inclinada sobre a calçada com o tronco vermelho se curvando em longas tiras e emoldurada pelo céu azul resplandecente.

— Pois é — resmunguei.

Ele olhou para mim.

— O quê?

— *Cara.* — A palavra saiu pingando veneno antes que eu me desse conta. Apontei de volta em direção ao restaurante. — Por que é que você tem que ser tão falso o tempo inteiro?

Ele parecia em choque.

— O que?

Num gesto dramático, coloquei a mão sobre o peito.

— *Ai, porque essa poesia… é tão profunda, com uma tristeza tão atemporal…* — Parei. — Desde quando você lê poesia?

Ele enfia as mãos no bolso.

— Eu leio um pouco.

— Beleza, mas você não é *assim*. Tudo aquilo… ficar flertando com todo mundo, pagando de misterioso e intelectual. Você tava até *falando* diferente. Naquela outra noite você não foi assim.

— Aquele dia foi diferente.

— Diferente como?

Chance se reclinou sobre a cerca de alguém e tirou os óculos escuros. Com o rosto descoberto, ele de repente parecia cansado.

— Olha, cara. Sair contigo é uma coisa. Você já me conhece. Mas as outras pessoas não me querem. Elas querem o Chance Kain.

— Que besteira.

— Ah, é? — zombou Chance. — Você tem bastante experiência como Chance Kain? — Fiquei vermelho de raiva e vergonha, mas ele não esperou e continuou: — Vai por mim. As pessoas não querem conhecer celebridades, elas querem conhecer a *imagem*. Você acha que o Johnny Depp é realmente o Capitão Jack Sparrow o tempo todo? Que o Chris Evans é o Capitão América? — Ele balançou a cabeça. — Vai em qualquer fórum de "Quem já conheceu uma celebridade?" no Reddit. Só tem gente brava porque algum famoso não foi quem eles achavam que seria. A gente precisa mostrar o que o povo quer ver. Caras tipo o Jeffrey querem pensar que eu vivo destruindo quartos de hotel e comendo qualquer gostosa de Hollywood. Garotas como a Ridley querem pensar que eu sou melancólico e profundo. Então é isso, poesia ou qualquer outra coisa. Você acha que elas querem me ouvir falar sobre *Animal Crossing* e os estudos acadêmicos que eu faço com o meu pai?

Nada convencido, cruzei os braços.

— Que seja. Só não faz isso com a Ridley, beleza? Ela é gente boa.

Ele suspirou e se afastou da cerca.

— Tá bom. Só por você. Mas não venha me culpar quando do ela ficar decepcionada.

Voltamos a caminhar. Ele pendurou os óculos na camisa desabotoada até a metade.

DARKHEARTS: A MELODIA DO CORAÇÃO 51

— Então, você e ela...? — Ele deixou a sugestão no ar.

— Quê? Não! Ela é só minha amiga.

— Tem certeza?

— Absoluta. — Olhei para ele. — Por quê? Você tá interessado?

Chance deu de ombros.

— Só curioso. Faz tempo que você não fala comigo.

Meus pelos se arrepiaram.

— Faz tempo que *eu* não falo com você? Como se você tivesse me procurado.

Ele me encarou com um olhar gélido.

— É, mas pelo jeito como você deixou as coisas... parecia que nem queria que eu te procurasse. — Então olhou para longe. — Enfim. Tô feliz que a gente tá saindo agora. É bom te ver de novo.

A sinceridade na voz dele me pegou desprevenido. Era fácil me irritar com Chance pela besteirada de estrela do rock, mas assim que ele deixava isso de lado, parecia algo mesquinho e baixo de se fazer. Eu estava começando a ter uma ressaca moral.

— Falando nisso — começou ele —, vai ter um show em homenagem ao Eli no sábado à noite. Você devia vir. Vou te colocar na lista de convidados.

A expressão no meu rosto deve ter dito tudo, porque Chance revirou os olhos.

— Ah, faz o favor, né. Não vai ser só eu lá... vai ter um monte de outros artistas prestando homenagens. Eu mal faço parte da coisa toda.

No que dizia respeito a coisas legais de se fazer, ficar vendo Chance desfilando por aí e sendo adorado estava em

algum lugar entre "tirar o siso" e "prender o saco num zíper".
Mas, se era por Eli...

— Talvez eu tenha um compromisso — respondi.

— Beleza, tanto faz. Só me manda uma mensagem se quiser ir.

Chegamos ao pé do morro, onde o parque Seward se projetava em direção ao lago Washington com um calçadão que circundava a base densamente arborizada da colina. Comecei a seguir por aquele caminho, mas Chance me parou mais uma vez com um toque no cotovelo.

— Hum, será que dá pra gente ir pelo bosque? — Ele fez um gesto em direção à colina e então olhou para o calçadão cheio de pessoas. — É que tem muita gente aqui...

Comecei a caçoar dele, mas então me lembrei dos fãs no restaurante.

— Tá bom.

Atravessamos o estacionamento e pegamos o caminho para as trilhas.

Em pouco tempo os sons da cidade foram abafados, engolidos por árvores gigantes e espessos leitos de samambaia sobre o chão. Trilhas estreitas se espalhavam em todas as direções, e escolhemos aleatoriamente uma que ia por cima. De vez em quando eu conseguia ter vislumbres do lago, com suas pontes distantes e flotilhas de barcos.

— Cara — disse Chance —, lembra de quando a gente brincava de laser tag aqui?

— Lembro.

No meu aniversário de doze anos, meu pai tinha alugado o equipamento que trouxemos para o parque e usamos para ficar caçando nossos amigos pela floresta.

DARKHEARTS: A MELODIA DO CORAÇÃO 53

— Eu, você e o Eli... ninguém conseguia parar a gente. Seu pai teve que separar nós três para as outras crianças terem qualquer chance.

A lembrança me fez sorrir.

— É. A gente era bom pra caramba.

O sorriso que Chance deu, por outro lado, era tacanho e tímido; seus olhos se viraram para a vegetação rasteira, como se talvez ainda fosse possível nos encontrar escondidos ali.

Chegamos a uma grande árvore caída que abrira uma pequena clareira no matagal. A superfície da madeira estava coberta por uma sólida camada de musgo, e Chance se recostou com tudo ali, de braços abertos como Cristo na cruz.

— Que saudade de ficar ao ar livre.

— Você não sai na rua, não?

Arranquei uma longa folha da samambaia e fiquei descascando os minúsculos esporos marrons com o dedão.

— É a turnê, cara. É acordar, malhar, estudar com o meu pai, ir pra algum evento, falar com a imprensa, fazer o *meet and greet*, tocar no show e depois tudo de novo no próximo dia.

— Você não tira folgas?

— Ah, às vezes. A gente volta pra casa sempre que eu posso. Mas o Benjamin, o meu empresário, diz que artistas adolescentes têm data de validade. Se o objetivo for ter uma chance de ainda viver disso com vinte e cinco anos, temos que fazer o máximo possível de turnês agora pra construir uma *fan base*. — Ele franziu o cenho. — Esse era o plano, pelo menos.

Eu não queria perguntar a respeito de Eli, mas não aguentei:

— E o que vai acontecer agora? Sem o Eli.

— E quem sabe? Tá todo mundo ainda tentando descobrir. — Ele pegou uma pinha e a jogou de lado para o mato. — E você? Vai trabalhar pro seu pai esse verão?

— Aham.

— Você gosta?

— É tranquilo.

— O que é que você faz?

— Qualquer coisa que precise ser feita.

Rindo incrédulo, ele se sentou.

— Meu Deus do céu, Holcomb. Colabora comigo.

Um lampejo de raiva.

— Desculpa se eu não sou tão interessante quanto os seus amigos famosos.

— Cara, o que foi que eu acabei de falar? — E me lançou um olhar sério. — Celebridades nem são realmente interessantes. É tudo encenação, todo mundo vive fazendo a mesma coisa e fingindo que tá se divertindo. Mas sim, eu tenho um monte de estrelas do rock no meu celular. Se eu quisesse falar com eles, eu poderia. — Ele puxou um punhado de musgo e jogou em mim. — Só que, em vez disso, eu tô aqui conversando *contigo*, seu truculento do caramba. O que é que isso diz a seu respeito, hein?

Mesmo contra minha vontade, senti a raiva derreter e ser substituída por uma onda de orgulho.

— Truculento, é?

— Você não é o único que tá estudando pro vestibular.

Joguei o musgo nele de volta.

— Eu sou um faz-tudo.

— Como é que é?

— O que eu faço no trabalho… esse é o nome da função: faz-tudo. Busco coisas pra eles. Almoço, suprimentos, o que for. Além de limpar e carregar. Quando tenho sorte, consigo aprender carpintaria de verdade.

— Faz-tudo, é? Agora tô imaginando você construindo alguma coisa numa daquelas fantasias de filme.

— Não vai dar ideias pro meu pai.

Chance sorriu.

— Lembra de quando a gente tinha, tipo, uns dez anos e ele ainda tava reformando a sua casa e pagava por cada prego caído que a gente encontrasse?

— E aí a gente percebeu que era só pegar os pregos direto do balde e vender de volta pra ele.

— Eu comprei tanto doce que cheguei a vomitar.

Chance se deitou na árvore com as mãos atrás da cabeça.

O tronco até que era comprido o bastante, então fiz o mesmo e me deitei com os calcanhares quase tocando os dele. Por mais incrível que pareça, o musgo era macio e o sol filtrado pelas folhas e agulhas lá no alto dava uma sensação agradável de vertigem conforme as árvores balançavam. O que me lembrava de um fenômeno do qual eu havia lido a respeito chamado coroa tímida: o jeito que algumas árvores mantêm, de propósito, um espaço entre si mesmas e as árvores ao redor para que não colidam durante tempestades. Elas param o próprio crescimento para não permitir que os galhos se toquem.

Da outra ponta do tronco, Chance perguntou:

— Você já pensou nos cropólitos?

— O que é um cropólito?

— Bosta fossilizada. Cocô de dinossauro.

Dei uma risada, incrédulo.

— Hum… não. Você pensa nisso?

— Tô pensando agora mesmo.

— É claro. Por quê?

— Eu só tava pensando… tipo, é literalmente merda, né? Mas é só esperar o suficiente que, com o tempo, o negócio vira essa coisa que as pessoas pagam milhares de dólares para ter, ainda mais se a criatura que fez, seja lá ela qual for, não estiver mais por aqui. — Ele gesticulou para o céu com uma das mãos. — Acho que talvez a vida seja assim.

— A vida é uma merda?

Ele bufou.

— Ah, as vezes é, sim. Mas não é disso que eu tô falando. É só que, tipo, tem muitos momentos que não parecem muito importantes. Só vai acontecendo uma coisa depois da outra, aí a gente não dá valor. Mas depois que passa tempo o suficiente, esses momentos deixam de ser coisas que aconteceram pra virar *memórias*. Aí a gente olha pra trás e eles parecem valiosos.

Pensei a respeito.

— Faz sentido.

Depois de um instante em silêncio, Chance disse:

— Acho que as pessoas são assim também. A gente não dá muita bola pra quem tá sempre por perto, aqueles do nosso passado parecem mais importantes.

Absorvi a ideia e ponderei. E então me sentei.

— Você acabou de me chamar de merda?

Deitado no tronco, ele deu um sorrisão.

— Aí, sim. Esse é o Holc que eu me lembro.

Não tive escolha a não ser sorrir também.

Cinco

O dia seguinte era uma segunda-feira, o que significava que meu pai estava batendo com tudo na minha porta às oito e meia da manhã.

— Deus ajuda quem cedo madruga, meu filho. Tá na hora da igreja.

A igreja católica de Santa Valburga ficava empoleirada em cima da Beacon Hill, escondida em uma das zonas residenciais. Para mim, alguém que não tinha passado muito tempo em igrejas, parecia uma foto de banco de imagens, um emoji que ganhara vida: teto inclinado, vitrais e uma torre com um sino no topo.

No momento, havia também uma cerca de arame ao redor do terreno. Me preparei para desembarcar e abrir o cadeado, mas já estava aberto. A van de Denny e a caminhonete do Jesus já estavam no estacionamento.

Dentro, a igreja era uma confusão. Bancos haviam sido movidos para abrir espaço para cavaletes e andaimes, e as paredes e o teto foram abertos em diversos pontos. O marrom mais opaco da madeira não tratada fazia forte contraste com o marrom denso da original.

Uma mulher magra com cabelo no estilo *rockabilly*, vestindo um macacão respingado de tinta, estava sentada de pernas cruzadas em um dos cômodos anexos da igreja enquanto passava fita azul ao longo da borda de uma janela.

— E aí, chefe.

— Oi, Denny — respondeu meu pai.

Jesus estava no altar, caminhando debaixo de seu xará com os braços cheios de tábuas. Música pop mexicana explodia das caixinhas de som.

Meu coração ficou leve. Como empreiteiro, papai trabalhava com muita gente diferente, mas os dias com Denny e Jesus eram os melhores.

Enquanto eu deixava as bolsas com as ferramentas do meu pai no banco, Denny colocou a cabeça para fora da sala de reuniões.

— Gente, olha isso aqui. Eu finalmente pesquisei o nome desse lugar noite passada. — Ela elevou o tom da voz. — Ô, Salvador! Para de cantar assim... eu tô prestes a educar todo mundo aqui.

Jesus (um sujeito baixinho e velho o bastante para ser meu avô, mas com bíceps que pareciam melões) deu um sorrisinho debochado, mas pausou a música.

— O negócio é o seguinte: aparentemente a Santa Valburga era uma virgem que... vocês estão prontos? — Denny levantou as mãos. — *Transpirava óleo*. É isso. Esse é o milagre. — Ela deu um sorrisão enorme. — Quer dizer, puta que pariu... Se for assim eu fui santa durante o ensino médio todo. Cadê minha igreja, hein?

Jesus meneou a cabeça, mas com um sorriso no rosto também.

— Quanta blasfêmia.

— Ai, cala a boca. Disse o dono da "Jesus É um Carpinteiro, LTDA".

— Nada a ver, isso aí é só marketing de qualidade. — E abriu bem os braços. — Todo mundo sabe que pode confiar em Jesus.

Ele nunca cansava da piada e, sendo bem sincero, eu também não. Ele se virou para mim.

— Vai trabalhar comigo hoje, parceiro?

Esperançoso, olhei para o meu pai.

Ele assentiu.

— Claro, pelo menos um pouquinho. Preciso tirar umas medidas.

— Valeu, pai — respondi, já em movimento.

Estávamos remodelando a igreja havia tanto tempo que Jesus já trouxera uma boa seleção de ferramentas. Tinha uma serra de bancada, uma de esquadria e baldes de plástico manchados cheios de brocas e pistolas de prego. Mesmo assim, eu sabia que a oficina dele tinha monstros mais raros: equipamentos para solda, tornos e máquinas alienígenas que eu morria de vontade de ver em ação. Tudo cheirava a pó de serra e lubrificante industrial, como o próprio Jesus.

— Qual é a de hoje? — perguntei.

Ele gesticulou para a parede leste, que, no momento, imitava um jogo de plataforma das antigas com um labirinto de andaimes e suportes temporários. Tínhamos passado boa parte da semana anterior arrancando ripas e gesso para revelar as vigas, o que era um trabalho que fazia uma sujeirada, mas também profundamente satisfatório de um jeito meio pós-apocalíptico. Quantas pessoas tem a chance de atacar uma igreja com um pé de cabra?

— Agora que já reforçamos o teto pra não cair, podemos começar a substituir as vigas ou a reforçar aquelas em condições de ficar. — Ele se agachou e me puxou para baixo, ao seu lado. — Tá vendo ali? — E apontou para a base da parede, onde as tábuas velhas de madeira estavam rachadas e desbotadas. — É podridão seca, causada por fungos. Nessas construções antigas, nada é tratado. Se entra umidade, acabou. A base inteira precisa ser removida, e provavelmente a maioria das vigas também. Tá vendo como vai tudo direto pro rodapé, sem passar pela placa de base?

Fui assentindo. Eu amava o jeito com que ele usava os jargões comigo. Parecia que eu fazia parte de uma sociedade secreta. Feiticeiros da madeira.

— Esse lugar inteiro tem uma estrutura bem antiga, nada segue padrão nenhum, então vamos precisar cortar cada madeira pra encaixar. — Jesus gesticulou para uma pilha de tábuas com cinco centímetros de espessura por dez de largura. — Vou gritar as medidas, você calcula os cortes mais eficientes e pode serrar. Quando terminar, a gente começa a arrancar e substituir. Beleza?

— Claro.

Carpintaria era ótimo para acalmar a mente, mas madeira não era um material barato, e eu agradecia a fé que Jesus depositava em mim.

— Mais para a frente vão aparecer coisas mais interessantes, prometo. — Ele apontou para esquadrias curvadas e decoradas de madeira onde as paredes intactas se conectavam ao declive do teto. — Tá vendo aquelas sancas?

— Acho que sim.

— Aquilo ali é artesanal e antigo, não dá pra comprar em qualquer lojinha de materiais de construção. Quando a parede ficar completa, vamos precisar de algo que combine. — Ele me encarou com seu olhar de *sensei* inquisidor. — Como é que você faria?

— Numa tupia de bancada — respondi, rápido.

— Claro, se tiver a fresa certa. Mas vamos supor que não temos. Olha pra todos aqueles cumes diferentes. E o ângulo, a forma como o negócio inteiro se curva pra preencher o espaço. Como é que você vai fazer aquilo?

Pensei a respeito. Uma tupia normalmente não tinha como oferecer um espaço negativo grande assim e, mesmo que tivesse, seria um pecado esculpir um pedaço inteiro de madeira boa só para conseguir aquela pontinha curva. O que significava...

— Com peças múltiplas. A gente faz cada formato na borda da própria tábua, vai escalonando pra fazer a curva e depois cola.

Jesus assentiu.

— E as fresas? De que tipo você precisa?

Olhei para os cumes e videiras decorativos.

— Meia-cana, quebra-canto e... — Vasculhei meu cérebro atrás do termo correto. — De ranhura?

Jesus semicerrou os olhos em satisfação e levantou a voz:

— Seu menino é um gênio, Derek!

— Pois é, pois é — respondeu meu pai. — Só não deixa ele descobrir ou vai acabar convencido igual a vocês.

Mas ele soava orgulhoso.

— Quando você virar meu aprendiz de verdade, eu nem vou ter que te dizer o que fazer. Vou só me sentar na caminhonete e comer bobagem.

Fiquei todo bobo, mas só sorri e dei de ombros.

— Por mim, pode ser.

— Mãos à obra, então. — Ele me entregou um par de óculos de proteção. — Presta atenção.

A maioria das pessoas não considera a carpintaria algo musical, mas essa ainda era a melhor maneira que eu tinha para descrever o que sentia. O grito agudo da serra de esquadria transmitia a mesma sensação de ligar um amplificador de guitarra e acertar um acorde, não em questão de notas, mas de *poder*, no jeito como o som atingia cada célula do meu corpo. Mas chegava ainda mais longe. Era algo a respeito da criação, da precisão e de encaixar as coisas do modo certo. Nos anos que se passaram desde a Darkhearts, eu mal havia encostado na minha guitarra. Tinha uma carga emocional forte demais. Mas, na carpintaria, acabei tropeçando naquela mesma sensação, só que dessa vez com algo que era só meu. Eu mal via a hora de terminar o ensino médio e trabalhar em tempo integral para Jesus.

Com todas as peças cortadas, passamos a puxar pregos enferrujados e a arrancar tábuas podres.

— Li no jornal sobre o seu amigo — disse ele.

— Como é? — Levei um segundo. — Ah, sobre o Eli?

— O show beneficente. — Ele soltou um espaçador com um movimento de alavanca e o jogou na pilha enquanto meneava a cabeça. — É uma pena.

— Pois é.

Eu ainda não havia decidido se queria ir ao show ou não. Sempre que eu chegava perto de concordar em ir, pensava em como seria ficar naquela multidão enquanto olhava para Chance lá no alto. E enquanto *ele* me olhava *literalmente* de cima.

Ainda assim, uma parte de mim sabia que eu estava sendo ridículo. Não era por Chance; o objetivo era homenagear *Eli*. E eu assistir ou não ao show não mudaria nada. De qualquer forma, Chance Kain continuaria famoso e eu continuaria sendo só eu. A partir de qual ponto me recusar a reconhecer esse fato passava a ser covardia? Um menininho cobrindo os olhos para mandar o monstro embora.

— Você falava com ele? — perguntou Jesus. — Antes, quero dizer. Ou fala com o outro?

Do outro lado do recinto, meu pai resmungou:

— Mais do que eles merecem.

— Derek.

Jesus franziu as sobrancelhas grossas.

Papai levantou as mãos.

— Não tô falando mal do falecido. O que aconteceu com Elijah foi uma tragédia. Só quero dizer que o David tá sendo bem mais solidário do que eu seria se tivessem roubado minhas músicas.

Senti um buraco no estômago.

— Não eram minhas músicas, pai.

— Papo furado. Você *fundou* aquela banda.

Suspirei. Não importava quantas vezes eu tentasse explicar que fora Eli quem escrevera a maioria das canções e que nenhuma das minhas composições entraram para o CD. Meu pai nem queria tentar entender.

— *Eu* queria ir pra justiça — disse ele, começando o surto de sempre. — Pra receber a nossa parte dos *royalties*. Foi o David que me convenceu a deixar isso pra lá.

— Pai...

Eu realmente não queria passar por isso na frente de Denny e de Jesus.

— Se eles e as famílias deles tivessem um pingo de honra, teriam te incluído. E, como eu falei, em relação ao Elijah... agora são águas passadas. Mas sobre o outro, o Chance... eu dava carona pra esse moleque pra todos os shows, e faz dois anos que ele nem te procura. Ele pegou a sua banda e nem agradeceu. Até onde eu sei, ele é apenas um ladrão.

— Pai! — Percebi a raiva no tom da minha voz e imediatamente recuei. — Ele não é tão ruim assim.

O que era aquilo? Por que eu estava defendendo *Chance?* Metade das coisas que meu pai estava dizendo eram coisas que eu mesmo já havia dito. Tudo o que eu sabia era que queria o fim daquela conversa o mais rápido possível.

Meu pai finalmente pareceu perceber meu desconforto e, com esforço, se recompôs.

— É, como eu disse, você é um homem mais generoso do que eu. — Ele gesticulou para a igreja ao nosso redor. — Talvez devessem renomear esse lugar para Igreja de São David.

Me ocupei arrancando outro prego.

— Pois é. — Para esconder o próprio desconforto, meu pai bateu as mãos para tirar a poeira e depois puxou a trena do cinto. — Ô, Denny! Quer me dar uma mãozinha aqui?

Ela colocou a cabeça para fora do outro cômodo.

— O que foi?

Ele apontou para a viga horizontal de sustentação que atravessava a nave aberta da igreja e ficava a uns três metros de altura.

— Preciso que alguém suba e segure uma fita no canto daquela janela.

— Foi mal, chefe. — Denny tentou parecer constrangida.

— Nada de altura pra mim hoje. Tô mais alta do que o padre do balão.

DARKHEARTS: A MELODIA DO CORAÇÃO 65

Meu pai ficou boquiaberto.

— Você tá *chapada*? São dez da manhã.

— E daí? — Ela ergueu um rolo de fita azul. — Hoje é dia de passar a fita antes de pintar, o que é chato. Maconha melhora as coisas.

Papai meneou a cabeça.

— Nunca vou entender como você é tão boa assim. — Ele enfiou os dedões no bolso de ferramentas. — E por que é que você já tá passando fita? Ainda nem terminamos essas paredes aqui.

— Porque as *daqui* você terminou. E porque eu queria dar um tapa na pantera, o que significa que é dia de passar fita. Mais alguma pergunta?

Ele gesticulou de um jeito "deixa para lá" e se virou para mim.

— Beleza, então. Vai você, campeão.

Jesus olhou para o chão debaixo da viga, para onde tínhamos empurrado todos os bancos.

— Vamos ter que tirar tudo do lugar pra colocar a escada.

— Que nada. — Papai bateu na escada recostada na parede ao seu lado, no lado do salão contrário ao alvo. — Ele atravessa a viga.

Jesus franziu o cenho.

— Tem certeza?

— Você virou o ministério do trabalho, foi? A viga tem vinte e cinco centímetros de largura. Ele não cairia se estivesse no chão. — E fez um gesto para que eu fosse logo. — Vamos lá.

— Tá tranquilo. — Coloquei o pé de cabra no chão e caminhei até a escada. — Não ligo pra altura.

Na verdade, isso era até dizer pouco. Ao subir os degraus e pisar na viga, senti uma sensação familiar de orgulho. Eu nunca havia me interessado por escalada e não era viciado em adrenalina. Não fantasiava com paraquedismo ou bungee jumping. Alturas simplesmente não me afetavam como à maioria das pessoas.

E, como meu pai disse, a viga era bem larga. Quem conseguia andar em linha reta no chão, conseguiria no alto também.

Peguei o fim da trena e atravessei.

— Mas olha só — disse Jesus, num tom de aprovação. — Parece até um gato de tão tranquilo.

Segurei a minha ponta enquanto ele movia a dele e ia anotando as medidas. Depois soltei e voltei.

— Viu? — anunciou meu pai, apertando meu ombro e me exibindo para os outros como um troféu. — É disso que eu tô falando! O negócio é ter confiança. Com confiança dá pra chegar em qualquer lugar.

E enquanto o calor dos elogios se infiltrava em mim, tomei uma decisão.

Meu pai tinha razão: o negócio era ter confiança. Eu gostava de ter o culhão de ir aonde ninguém mais conseguia.

Era hora de aplicar isso a outras partes da minha vida.

Seis

— Sério, essa é a coisa *mais* legal que já aconteceu com a gente — disse Ridley.

Seattle é uma cidade de bairros residenciais, e não existe razão para ir até o centro, a menos que a pessoa em questão seja um turista ou trabalhe para uma megaempresa. Assistir a shows era minha exceção principal para essa regra, e, por isso, eu havia passado a associar o cheiro de água sanitária fervente com fraldas dos trens a empolgação.

Ao meu lado, Ridley estava praticamente vibrando no assento de plástico. Ela deixara o cabelo solto em um denso halo preto e vestia uma camiseta azul justa com a gola cortada que combinava perfeitamente com a sombra que usava. Ela agarrou o meu braço e me sacudiu.

— Não acredito que você conseguiu acesso para o backstage!

Tecnicamente, foi o *Chance* que conseguiu. Embora eu tenha custado a aceitar, falei para mim mesmo que era um caso especial e que Ridley iria enlouquecer. A suspeita acabou, sem surpresa nenhuma, se provando verdade, e a forma como ela andava me tratando, como se eu tivesse feito alguma jogada extraordinária para conseguir aquilo, ia rapidamente suavizando o meu ressentimento de sempre, algo que ela, manipuladora que só, sabia com toda a certeza que estava acontecendo. Mas às vezes é bom ser manipulado.

O trem chegou na Estação de Westlake e nos juntamos ao movimento dos rolezeiros de sábado à noite que lotavam as escadas rolantes. O som de pessoas em situação de rua batucando em baldes pincelava o ar salgado da costa enquanto percorríamos os quatro quarteirões até o nosso destino.

O Moore era o teatro mais antigo de Seattle, um prédio quadradão de tijolos anexado a um hotel. Letras de plástico na marquise iluminada anunciavam com orgulho: SHOW BENEFICENTE CANÇÕES PARA ELIJAH: ESGOTADO. Ainda faltava mais de uma hora para a abertura, mas a fila já chegava até o fim da quadra e dobrava a esquina.

Ridley correu até a bilheteria, me puxando atrás de si como se eu fosse um balão.

— A gente tá na lista de convidados!

O rapaz entediado ali dentro verificou nossas identidades e apontou:

— Deem a volta e entrem no beco. Esperem na porta de incêndio.

Com pompa o bastante para distribuir entre vários monarcas europeus, Ridley marchou ao lado da fila de pessoas com ingressos normais. O efeito só foi levemente afetado quando entramos no beco com a catinga fumegante das lixeiras em pleno verão.

Encontramos a porta de incêndio, um retângulo cinzento sem maçaneta do lado de fora. Depois de alguns minutos, a entrada foi aberta e revelou uma garota ruiva alguns anos mais velha do que nós dois, com roupas pretas e um headset.

— Identidade.

Entregamos os documentos pela segunda vez e ela os verificou em uma lista em um iPad.

— Beleza, podem entrar. — Segurou a porta e bateu no fone. — Tô com dois VIPS da Darkhearts na porta norte.

Lá dentro, o espaço parecia mais uma área de carga e descarga do que um teatro, com o chão de concreto, o teto repleto de suportes de metal e até uma empilhadeira estacionada contra uma parede.

Um homem bonito com trinta e poucos anos, cabelo cacheado castanho e um elegante blazer xadrez veio a passos largos em nossa direção; os sapatos sociais ecoavam pelo espaço cavernoso. O LED azul de um de um fone no ouvido dele piscou.

— Vocês devem ser David e Ridley. — Ele deu um sorriso tão caloroso que chegou a ser desconfortável, depois olhou cada um de nós bem nos olhos enquanto apertava nossas mãos. — É *tão* bom conhecer vocês. Eu sou o Benjamin, o empresário da Darkhearts. Vou levar vocês lá pra trás.

Ele se virou e começou a caminhar sem nem esperar para ver se estávamos seguindo. Fiquei com a impressão de que isso deveria ser comum.

Ridley agarrou meu braço mais uma vez.

— Somos VIPS! — sibilou ela, feliz da vida.

— Pois é.

Com cuidado, tirei seus dedos um por um do meu bíceps.

Benjamin nos guiou por um corredor que parecia um pouco menos industrial, com um teto de altura normal. Entramos numa sala grande com carpete no chão e uma mesa comprida de lanchinhos no meio. Havia cerca de vinte pessoas conversando, algumas de pé e outras acomodadas em sofás velhos de couro.

— Ai. Meu. *Deus.* — Ridley encarou um cara branco de meia idade vestindo uma camisa de flanela. — Você sabe quem é *aquele?*

Mas meus olhos já tinham encontrado Chance. Reclinado contra uma parede, conversando com uma garota negra linda de vestido tubinho e óculos. Ele usava roupas justas e pretas, inclusive o lápis de olho que, aplicado com muita habilidade, se transformava em lágrimas que caíam pelo rosto. O único ponto de cor era um coração anatômico rosa no peito, anelado por uma teia assimétrica de tiras de couro e fivelas. Ele parecia um deus, perfeito e com compostura.

Ele nos viu quando entramos, se afastou da garota com um sorriso no rosto e caminhou com calma até nós.

— Bem-vindos ao circo. Deu tudo certo pra vocês entrarem?

— Com certeza! — respondeu Ridley, com a voz fina. — Obrigada pelo convite!

— É um prazer — respondeu Chance, olhando para mim. Tentei dar um sorriso tranquilo.

Ridley deu um passo para ficar mais perto de Chance enquanto analisava os arredores com olhos arregalados.

— Todo mundo aqui é famoso?

Ele deu um sorriso conspiratório.

— A maioria. A gravadora organizou tudo bem rápido, mas conseguiram incluir bastante gente... todos que vieram conheciam o Eli. A Billie veio, é claro, e o Finneas. O Sub-Radio já ia tá aqui por causa da turnê e a Janelle pegou um avião da Suécia, ou sei lá de onde. Mas a gente convidou o pessoal daqui também... vários estilos diferentes. UMI,

DARKHEARTS: A MELODIA DO CORAÇÃO 71

Macklemore, Jay Park... — Seu sorriso vacilou. — É um show beneficente para alertar sobre o abuso de drogas na adolescência. Quem é que não iria querer participar?

Ridley assentiu, comovida.

— É muito bacana.

Benjamin bateu palmas.

— Dois minutos, galera!

E saiu em passos largos.

Roubei um pacote pequeno de salgadinho da mesa de lanches.

— Dois minutos pra quê?

Um cara que eu não reconhecia, com tatuagens fechando os dois braços, esticou o braço por trás de mim para pegar um sanduíche.

— Pro *meet* e grite — respondeu ele, e voltou para um dos sofás.

Chance assentiu.

— Vocês chegaram bem na hora.

— *Meet* e grite?

Ridley ergueu uma sobrancelha.

— É o *meet-and-greet*. É coisa pra imprensa e pros superfãs que pagaram uma grana alta pra vir nos bastidores e conhecer alguns artistas. É uma boa maneira de levantar mais dinheiro.

Mastiguei um punhado de salgadinhos de churrasco.

— Mas por que "grite"?

Chance deu uma piscadela.

— Presta atenção.

Uma porta se abriu e dois sujeitos grandalhões vestindo camisetas amarelas entraram.

— Lá vem — murmurou o Tatuado.

— Hora de colocar o pão na mesa. — Chance deu um tapinha no meu ombro e se afastou. — Divirtam-se!

Uma multidão surgiu.

E a gritaria começou.

Sendo bem justo, não era *tanta* gritaria assim. Só que em uma sala fechada, qualquer berrinho já é demais. Os gritões mais empolgados vinham de um grupo de adolescentes que imediatamente cercaram Chance. Boa parte vestia camisetas da Darkhearts ou tinha se maquiado simulando lágrimas para combinar com as dele. Chance, por outro lado, estava sentado de modo quase majestoso no encosto de um sofá, sorrindo enigmaticamente para os fãs enquanto usava uma canetinha permanente para assinar qualquer coisa que o entregassem.

Outros fãs (dos quais muitos eram, para minha surpresa, adultos que tinham uma aparência bem normal) se amontoaram ao redor das outras celebridades do recinto. Ridley imediatamente me puxou em direção ao cara que ela havia visto mais cedo.

— Vem! Vamos conhecer uns famosos!

— Vai lá — respondi. Aquilo tudo me deixava desconfortável, e eu não sabia dizer se me sentia empolgado ou envergonhado por estar ali. Me juntar ao grupo pegando autógrafos parecia uma admissão de derrota, como se fosse me colocar do lado "fã" de uma linha invisível, enquanto Chance ficava lá, reluzente e intocável do outro. Peguei uma limonada com gás da mesa. — Depois te alcanço.

Ridley hesitou, claramente pensando em me arrastar junto, mas então deu de ombros e se juntou às trincheiras. Me recolhi para um sofá longe da agitação.

O Tatuado, que continuava sentado ali comendo, assentiu para mim.

— Você é amigo do Chance?

Uma pergunta que parecia ficar mais complicada a cada dia. Fiz que sim.

— Ele é um bom garoto. — O sujeito tomou um longo gole de uma lata de cerveja. — É uma puta pena o que aconteceu com o Elijah. Aquele rapaz tinha mais talento com dezessete anos do que eu vou ter com setenta.

— Pois é.

Tatuado tinha razão. Elijah sempre fora o gênio do nosso grupo.

— Você vai se apresentar hoje?

O nó no meu estômago se apertou.

— Não. E você?

— Aham, vou fazer um cover de "Photo Burn". Sou o guitarrista do Godhead Immolator.

— Ah, legal.

Balancei a cabeça como se já tivesse ouvido falar.

Ele deu um sorriso torto.

— Não se preocupe, ninguém conhece a gente mesmo. — E gesticulou para a multidão que nos ignorava. — A gente faz *trash pop,* não chegamos nem perto do nível desse povo. Mas o Elijah era nosso fã. Ele nos chamou pra abrir alguns shows da última turnê deles, e o Chance lembrou disso. — O sujeito terminou a cerveja e arrotou alto. — E você, como conheceu eles?

— Eu tocava na Darkhearts.

— Tá de sacanagem. — Tatuado me encarou por trás da cortina de cabelo loiro oleoso com um novo interesse. — Deve ser ainda mais difícil pra você, né?

— Você nem imagina.

Um rapaz com idade de universitário vestindo uma camiseta esfarrapada da Spiritbox se aproximou todo nervoso.

— Jason Elkis?

O cara ao meu lado ajeitou a postura.

— Sim?

— Sou do jornal da Universidade de Washington. Queria saber se posso entrevistar o senhor?

— Ora, ora, ora. — O guitarrista abriu o maior sorrisão e eu me levantei, cedendo o meu lugar no sofá para o jornalista.

Voltei a me juntar a Ridley enquanto ela fazia o circuito e deixei que me arrastasse para tirar selfies com várias celebridades, mas a minha atenção voltava sempre para Chance, que era o centro dos olhares com a sua comitiva.

Ele parecia tão confortável. Era difícil imaginar Eli, introvertido do jeito que era, fazendo isso todo dia. Mas era para isso que existiam os vocalistas: para ficar na frente. Pela primeira vez, fiquei me perguntando quanto da sede de Chance pelos holofotes era uma maneira de proteger Eli mais do que roubar toda a atenção para si mesmo.

Ou então, como diz aquele ditado "onde come um, come dois". Por que não as duas coisas?

Por fim, as luzes piscaram e os seguranças começaram a apressar os fãs de volta para o teatro. Ridley e eu seguimos, mas a mão de alguém nos nossos ombros nos impediu.

— Vocês dois, não. — Chance nos puxou do meio do bando. — Tenho uma surpresa especial pra vocês.

Ele acenou e a ruiva da porta dos fundos apareceu.

— É Emma, né? O Benjamin disse que você podia incluir meus amigos aqui em alguns daqueles lugares *especiais*.

E deu uma piscadela dramática digna de desenho animado para ela.

A garota reluziu e, para minha surpresa, piscou de volta.

— Com certeza.

E gesticulou para que a seguíssemos.

Pela segunda vez, Chance me segurou.

— Cara — disse ele baixinho, numa voz que já não era mais a de Chance Kain, o Astro —, obrigado por ter vindo. Acho que significaria muito pro Eli.

— Imagina.

Tentei passar a impressão de que deixar de ir nunca fora uma opção. Aquela honestidade repentina era desconcertante, e eu não sabia direito o que fazer com as mãos.

Ele sorriu e me soltou.

Emma nos guiou para o teatro e entramos na pista super inclinada que estava lotando rapidamente com o público geral. Eu tinha deduzido que iríamos para um dos mezaninos gigantescos lá em cima, mas, quando chegamos perto da saída que levava ao lobby, ela se virou e destrancou uma porta marcada como APENAS PARA FUNCIONÁRIOS.

O barulho da multidão foi interrompido quando a porta grossa se fechou atrás de nós. Ali dentro havia uma escadaria estreita que parecia bem mais acabadinha do que o resto do teatro. Subimos os degraus seguindo a lanterna de Emma e depois descemos por um corredor mal iluminado e em declive com paredes esburacadas. No final, a parede da esquerda se abriu de repente para uma série de janelas arqueadas e sem vidros suportadas por pilares. À frente, todo o teatro se estendia diante de nós.

— Uau.

Inclinei minha cabeça para fora.

— Essa é a antiga galeria — explicou Emma, enquanto puxava duas cadeiras dobráveis de uma pilha recostada contra a parede. — Não foi reformada, então ninguém pode vir aqui pra trás a não ser os funcionários.

— Entendi.

Dei um chute leve no parapeito "não tão seguro" que chegava apenas até a altura das minhas coxas.

Emma desdobrou as cadeiras e as posicionou viradas para termos uma vista total.

— Hoje os lugares especiais vão ser apenas de vocês. Nada de colocar braço ou perna pra fora do parapeito, senão minha gerente vai esculachar todo mundo, beleza? — Ela esperou, séria, até que assentíssemos. — Então fechou. Se quiserem fazer xixi, eu posso levar vocês agora, mas, quando o show começar, vocês vão ficar aqui até eu voltar pra buscar vocês. Dá pra sair pela porta, mas não dá pra voltar depois. Alguém precisa ir?

Fizemos que não com a cabeça.

Ridley disse:

— Obrigada, Emma.

A garota deu um sorrisão.

— Imagina. Aproveitem.

E se foi.

A galeria não tinha iluminação própria, o que nos deixava no escuro, a não ser pelas lâmpadas lá de fora. Do outro lado do teatro, também era possível ver uma fileira de arcos escuros na parede no alto.

— Que *foda*. — Ridley se inclinou para fora, voltou rápido e pegou uma das cadeiras dobráveis. — Muito mais legal do que ficar na primeira fileira.

Eu era obrigado a admitir que ela estava certa. Era como ser o Batman, observando Gotham de um telhado.

As luzes começaram a esmaecer.

DARKHEARTS: A MELODIA DO CORAÇÃO 77

— Eita, *porraaaaa* — grunhiu Ridley.

Ignorei a cadeira que Emma deixara para mim e me empoleirei de lado no parapeito da galeria, as costas contra uma pilastra.

De algum lugar na confusão de equipamentos, um projetor ligou. A tela no palco veio à vida com uma foto de nove metros de altura de Eli com seu notebook cheio de adesivos de caveira e um fone do headphone pressionado contra a orelha.

O público gritou.

O espetáculo que se seguiu foi espetacular, com convidado após convidado fazendo covers de músicas da Darkhearts, às vezes seguindo a versão original e em outras, reinterpretando nos próprios estilos. Fiz questão de gritar bem alto quando a Godhead Immolator, com um excêntrico vocalista rebaixado, de cabelo colorido e voz digna de Christina Aguilera, se apresentou com sua versão cortante e brutal da música.

Mesmo assim, era inegável que a estrela do show era Chance. Ele apresentou o evento inteiro, e ia salpicando a introdução de cada artista com histórias engraçadas sobre Eli ou lembretes melancólicos a respeito dos perigos de beber demais e a importância de pedir ajuda para lidar com um vício. Deu um trabalhão para o operador do holofote, já que ele ficava de um lado para outro como uma pantera. Em uma transição, as luzes se apagaram e ele apareceu em cima de uma caixa de som em meio a uma lufada de fumaça roxa.

Eu não conseguia desviar os olhos de Chance. Ele sempre levara jeito com o público (era um daqueles cantores que vivia perto da plateia ou incomodando o profissional de som porque ficava girando o microfone pelo cabo), mas aquilo era outro nível. Ele *dominava* o palco. Quando dava aquele sorriso malandro, qualquer um se sentia o seu melhor amigo.

A diferença, é claro, é que ele *tinha sido* meu melhor amigo. Eu fui uma parte crucial dessa transformação de Chance para esse ser evoluído. O que levantava a seguinte questão: será que eu teria me transformado assim também se tivesse permanecido na banda? Nunca tive a presença de palco natural de Chance, mas até mesmo o pálido reflexo da divindade já servia para imortalizar alguém. A inveja e o orgulho batalhavam dentro de mim.

Depois da sexta ou sétima introdução, Ridley suspirou:

— Quando é que ele vai cantar?

Dei um sorriso debochado.

— Apenas espere.

Eu estava certo. Depois de duas horas de um espetáculo cravejado de estrelas, as luzes foram desligadas outra vez. Desta vez, ficaram apagadas, e nenhuma música tocou pelas caixas gigantescas para acompanhar a escuridão. Os rugidos da multidão esmaeceram para um silêncio respeitoso, e depois para murmúrios confusos conforme o momento se alongava.

— Será que caiu a energia? — perguntou Ridley.

— Xiuuu.

Por fim, quando os grunhidos da multidão atingiram um ápice, um anel de luzes carmesim surgiu no centro do palco.

Chance estava no meio, como um demônio em um círculo de invocação. Nas sombras, ele aparentava ser mais alto e cada linha de seu rosto parecia ser desenhada enquanto lentamente erguia a cabeça.

O baixo tamborilou pelo teatro em vibrações baixas que faziam tremer como os passos de um monstro gigante, como um *kaiju*, se aproximando. Um coro etéreo de guitarras em ambiência e sintetizadores se juntaram alto, tecendo ao redor e através dos sons uns dos outros em intervalos que se contrabalanceavam. Reconheci a abertura de "Adormecido no Altar", a última faixa do primeiro álbum da Darkhearts.

Chance ergueu o microfone e começou a cantar baixo e devagar. Sua voz era um rio subterrâneo, escuro e sossegado. Ele não dançou, não rebolou, apenas acompanhou os picos crescentes do baixo, flertou com os sons melífluos e as vibrações eletrônicas. Da canção *de Eli*. A parede de som erguia Chance e apresentava sua voz para o público como uma oferenda. A música de Eli era um anel, Chance era o diamante.

Sua voz foi ganhando corpo, aumentando no fim, se tornando mais poderosa. Nem era preciso saber a letra para compreender do que se tratava. Era possível ouvir na voz de Chance... o luto, o *por quê?* universal que todo mundo se pergunta em algum momento.

A questão se levantou com a música e os instrumentos recuaram, deixando-a no ar. O teatro prendeu a respiração.

As luzes se acenderam abruptamente quando as batidas cessaram, esmagando meu peito. No palco, Chance se incendiou como uma fênix enquanto agarrava o microfone com as duas mãos e uivava o refrão. As notas eram como uma serra, arame farpado, uma estaca, e seu corpo se curvava sobre si devido à força. Sua voz carregava cada um que já sentiu raiva de um deus que permite que coisas ruins aconteçam, cada um que já chegou na ponta de um precipício e gritou sozinho até ficar rouco. Era arrepiante, algo vivo, que agarrava a espinha mesmo enquanto as batidas de Eli forçavam o corpo a se mover.

E então acabou. Suado, Chance ajeitou a postura e tirou o cabelo (perfeito em sua imperfeição) dos olhos. Ele beijou três dedos e os ergueu na saudação estilo *Jogos Vorazes*.

— Obrigado, Eli — disse.

E as luzes se apagaram pela última vez.

O público aplaudiu. Quando as luzes se acenderam, ele havia sumido e a foto de Eli estava novamente tomando conta da parede no fundo. As pessoas começaram a se enfileirar em direção às saídas.

Ridley se virou para mim.

— Bom — disse ela, entre suspiros. — *Engravidei*, e você?

Sete

Três dias depois, mandei uma mensagem para Chance.

> **Eu:**
> E aí? Tá fazendo o quê?

A resposta veio na mesma hora.

> **Chance:**
> Jantando com a família. Pq?

Na minha imaginação, ele ficou surpreso. Mas, sendo bem sincero, eu também estava. Meus dedos deslizavam criando *símbolos* misteriosos espalhados pelo teclado virtual.

> **Eu:**
> Tem uma coisa que eu queria fazer.
> Se chama Tacada da Morte.
> É tipo minigolfe, só que punk rock.

Super diferentão. Aparece do nada
em armazéns aleatórios e aí some
antes que a prefeitura consiga fechar.

Chance:
Nossa! Achei interessante!

Senti uma onda de orgulho me tomar. Era legal saber que pessoas normais conseguiam impressionar celebridades.

Eu:
Peguei o endereço no Reddit.
Hoje é a última noite. Quer ir?

Chance:
Com ctz!

Eu estava prestes a mandar o endereço quando meu telefone ressoou de novo.

Chance:
Será que vai ter muita gente lá?

Eu:
Acho que sim. Pelas fotos
parece uma festona.

Esperei os pequenos "..." que indicavam Chance digitando desaparecerem. Levou tanto tempo que cheguei a ficar surpreso. Por fim, ele mandou:

Chance:
Sair em público às vezes
não é uma boa pra mim.

Revirei os olhos.

Eu:
Cara. Pesquisa umas fotos aí.
Tem um buraco que
FAZ AS BOLAS PEGAREM FOGO.
E teve gente que te
reconheceu no restaurante.
Não deu em nada.

Chance:
Eu sei, mas é que em restaurantes
não costuma ter muita gente.
É diferente com multidões.

Cerrei os dentes.

Eu:
Te enxerga, meu filho.
Você nem é TÃO famoso assim.

Chance:
Meio que sou sim.
¯_(ツ)_/¯

A arrogância daquele desgraçado. Por que foi que eu achei que seria uma boa ideia?

Eu:

Ah, deixa pra lá então.

O show foi muito bom aquela noite.

Valeu por colocar a gente na lista.

A gente se vê.

Eu estava guardando o celular com raiva no bolso quando o aparelho começou a apitar freneticamente.

Chance:

Espera aí!

Vamos.

Você tá certo, certeza que não vai dar em nada.

Reli as mensagens. Era uma vitória? Não dava para saber ao certo.

Eu:

Mesmo?

Chance:

Aham.

Tipo, como é que eu vou negar

Alguém colocando as minhas bolas pra pegar fogo?

🔥🌶️🔥

Dei um sorriso satisfeito.

Eu:

Beleza. Tô pensando em chegar lá umas oito,

logo depois de abrir.

Chance:
Parece uma boa. Me busca de novo?

Eu ainda não entendia por que ele estava sendo tão folgado. Será que sentia tesão em me fazer de motorista? Mas percebi que já o havia tirado muito da zona de conforto por uma noite.

Eu:
Claro. Chego em meia hora.

Chance respondeu com uma sequência de emojis de caveiras, foguinhos e golfe.

Peguei a estrada e logo estava encostando mais uma vez no meio-fio de sua casa. Ele passou pelo portão automático, que se fechou logo atrás, e fiquei surpreso ao vê-lo de jeans azul e um moletom cinza surrado; roupas que, para Chance, já eram estranhamente básicas até mesmo antes da fama. Não que ele algum dia tenha precisado da moda para se destacar, mas as peças sem graça faziam com que seus olhos escuros e os traços angulares de seu rosto assumissem uma beleza mais acessível, algo como o galã do colégio em vez de um anjo caído.

Ele subiu na cabine e virou o pescoço para olhar o pequeno banco de trás.

— Somos só nós dois?

— A Ridley ia vir também, mas os pais a obrigaram a ficar de babá. Gabe e Angela tão em Tahoe pra alguma coisa de *wakeboard*.

— Ah. — Ele assentiu. — Por isso o convite aleatório.

Dei de ombros.

— Bom, parece legal — disse Chance. — Valeu por me buscar.

Peguei a estrada.

— Pois é, mas que história é essa?

— Que história?

— De eu ficar te buscando. Tem medo de estacionar a Lamborghini num bairro perigoso?

Ele fez uma careta.

— Eu não tenho uma Lamborghini.

— Que seja. Você deve dirigir *alguma coisa* maneira.

Chance olhou pela janela e murmurou algo.

— Quê?

— Eu disse que não dirijo. — Ele se encolheu no banco. — Não tenho carteira.

— Espera aí, como é que é? — Eu o encarei chocado. — Você não sabe dirigir?

Chance me encarou de volta.

— Eu *sei* dirigir. Tirei uma provisória. Só não peguei a permanente.

— Como? *Por quê?*

— É que nunca posso praticar na turnê. A gente tá sempre num ônibus, não faz sentido levar um carro, e meu pai não vai alugar um só pra eu praticar em alguma cidade onde não conheço nada. Aí só peço carro de aplicativo.

— Nossa.

— Olha, não é nada demais, tá?

A forma como seu tom de voz soava na defensiva mostrava que ele sabia com toda a certeza que era algo demais.

— Ah, verdade. Com certeza.

Pensei em quanto tempo eu passava dirigindo por aí na minha caminhonete, sozinho ou com Ridley no banco da frente, vagando pelas estradas secundárias no leste da cidade. Tirar a carteira quando fiz dezesseis anos me dera a maior sensação de liberdade da vida. Pensar que Chance tinha condições para comprar qualquer carro que quisesse e não conseguia dirigir me deixava ao mesmo tempo triste e explodindo com uma felicidade deliciosa e suculenta frente à desgraça dele. Senti meus ombros relaxarem e descansei o cotovelo na janela para pegar a brisa do verão.

O endereço nos levou para Georgetown mais uma vez, numa região bizarra onde ruas cortavam umas às outras de todos os ângulos possíveis e fábricas dividiam o espaço com casas comuns. Tentei ficar atento ao mapa no celular enquanto o aparelho me guiava por meio do caos das ruas divididas.

— É pra ser numa agência de correio desativada ou qualquer coisa assim — falei. — Um coletivo de artes assumiu o lugar.

Depois de ficar circulando por alguns minutos tensos, Chance apontou.

— Será que é ali?

No fim de uma ruela, meio iluminado por um poste alto, um cara grandalhão com a cabeça raspada guardava a porta de uma construção quadrada com janelas tapadas. Havia um amontoado de pessoas fumando ali perto.

— Só tem um jeito de descobrirmos.

Estacionei a caminhonete e caminhamos até lá.

Fora do carro, era possível ouvir o pulsar abafado do baixo vindo de dentro do galpão. O segurança vestia um utilikit e uma tiara de plástico cheia de glitter, o que, por mais surpreendente que parecesse, não diminuíam a ameaça de seus braços gigantescos cruzados.

— Aqui é o Tacada da Morte? — perguntei.

— Depende. Vocês têm dezoito anos?

Paralisei e senti meu coração errar a batida. Nada no site falava que era uma atração para maiores. Por que tudo de legal rejeitava menores de idade?

Chance foi mais sutil. Deu um sorriso entusiasmado e disse:

— E a gente viria se não tivesse? Inclusive, eu *amei* a tiara.

— Beleza. — O homem nos olhou desconfiado, mas seu rosto de repente relaxou. — Espera aí... você é o Chance Kain?

Se o sorriso de Chance era gasolina antes, agora era combustível de foguete. Ele deu uma piscadela.

— Isso fica só entre a gente.

O sujeito sorriu também.

— Eu e o meu marido dançamos "Até a Morte" no nosso casamento. — Ele abriu a porta e saiu do caminho. — Aproveitem.

Lá dentro era como um carnaval em uma viagem de ácido. O armazém era um espaço gigante aberto lotado de gente e estruturas bizarras. Risadas e sirenes pincelavam o *death metal* que tocava ao fundo. Havia uma mulher de meia-idade com um chapéu-coco de *Laranja Mecânica* e maquiagem nos olhos toda largada em um sofá logo depois da entrada, guardando as portas vai e vem de madeira que levavam ao resto do caos.

— E aí, drugues. — Ela estendeu duas pranchetas. — Hora dos termos de isenção de responsabilidade! Se não assinarem os documentos, nada de festa.

Pegamos os papeis e Chance leu a introdução em voz alta.

— Por meio desta reconheço que tudo no Tacada da Morte é extremamente perigoso e que sou um otário irresponsável só por estar aqui. — Ele deu um sorrisão. — Que beleza.

Nós dois assinamos rápido e deixamos um pouco de dinheiro na grande caixa sinalizada como DOAÇÕES. A mulher nos entregou os tacos e uma ficha para marcar pontos, e depois apontou.

— O primeiro buraco fica pra lá, mas sigam a ordem que quiserem. Não sejam otários e não acertem ninguém com as suas bolas, a não ser que esse seja o tipo de coisa que eles curtem.

E gesticulou para que entrássemos.

Atravessamos as portas, e foi até difícil processar o bombardeio de luzes estroboscópicas e barulho.

— Caralho.

— Né? — Chance esticou o pescoço para ver melhor, ainda sorrindo feito um idiota. — Tô me sentindo uma bolinha de pinball.

— Bem assim. — Relutante, me forcei a acrescentar: — Valeu por colocar a gente pra dentro.

— Ser famoso serve para algumas coisas. — Ele bateu em mim com o taco. — Vem, vamos jogar!

Quando nos aproximamos do primeiro buraco, havia um casal punk mais velho que a gente saindo dali. Embora o gramado fosse o mesmo tapete verde falso de plástico de qualquer campo de minigolfe, os obstáculos eram bem diferentes. Naquele, alguém encontrara duas bonecas infláveis (uma masculina e outra feminina) e as colocara em posições comprometedoras, com túneis da largura das bolas de golfe passando por seus vários orifícios. Uma placa ao lado do alvo dizia BURACO I: ATOLADINHA.

— Que coisa linda. — Chance deu o *chef's kiss*, um beijo típico de chefe de cozinha com a ponta dos dedos, e pegou uma bola do cesto pendurado na placa. Mirou e gritou: — Aí vai e vou meter de primeira!

E o percurso só foi ficando mais doido. Um buraco continha um triturador industrial esperando para destruir as bolas perdidas. Outro, uma série de túneis de hamster que puxavam a bola e a arremessavam para pontos diferentes do salão. Havia um em que, com um canhão movido a ar, tentávamos acertar a bola em uma privada, enquanto outro contava com fantoches de dragões metálicos gigantescos que permitiam que os oponentes (ou qualquer um que estivesse passando) brincassem de *Hipopótamos Famintos* com as bolas. E, é claro, havia o famoso buraco onde um funcionário vestindo cartola e uma máscara de coelho mergulhava as bolas numa substância que queimava com fogo azul quando as jogávamos através de gêiseres em chamas.

O público era de todas as idades (vi uma senhorinha passar em uma jaqueta de couro com lantejoulas que formavam as palavras BLACK ROCK CITY), mas a maioria tinha o visual padrão de gente alternativa metida a artista, com piercings e cabelo neon. Tinha uma galera fazendo cosplay e metade dos presentes parecia feliz simplesmente por estar ali, batendo papo no bar com temática apocalíptica ou experimentando as fantasias disponíveis numa cabine de fotos.

Durante os primeiros buracos, tudo estava normal, ou tão normal quanto possível quando se está tentando atingir uma bola entre as lâminas sibilantes de uma serra. Mas, enquanto esperávamos que as meninas na nossa frente terminassem uma partida, uma delas se virou e nos viu ali.

— Ai, meu deus! — gritou ela. — São os Darkhearts!

A meia-verdade me deixou com um nó no estômago. Será que as garotas se lembravam dos velhos tempos da banda, da época em que eu poderia receber aquele título? Ou será que simplesmente deduziram que eu era Eli? Antes que eu conseguisse pensar em uma resposta, Chance assumiu o controle e, todo gracioso, fez pose para as selfies.

— Querem jogar com a gente? — perguntou a mais alta.

Não havia uma forma gentil de recusar, já que, a não ser que saíssemos da ordem as atrações, iríamos ficar atrás delas durante todo o percurso. Chance me olhou e eu dei de ombros.

As garotas (Yumi e Claire), no fim das contas, eram um pouco mais velhas do que nós e eram colegas de quarto da Universidade de Washington que haviam decidido passar o verão na cidade. Não dava para negar que eram bonitas, e fiquei surpreso ao perceber que estavam falando comigo quase tanto quanto falavam com Chance.

Agora, de discretas elas não tinham *nada*. Quando chegamos no sétimo buraco (chamado Mr. T fritou minhas bolas, em homenagem ao ator, onde bobinas de Tesla crepitantes davam choque em bolas especiais revestidas de papel alumínio), havíamos começado a atrair uma multidão. Chance era obrigado a se desvencilhar de admiradores sempre que era sua vez de jogar, o que diminuía o nosso ritmo de forma considerável. Não que alguém tivesse reclamado.

Um millennial esguio e boa-pinta vestindo um terno roxo e com a camisa desabotoada até o umbigo se aproximou.

— E aí, Chance. Posso comprar uma bebida pra você?

Uma sombra atravessou o rosto de Chance, e supus que ele devia estar pensando em Eli, em todas as bebidas que o levaram ao anonimato sombrio de um quarto de hotel. Mas foi apenas um lampejo. Quando ele se virou para o sujeito, seu sorriso pronto para as câmeras já estava de volta no lugar.

— Um Amaretto sour, se tiver.

— Pode deixar.

Uma hora mais tarde, o homem voltou, e não apenas com um drinque, mas dois. Entregou o segundo para mim e tocou minha lombar.

— Se divirtam, meninos.

Então saiu sem alarde em meio ao povo.

Olhei para a bebida e depois para Chance.

— Ué?

Ele sorriu e brindou com seu copo no meu.

— Saúde.

Eu nunca nem tinha ouvido falar nesse tal de Amaretto, mas o drinque, ao mesmo tempo azedinho e doce como xarope, era tão bom que fiquei em choque.

— Nossa.

— Nossa mesmo, né? — Chance ergueu o copo. — É tipo um geladinho de limão.

— Parece que o Conde de Limãograb acabou de gozar na minha boca.

Chance gargalhou alto do nada, como várias pessoas ao nosso redor. Senti uma satisfação vibrante que podia muito bem ser do álcool.

No decorrer da noite, porém, a atenção começou a incomodar. Todos queriam falar com Chance, e embora alguns seguissem a deixa de Yumi e Claire e conversassem comigo também, a maioria estava focada em absorver qualquer migalha da atenção dele. As pessoas que não diziam nada e só ficavam lá nos filmando com os celulares eram mais estranhas ainda.

Quando chegamos no último buraco, onde uma máquina de corte com jato de água partia nossas bolas bem ao meio, dava para perceber que entreter toda aquela multidão estava exaurindo Chance. O jeito como ele precisava ficar rindo sempre e sorrir para cada nova pessoa que surgia me fez lembrar do casamento do meu primo na Califórnia, como minha tia insistira em me apresentar para uma infinidade de gente que eu nunca vira antes e nunca mais encontraria na vida. A situação despertou em mim um estranho instinto protetor, e fiz o meu melhor para bloquear os fãs mais agressivos enquanto devolvíamos nossos tacos, nos despedíamos e, com toda a educação, negávamos os convites para *afters* (muito embora eu tenha, *sim*, deixado Claire me passar o número dela). Chance me lançou um olhar de gratidão enquanto seguíamos até a porta.

Minha cabeça continuava girando um pouco por causa da bebida, e a lufada de ar fresco depois de um ambiente lotado foi como um elixir revigorante. O segurança nos desejou boa noite.

— Foi *incrível* — declarei. — Até melhor do que...

E o mundo explodiu em luzes.

Pisquei e vi duas pessoas: um homem negro com uma câmera gigante e uma mulher branca com uma câmera menor e um celular.

Com o obturador trepidando como uma metralhadora, o flash disparou de novo.

— Merda. — Chance ergueu uma das mãos para bloquear o próprio rosto e a outra para tapar o meu. — São paparazzi. Profissionais.

— É sério? — Não parecia grande coisa, já que muita gente lá dentro havia tirado fotos, mas pela expressão de Chance, ele parecia ter pisado em cocô de cachorro. — Beleza, não tem problema. É só a gente ir pra caminhonete e dar o fora daqui.

— Não! — Ele me puxou para longe da luz do poste e tentou nos deixar de costas para os paparazzi enquanto faziam a volta para conseguir um ângulo melhor. — Não deixa eles verem o seu carro. Vão pesquisar a placa, descobrir tudo sobre você e aí a gente nunca mais vai poder sair normalmente de novo. Eles são a porra do FBI da fofoca.

Eu ainda não entendia o problema. E daí que algum tabloide tirasse fotos de mim? Mas desde o enterro de Eli eu não via Chance tão nervoso.

— Beleza, e o que a gente faz?

Ele olhou para trás e depois, do nada, deu um sorriso selvagem para mim antes de agarrar meu pulso e me puxar, já em movimento.

— Corre!

Tropecei, e então estávamos correndo pelo beco, na direção contrária de onde havíamos estacionado. Olhei para trás e vi os dois fotógrafos começarem a correr também, segurando as câmeras com firmeza contra o peito.

— Eles tão perseguindo a gente!

— É o que essa gente faz!

Aceleramos e fomos desviando de lixeiras e poças nojentas. Mais à frente, o beco descambava em uma rua vazia.

— Pra que lado? — perguntou Chance.

A direita levava de volta às luzes do centro da área comercial e a esquerda às entranhas daquele deserto industrial. Escolhi aleatoriamente.

— Esquerda!

Chance não hesitou, só virou e continuou em frente.

De repente, o motivo da corrida já não importava mais. Éramos jovens, velozes e estávamos nos movendo como animais; isso já bastava. Chance deu um gritinho empolgado quando pulamos por cima da rampa de concreto de uma área de carga e descarga, raspamos nossos tênis contra o cimento e voamos para o outro lado.

Os paparazzi continuavam na nossa cola, mas eles não eram adolescentes. Nosso espaço de vantagem ficou maior quando corremos até dizer chega através de um campinho.

DARKHEARTS: A MELODIA DO CORAÇÃO 95

Viramos numa esquina, passamos por uma fábrica de laticínios, pegamos outra esquina sem demora e seguimos por uma calçada ladeada por uma cerca viva alta. Eu não tinha o costume de correr, e o cansaço estava começando a abrir espaço para uma sensação de queimação nos pulmões.

— Pra onde a gente tá indo?

— Boa pergunta.

Chance parou, olhou ao redor e então me puxou de lado com tanta força que me fez atravessar uma folhagem.

— Mas que...

Ele colocou um dedo nos meus lábios.

Do outro lado da cerca-viva havia uma estranha casa de pedra coberta por telhas que parecia saída da Roma antiga, cercada por um jardim elaborado e pela estátua de uma sereia. As palavras CASA CORMAN haviam sido gravadas em cima da porta. Uma luz fraca brilhava das janelas e se misturava à iluminação dos postes que despontava através da cerca-viva para lançar sombras sobre o terreno.

Chance me fez abaixar na escuridão atrás de um grande arbusto que ficava fora de vista da entrada.

Em silêncio, nos agachamos com as coxas e os braços amontoados na sombra. Eu podia sentir o calor emanando dele através de seu moletom, o silencioso erguer de suas costelas quando prendemos a respiração.

Pouco tempo depois, ouvimos pegadas correndo e se aproximando. Pararam bem do outro lado da cerca.

— Merda — disse a voz da mulher. — O que você acha?

— Por ali, talvez?

E eles seguiram adiante, recuando na distância.

Após um bom tempo, Chance finalmente se levantou. Mas, em vez de ir para a entrada, ele se enfiou ainda mais para dentro do jardim. Me apressei para alcançá-lo enquanto olhava as janelas antigas da construção.

— O que você tá fazendo? — sibilei. — E se tiver alguém aí?

— Aí a gente conta a verdade. — Chance se inclinou para tão perto de mim que consegui sentir o hálito de seu sussurro. — Que a gente tá fugindo de adultos esquisitos que tão nos seguindo.

Fui obrigado a admitir que essa era uma desculpa decente. Entre a fama de Chance e minha cara branquela, talvez os policiais até nos dessem um aviso antes de atirar.

A cerca percorria todo o perímetro da propriedade, formando um pequeno triângulo de privacidade. Nos fundos, uma pérgula recoberta de videiras e luzinhas que pareciam estrelas penduradas se estendia sobre um pátio de pedra e duas mesas compridas de madeira. Me encolhi por causa da luminosidade, mas Chance se aproximou silenciosamente das portas de vidro e deu uma espiada lá dentro.

— A barra tá limpa — disse ele, com calma. — É tipo um salão de festas. Não tem ninguém aqui, só uma luzinha noturna.

Relaxei os ombros. Soltei o ar sem medo e me sentei em um dos bancos. Chance se aproximou e se sentou ao meu lado sobre o tampo da mesa, com os pés no assento.

— Tá bom — falei quando meu coração finalmente se acalmou. — Tô disposto a reconhecer que talvez você *seja tão* famoso mesmo.

Ele riu.

— Valeu, cara. — Ele gesticulou com a mão. — Por tudo isso. Depois desses últimos dias, eu precisava me divertir um pouco.

— Rolou mais alguma coisa nos últimos dias?

Chance franziu o cenho.

— Só coisas do trabalho. Não quero falar disso, na real.

— Beleza.

Ele se reclinou sobre os cotovelos e olhou para os fios de luzes cintilantes entre as folhas.

— Parecem vagalumes. Você já viu vagalumes de verdade?

Fiz que não.

— Tem em Nanjing. Consegui ver uma vez, quando visitei a Nai-Nai, minha avó paterna. A gente foi pra um parque onde eles ficam voando ao redor dos templos. — Chance suspirou. — Queria que tivesse aqui também. Tem uma coisa poética neles, sabe?

Joguei a cabeça para trás de um jeito super dramático.

— Ah, não. Poesia de novo, não.

Ele me deu um tapinha no ombro.

— Cala a boca, cara. Tá me dizendo que essa metáfora não significa nada pra você? Essa coisa de vagar em meio à escuridão e brilhar nossa luz por tão pouco tempo na esperança de que alguém nos veja antes de morrermos?

— Tá mais pra exibir a bunda pra tentar transar.

Mas Chance estava certo... algo a respeito do cenário que ele pintou mexeu em algum lugar dentro de mim.

Ele riu.

— É o que você faz?

— Faço o quê?

— Pra transar. — Ele me olhou e deu um sorrisinho malandro. — Você deve ter pegado *alguém* nos últimos dois anos.

Fiquei todo vermelho e torci para que a luz difusa escondesse meu rubor.

— Talvez.

— Talvez, é? — Ele se sentou e, ávido, se inclinou para a frente. — Mas até onde você foi? Você transou, *transou mesmo*?

Meu rosto estava pegando fogo.

— A gente se divertiu.

— Aí, sim, cara. — Ele se reclinou e usou as mãos como apoio. — E foi com quem?

Eu continuava com zero interesse de contar da Maddy, e ser colocado em um lugar de destaque assim de repente me deixou irritado.

— E por é que *você* se importa? Você podia ter comido qualquer uma daquelas universitárias hoje à noite. Ou as duas ao mesmo tempo.

Ele revirou os olhos.

— Não vem projetar suas fantasias em mim, não. Você tá parecendo aquele cara do Bamf Burguer.

— Tá me dizendo que nunca fez isso? — De repente parecia extremamente importante para mim que ele admitisse.

— Eu vi aquelas tietes te cercando no *meet and greet*. Quer que eu acredite que você nunca transou nos bastidores?

— Não pode — respondeu ele. — É contra as regras.

— *Que* regras?

— Do meu empresário. As Regras de Benjamin para o Estrelato. — Chance levantou um dedo. — Regra Número Um: Nada de sexo com fãs. — Um segundo dedo. — Regra Número Dois: Caso desobedeça a Regra Número Um, sempre leve a camisinha embora quando sair.

— Eca. Como é que é? Por quê?

— Assim elas não usam pra engravidar — falou, como se não fosse nada. — A gente acha que tá protegido, só que aí depois... — Chance fez um gesto gráfico. — A fã decide

DARKHEARTS: A MELODIA DO CORAÇÃO 99

engravidar pra obrigar o famoso a se casar com ela, ou pagar pensão ou simplesmente ficar chantageando a pessoa.

— Meu pai amado. Que coisa doentia.

— Pois é. Então, é isso aí. Nada de sexo com fãs.

— Caramba. — Pensei a respeito por um instante. — Então você nunca faz *nada* com ninguém?

Naquele momento, ele é que pareceu desconfortável.

— A-há! Então já fez, *sim*.

Chance assentiu devagar.

— Uma vez.

O jeito austero como ele respondeu drenou qualquer raiva restante em mim.

— Mesmo?

— Mesmo. — Com a pele marcada pelo brilho das lâmpadas, ele voltou a encarar as luzes. — Teve essa pessoa... Emerson, que trabalhava na casa de shows. A gente teve que chegar cedo pra alguma coisa antes do evento que acabou sendo cancelado, então não tinha nada pra fazer além de ficar sentado na sala da equipe. Tinham designado Emerson pra me ajudar. Buscar água, me levar aonde fosse necessário, essas coisas, mas a gente ficou basicamente só conversando. E foi legal, sabe? Senti que rolou uma conexão.

O arrependimento na voz dele era um peso físico.

— Mas?

Resignado, Chance deu de ombros.

— Mas Emerson era fã. Achou que me conhecia, mas conhecia coisa nenhuma. Conhecia o *Chance Kain* das centenas de entrevistas, mas não *me* conhecia. Eu fui uma fantasia. E deu pra sentir isso quando a gente transou. A decepção. — Ele meneou a cabeça. — O povo diz que famosos são bons apenas de longe, né? Bom, com *toda a certeza* é melhor deixar a língua mais longe ainda.

— Eita.

— Pois é. — Ele se obrigou a aliviar o clima. — Mas, ó, ninguém saber bem sobre a minha sexualidade faz parte do meu estilo agora. Todo mundo ama um mistério. — Chance abriu as mãos. — Só que não dá pra namorar um mistério, né, então…

— Caramba — falei de novo, e em seguida: — é tipo o lance dos carros.

Ele exalou com força.

— *Quê?*

Fiz um gesto vago.

— Você pode comprar qualquer carro que quiser, mas não pode dirigir nenhum. É a mesma coisa.

— *Nossa.* — Ele olhou para mim e balançou levemente a cabeça enquanto me analisava. — Você tá se esforçando mesmo pra fazer eu me sentir melhor, hein?

— Pelo visto você vai ter que enxugar as lágrimas com notas de cem dólares — respondi, mas sorrindo.

Ele riu.

— Seu babaca.

— Alguém precisa ser o babaca. Todo mundo lá hoje achava que você era Jesus de calça skinny.

— E você tá dizendo que eu não sou? — Ele levou a mão ao peito. — Assim você me magoa, Holc.

Ele moveu a mão até meu ombro e se levantou.

— Vem, vamos voltar no sigilo pra sua caminhonete. Jesus precisa de uma carona.

Oito

Depois da nossa aventura fugindo dos paparazzi, passei o resto da semana sem ver Chance. O que não teria sido nada demais, a não ser pelo fato de que, de algum jeito e por mais extraordinário que parecesse... eu meio que *queria?*

A questão não era apenas que nos divertimos no Tacada da Morte. Isso não significava nada... eu poderia ter ido só com uma das bonecas infláveis e o lugar ainda seria o máximo. Mas quando corremos e nos escondemos juntos, quando trabalhamos em equipe, alguma coisa pareceu diferente. Por aqueles poucos minutos, era quase como se os dois últimos anos nunca tivessem acontecido. Ele estava sendo simplesmente o Chance, o garoto com quem eu jogava *Fortnite* e conversava sobre meninas, e não Chance Kain. O menino que fez com que começar uma banda parecesse divertido. O Chance que foi um dos meus melhores amigos.

Era um sentimento desconfortável. Odiá-lo era uma coisa. Sentir saudades era outra totalmente diferente.

Por um tempo, dei um jeito de abafar a minha urgência de entrar em contato. Passei os dias trabalhando na igreja e as noites construindo meus próprios projetos no porão ou assistindo a filmes com meu pai. Mas sábado de manhã, sabendo que Ridley trabalharia durante o final de semana inteiro e que Gabe e Angela, os próximos na minha lista de melhores amigos, continuavam de férias, a situação estava começando a ficar meio ridícula.

Do que é que eu estava com medo, exatamente? Eu não era um fã implorando por atenção (inclusive, muito pelo contrário). Afinal, tinha sido *ele* quem mandara a primeira mensagem. Com seu (talvez justificável) medo de sair em público, a impressão era de que Chance estava entediado em Seattle. Eu estaria lhe fazendo um *favor*.

Então, dei o braço a torcer e o chamei.

Eu:

E aí, quer sair hoje?

E a resposta foi:

Chance:

Não dá. Ocupado o fim de semana todo.

Coisa de música.

Foi quase um alívio a forma como o rancor me inundou novamente.

Claro que Chance não queria sair. Estava ocupado demais sendo famoso e importante. O que é que eu tinha na cabeça? O cara passou *dois* anos sem me mandar uma única mensagem desde que saí da banda, aí a gente saiu uma vez ou outra e eu já fico todo melancólico pensando nos velhos tempos? Patético.

Meu celular tocou outra vez.

Chance:
Na real, quer vir malhar comigo? Tipo agora.

Hesitei. Malhar não era uma atividade que eu fazia. Entre o trabalho manual para o meu pai, aulas de educação física na escola e ter que subir os morros de Seattle, exercício estava mais para algo que *acontecia* comigo do que algo que eu buscava.

Mas, caramba, o que mais eu tinha para fazer?

Pode ser, respondi.

Estacionei na rua da casa de Chance e apertei o botão no interfone do portão.

— Oi? — A voz era da mãe dele.

— Hum... oi. É o David Holcomb.

— David! Entra!

O dispositivo apitou e o portão se abriu com um rangido.

Chamar aquela casa de mansão seria um exagero. Muito embora tivesse o dobro do tamanho da casa onde eu morava com meu pai, eu já havia entrado em casas tão grandes quanto no meu próprio bairro. O sul de Seattle era uma bagunça criada por um processo de gentrificação veloz, com edifícios que mais pareciam pecinhas quadradas de Lego sem identidade nenhuma ocupados por jovens empresários moderninhos ao lado de barracos aos pedaços com grades nas janelas. Então, não, a casa da família Ng não era imensa e fora do comum.

Agora, o que não tinha de grande, tinha de *maneira*. A construção inteira era feita de tijolos vermelhos com telhados triangulares que passavam o ar de um solar vitoriano. A residência se erguia entre pátios aparados por profissionais na encosta da colina íngreme, o que dava a cada janela do lado leste uma visão panorâmica do lago Washington. A calçada portuguesa descia até uma rotatória que abrigava um vaso de mármore sobre uma elevação que mais parecia algum troféu do *Mario Kart*. Como se qualquer visitante precisasse de um lembrete de que vencedores moravam ali.

A porta da frente se abriu.

— David!

A sra. Ng parecia a mesma desde a última vez em que a vi: uma coreano-americana com cerca de quarenta anos, um corpo agressivamente em forma, rosto redondo e cabelo preto comprido preso em um rabo de cavalo. Como era sábado, ela havia trocado o visual de mulher de negócios por algo mais apropriado para uma escalada, que parecia uma calça cargo decidida a virar vestido, e o pior é que ficava tão bem nela que fiquei até meio desconcertado.

Mesmo assim, tudo isso vinha depois de seu sorriso. A sra. Ng era a pessoa com as expressões faciais mais vibrantes que eu já conhecera, e seu sorriso estava radiante conforme eu me apressava até a porta.

— Olha só pra você! Tá enorme! — Ela precisou se esticar para alcançar meu ombro. Seu sorriso não vacilou, mas seu olhar ficou bem mais sério ao dizer: — Faz tempo que não te vemos.

Por mais branda que tivesse sido, a reprimenda me acertou em cheio. Houve uma época em que a sra. Ng era o mais próximo de uma mãe na minha vida (talvez não a *minha* mãe, mas eu podia ficar por perto e permitir que seu carinho maternal refletisse em Chance e chegasse até mim). Quando me afastei da banda, me afastei dela também. Na época, tinha parecido a única opção, mas ainda doía.

— Pois é. Faz muito tempo, né? Que loucura.

Desconfortável, fiquei esfregando minha nuca.

Ela ficou com pena e me arrastou para dentro.

— Entra, entra!

A aparência do interior era ainda melhor do que do lado de fora, se é que isso era possível. Fiquei boquiaberto com o plano aberto que terminava em uma parede de vidro sólido.

— Até que dá pro gasto, hein?

O jeito como dona Ng falava era o suprassumo de Nova York: sem rodeios, destemido e com uma intensidade casual que era ao mesmo tempo vibrante e apavorante.

— É maravilhoso.

— A gente se mudou ano passado. Só que, sendo bem sincera, com Chance e Lawrence longe o tempo todo, acho até um exagero. Agora, por outro lado, está perfeita. — Ela abriu a geladeira reluzente de aço inoxidável. — Quer um vinho de latinha ou alguma coisa assim? Tem lasanha de ontem. Ou mandu?

— Valeu, mas acho melhor não. O Chance quer malhar.

— Ah, é claro. Deus o livre de poder tirar um final de semana pra *relaxar*. — Ela se virou, recostou o corpo contra a bancada e cruzou os braços. — Então, David. Me atualiza. Ainda tá na Franklin?

— Aham.

— Vai tentar entrar em alguma faculdade?

— Na verdade, vou virar aprendiz. De carpintaria.

Suas sobrancelhas finas se ergueram de curiosidade.

— É mesmo?

— É, com um dos empreiteiros do meu pai. — Corri para me justificar e dar todos os meus argumentos antes que ela pudesse criticar a minha escolha. — Faz mais ou menos um ano que eu tô aprendendo com esse carpinteiro, tô trabalhando pra ele o verão inteiro. Eu tô ficando muito bom.

Ela pensou a respeito e, decidida, assentiu.

— Que bom. Eu vivo dizendo que mais jovens deviam colocar a mão na massa. Já tem bacharéis em literatura desempregados demais no mundo. — Ela gesticulou para a opulência que nos cercava. — Não que eu tenha direito de criticar a arte. Faz trinta anos que trabalho com políticas públicas e moro na casa que meu filho adolescente comprou pra mim. — Ela inclinou a cabeça. — Você anda tocando alguma coisa?

Tive que me esforçar para não dar de ombros.

— Na verdade, não.

A sra. Ng percebeu meu humor e mudou de assunto, mas sem querer me pressionando outra vez.

— Você tem uma namorada?

Dei uma risada desconfortável.

— Não.

Seu olhar de mãe ficou mais intenso.

— Um namorado?

— Quê? Não.

Fiquei todo vermelho.

Ela sorriu, impiedosa.

— Peguetes no Tinder?

— Mãe! Pelo amor de deus, deixa o coitado respirar.

Chance desceu as escadas. Ele vestia calças de moletom casuais e uma camiseta branca do Sub-Radio com as mangas cortadas, mas, de algum jeito, ainda conseguia parecer mil vezes mais estiloso do que eu estava com a minha bermuda de basquete e a camiseta do Seahawks.

Aliviado, me virei na direção dele.

— E aí, cara.

— E aí.

— Holc!

Me virei assim que um pacotinho de um metro e vinte de pura energia cinética embrulhado numa estampa de unicórnios se jogou contra mim e envolveu minha cintura em um abraço.

— Oi, Olivia!

De repente, entendi como a sra. Ng deve ter se sentido quando me viu. A irmãzinha de Chance crescera quase quinze centímetros desde a última vez que eu a tinha visto. Será que ela já estava no jardim de infância, meu deus?

A pequena imediatamente me soltou e ergueu os braços.

— Me faz surfar na galera! — pediu ela, se referindo ao típico gesto que os roqueiros fazem de se jogar sobre a multidão.

— Faz favor, né, Olivia. — Envergonhado, Chance franziu o cenho. — Deixa ele em paz.

O olhar confiante com que ela o encarou era tão parecido com o da mãe deles que chegava a ser desconcertante.

— O Holc não se incomoda.

A sra. Ng deu um sorriso desconfiado.

— É melhor eu nem saber do que vocês tão falando...

Sem ter para onde correr, olhei para Chance.

Suspirando, ele se aproximou e agarrou a garotinha por baixo das axilas.

— Pronta?

— Pronta! — gritou ela.

Agarrei seus pés. Demos impulso juntos, levantando Olivia acima das nossas cabeças. Com Chance na frente, corremos pela sala de estar gritando:

— É O SUUUUUUUURFE NA GALERA!

Ela berrava de tanto rir.

Por fim, depois de várias voltas pela luxuosa sala de estar, que contava com uma mesa de jantar feita com a porta de uma igreja medieval, fizemos todo um teatro antes de soltá-la com cuidado no sofá.

— Nossa — falei. — Você tá mais pesada do que na última vez que te vi.

O sorriso de Chance sumiu e eu soube imediatamente no que ele estava pensando: na última vez em que havíamos feito isso, havia três de nós para carregá-la.

Olivia, pelo nosso bem, não notou nada disso. Ela pulou para cima das almofadas de couro.

— De novo!

— Agora deu, Livi. — A sra. Ng estava sorrindo. — Tenho certeza de que os meninos querem ir malhar *de verdade*. — E olhou para Chance. — A não ser que o Peter agora tenha te recomendado fazer levantamento com a sua irmã? Ela até que daria um bom peso de academia.

— Sério. — Chance gesticulou para mim. — Vem, a gente vai malhar no porão.

Ele me conduziu por um lance de escadas até um cômodo com piso de azulejo que só poderia ser chamado de porão por quem mora no tipo de casa com estátuas no jardim. A vista era tão ampla quanto na sala de estar lá de cima, e era possível ver a silhueta irregular das montanhas Cascate se agigantando arroxeadas para além do lago.

O espaço estava lotado de equipamentos de musculação. Uma remadora, um banco para levantamento de peso, um rack gigante de metal, uma longa fileira de halteres... parecia que alguém havia entrado em uma academia e encomendado uma unidade de cada coisa.

— Nossa — suspirei.

— Pois é. — Chance parecia envergonhado de novo. — Mas é melhor do que ir numa academia lotada todos os dias.

Depois do que aconteceu no Tacada da Morte, sem mencionar os fotógrafos, eu conseguia entender que seria um problema.

Ele foi até um banco.

— É perfeito, na real. O Peter preparou um treino dividido em sete dias, e hoje é o de membros superiores. Você pode fazer os mesmos exercícios.

— Quem é Peter?

— Meu personal trainer.

— Ah, claro.

Ele falou isso de um jeito tão casual. Afinal, quem não tinha um personal trainer particular?

— Aqui, eu vou primeiro. — Ele puxou uma anilha de aço de um rack e a colocou na ponta de uma barra. — Pega uma de quarenta e cinco quilos pra mim, por favor?

Peguei. Era surpreendentemente pesada.

— Você levanta peso? — perguntou ele.

— Na real, não. — Eu tinha levantado só algumas vezes. — Na academia da escola só tem máquinas.

Ele apontou para o topo do banco.

— Só fica ali e tenta não peidar. Se parecer que eu tô pra desmaiar, segura a barra.

— Tá bom.

Assumi a posição e Chance se deitou. Dei um passo para trás, assim minha virilha não ficaria colada bem na cara dele, mas a única coisa em que ele prestava atenção, com a mandíbula cerrada e concentração voraz, era na barra. Com um impulso, Chance levantou o peso, segurou-o no ar por um instante e então abaixou-o até o peito.

— Um!

Senti a percussão de sua respiração com um leve aroma de menta enquanto a barra subia mais uma vez. Foram oito repetições acompanhadas de grunhidos a cada movimento, então ele devolveu a barra ao suporte com um baque metálico.

— Beleza! — Chance se levantou, foi para o lado e levou as mãos até a anilha. — Sua vez. Quer pegar quanto?

— Vou fazer o mesmo.

Ele inclinou a cabeça.

— Tem certeza? Levantar a barra é bem diferente do que usar as máquinas. Precisa usar todos os músculos menores que dão estabilidade.

Eu devia ser uns treze quilos mais pesado do que Chance. Havia passado o verão inteiro empilhando e carregando madeira. Senti a provocação rosnando enquanto me tomava por dentro.

— Deixa comigo.

— Beleza. — Rendido, ele tirou a mão da anilha e foi para trás do banco. — Tô esperando.

Deitei e, ainda com raiva pela suposição de que eu não conseguiria fazer o mesmo, agarrei a barra.

Até que foi fácil tirá-la do suporte. Com um ímpeto de validação, trouxe-a para baixo. O aço atingiu meu esterno com um baque.

DARKHEARTS: A MELODIA DO CORAÇÃO 111

E ficou ali.

— Vamos lá! — Encorajou Chance. — Empurra!

Parecia que tinha um carro contra o meu peito. A barra pressionava e ameaçava me partir lentamente ao meio como um cortador de queijo.

— Você consegue! — insistiu ele.

Meus braços tremeram, mas era como um daqueles sonhos em que nossos membros não funcionam. O peso extremo esmagava minha caixa torácica.

As mãos de Chance serpentearam por baixo de cada lado da barra.

— Solta o ar quando for empurrar. No três. Um... dois...

Empurrei com toda a minha força. Com a ajuda, a barra se levantou toda desequilibrada e bateu com tudo de volta ao suporte.

— É isso aí! — disse Chance.

Meu rosto queimava, e não apenas por causa da exaustão. Ele percebeu.

— Olha, cara, você é grandão, mas levantar peso é uma parada super específica. Ninguém usa o peito assim a não ser que o objetivo seja exatamente esse. Não quer dizer nada.

A única coisa pior do que comer poeira para Chance era ser tratado com condescendência por ele. Cerrei os dentes e o permiti trocar as anilhas até diminuir o peso quase pela metade.

Depois de várias séries, fomos para o troço preto enorme.

— Barras! — anunciou. — Com a pegada aberta, pro foco ser no músculo da asa.

Ele pulou, agarrou uma barra curva como os guidões de um triciclo gigante e ficou balançando para a frente e para trás enquanto levava as mãos até as pontas. Se pendurou com os pés a uns trinta centímetros do chão, o corpo formando um Y perfeito, respirou fundo e se ergueu. Seus braços e ombros formaram um W. E então de novo.

— É só... fazer... quantas der — grunhiu ele.

Os músculos em seus braços e ombros ficaram tensos e contraídos. A camiseta sem mangas deixava-os expostos até demais. Sem gordura alguma para escondê-las, cada fibra se destacava nitidamente definida, como os traços finos de um quadrinho.

Ele deve ter feito umas dez repetições, e então, com a respiração entrecortada, pulou de volta para o chão.

— A pegada aberta é um *saco* — disse ele, ofegante. — Levei um tempão pra conseguir uma sequer. Pode pular esse, se você quiser.

Aquilo nunca acabaria bem, e nós dois sabíamos disso. Mesmo assim, eu não podia simplesmente deixar ele ganhar sem nem tentar. Pulei, agarrei a barra e consegui me balançar até segurar as pontas como Chance tinha feito.

Eu normalmente não ligava muito para o meu peso. Muito embora eu fosse um pouquinho maior do que a média e tivesse um pouco mais de carne, ninguém, pelo menos quase nunca, fazia bullying comigo. Se fosse para formar times nas aulas de educação física, eu provavelmente ficaria no meio da lista. Mas ali, pendurado na barra de Chance, senti cada quilo extra me puxando para baixo em direção ao núcleo da terra.

Tensionei a mandíbula e puxei, mas funcionou tão bem quanto se eu estivesse tentando lançar um feitiço. *Wingardium leviosa*. Meus ombros se recusavam a se mover.

Acontece que eles não eram a única coisa teimosa. Continuei pendurado e forçando até o meu máximo.

Então Chance abraçou minhas pernas.

— Cara, que porr…?

— Puxa!

Obedeci. E, contra todas as probabilidades, fui para cima. Com Chance ajudando a erguer a parte inferior do meu corpo, logo meu queixo ficou acima da barra.

— De novo!

Repetimos mais duas vezes antes que Chance me soltasse e desse um passo para trás. Voltei para o chão em um baque pesado.

— Muito bem!

Ele fez joinha para mim.

Meu rosto queimava tanto que eu devia estar parecendo um tomate. Aquela tinha sido uma ideia ruim.

— Talvez seja melhor eu ir.

Chance pareceu magoado.

— Cara, eu te disse que ninguém vai bem de primeira na pegada aberta. O Peter teve que levantar as minhas pernas assim por, tipo, uns seis meses.

Merda, eu queria que ele parasse de ficar me dando tanto apoio moral. Se ele me sacaneasse, seria mais fácil de lidar do que com a pena.

— Olha, prometo que você vai curtir o próximo. — Chance se virou e agarrou um par de halteres do rack. Com os braços num ângulo de 90 graus, segurou-os na lateral do corpo na altura da cabeça, o que fez seus bíceps estufarem de um jeito obsceno. — Desenvolvimento.

Ele os levantou acima da cabeça até ficar com os braços completamente esticados e depois os abaixou de novo. Com uma careta, completou uma série de dez e então me entregou os pesos.

— Agora é sua vez.

Eu estava preparado para outra rodada de humilhação, mas esse exercício era mais fácil *mesmo*. Com movimentos suaves e firmes, fiz várias repetições.

Chance sorriu.

— Viu, só? Te falei.

Comecei a desconfiar.

— Qual é o peso que você normalmente usa nesse exercício?

— Esse aqui. — Ele viu meu ceticismo e levantou as mãos.

— Não tô te enganando! Eu sabia que esse seria mais fácil... você tem ombros enormes. Aposto que aguenta mais do que eu mesmo sem treinar.

— Sei.

Minha raiva desacelerou até parar.

— Aqui. — Chance me puxou para um espelho numa das paredes. — Fica se vendo pra garantir que vai manter a postura.

Ergui os pesos. Ele foi para trás de mim e tocou meus tríceps com a leveza de uma pluma.

— Eu te ajudo. É só continuar até não aguentar mais.

Levantei. Para minha surpresa, o espelho realmente me deixava muito bem. Com os halteres em mãos, era possível ver as linhas dos meus próprios músculos se mexendo melhor do que todas as vezes em que ficava fazendo muque no banheiro depois do banho. Chance estava logo atrás de mim, me olhando por cima dos meus ombros com um sorriso que disparou uma onda de orgulho pelo meu corpo. Conforme as repetições se acumulavam e meus braços começavam a tremer, a pressão das mãos dele ficou mais firme, impedindo que eu vacilasse.

DARKHEARTS: A MELODIA DO CORAÇÃO 115

Quando cheguei ao auge da exaustão, joguei o peso dos halteres para a frente e, com um grunhido, abaixei-os até o chão.

Chance recuou e deu um sorrisão.

— Puta que pariu, cara, você é um monstro!

— É mesmo?

Não consegui evitar e abri um sorriso também.

— Monstrão. Você nasceu pra isso. — Ele pressionou o antebraço dele contra o meu; era um convite para que eu comparasse. — Eu passo a maior parte do tempo só tentando continuar trincado sem parecer um espantalho, mas você conseguiria ficar gigante se tentasse.

Já haviam comentado a respeito da minha estrutura corporal antes. Os empreiteiros do meu pai que perguntavam o motivo de eu não jogar futebol americano, os parentes percebiam como eu havia crescido. Só que era diferente vindo de Chance. Os músculos do meu pescoço relaxaram.

— Valeu.

Com ele nomeando e explicando cada um, seguimos para outros exercícios. Elevações frontais, crucifixo com halteres, extensões de tríceps acima da cabeça. Fiquei contente ao descobrir que eu não era tão patético quanto tinha imaginado. Chance podia até parecer um astro do cinema enquanto treinava (com o suor colando seu cabelo preto na testa e os braços protuberantes como bolas de tênis dentro de uma meia), mas eu não ficava muito para trás. Às vezes, não ficava *nada* para trás. Além disso, agora que eu havia parado de sentir vergonha a cada exercício, ficar ali com ele estava sendo bom. Até empolgante, eu diria. Passei muito tempo odiando o conceito de Chance Kain, a celebridade. Mas se estávamos de igual para igual (e se ele me queria por perto), o que isso dizia a meu respeito? Era gratificante.

Ele franziu o cenho enquanto eu fazia a rosca martelo.

— Você tá balançando os braços.

— Tô nada.

Fiz outra repetição.

— Você tá balançando demais o braço. — Chance colocou uma das mãos no meu bíceps, bem na curva do cotovelo, e outra atrás do meu braço. Estavam quentes como se eu estivesse com febre. — *Agora* tenta.

Meu braço tentou ir para a frente, tentou empurrar contra a mão de Chance, mas ele me segurou no lugar. Foi bom de uma maneira estranha.

Ele deu um sorrisão.

— Agora ficou mais difícil, não *é*?

— Tá bom, ficou.

Ele me segurou por mais algumas repetições, depois soltou e deu um passo para trás. Como o vestígio deixado por um flash, uma lufada de ar se apressou e preencheu o vazio que seus dedos haviam deixado.

— Beleza — disse Chance. — Pra mim já deu. Agora a gente termina fazendo abdominal até querer vomitar.

— Pensei que hoje era dia de membros superiores.

— *Todo* dia é dia de abdominal. — Ele deu uns tapinhas na barriga seca. — Músculos são legais, mas os fotógrafos só ligam pro tanquinho.

Franzi o cenho.

— Eu nunca nem cheguei a ver uma sombra de gominho em mim.

Ele deu de ombros.

— Tanquinhos são superestimados, sabe. São basicamente uma placa gigante dizendo "eu não posso comer carboidrato". Os *seus* músculos do abdome pelo menos servem pra alguma coisa. — Chance apontou para um tapete de yoga no chão. — Vai, você primeiro.

Com o suor escorrendo e fazendo meus olhos arderem, me joguei de bom grado no tapete.

— É sério que você malha assim todo dia?

— Todo dia. — Ele deu um sorriso tristonho. — O mundo inteiro tá de olho em mim, não posso correr o risco de engordar.

— Ah, tá.

Pelo jeito que nossos corpos eram, o jeito com que Chance disse "engordar" me acertou em cheio.

Devo ter deixado transparecer, porque ele logo acrescentou:

— Não que tenha alguma coisa errada em ser gordo! É só que faz parte do meu trabalho, sabe?

— Aham, saquei.

Na real, não tinha como não respeitar. Eu trabalhava duro para o meu pai e, embora de vez em quando fosse necessário carregar peso, boa parte da minha função era pegar coisas ou ficar por perto segurando giz de linha. E, pelo menos, eu tinha finais de semana. Nunca tinha me ocorrido o quanto Chance devia se esforçar para manter o status de galã.

— Sério, é burrice. O povo acha que ser famoso é só champanhe e fãs gostosas, mas tá mais pra peito de frango e cardio.

Deitei na posição para o abdominal e depois me encolhi, surpreso, quando Chance se ajoelhou sobre os meus pés, se inclinou para a frente e cruzou os braços por cima dos meus joelhos.

— Pra você não se atrapalhar — explicou, e me deu um tapa na coxa. — Vai!

Comecei.

Ele se acomodou com o queixo sobre os antebraços.

— Sério, cara, mandou bem. Você é bom.

Por mais que o encorajamento tenha me animado, minha mania de discordar de qualquer coisa ainda se pronunciou:

— Não tanto quanto você.

— Cara, você tá se ouvindo? Eu faço isso *todo dia*. É a sua primeira e você já tá arrasando. — Seu sorriso parecia exausto, um pouco sobrecarregado, e ainda mais bonito por isso. — Então trata de se valorizar, ouviu?

Senti uma onda de calor.

— Ouvi.

E foi então que algo nos confins do meu cérebro disse: *Você bem que podia beijar ele agora.*

Paralisei. Minhas costas estavam grudentas contra o colchonete.

Preocupado, Chance se sentou.

— O que foi?

— Nada.

E na mesma hora voltei a fazer os abdominais, só que de olhos fechados para que Chance não encontrasse nada ali.

De onde é que essa palhaçada tinha surgido? Eu nem *gostava* de caras. E, mesmo se gostasse, *Chance* não seria um desses caras. Não desse jeito.

Óbvio que esse era só um pensamento intrusivo. Como quando a gente olha da borda de um prédio bem alto e sente o ímpeto de se jogar. O chamado do vazio (é assim que os franceses chamam esse fenômeno). Todo mundo passa por isso. Não significa que a gente queira mesmo pular. É só a *possibilidade* sendo reconhecida.

Era claramente o caso. No topo de cada abdominal, meu rosto ficava a poucos centímetros do de Chance. Então, sim, tecnicamente eu *poderia* me inclinar para a frente e beijá-lo. Era uma possibilidade física. E nada mais.

Como pular de um prédio bem alto.

— Tudo certo aí, cara?

— Aham — grunhi. — É só... mais difícil do que eu pensei...

— Que bom. — Ele sorriu de novo. — Quanto mais a gente odeia alguma coisa, melhor essa coisa é pra gente.

E, simples assim,

tudo

mudou.

Sabe aquelas ilusões de ótica da internet? Do tipo que não parece nada até que a gente foca em um ponto no meio e aí o negócio inteiro parece começar a se mexer, as cores mudam, ou então o que parecia uma imagem se revela outra?

Foi tipo isso. Com uma revelação que relampejou como fogos de artificio, entendi exatamente o motivo daquele pensamento ter surgido do nada no meu cérebro:

Eu havia pensado em beijar Chance Ng porque *eu queria beijar Chance Ng*.

Era absurdo. Eu havia passado a vida inteira gostando só de garotas. Tinha crushes em garotas. Assistia pornô *com garotas*. Claro, eu conseguia reconhecer que Chance era atraente (a mandíbula de super-herói, os olhos escuros e penetrantes, o jeito que o cabelo dele estava sempre bagunçado de um jeito perfeito), mas era do mesmo jeito que as pessoas admiram pinturas.

Isso sem mencionar que eu tinha passado os últimos dois anos o odiando. A gente tinha acabado de voltar a se falar.

Fiquei sem vê-lo desde que tínhamos quinze anos. Nada daquilo fazia sentido.

E, ao mesmo, fazia *tanto* sentido que chegava a me assustar. *Às vezes*, parecia que eu era a única pessoa no mundo que *não* queria beijar Chance Kain, não parecia? Ele era gostoso. Rico. Talentoso.

E, naquele momento, estava pressionando o corpo dele contra as minhas pernas.

Sério, meus pés estavam presos bem debaixo da bunda dele, separados de suas partes baixas por umas duas moléculas de poliéster. De repente, me apavorei com o tanto que estava consciente dos meus dedões do pé.

No jogo de Tetris que acontecia no meu cérebro, a última peça se encaixou, apagando uma fileira inteira.

Passei o treino inteiro achando que era a inveja que me fazia notar cada músculo dos braços de Chance.

Mas acontece que inveja não deixa ninguém de pau duro.

— Eu, hum… acho que já deu.

Atrapalhado, tentei sair debaixo dele da forma mais casual possível.

— Tranquilo. — Chance me olhou com curiosidade e depois deitou no colchonete com os joelhos para cima. — Segura as minhas pernas?

Pensar em me sentar nos pés dele daquele jeito, na minha virilha pressionada contra os calcanhares de Chance, fez o sangue fluir para mais lugares do que apenas minhas bochechas. Enfiei as mãos nos bolsos da bermuda como precaução.

—Ah! Hum… na real, eu…

Ouvi passos na escada. *Meu deus, obrigado.*

— Chance? — O sr. Ng se inclinou para dentro da sala e arregalou os olhos quando me viu. — Ah! Oi, David. Que bom te ver de novo. — Ele se virou para o filho, que se sentou no colchonete. — Chance, é melhor você ir tomar um banho. O Benjamin vai chegar daqui a meia hora para a reunião no Skype. — Ele olhou de volta para mim. — Desculpa chegar assim te mandando embora, mas o Chance tá com a agenda bem cheia esse fim de semana.

— Tudo bem — respondi.

Tudo ótimo, na verdade. De repente, não havia nada que eu quisesse mais do que um pouco de *distância* entre nós dois.

Chance se virou para mim.

— Bom treino, cara. Vamos malhar outra vez quando eu não estiver tão ocupado, pode ser?

Era só impressão minha ou o sorriso dele parecia esperançoso?

— Aham. Claro. Com certeza.

Me virei e corri escada acima.

O sr. Ng, todo sem jeito, me deu tapinhas no ombro quando passei.

— Vê se não some de novo, hein.

— Nunca, sr. Ng.

Mas antes mesmo de sair pela porta da frente, eu sabia que era mentira. De certa forma, eu estava sumindo, *sim*.

Talvez nem eu me reconhecesse.

Nove

— **Incógnita. Substantivo.**
— Algo que não dá para entender.
Ridley fez um gesto para que eu elaborasse.
— Hum... — Fechei os olhos. — Um problema confuso ou questão.
— Boa.

Ela jogou o cartão na pilha no chão. Era fim de tarde de domingo, aquela hora melancólica quando o final de semana ainda não acabou, mas já dá para sentir a segunda chegando. A luz do sol atravessava as persianas de cantinho e lançava pilhas de barras de ouro na parede.

Estávamos relaxando, cada um de um lado da cama de Ridley. Em uma casa caótica e toda nerd (ilustrações comissionadas de personagens de RPG, Legos de *Game of Thrones* e uma máquina que fazia waffles no formato da Estrela da Morte), ela se rebelara e tinha um quarto tão minimalista do tipo que só se via em hotéis e hospitais. Cama arrumada, roupas organizadas nos cabides, uma cabeceira de madeira com o cabo do notebook enroladinho e todas as canetas organizadas. A única evidência da nerdice de seus pais era um mural geométrico da Montanha Solitária, de *O Hobbit*, que eles haviam pintado antes de Ridley nascer. Eu gostava que ela o tivesse mantido ali: os ângulos bem definidos e o pôr do sol resplandecente davam ao quarto o aspecto de um refúgio. Combinava com a parede do lado oposto que abrigava fotos de gente balançando a cabeça (era a marca registrada de Ridley fazer as pessoas afrouxarem os lábios e balançarem a cabeça para lá e para cá para que ela fotografasse as caretas bizarras). Havia imagens dela balançando a cabeça na praia, na escola, da família inteira fazendo o mesmo movimento na Disney. Era estranho, mas fazia parte de quem ela era.

Ridley pegou outro cartão de estudos.

— Fachada. Substantivo.

— Uma ilusão. Uma aparência falsa.

— Correto. — Ela jogou a pilha na minha frente e se deitou de barriga para cima. — Beleza, agora você faz comigo.

— Você tem que praticar esses seus flertes.

— Olha quem fala.

Suspirei e peguei os cartões.

— Não terminamos ainda?

— Terminamos quando a pilha acaba.

Voltei a me reclinar contra a parede.

— Isso é tão inútil. Você já fez uma pontuação mais alta do que todo mundo que a gente conhece, e eu nem preciso disso.

— Pois é, mas acontece que eu quero uma pontuação *melhor*. E você precisa, sim.

Tecnicamente, ela estava certa. Muito embora o vestibular não fosse importante para o que eu queria fazer da vida, meu pai me fizera prometer que eu ainda faria a prova, só para garantir. Assim, caso eu decidisse que não gostava de carpintaria, sempre haveria a possibilidade de dar um passo atrás e fazer faculdade. Parecia uma barganha até justa: o futuro que eu queria em troca de uma prova em um sábado. A questão era que Ridley não deixaria eu me safar dos estudos.

— Beleza. — Ela agarrou um golfinho de pelúcia e o jogou no teto. — Tá, você malhou com o Chance ontem. Me conta tudo. Ele é trincado mesmo que nem nas fotos ou é tudo Photoshop?

Lembrei dos ombros dele durante as elevações na barra, de cada músculo contraindo com tanta clareza.

— É trincado mesmo.

— *Aff.* — Ela pressionou o golfinho contra a virilha. — Meus ovários não aguentam. Um ingresso VIP pra um show do Chance Kain fazendo muque desperdiçado em você, que está cem por cento nem aí.

Quem me dera. A vida seria muito mais simples se isso fosse verdade. Depois de voltar para casa, eu tinha passado a tarde inteira escondido no quarto tentando entender o que tudo aquilo significava. Sites pornô confirmaram que eu definitivamente não sentia atração por caras pelados aleatórios. Então por que pensar nas mãos de Chance nos meus braços continuava me deixando todo arrepiado?

E eu não podia falar nada. Em vez disso, joguei um travesseiro em Ridley e disse:

— Para de molestar o Flipper.

— Até parece. Ele gosta. Golfinhos são tarados. Sabia que eles enrolam enguias em volta do pau pra se masturbar? E têm pintos que conseguem agarrar coisas?

— Meu deus! Por que você sabe dessas coisas?

— Por que *você* não sabe? Pensei que garotos fossem obcecados pelos próprios paus. Sabia que o pênis das equidnas tem quatro cabeças? O que é ainda mais estranho, porque as fêmeas têm só duas vaginas. Pelo visto, Deus adora um ménage de equidna, né?

Àquela altura eu já estava vermelho para caramba, o que, é claro, era o que Ridley queria. Dei um jeito de manter compostura o bastante para dizer:

— Você tá investida em estudar umas questões bem diferenciadas pro vestibular, hein.

Ela sorriu, rolou na cama para me encarar e posicionou o queixo sobre a pelúcia.

— Tá, me fala mais da mansão do Chance. Quero detalhes.

— Não é uma mansão.

— Você falou que tinha uma estátua. Tinha mesmo?

Franzi o cenho.

— Viu? É uma mansão.

— Olha, eu não quero falar sobre o Chance, tá bem?

Saiu com mais raiva do que pretendia. Eu não queria nem *pensar* em Chance, e o fato de que eu não estava conseguindo parar estava me deixando doido.

O sorriso de Ridley azedou.

— Credo. Não precisa fazer tempestade em copo d'água.

Ela acenou com a cabeça para a pilha de cartas com dicas de vocabulário.

Puxei uma.

— Desanimado. Adjetivo.

— Você desde que chegou.

— Muito engraçada.

Ela se sentou.

— Sério, Davey, que bicho te mordeu? Se for um problema com o Chance, então, beleza, eu entendo... você ainda tá puto por causa da Darkhearts. Mas, se você odeia tanto o cara, por que continua saindo com ele?

Era uma boa pergunta, um questionamento para o qual eu desesperadamente queria ter uma resposta. Mas eu sabia que, se contasse uma migalha que fosse da verdade, ela iria dar o sangue para descobrir cada detalhe e nunca mais me deixaria em paz. O entusiasmo de Ridley seria um milhão de vezes pior. Ela começaria a inventar tramas e a controlar cada detalhe. A última coisa de que eu precisava era Ridley planejando um casamento fantasioso entre Chance e eu.

— Não é isso — respondi.

— Então o que é?

Com as cartas, gesticulei em direção aos livros didáticos e notebooks.

— É que eu cansei de estudar. Que coisa mais idiota.

— Idiota é *você*. E com isso quero dizer que você é esperto, mas que seria idiotice não estudar. — Ela franziu o cenho e de repente ficou toda séria. — Sério, David. Isso é importante. A gente só tem uma chance.

— Essa é a sua segunda vez prestando vestibular.

— Eu quero dizer *metaforicamente*. Ir pra faculdade, ou não, é uma das maiores decisões da nossa vida. — Ridley inclinou a cabeça para o lado. — Tem *certeza* de que você não quer pelo menos tentar entrar na Universidade de Washington comigo? — Ela gesticulou de forma expansiva. — A gente podia alugar um apartamento juntos. Eu arranjo garotas do teatro pra você, e você encontra uns gatinhos da carpintaria no departamento de artes pra mim, e a gente pode fazer bailes boêmios gigantescos como Paris em 1700. A gente consegue um emprego em alguma cafeteria diferentona, você pode até construir móveis pra eles e eu organizo maratonas de filme todo mês...

E, perdida em sua própria história, sua voz foi esmaecendo.

Era assim que funcionava com Ridley. A vida era um filme, e éramos todos atores para ela. Eu não costumava me importar, o talento que ela tinha em exagerar tudo fazia com que o dia a dia parecesse um pouco mais épico, mas esta historinha em particular já não colava mais. Mantive o rosto inexpressivo e fiquei encarando-a até que seus olhos voltassem a focar e ela retornasse para o planeta Terra.

Rendida, Ridley levantou as mãos.

— Tá bom, tá bom, eu sei. — E suspirou. — Só quero te ver feliz.

— Eu *vou* ser feliz, Rid. Eu *gosto* de carpintaria. Sou bom com as mãos.

— *Foi o que ela disse.* — E deu um sorrisinho — E eu não me importaria de tocar na tora do Chance Kain.

— Cara! O que foi que a gente acabou de concordar?

— Ah, faz o favor. *Valar Morghu-tesão*, ou seja, todas as garotas devem morrer de vontade. O garoto é um absurdo de gostoso. Quando você odiava ele era uma coisa, mas agora que vocês tão de boa, tá na hora de agir. Preciso que você me ajude a planejar como eu faço ele se apaixonar por mim. — Ela revirou os olhos, levantou o golfinho e encarou os olhos plástico da pelúcia. — Quem sabe a gente podia viajar pras montanhas, você finge que a caminhonete quebrou e Chance e eu nos oferecemos pra ficar olhando enquanto você volta andando até o posto mais perto. A gente vai de noite, e tem que ser em algum lugar alto porque aí vai fazer frio o bastante pra gente precisar ficar agarradinho...

— Você tá sendo ridícula — falei, irritado.

— *Claro* que eu tô sendo ridícula. — Ela me olhou de cima a baixo. — Cara. Eu sei que eu não tenho chance com o Chance. Mas quem não chora não mama, né? Então me deixa sonhar um pouco. — O olhar dela ficou intenso. — A não ser que você saiba de algo que eu não sei...? Tem algum motivo pra ser melhor eu nem correr atrás dele?

Tem. O problema era que não exatamente. O que quer que fosse que eu estivesse sentindo (que continuava sendo uma incógnita) claramente não era recíproco. Chance e eu estávamos *malhando*, não flertando. Era a atividade mais *de amigos* do mundo. O cara só queria um amigo, e eu é que não ia deixar as coisas ainda mais estranhas do que já estavam.

E isso significava que não havia motivo para cortar o barato de Ridley. Pelo menos não um que eu fosse admitir.

— Não — murmurei.

— Então beleza. E vamos de montar um esquema. — Ela mordeu o lábio. — Quem sabe nós três saímos no iate dele...

— Ele não tem um iate.

— Tem certeza?

Eu não tinha.

— Então a gente pega o iate dele, eu finjo me afogar e ele vai ter que mergulhar, me salvar e fazer respiração boca a boca. E aí eu fico tipo "como poderei te recompensar?" e ele fala "não foi nada" e aí eu respondo "não, eu insisto, deixa eu te levar pra..."

Meu celular apitou. Li a mensagem.

Chance:
Você pode sair agora?

Ridley percebeu minha surpresa. Chocada, ela ficou de boca aberta.

— Espera aí... *é ele?*

Assenti

— *Aimeudeusdocéu!* — Ela agitou as mãos e os pés no ar como um inseto à beira da morte e depois rolou até ficar de joelhos. — O que ele quer?

Contei.

Ela cobriu a boca com as duas mãos.

— Parece até coisa daquele livro, *O segredo!* Manifestação! Joguei meus desejos para o universo e o universo tá provendo! — Ela agarrou meus ombros. — Pergunta se eu posso ir com vocês!

— Cara...

— *Por favor!* Eu fico te devendo essa.

Vindo de Ridley, essa era a maior oferta possível. Suspirei e mandei:

Eu:
Tô com a Ridley. Posso levar ela?

A resposta foi imediata.

Chance:
Só você. Me busca aqui?

— O que ele disse? — exigiu Ridley.

Eu estava tentando pensar em um jeito de explicar quando meu celular apitou de novo. Olhei para baixo e encontrei apenas duas palavras. As últimas que eu esperava receber de Chance Kain.

Chance:

Por favor?

Dez

Ridley ficou desapontada, mas insistiu que eu deveria ir.

— O rei do pop gótico precisa de você.

— Ele precisa de carona pra algum lugar — grunhi.

— É pra isso que existe carro de aplicativo, seu bocó.

— Ela recolheu meus materiais de estudo e os empurrou na minha direção. — Ele claramente precisa de *você*.

Quando encostei na calçada da casa de Chance, ele estava esperando no portão como sempre, vestindo uma camisa social vinho bem justa com ombreiras estilo militar e cortes pelo peito. Seu cabelo estava penteado perfeitamente e ele parecia ter acabado de sair ou de um programa de entrevistas ou de uma espaçonave. As duas opções pareciam possíveis.

Chance correu e entrou.

— E aí.

— E aí. — Pisei na embreagem. — Pra onde a gente vai?

— Qualquer lugar. — Ele descansou a cabeça contra a janela. — Só dirige.

Eu não gostava dessa rotina de bancar o chofer, mas evidentemente havia algo de errado, então não falei nada. Engatei a primeira e peguei a estrada. Aquele caminho já era em direção ao norte, então segui o fluxo. Em pouco tempo já estávamos percorrendo a sinuosa alameda verdejante do Jardim Botânico. Pouco depois, a estrada se dividia, oferecendo uma rampa de acesso à rodovia. Por impulso, peguei a saída e deixei a caminhonete uivar agradavelmente conforme eu avançava as marchas e nos levava até a ponte.

Com dois quilômetros e meio de extensão, a Bridge 520 era a maior ponte flutuante do mundo. O sol estava se pondo atrás de nós. Ao sul, era possível ver a montanha límpida se agigantando sobre a gente como os créditos de abertura de um filme.

Chance ainda não havia dito uma palavra. Era quase possível ouvi-lo cerrar os dentes enquanto olhava pela janela.

Tirei o celular do bolso e o conectei ao som do carro. Pensei por um instante, debatendo qual CD escolher, então me decidi pela escolha óbvia.

O feedback de uma guitarra foi surgindo aos poucos, depois os toques suaves de uma vassourinha na bateria e em seguida os densos graves acústicos de "Out of This World", do The Cure, preencheram o espaço. Abri o vidro, coloquei o braço para fora e aumentei o volume para que a música ficasse mais alta do que o ruído do vento, que bufava em rajadas para dentro da caminhonete como um animal enjaulado. O ar rebatia ritmicamente na minha mão esticada.

Chance não falou e não mudou a expressão, mas consegui ver de canto de olho sua cabeça começando a balançar contra a janela e a se mover involuntariamente seguindo a batida. Era o tipo de embalo que, em crianças autistas, as pessoas chamam de "autorregulação", mas que todos nós temos dentro nós, basta deixá-lo fluir.

Bloodflowers: o clássico álbum do The Cure que nós três concordamos que era perfeito do início ao fim. O CD que nos fez querer começar uma banda. Aleatório, mórbido, calmo e lânguido de um jeito que tocava mais forte e mais fundo do que qualquer outro metal. "Out of This World" não era a minha favorita, mas não dependia de mim. Se fosse para ouvir mais de uma faixa de um álbum, então era para ouvir o CD inteiro na ordem, como era a intenção do artista. Era a regra de Eli.

Virei em direção ao sul na rodovia 405 quando a música terminou, atravessamos as torres cintilantes de Bellevue e depois peguei a oeste de novo na I-90. Arranha-céus deram lugar ao subúrbio, e em seguida a árvores. As montanhas Cascades se erguiam, imponentes e rochosas, com cumes coroados de ouro e sopés perdidos na sombra.

A cada quilômetro que colocávamos entre a cidade grande e nós dois, eu conseguia ver Chance se abrindo e voltando à realidade aos poucos. Ele abriu a janela, também colocou a mão para fora e virou-a em ângulos diferentes para sentir a pressão de nossa passagem.

"Maybe Someday" começou a tocar enquanto subíamos em direção às colinas e ele bateu no painel do carro em sincronia com a virada da bateria na música.

— Porra! — disse Chance, mas soou como se ele estivesse aliviado.

Ele se esparramou de volta no assento, finalmente olhou para mim e me deu um sorrisinho acanhado.

Assenti. Eu podia até não saber o que estava acontecendo, mas conhecia muito bem o sentimento.

Perseguimos os últimos raios de sol montanha acima enquanto íamos ganhando altitude em uma velocidade de 130 quilômetros por hora. Chegamos ao topo de Snoqualmie Pass bem quando o CD já se encaminhava para o último acorde agudo de guitarra. Chance soltou um longo suspiro.

— Cara. — Ele assentiu para o teleférico abandonado que avançava pela encosta coberta de grama à nossa direita. — Lembra quando o seu pai trazia a gente aqui?

Assenti.

— Vocês ainda vêm pra cá?

— Às vezes.

Mas, sendo bem sincero, com muito menos frequência desde que eu havia saído da Darkhearts. Por mais que eu de vez em quando conseguisse acompanhar os gêmeos Martinez, meu pai nunca tinha conseguido evoluir muito no snowboard. Ele costumava passar o dia no chalé onde ficava a cafeteria, lendo livros no celular e comendo batatas fritas onduladas de dez dólares (a única batata frita ruim que existe). Ele nunca reclamava, mas eu me sentia culpado do mesmo jeito. E, de qualquer forma, não era tão divertido praticar snowboard sozinho.

— Aquela época era boa — disse Chance, melancolicamente.

Seguimos em frente e meu celular sem mais nem menos reproduziu o disco *Broadcasts in Colour*, da Boy is Fiction. O ar foi de fresquinho a gelado enquanto descíamos as montanhas pelo lado leste. Em vez de fechar as janelas, liguei o aquecedor.

Quando tivemos o breve vislumbre de uma cidadezinha, Chance perguntou:

— Então… até onde a gente vai?

Como se tudo aquilo fosse ideia minha. Dei de ombros.

— Até onde der.

Chance abriu o primeiro sorrisão sincero da noite. Ele analisou a estrada vazia e então apontou para uma placa anunciando uma saída próxima.

— Pega aquela ali.

— O que tem para lá?

— É o que vamos descobrir.

Segui aquele caminho. Não havia nada no fim daquela rota além de um cruzamento simples cercado por árvores. Escolhi uma via aleatória, então outra.

Poucos instantes depois, já não conseguíamos mais ver a rodovia principal e estávamos dirigindo por uma rua reta de mão dupla. Não havia postes de iluminação ali, nem mesmo o brilho distante de casas de fazenda. Apenas campos vazios e colinas cobertas por vegetação rasteira expostas pelo feixe estreito e quase cinematográfico dos faróis, que de repente pareciam não ir muito longe.

A música engasgou e morreu. Chance se inclinou para espiar meu celular.

— Não tem sinal.

— Humm.

A ideia de que era possível simplesmente *dirigir* para algum lugar sem sinal de telefone era algo que, teoricamente, eu sabia que poderia acontecer, mas nunca tinha vivido.

— Deve ser por causa das montanhas. A gente deve estar em um vale, sei lá.

Continuamos em silêncio. Depois de um minuto, Chance disse:

— Cara, não tem ninguém aqui, hein?

— Acho que não.

— Parece uma daquelas estradas de filme de terror. Tipo, quando o carro quebra e a única casa por perto está cheia de caipiras assassinos.

Pensar naquilo me deu um calafrio, mas soltei uma risada.

— É, ou algum *serial killer* com uma máscara carregando um gancho de açougue.

Nós dois rimos.

Seguimos em frente. Ainda não tínhamos visto nenhum outro carro.

Depois de um minuto, ele disse:

— Sabe de uma coisa? Eu estava enganado. Isso não é cenário de filme de assassino. É mil por cento uma coisa do tipo a gente dá carona pra uma garota que não solta um pio e, quando chegamos na cidade, a gente descobre que ela tá morta já faz vinte anos.

— Ou sofremos uma abdução alienígena. Esse lugar aqui é perfeito para aqueles círculos nas plantações.

— Tomara que você esteja pronto para receber uma sonda.

Rimos baixinho, mas no silêncio que se instaurou eu pude ouvi-lo verificar a tranca das portas.

Continuamos assim, disparando sugestões um para o outro enquanto o medo latente ia se instaurando entre nós.

Por fim, apareceram luzes ao longe e a tensão foi rompida. Desacelerei conforme nos aproximamos.

Pequenos refletores ao longo do chão pedregoso iluminaram uma placa de madeira cortada no formato de Washington que dizia: PARQUE ESTADUAL STONE FOREST.

— Chegamos — declarou Chance, em um tom autoritário.

— Pelo visto chegamos mesmo. — Gesticulei com a cabeça para uma placa menor que, com letras em negrito, avisava sem rodeios: — Fechado até o amanhecer.

— Ainda bem que alguém esqueceu de passar o cadeado.

Era verdade. Alguns metros estrada abaixo, o grande portão de metal estava aberto. Chance me encarou cheio de expectativa.

Engatei a primeira marcha de novo e entrei.

A rua terminava em um estacionamento vazio e escuro. Os postes de iluminação não revelavam nada além de algumas mesas de piquenique e placas com explicações a respeito do parque. Quando desliguei o carro e apaguei o farol, a escuridão nos cobriu como um cobertor pesado.

Ficamos sentados ali por um momento para que nossos olhos se ajustassem. Até que Chance abriu sua porta e eu fiz o mesmo. Saí e logo parei.

Acima de nós havia mais estrelas do que eu jamais tinha visto na vida. Elas se espalhavam para todas as direções, acompanhando o céu gigantesco que se curvava sobre as ondas escuras formadas pelas montanhas que nos cercavam.

— Puta merda. — Ele esticou a cabeça para trás e a girou devagar. Com a voz suave e reverente, disse: — Isso é *loucura*.

Elas brilhavam a ponto de iluminar o caminho, e Chance caminhou até a mesa de piquenique mais próxima. De braços abertos, ele se deitou no tampo. Eu me acomodei em um dos bancos fixos e senti a superfície de aço emborrachado marcando a palma das minhas mãos.

— Como eu queria entender sobre constelações — comentou Chance.

Fiquei chocado.

— Você não conhece *nenhuma?*

— Ah, tipo, eu sei os nomes, mas nunca consigo achar nada quando olho.

Apontei.

— Olha, aquela ali é a Ursa Maior.

— Onde?

Apontei com maior precisão.

— Ali.

Inclinei meu corpo para a frente até nossas cabeças ficarem lado a lado e apontei mais uma vez.

— Aquele retângulo com quatro estrelas é o flanco e aquelas três são a cauda.

— Eita, porra! Beleza, agora tô vendo.

Movi o dedo.

— E, se você seguir a linha daquelas duas outras estrelas da frente, que são a ponta do flanco, vai chegar na Estrela do Norte. Que também é a cauda da Ursa Menor.

— Caramba, cara. Como foi que você aprendeu tanto assim sobre estrelas?

Pensei em quando fui acampar com meu pai naquele primeiro verão depois que minha mãe foi embora. Era para eu passar parte das férias com ela, mas é óbvio que minha mãe nunca apareceu.

— Acho que só aprendi, sei lá.

— Legal.

Houve mais um longo instante de silêncio enquanto observávamos o céu. Quando eu já não conseguia mais me segurar, perguntei:

— O que é que a gente tá fazendo aqui, Chance?

Ele gesticulou em volta.

— Vivendo uma aventura. Olhando as estrelas.

Resisti ao anseio de demonstrar minha irritação, mas não muito.

— Você me entendeu.

Chance ficou quieto de novo. Desta vez, esperei.

Depois de um tempo, ele suspirou.

— A gravadora tá me pressionando para voltar a trabalhar. Uma turnê nova, CD novo, qualquer coisa.

— Meu deus. Não faz nem um mês que o Eli morreu.

— Eu sei. Mas todo mundo perdeu uma boa grana quando a gente cancelou a turnê na metade. Não há tempo pra eu ficar triste, a não ser que essa tristeza faça dinheiro pra esse pessoal. Tentei explicar que era o Eli que escrevia as músicas. Passei o final de semana inteiro em reuniões. Mas eles não ligam. Querem comprar músicas pra mim. Contratar produtores. O Benjamin falou que, contanto que eu continue como o rosto da banda, a maioria dos fãs não vai nem perceber.

Senti um embrulho no estômago. Tentei me convencer de que aquela raiva súbita era por Eli, por eles o tratarem como algo descartável. Mas tudo aquilo era familiar demais. *Os fãs não vão nem perceber.*

— Mas não é só isso. — Chance gesticulou irritado. — Tipo, talvez eles tenham razão. Talvez eu possa continuar sozinho. Mas e se eu não conseguir? E se o Eli fosse o tempero mágico e todo mundo acabar odiando o material novo? A turnê, beleza, pode ser que as pessoas nem liguem. Mas se o próximo CD flopar, a gravadora vai me dar um pé na bunda e o Benjamin vive explicando que o público é rápido pra deixar artistas pra trás. Vou ser um Zé-ninguém com dezoito anos.

A forma casual com que ele disse aquilo – *um Zé-ninguém com dezoito anos* – pegou o nó de raiva nas minhas entranhas, rasgou-o em mil pedacinhos e os distribuiu pelo corpo todo. Meus membros zuniam.

— Meu deus — falei, sem emoção alguma. — Que horror.

Chance nem percebeu meu tom, imerso demais no próprio drama.

— Né? Tudo o que a gente construiu pode simplesmente... *puf.* — Ele estalou os dedos. — Simples assim. E depois? Eu sabia o que acontecia depois. Eu vivia aquele depois. Baixinho e com toda a calma, falei:

— Então essa é a sua grande crise. O fato de que você talvez precise deixar de ser uma estrela do rock.

Chance virou a cabeça depressa e me encarou em meio à escuridão.

— Não é isso! Tem gente dependendo de mim agora! Minha equipe inteira, o Benjamin, a gravadora. Meus pais talvez tenham que se mudar!

— Deve dar um trabalhão mesmo se mudar de uma mansão como a sua.

Ele se sentou bruscamente.

— Por que você tá sendo babaca assim? Pensei que a gente fosse amigo.

— A gente é, Chance? De *verdade*?

A pior parte era que eu mesmo tinha quase começado a acreditar. Começado a agir como se dessa vez pudesse ser diferente. Mas Chance continuava o mesmo idiota arrogante e egocêntrico de sempre. A vergonha chegava a doer em mim. Errar uma vez era humano, duas vezes era burrice. Todo mundo sabia disso.

As palavras, ardentes e amargas, saíram num jato:

— Da última vez que eu cheguei, fazia anos que a gente não era amigo. Você tava fazendo uma turnê mundial, sendo o sr. Famoso enquanto eu tava preso aqui vendo tudo isso acontecer de longe. Aí agora você me liga, me faz largar tudo pra vir te ouvir choramingar porque *quem sabe, talvez,* você tenha que virar uma pessoa *normal* de novo. Quer saber de uma coisa, Chance? Você tá certo! Ser normal é um saco

DARKHEARTS: A MELODIA DO CORAÇÃO 141

mesmo! Mas não se preocupa. Nós dois sabemos que assim que você cansar de ficar bancando o pobrezinho comigo, quando cansar de reviver os melhores momentos do ensino fundamental, você vai esquecer de tudo isso e voltar correndo pros rolês em jatinho particular com toda a sua galera chique e sofisticada. E eu vou continuar aqui. — Com um movimento brusco, saí do banco. — Então que se foda. E vai tomar no cu.

— Nossa, você não cansa desse seu papinho, né? — Chance meneou a cabeça e deslizou para fora da mesa. — Depois do tanto que a gente tem se divertido, de tudo o que eu fiz pra tentar reconstruir nossos laços, você ainda não consegue passar cinco minutos sem ter inveja. Sem alguma cutucada por causa da minha fama, sem algum assunto que eu não posso nem comentar porque você fica todo bravinho. — Ele abriu os braços. — Você por acaso me enxerga quando olha pra mim? Ou só vê um espelho enorme que reflete os seus próprios erros? Porque eu tenho sido honesto contigo. — E bateu no peito. — *Eu* tô tentando ser seu amigo outra vez. E tudo o que você faz é ficar me culpando pelas suas próprias escolhas.

— Minhas *escolhas?* Vocês me deixaram pra trás!

— Você *deixou* a *banda!* — O grito dele ecoou pelas encostas rochosas. — O que é que eu devia fazer? Te acorrentar na sala de jogos do Eli? Você quis parar, então parou! E, *só* pra você ficar sabendo, isso acabou comigo e com o Eli também. Não que *você* se importe. A gente teve que se virar pra descobrir como fazer tudo dar certo em dupla. Mas beleza, *tanto faz.* — Ele ergueu as mãos e deu de ombros teatralmente. — Quer saber de uma coisa? Você tava bem felizinho com a sua escolha até a hora que a gente assinou o contrato. E só agora, depois que eu e ele nos matamos de tanto trabalhar, que você se arrepende. — Chance bufou e, enojado, balançou a cabeça.

— Você sabe que a gente teria deixado você voltar, né?

Paralisei.

— Como é que é?

— A gente conversou sobre isso, Eli e eu. Mesmo depois de você ter saído batendo a porta e deixado a gente na mão. Depois até do nosso contrato com a gravadora. Você era nosso *amigo*, Holc. — Ele bufou de novo. — Se você tivesse pedido, a gente teria te aceitado de volta.

O mundo ficou abafado e distante. Meus ouvidos zumbiram com um ruído distante e agudo, que lembrava aquele de quando jogam uma granada em um jogo de tiro. Fiquei tonto e agarrei a mesa de piquenique, mas só para ter algo no que me segurar.

Eles teriam me deixado voltar.

— Mas você não pediu. — Chance se aproximou. — Você não queria. E tudo o que a gente construiu a partir dali foi obra minha e do Eli. Então não vem com essa de que nós te roubamos. Foi *você* que abandonou *a gente*.

Com a cabeça de lado, ele se inclinou na minha direção até nossos narizes quase se tocarem.

— E se for difícil aceitar isso, Holc, você que se resolva.

Meus braços dispararam para a frente e o empurraram para trás. Chance arregalou os olhos e então bateu com as palmas da mão no meu peito, me jogando com tudo para longe.

Avancei sem nem pensar, interceptei-o no meio do caminho e o joguei de volta para a mesa. Ele se desvencilhou com uma força surpreendente e bati o cotovelo na ponta do banco, o que me fez sentir faíscas de dor por todo o braço.

Ninguém desferiu socos. Não era esse tipo de briga, não se tratava de um confronto egocêntrico no refeitório da escola ou de uma disputa de vida ou morte numa surra de gangue.

Era diferente: frustração, só que física. Nos seguramos, e nenhum dos dois sabia direito o que estava tentando fazer, apenas que precisava acontecer. Punhos cerrados agarravam as roupas enquanto nos esforçávamos para imobilizar os braços em movimento um do outro. Sob meus dedos, alguns botões da camisa dele estouraram.

Bati com o joelho na lateral do banco, nós dois tombamos e batemos de lado contra o rejunte de concreto que prendia a mesa ao chão. Meu cotovelo fez um barulho fraco ao ser atingido pela segunda vez.

O choque do impacto acabou com nosso ímpeto de luta. Pelo que pareceu um acordo mútuo, nos soltamos e, ofegantes, rolamos para longe um do outro.

Lá em cima, as estrelas seguiam em sua lenta rotação.

Eu podia ter voltado. Podia ter transformado toda a minha vida com uma ligação. Chance estava certo. Teria sido tão fácil.

Então por que eu não pedi para voltar?

De seu canto do chão, Chance ofegou e perguntou:

— Chega?

Fiquei grato pela escuridão intensa não permitir que ele visse meu rosto corado pela culpa.

— Chega.

— Meu deus. — Ele grunhiu, se sentou e bateu a poeira de sua camisa amassada. — Desde a quarta série que a gente não brigava assim.

Dei um meio sorriso, usei os cotovelos machucados para me levantar e me arrependi na mesma hora.

— Desde as cartas de *Magic* do Eli.

— É.

Chance deu uma risada ofegante.

Então caiu no choro.

Onze

Fiquei ali, sentado e paralisado de surpresa. O silêncio da noite ampliava as arfadas de Chance, os soluços fortes e horríveis faziam toda a sua silhueta tremer. Ele se curvou, passando os braços pela barriga.

Depois de uma pausa longa demais, ousei perguntar:

— Chance?

Sua voz estava sufocada:

— Eu matei ele.

— Quê?

Nada naquela noite fazia sentido algum.

— Eu matei ele! — Chance agarrou os joelhos e pendeu a cabeça entre eles como se fosse vomitar. — Eu matei o Eli.

Meu cérebro continuava dormente de tantos choques, mas isso não impediu que um pavor congelante me tomasse.

Me forcei a levantar um pouco e, com cuidado, me agachei, sentindo as pedras e a terra cravando a palma das minhas mãos.

— Do que você tá falando?

DARKHEARTS: A MELODIA DO CORAÇÃO 145

— Eu sabia que ele tava deprimido. — Com a voz vacilando, Chance soluçou. — Ficar longe de casa, longe dos amigos... era mais difícil pra ele. Ele começou a beber. Conseguia álcool com os ajudantes de palco. Eu não contei pra ninguém. Fui inundado por alívio.

— Chance, não é...

— Eu *sabia!* — vociferou com um rosnado que me fez perder o equilíbrio. — Eli *odiava* sair em turnê. Ele já não aguentava mais na metade da primeira. Só queria ficar em casa e compor. Mas a gente tava sendo tão pressionado. — Ele cobriu os olhos com a palma das mãos. — E ele podia ter feito isso. Simplesmente voltado pra casa. O Eli tava cagando e andando pra dinheiro, gravadora, qualquer coisa. Ele podia ter feito o que quisesse. Mas não queria *me* desapontar. — Ele olhou para o céu, e a luz das estrelas brincou sobre as belas ruínas do luto de Chance. — Eu forçava a barra. Só mais alguns shows. Só mais algumas entrevistas. Temos que gravar aquele clipe. Quem sabe a gente não fica por Los Angeles, já que é mais cômodo pra todo mundo? Chegou ao ponto em que ele ia direto pro quarto e enchia a cara depois de todo show. Ficava lá bebendo sozinho no escuro até desmaiar. Eu falava pros outros que ele tava trabalhando em músicas novas. — Chance soltou uma risada forçada, gélida e raivosa. — Eu vi todos os sinais. E acobertei cada um deles. Porque fui egoísta.

Ele olhou para as próprias mãos e, depois, com o rosto despido e vulnerável, virou-se para mim. Em um sussurro rouco que não poderia ser mais distante do que se esperava de Chance Kain, o Deus do Rock, ele disse:

— Eu matei o meu melhor amigo.

— Cara...

Estiquei a mão e encostei em seu ombro.

Chance foi para a frente com tudo e se chocou contra mim. Seu corpo tremia contra o meu e, por reflexo, o envolvi em um abraço. Ele enterrou o rosto no meu ombro e retribuiu o abraço com força quando uma nova tormenta de pranto o afogou.

Fiquei surpreso quando percebi que estava chorando também; lágrimas grandes e silenciosas que escorriam pelas minhas bochechas e adentravam o cabelo de Chance. Talvez estar tão próximo da tristeza dele fosse um gatilho para os meus neurônios-espelho primitivos. Talvez fosse por enxergar que ele e Eli, no fim das contas, nunca me traíram. Mas, de repente, a distância cautelosa que eu havia construído evaporou e fui obrigado a encarar a realidade. O garoto tímido e doce que ficava acordado a noite inteira jogando comigo. Que fizera um toque de celular personalizado para mim no meu aniversário de treze anos. E que andava tão triste que não sentir nada parecera melhor do que sentir todo o resto.

Passamos longos minutos ali sentados; eu agachado todo sem jeito e Chance se segurando em mim como uma vítima de naufrágio. Eu nunca havia abraçado outro garoto antes, muito menos desse jeito. Não tinha ideia do que fazer com as mãos e, depois de um instante, acabei acariciando suas costas de um jeito ridículo, como se ele fosse um cachorro.

— Cara — falei —, tá tudo bem.

Chance só chorou mais.

Quando os soluços finalmente cessaram e abriram espaço para suspiros demorados e estremecidos, afrouxei os braços e me afastei até conseguir olhá-lo no rosto:

— Ei. Chance. Preciso que você me escute, tá bem? Você não matou o Eli. E sabe como eu sei?

Seus olhos eram como poças escuras que não ousavam ter esperança. Esperei até que ele respondesse.

Chance respirou fundo lentamente e perguntou:

— Como?

Dei um sorriso.

— Porque você *sempre* foi obcecado por si mesmo, e isso nunca matou ninguém antes.

Chance deu uma risada surpresa e encatarrada, soltando os braços.

— Cara, pelo amor de deus.

— É sério. —Apertei o ombro dele. —A culpa não é sua. Tá, você queria continuar na turnê... e daí? Como você disse, ele nunca teve problemas em fazer o que queria. O Eli podia ter virado as costas caso parte dele também não quisesse.

Chance fez uma careta.

— Mas ele sabia que eu...

— Você só tá provando o meu ponto. Para de achar que você é o centro de tudo. Você podia ter se esforçado mais pra ajudar ele? Com certeza. Pelo visto, todo mundo podia. Mas o Eli era independente. Você quer me repreender por ter saído da banda? Me fazer assumir a responsabilidade pelas minhas próprias escolhas? Ótimo. — Apontei um dedo para ele. — Mas isso significa que você precisa fazer a mesma coisa com o Eli. O que aconteceu é responsabilidade dele, não sua. Beleza?

Ele me encarou sem piscar.

Chacoalhei-o pelo ombro de um jeito nada gentil.

— *Beleza?*

Ele soltou o ar com força.

— *Beleza.*

— Então, beleza.

Voltei a me sentar no banco ao seu lado, mas mantive o braço ao redor dos ombros dele. Chance não se afastou.

— Valeu, Holc. — Ele passou um braço pelas minhas costas, sem afastar o meu, e se virou para mim. — Você é um cara maneiro.

O que restava do meu ressentimento foi embora. Eu podia até ainda estar bravo pelo rumo que as coisas tomaram com a Darkhearts. E aquilo provavelmente me incomodaria para sempre. Mas, naquele momento, eu não estava bravo com Chance. Não mais.

— Você também é.

Ele olhou para baixo, para meu ombro, que estava rapidamente ficando gelado conforme suas lágrimas evaporavam. Chance passou o punho pelo rosto, enxugando as lágrimas.

— Acho que deixei cair meleca em você.

— *Isso* sim é responsabilidade sua.

Ele riu e então ergueu o braço desocupado.

— Abraço entre amigos?

Nós nos abraçamos e demos tapinhas nas costas um do outro com toda a força da briga de antes. O cabelo de Chance roçou contra a minha orelha. Ele cheirava a suor, sabão em pó de lavanda e o tipo de desodorante que devia ter um nome como Azul Radical.

Mas, quando os tapinhas terminaram, ele não se afastou. Nem eu. Ficamos sentados lado a lado e ainda abraçados. Sob minhas mãos, os músculos das costas de Chance eram sólidos e quentes. Seus braços estavam firmes e me apertavam o bastante para que eu sentisse cada suspiro irregular.

Eu estava esgotado. Exausto. Meus membros estavam tão pesados quanto os halteres da manhã anterior, mas, mesmo com meus braços pressionando seus ombros, Chance não reclamava. Nos recostamos um no outro.

E, de repente, eu não queria mais soltá-lo.

Só que seus braços afrouxaram pouco depois. Desta vez, foi ele quem se inclinou para trás, apenas o suficiente para me olhar. O vento do sopé das montanhas bagunçou seu cabelo já desgrenhado. Tudo o que eu conseguia ver eram partes de seu rosto (uma bochecha, a ponta do queixo), mas estes traços brilhavam sob a luz das estrelas como a cidade à noite, com elegância, mistério e muita familiaridade.

— Holc?

A palavra, ainda quente da boca dele, soprou contra meus lábios.

Minha respiração vacilou.

— Hum?

E então estávamos nos beijando.

Não sei dizer quem tomou a iniciativa. Isso parece importante, né? Saber quem beijou quem. Quem foi corajoso o bastante para sair primeiro daquela trincheira. Mas talvez assim fosse melhor. Sem pontos a serem marcados.

Era impressionante o quanto os lábios dele eram macios e estavam hesitantes, pouco mais imponentes do que sua respiração. Ainda assim, aquele primeiro toque se alastrou pelos meus nervos e chegou ao meu cérebro. Parecia que alguém havia acionado o interruptor de um eletroímã que nos fundiu. Meu lábio inferior estava entre os dele, e senti um singelo indício de seus dentes logo além. Minha mão se levantou para encostar a bochecha lisa e quente de Chance, e então deslizou para trás da cabeça dele, onde se aventurou nos cabelos curtos e arrepiados de sua nuca até adentrarem a cabeleira de fios que pareciam mais grossos com algum produto capilar. De alguma maneira, estar com a minha mão naquele cabelo perfeito era tão excitante quanto o próprio beijo.

Depois de uma infinidade de idas e vindas, em que cada um recuava conforme o outro avançava, como ondas em uma praia, nós enfim nos separamos. Ficamos nos encarando através do espaço repentino entre nós.

— Puta merda — arfou Chance.

Caímos na risada. A empolgação, o alívio e o medo explodiram em gargalhadas maníacas. E mesmo assim ele não me soltou.

Quando paramos de rir, Chance me olhou com uma expressão séria.

— O que isso significa?

Minhas axilas estavam geladas com o suor. Eu podia sentir a tensão nas minhas entranhas, mas de um jeito bom, como se estivéssemos subindo uma montanha-russa em direção à queda.

Respondi com sinceridade:

— Não faço ideia.

E inclinei o rosto em direção ao dele.

Doze

Meu celular vibrou intensamente quando chegamos à autoestrada. Dezenas de notificações vibrantes e barulhentas indicando novas mensagens de voz foram se empilhando conforme voltávamos a um lugar com cobertura. Puxei o aparelho do bolso e dei uma olhada rápida em tudo enquanto me mantinha atento à estrada vazia.

Com a exceção de três enviadas por Ridley, todas as mensagens eram do meu pai e convenientemente se resumiam na última:

Pai:
CADÊ VOCÊ?!

— Eita, *porra*.

Olhei para o relógio no painel. Era mais de uma da manhã.

— O que foi? — perguntou Chance, com os dedos em frente ao aquecedor para esquentá-los com o calor excessivo do motor.

— Não avisei para o meu pai onde eu ia.

— Eita. — Ele fez uma careta. — Já era.

Dei uma risada. Eu sabia que devia me sentir culpado ou ficar com um pouco de medo, mas era simplesmente impossível. Pelo menos por enquanto.

Falei para Chance fazer algo de útil e ver quanto tempo levaria para voltarmos. Ele mexeu no celular.

— Meu deus... uma hora e meia? Não pareceu tudo isso pra chegar aqui. Provavelmente daria para encurtar a viagem acelerando, mas não tanto. Ergui o aparelho para perto da boca para que fosse possível me ouvir sobre o barulho da estrada e disse:

— Mandar mensagem para pai.

Quando o telefone apitou, continuei:

— Desculpa não ter avisado. Tô bem. Indo pra casa agora, vou chegar por volta de três horas. Enviar mensagem.

O celular repassou o texto para confirmar, e então enviou.

Reclinado contra a janela do passageiro, Chance me observava.

— Você tá encrencado demais?

— Não dá pra saber ainda. — Eu não tinha hora certa para chegar em casa, e meu pai costumava ser bem tranquilo. Mas três da manhã era forçar um pouco a barra de um jeito inédito para mim. — E você?

— Que nada, tá tranquilo. Como eu e meu pai estamos sempre fora, quando voltamos para cá, ele e a minha mãe somem pra dentro do quarto e trancam a porta assim que chega a hora da Livi ir pra cama. Eles nunca vão nem perceber que eu saí.

— Meu deus.

A imagem de sr. e sra. Ng transando era desconfortável de muitas formas diferentes, ainda mais com Chance bem ao meu lado. Ele riu baixinho.

A caminhonete roncava sobre a montanha. Meus olhos estavam secos e ásperos e meu corpo inteiro zunia; parecia até que eu tinha tomado cafeína demais.

Chance e eu não falamos muito. Talvez nenhum de nós dois quisesse quebrar a magia. Ainda assim, de vez em quando nossos olhos se encontravam e a gente começava a sorrir descontroladamente.

Minha vontade era de estender o braço e segurar a mão dele, mas a ansiedade já estava voltando. Se eu tentasse... será que Chance aceitaria? Em meio ao meu torpor exausto, nosso beijo começava a parecer um sonho, o resultado de uma imaginação hiperativa. Tudo a respeito daquela noite parecia pertencer à escuridão, e agora estávamos ali, dirigindo para fora das sombras.

Mas ele continuava sorrindo daquele jeito para mim.

Enfim, chegamos à sua casa. Ele tirou o cinto e ficamos sentados por um momento, encarando um ao outro.

— Então, hum... — balbuciei.

Chance avançou e me deu um selinho ligeiro. Com um sorrisinho malandro, ele voltou para o lugar dele.

— Tchau, Holc.

E então a porta se fechou.

Enquanto voltava para casa, a única coisa que me mantinha acordado eram as endorfinas e a vontade desesperadora de fazer xixi. Cheguei a pensar em estacionar a um quarteirão de distância para evitar acordar meu pai, caso ele já tivesse ido dormir, mas decidi que o melhor seria deixá-la à vista para quando ele acordasse.

Enquanto eu estacionava, notei que as luzes da cozinha e da sala de estar estavam acesas, mas isso *tecnicamente* não significava nada. Ele poderia tê-las deixado assim para quando eu chegasse. Me esgueirei para dentro, enfiei a chave na surdina e então abri a porta com calma.

Uma rajada quente de canela me atingiu e soube que era meu fim.

Meu pai estava sentado em nossa minúscula cozinha segurando um celular todo enfarinhado. Mais farinha cobria a bancada, e as vasilhas de rolinhos de canela à sua frente acompanhavam os biscoitos no forno e um pão de banana em cima do micro-ondas.

Merda, merda, *merda*.

— Como o Chance tá? — perguntou ele.

A situação estava feia. Meu pai só resolvia assar biscoitos ou algo do tipo quando ficava estressado. Ele ter feito rolinhos de canela *e* pão de banana...

— Hum... tá bem.

— Que bom. — Sua voz soava tranquila, mas de um jeito quase ameaçador. — Não quer saber como eu descobri que você saiu com o Chance? Afinal de contas, você me contou que ia estudar na Ridley.

— Pai, eu...

— Você disse que achava que ia chegar umas nove horas. Quando você não apareceu, eu pensei: "Ah, não tem problema... quem sabe os dois tão assistindo a um filme ou alguma coisa assim." Quando deu dez horas, eu te mandei uma mensagem. Mas acho que você tava ocupado.

— Pois é, foi mal, é que...

— Então às *onze*... — sua voz rapidamente encobriu a minha —, quando você quando você ainda não tinha respondido, eu tive que falar com a Ridley. O problema é que eu não tenho o número dela. Eu não lembrava nem o sobrenome dela, na verdade. Então precisei procurar nas suas redes sociais até achá-la. Quando ela não respondeu às minhas mensagens, porque provavelmente estava dormindo, coisa que *eu* também deveria estar fazendo, tive que olhar o perfil *dela* até achar os pais. Mas é lógico que os dois não estavam olhando as mensagens do Facebook, então tive que gastar quarenta dólares, que, obviamente, vão sair do seu pagamento, pra achar o telefone deles em um daqueles sites de detetives online.

Eu me sentia murchando, mas não respondi nada. Ficou evidente que ele havia ensaiado o discurso e não seria eu que iria interrompê-lo.

— Aí liguei pra gente que eu nunca vi na vida, que provavelmente vai trabalhar amanhã de manhã, quando já era *quase meia-noite*, e a mãe dela finalmente atendeu na terceira vez. Ainda bem que ela foi bem compreensiva, acordou a Ridley e foi assim que eu descobri que você tinha saído com Chance Ng. Então eu tentei ligar pros pais *dele*, mas é claro que eles mudaram de número, e aquele site esquisito não achou nada. — Ele fez uma careta. — Pelo visto, quem é rico e famoso paga alguém pra apagar esses dados. E eu fiquei aqui, pensando em quanto tempo eu precisava esperar até ligar pra polícia quando você finalmente mandou uma mensagem me avisando que ia chegar às *três da manhã*, caramba. — Ele cerrou a mão ao redor do celular e, com todo o cuidado, soltou o aparelho sobre a mesa. Sua expressão ficou triste. — Que *merda* é essa, David? Nunca te enchi o saco com horário. Eu só peço pra você me manter informado. Uma pequena cortesia.

— Eu sei — respondi rápido. — Me desculpa. Eu devia ter mandado mensagem, mas foi uma emergência, e a gente ficou sem sinal.

— Ficou sem sinal? — Meu pai parecia assustado. — Onde você se enfiou?

— Hum... — De repente, vi nossa pequena aventura pelos olhos dele. A culpa se alastrou dentro de mim. — Perto de Ellensburg, eu acho.

— *Ellensburg?!* — Seus olhos estavam arregalados comicamente sobre a barba. — Você *atravessou a montanha* e não pensou em me contar?

— Não foi planejado! — Insisti. — Só aconteceu. Como eu falei, foi uma emergência.

— Que tipo de emergência faz alguém dirigir *cento e sessenta quilômetros* na ida e na volta?

— Foi o Chance. Ele tava num momento ruim.

— Ah, é lógico. — Ele cruzou os braços e deixou digitais brancas de farinha na camisa de flanela. — Deve ser muito ruim ser rico daquele jeito. Mais dinheiro, mais problemas.

— Caramba, pai. Nem tudo é dinheiro. — O eco inconsciente da minha própria briga com Chance era desconcertante. — Por que você não pega leve com ele?

— Pegar leve?! Você mesmo me falou que aquele pirralho era um babaca pretensioso... tanto que te fez sair da sua própria banda. Aí ele ficou rico com o seu trabalho e você não me deixa abrir um processo pra garantir a sua parte. Você ficou dois anos reclamando, e assim que ele aparece precisando de um amigo, você faz de tudo pra apoiar esse cara. — Meu pai se inclinou para a frente e agarrou a mesa. — Só não quero ver ele se aproveitando de você de novo.

Me inflamei de raiva.

— Ele não tá se aproveitando de mim!

Meu pai me encarou com firmeza.

— Tem certeza?

Será que eu tinha? Era tudo um turbilhão. Aquela noite parecera diferente, como se tudo tivesse mudado. E algo *havia* mudado mesmo, mas o que aquilo significava? Será que eu errei em passar todos aqueles anos guardando rancor em relação a Chance? Ou será que eu estava finalmente virando vítima da mesma paixonite desesperada de todos os fãs dele?

Eu achava que não era o caso. Mas, sendo sincero, estava tão cansado que não conseguia pensar direito. Meu cérebro parecia estar todo enrolado como um doce de alcaçuz.

— Tenho que fazer xixi.

Passei pela mesa, em direção ao banheiro.

— Ei! — Meu pai se levantou da cadeira. — Ainda não terminei de falar com você!

— Você prefere que eu faça xixi no chão?

Não olhei para trás, apenas alcancei a maçaneta do banheiro.

— Mas que droga, David! — Frustrado, ele bateu na parede. — Beleza! Então vai... fuja! Igualzinho a sua mãe.

As palavras explodiram no recinto e me tiraram todo o ar. Minha mão congelou na maçaneta. Me virei.

Papai parecia abismado, como se fosse eu quem tivesse dito o imperdoável. Enquanto o encarava, seu choque derreteu e se transformou em vergonha. Ele ergueu as mãos e espalhou os dedos sobre a barba e em cima da ponte do nariz, como se quisesse aprisionar as palavras que já haviam escapado. A farinha deixou seu cabelo castanho branco e envelhecido.

Pareceu se passar uma eternidade. Por fim, ele ordenou, com a voz baixa:

— Toma banho e vai pra cama. Você tem que acordar daqui a horas.

Só consegui assentir com a cabeça devagar, me virar e entrar no banheiro. Quando saí, as luzes estavam apagadas e a porta do quarto dele, fechada.

Subi as escadas no escuro enquanto a raiva e a vergonha continuavam no ar como o cheiro de baunilha da cozinha, e me perguntei como tudo tinha ficado tão complicado.

Treze

Meu pai ficou com pena de mim e parou em um Starbucks na manhã seguinte. Eu não era muito de tomar café, mas meus olhos pareciam uvas enrugadas e a torra amarga pelo menos os mantinha abertos.

Com as palavras da noite anterior ainda pairando no carro, nenhum de nós falou muito durante a viagem. Depois dos quinze minutos mais longos da minha vida, estacionamos perto da van de Denny. Enquanto a van de carga do meu pai era branca e simples, como a de empreiteiros em geral, a dela era uma viagem de ácido pintada com tinta spray que exibia um desenho que a representava montada em um dragão e usando um longo bastão de pintura como lança.

Denny estava no topo de uma escada quando entramos, mas desceu correndo quando meu pai começou a dispor os resultados da desastrosa noite anterior.

— Ah, não acredito! Aquilo ali é pão de banana?

— E rolinhos de canela. — Ele esvaziou um pedaço da bancada de trabalho para colocar os doces. — Caseiros.

— Cara. Derek. *Cara.* — Ela pegou uma fatia do pão de banana e apontou para mim. — Presta atenção, David, meu garoto. Este é o motivo do seu pai ser o melhor empreiteiro de Seattle. — Denny deu uma mordida e revirou os olhos para trás da cabeça. — *Teta* que me pariu.

—Agradeça ao David — disse ele, em um tom monótono.

Com as bochechas cheias, ela me encarou, surpresa.

— Você que fez?

Me encolhi entre meus ombros.

— Não exatamente.

— Pode comer, Denny — disse meu pai. — Hoje é só a gente e não quero levar mais do que o necessário embora.

— O Jesus não vem? — Tentei esconder a minha decepção.

— Ele tem outro serviço. — Meu pai nem olhava para mim. — Hoje você vai ajudar a Denny.

— Tá bom.

Ajudar a Denny costumava ser tão bom quanto ajudar Jesus, mas havia um tom ameaçador no jeito como ele falou.

— Joga o raspador pra mim, Den.

Denny ficou fazendo malabarismo com as comidas até conseguir passar. Meu pai me entregou a espátula (uma ferramenta de metal com uma lâmina larga e plana) e um respirador.

— Raspar a tinta. Lá de fora. Não precisa de escada, só faz até onde você alcançar. Começa na parede leste e vai limpando tudo.

— Nossa! Valeu, chefe. — Denny deu um sorrisinho para mim com uma maldade amigável. — Não sei o que você fez, mas tô feliz mesmo assim. Tomara que você tenha trazido um fone.

— Lembra como faz? — perguntou meu pai.

— Como é que eu poderia esquecer? — murmurei.

— O almoço é às 13h. — Ele deu as costas para a estação de trabalho. — Vai lá raspar.

Eu queria retrucar com alguma resposta afiada, mas pensei melhor e deixei para lá. Com um suspiro, agarrei minha garrafa d'água e fui para fora.

A julgar pelos trechos da primeira parte "O inferno", d'*A divina comédia*, que eu tinha lido para a aula de literatura, concluí que raspar tinta não era *tecnicamente* um círculo do inferno, mas tinha certeza de que isso só podia ser um erro de classificação. De longe, podia até não parecer nada demais (talvez até satisfatório, do mesmo jeito que algumas crianças no ensino fundamental gostam de passar cola nas mãos só para arrancar depois). Mas era preciso considerar as circunstâncias. Raspar tinta não é só limpar um pedaço de alguma superfície. É preciso polir tudo que vai ser pintado e eliminar cada rachadura e bolha para que possam lixar e preparar a parede. O que é divertido por cinco minutos até ficar insuportável depois de vinte minutos e se tornar excruciante depois de algumas horas.

Eu havia passado dois longos dias raspando paredes para o meu pai em um bar no White Center no ano anterior, mas isso era ainda pior. Porque a pior parte de fazer essa raspagem era a limpeza. Mesmo que meu pai tivesse plena certeza de que aquela tinta não estava cheia de chumbo tóxico, os clientes ainda não queriam que um monte de lascas de tintura entrasse no solo. O que significava que era preciso catar cada uma.

Cada.

Lasca.

A monotonia da atividade me deu muito tempo para pensar, o que, sendo bem sincero, eu não sabia se era algo bom. Parte do meu cérebro continuava nas alturas por causa da aventura na noite anterior, mesmo que, ao mesmo tempo, meu corpo exausto estivesse se decompondo ao redor das lembranças. Cada hora que passava me deixava com mais perguntas. Dentre tantas pessoas, por que é que eu estava morrendo de desejo logo por Chance Ng? E por que *naquele momento*? Por que eu nunca tivera nenhum indício disso durante os anos em que estávamos sempre juntos? Eu nunca tinha pensado em beijar um garoto, então o que tê-lo beijado significava? E, muito embora eu tivesse acreditado quando Chance falou que ele e Eli teriam me aceitado de volta na Darkhearts, meu pai também podia estar certo quando afirmou que eu estava caminhando para a beira de um precipício. Porque, independentemente do que mudara entre nós, Chance continuava sendo Chance, o que significava que ele poderia sumir a qualquer momento. E eu continuaria aqui, raspando tinta e tentando entender o sentido de tudo o que aconteceu.

Eu já tinha terminado a parede leste e estava de joelhos recolhendo as lascas quando Denny, com um rolinho de canela em cada mão, veio dar uma olhada em mim.

— Isso aqui é do *caralho* — disse sobre os docinhos, antes de avaliar criticamente meu trabalho. — Nada mal. Talvez você até termine hoje. — Ela chutou o mato alto ao longo da fundação da parede. — Mas você deveria ter estendido uma lona antes. Facilita muito na hora de limpar.

Do chão, encarei-a.

Uma lona. Como é que eu tinha deixado isso passar?

Ela riu.

— Não se preocupa, você não é o primeiro a cometer esse erro. — Denny se sentou em uma pilha de tábuas ali perto e me ofereceu um rolinho. — Quer um?

Mesmo considerando tudo o que os doces de meu pai representavam, não dava para negar que eram deliciosos. E eu *com certeza* queria um intervalo. Tirei as luvas e me acomodei ao lado dela.

— Então. — Denny me entregou o doce. — O que você fez?

Dei de ombros.

— Voltei tarde demais para casa. Não avisei.

Ela assentiu, concordando.

— Sei como é. Ficou de castigo?

— Ainda não.

— Sortudo. Seu pai é mais tranquilo do que a maioria.

— Pois é.

Só que eu não podia explicar a verdade: que, ao invocar minha mãe, ele cometera um pecado tão ruim quanto o meu.

Quando eu tinha sete anos, minha mãe anunciou que não aguentava mais o trabalho, meu pai e Seattle. Ela não sabia muito bem para onde estava indo, só sabia que seria para longe. Os dois me deram uma escolha: ir com minha mãe ou ficar com meu pai.

Eu, com a minha sabedoria limitada de um garoto de sete anos, escolhi meu pai, pensando que, se eu ficasse, ela teria que ficar por perto para me visitar e, por isso, eu poderia ter os dois. Ao escolher meu pai, eu havia colocado o blefe dela à prova.

E ela colocou o meu. Na década que se passou desde então, eu a encontrara exatamente três vezes. Ela só mandava mensagem se eu mandasse primeiro, e, lá pelos meus dez anos, eu tinha parado de me importar.

Não dava para comentar nada a respeito disso com Denny. Mas, conforme minha mente voltava às questões zunindo pela minha cabeça, reconheci uma oportunidade.

— Ei, Denny... posso fazer uma pergunta pessoal?

Ela se reclinou para trás e apoiou os cotovelos na pilha de tábuas.

— Querido David, meu parceiro, por rolinhos de canela como esses, eu te arrumo até o código pra lançar uma bomba nuclear.

Me preparei e disse:

— Como foi que você descobriu que você não era hétero?

Denny não pareceu surpresa e só ficou pensativa, passando a língua pelo molar.

— Sendo bem honesta, nunca foi uma questão pra mim. — Ela deu um sorrisinho debochado. — Eu me lembro de quando tentei beijar a Claudia Demopolis no topo do escorregador no recreio da primeira série. Ela desceu bem quando eu me inclinei pra frente e eu caí de cabeça. Tive que levar três pontos no lábio.

— Ai. — Nada daquilo era útil. — Que interessante. Valeu.

— Imagina. — Ela ergueu o rolinho para outra mordida.

— Você já deu um beijo nele, então?

— *Que*?!

Quase deixei meu doce cair e consegui alcançá-lo antes que atingisse a terra. A cobertura ficou toda espremida entre os meus dedos.

— Rapaz, eu sou uma sapatona trabalhando com construção. Já tive essa conversa outras vezes. — Ela deu uma mordida e enfiou o pedaço para dentro da bochecha antes de continuar: — E esse menino de quem você tá a fim... você já deu um primeiro passo?

DARKHEARTS: A MELODIA DO CORAÇÃO 165

— Talvez. — Meu rosto queimava. — Já.

— Que bom. E você gostou?

Era excruciante. De onde eu havia tirado que aquela conversa seria boa ideia?

— Sim...?

— Então pronto. Isso é tudo o que você precisa saber.

— Mas eu nunca beijei garotos antes.

— E daí? — Ela se virou para me encarar. — Cara, vai por mim... não se preocupa com rótulos ainda. Sexualidade é... — Denny olhou em volta à procura de uma metáfora, então ergueu o que havia sobrado de seu rolinho de canela — ... é igual a esse rolinho de canela aqui. A gente olha e pensa "nossa, parece bom" e aí a gente come. Se gostar, come de novo. Todo o resto... se você é bi, pan, sapiossexual, ou seja o que for, são rótulos, política e só servem pra facilitar as coisas para *outras* pessoas. Esses termos podem ser úteis e importantes para a sociedade, mas você não precisa escolher uma bandeira na pressa. Só se permita gostar do que você gosta. — Ela deu mais uma mordida. — Esse garoto... ele já saiu do armário?

— Não exatamente. — Então, porque eu precisava contar para *alguém*, desembuchei: — É o Chance Kain.

— Sério? — Denny ergueu as sobrancelhas, investida. — Você não começa por baixo mesmo, hein, parceiro? Aposto que metade dos garotos do país viraria gay pelo Chance Kain. Ele é um *gostoso*.

Fui tomado por um pânico repentino.

— Por favor, não conta pra ninguém.

Ela sorriu.

— Confia em mim, cara. A primeira regra do Clube Queer é não tirar ninguém do armário, e isso vale o dobro pra você com o Chance, entendeu? Essa porra já é difícil o suficiente sem o mundo inteiro observando. Leva o tempo que você precisar e deixa ele ir com calma também.

Assenti. Ela me deu outro tapinha no ombro.

— Se tiver alguma pergunta, pode me chamar, viu? — E puxou o celular para me passar seu número. — E não sai por aí acreditando no papo furado de ninguém, nem de hétero e nem de gay nenhum. Não importa se você for cair matando nos meninos por aí ou nunca mais beijar outro cara na vida, agora você já faz parte da família. Entendeu?

Um alívio se espalhou no meu peito.

— Valeu, Denny.

— Que nada. — Ela lambeu o resto da cobertura nos dedos e olhou para eles. — Acho que eu devia ter lavado a mão antes. — Denny deu de ombros e se levantou. — Enfim… aproveita a sua caça aos ovos de Páscoa, David.

Ah, pois é. A tinta.

Com um suspiro, me ajoelhei de novo ao lado da igreja e voltei à minha penitência.

Catorze

Então você tá de castigo?

Era a pergunta que não queria calar. A mensagem já me esperava naquela manhã e, pelo tom, dava para sentir o deleite maníaco de Ridley, já que nosso verão não andava muito movimentado no quesito fofoca. A mensagem de Chance, mais contida, chegou durante o intervalo de almoço, quando minhas costas já doíam de ficar tanto tempo agachado limpando a tinta.

A resposta foi a mesma para os dois:

Eu:
Eu *acho* que não...

Chance respondeu na mesma hora.

Chance:
Então você tá livre

pra vir nadar comigo
hoje à noite depois do trabalho :)

A loucura da noite anterior me atingiu com tudo, como um tsunami vertiginoso que varria todas as outras preocupações. Mas respondi apenas:

Eu:
Acho que não é uma boa ideia.
Caso eu queria *continuar* fora do castigo.

Outra notificação.

Chance:
Amanhã então?

A gente vai se falando, foi o que digitei. Mas já conseguia sentir o sorriso crescendo no meu rosto.

Meu pai podia não ter me deixado de castigo oficialmente, mas nem tínhamos conversado sobre o acontecido. Tirando minha condenação ao Purgatório da Tinta, mal havíamos nos falado. E, além disso, eu sabia que sair naquela noite só cavaria ainda mais a minha cova. Tinha também o fato de que eu não era um *completo* babaca. Ele podia até ter perdido a briga ao trazer mamãe à tona, mas eu sabia que ter deixado o meu pai preocupado fora um erro. Então, quando chegamos em casa suados e imundos, deixei que ele fosse para o chuveiro primeiro. Quando seu banho acabou, eu já tinha feito pipoca e colocado O *Segredo Além do Jardim* na TV.

Com a expressão mais acanhada possível, ergui o pote e disse:

— Cineminha caseiro?

O canto da boca dele se ergueu discretamente. Meu pai sabia reconhecer uma oferta de paz, mas tudo o que disse foi:

— Vou pedir uma pizza.

Garanti que meu celular estivesse no silencioso para que ninguém interrompesse a nossa série. Quando o quarto episódio começou, já estávamos os dois dormindo no sofá.

Na manhã seguinte, eu estava dolorido por ter caído no sono por cima do braço do sofá, mas o clima entre mim e meu pai parecia quase normal. Passei a primeira parte do dia sendo um funcionário exemplar e tentando prever o que ele precisaria antes que me pedisse, então, lá pelo horário do almoço, deduzi que minhas chances não ficariam melhores do que estavam.

— Pai — falei, como quem não quer nada. — Tem problema se eu for nadar com uns amigos hoje depois do trabalho? — Rapidamente, acrescentei: — Volto antes de escurecer! É que tá tão quente.

O simples fato de eu estar pedindo já era uma grande concessão da minha parte. Desde que eu tirei a carteira de motorista, eu não pedia mais para fazer as coisas, e até mesmo antes disso, o problema sempre fora mais a respeito do transporte do que por permissão. Papai era mais adepto à ideia de tratar jovens como indivíduos autônomos, então, contanto que eu não matasse aula ou fosse preso, minha agenda era problema meu.

Mesmo assim, tudo isso pareceu ser esquecido por um instante quando ele ergueu uma sobrancelha.

— Com quem?

Eu é que não ia mentir.

— Chance.

Meu pai franziu o cenho.

— ... e talvez a Ridley e algumas outras pessoas.

Não era bem uma mentira. Em um dia quente como aquele, era muito provável que tivesse mais gente na praia. Talvez uma delas pudesse até ser Ridley. Vai saber? Ele manteve o cenho franzido por mais um instante, suspirou e assentiu.

— Tá bom.

— Valeu, pai!

Comecei a recolher o lixo do nosso almoço rapidamente e voltei para o trabalho antes que nossa conversa continuasse. Assim que fiquei em segurança e fora de vista, peguei o celular e mandei uma mensagem para Chance.

Eu:

Vai rolar.

E era *mesmo* um dia perfeito para nadar. O ar-condicionado da minha caminhonete nunca funcionou e, quando cheguei na casa de Chance, minha camisa já estava ensopada de suor. Me descolei do banco de vinil craquelado com um barulho úmido.

Dessa vez, Chance não estava ali, desesperado para pular janela adentro. Conforme eu caminhava em direção ao portão, senti as axilas reforçando a produção de suor, e não era só por causa do calor que estava fazendo. Meu coração martelava.

O que era besteira. Eu já tinha estado na casa dele. Poucos dias antes, inclusive. Ainda assim, tudo parecia tão desconhecido. Quando éramos amigos (ou *arqui-amigos*), a sensação era de que eu sabia o que me esperava. Mas agora... será que as coisas estavam diferentes? Será que eu *queria* que estivessem?

Apertei o botão.

— Oi? — respondeu a voz de Chance.

— Ah, oi, tenho uma entrega aqui pra um tal de Chance Ng. O pacote diz que são dezessete pintos de borracha extragrandes e mais alguma coisa chamada "O Aniquilador". Vou precisar de uma assinatura para liberar a entrega.

— Muito engraçado. Eu até diria onde você poderia enfiar tudo isso aí, mas tô deduzindo que já vem com manual.

O portão zuniu.

Chance me encontrou na porta de calção, chinelos e uma camiseta preta com a estampa de uma van em chamas que dizia AMANHÃ A GENTE MORRE! De repente, fiquei super nervoso com minha camiseta manchada de suor por causa do dia de trabalho e minha bermuda camuflada larga demais (a única opção que ainda tinha para entrega no mesmo dia quando o clima finalmente ficara quente o bastante para nadar). Pelo visto, existiam muitas pessoas esquisitas que compravam trajes de banho em plena primavera.

— Pronto? — Chance jogou uma toalha sobre o ombro e estendeu uma outra para mim. — Precisa de uma toalha?

— Nossa. — Na pressa para me trocar e ir para a caminhonete assim que cheguei em casa, eu tinha esquecido completamente disso. — Na real preciso, sim. Valeu.

— Imagina.

Ele a jogou para mim, saiu e fechou a porta.

— Pra onde a gente vai?

Assim que perguntei, percebi nosso problema. Em Seattle, era só fazer vinte graus que o povo já saía tirando o biquíni do armário. Num dia quente de verdade como aquele, as praias estariam lotadas. Se Chance não conseguiu passar despercebido no Tacada da Morte, como iríamos a uma praia? E por que eu não havia pensado nisso em nenhum momento no decorrer das cinco horas anteriores?

Talvez porque você estava ocupado demais tentando entender como se sentia ao imaginar Chance de sunguinha.

Mas ele não foi em direção ao portão. Na verdade, contornou a casa pelo lado e seguiu adiante depois do limite do terreno.

— Por aqui.

Ah, é claro.

— Você tem uma piscina?

— Não.

— Praia particular?

— Não.

Lembrei de Ridley.

— ... um iate?

Ele jogou a cabeça para trás e riu.

— Meu Deus, Holc, surpresas realmente não fazem o seu tipo, hein?

Abaixo da casa, uma trilha de lajotas serpenteava pela encosta dividida em superfícies niveladas e passava entre árvores frutíferas e arbustos decorativos. No fim, ficava outra cerca-viva alta e um galpão do tamanho de alguns apartamentos.

Atrás do galpão, um portão de madeira mais comum. Passamos por ali e chegamos a uma escada cimentada que virava quase um labirinto devido a mais uma cerca-viva e as árvores lá no alto.

— Hum... — Estiquei o pescoço enquanto descíamos para tentar espiar além das cercas-vivas e das sebes próximas.

— ... isso aqui é propriedade privada?

— Não. Mesmo que o pessoal que mora aqui fique agindo como se fosse. Essa área tem várias passagens secretas

DARKHEARTS: A MELODIA DO CORAÇÃO 173

assim. Lugares íngremes demais pra fazer ruas que acabam se tornando escadas.

— Ah.

Havia algumas passagens parecidas perto da minha casa também, mas aquelas, sempre cheias de pessoas levando cachorros para passear ou correndo pelos degraus, pareciam mais abertas e públicas.

No fim, as escadas atravessavam uma rua sem saída. Chance seguiu em direção a uma calçada com uma placa de PROIBIDO ULTRAPASSAR pregada proeminentemente em uma árvore, logo acima de outra placa avisando sobre um grupo de vigilância montado pela vizinhança. Ele passou pelas duas como se não fossem nada.

Um pouco mais hesitante, eu o segui.

— Você conhece essa gente?

Chance negou com a cabeça.

— Como eu disse, o povo *age* como se fosse dono, mas é uma via pública. Pesquisei no Google.

A rua acabava no lago, e o pior é que havia mesmo uma placa dizendo ACESSO PÚBLICO. Muito embora o lugar não fosse lá grandes coisas: só um banco entalhado de grafite, um matagal espesso de arbustos e vitórias-régias com o brilho do lago mais adiante.

— Viu só? — Chance reluzia. — Privacidade total.

— E que vista mais adorável. — Chutei o mato. — Você trouxe um facão?

— Ah, deixa de ser frangote.

Ele soltou a toalha, chutou os sapatos e tirou a camiseta. Ver seus músculos dorsais se movendo por baixo da pele e os vincos curvos em seu quadril apontando para dentro do calção como pistolas prestes a serem sacadas mexeu comigo. Me virei e tirei a camiseta devagar para esconder o rosto corado.

Para disfarçar o momento estranho, falei:

— Pelo menos os paparazzi não vão pensar em te procurar aqui. Todo mundo sabe que vampiros odeiam água.

— Na real, só odeiam água corrente. E deixa de ser chato.

Quando voltei a encará-lo, Chance já estava se movendo entre o mato, seguindo por uma passagem estreita entre as vitórias-régias. Eu o segui e adentrei o lago. A água, gelada e perfeita, envolveu meus pés.

Seguida por quinze centímetros de lama conforme fui afundando.

— Que *nojo*. — Puxei o pé com um ruído de sucção e senti o grude entre os dedos. — É que nem pisar em bosta de cavalo!

— Tá mais pra bosta de pato. — Chance já estava quase cinco metros adiante e a água continuava batendo apenas em suas coxas. — Vem logo, Holcomb!

— Que beleza. Agora peguei herpes de pato...

Continuei devagar e o lodo foi florescendo com uma nuvem enlameada a cada passo.

Chance chegou no ponto em que as vitórias-régias acabavam e mergulhou. Seu corpo deslizou sem esforço para baixo da superfície e ficou apenas um pouco visível através da água brilhante como um espelho, antes de ressurgir como um golfinho cerca de doze metros mais a frente. Ele chacoalhou a cabeça, agitou o cabelo para que saísse de cima dos olhos e, movendo os braços em arcos preguiçosos, ficou nadando sem sair do lugar.

Meu deus, como ele era lindo. As linhas que formavam quadrados no peito, o queixo que o fazia parecer a merda de

DARKHEARTS: A MELODIA DO CORAÇÃO 175

um príncipe da Disney. Como eu nunca tinha notado isso antes? Quer dizer, eu *tinha*, sim, mas não dessa forma. Não desse jeito compulsivo que chegava a deixar a cueca apertada. Ou será que alguma parte de mim sempre soube e simplesmente enterrou tudo sob inveja e rancor? Até na época em que eu ainda estava na banda, quanto da minha irritação com o jeito exibido dele era um mecanismo de defesa? Uma tentativa de enterrar sentimentos que eu estava menos preparado para encarar?

E, ainda mais estranho, será que *ele* sentia a mesma coisa em relação a *mim*?

— Holc?

Mergulhei. Não fui nem de perto tão gracioso quanto ele mais como uma barrigada um pouco mais digna. Voltei à superfície e me debati até chegar à mesma profundidade.

Chance deu um sorrisão.

— Bem legal, né?

— Aham.

Ao olhar para a costa, era possível ver as casas chiques montanha acima numa parede de fauna e vidro. Ao norte, a ponte pela qual havíamos passado poucas noites antes era como uma linha vibrante sobre a água e, mais adiante, barcos rebocavam esquis em círculos barulhentos.

— Fiquei feliz que o seu pai não te deixou de castigo — comentou Chance.

— Eu também.

Uma mecha de cabelo se soltara do penteado digno de mafioso dele e formou um arco perfeito embaixo de um de seus olhos.

Não falei mais nada e ele jogou água em mim.

— Por que você tá desse jeito?

— Não tô de jeito nenhum.

— Mentiroso.

Irritado e envergonhado por ser tão transparente, corei.

Chance franziu o cenho.

— Tá esquisito por causa daquela noite?

Tô.

— Não.

— Olha, não tem problema se...

Minha boca se abriu antes que eu pudesse me impedir.

— Isso é um encontro?

Assim que as palavras saíram dos meus lábios, minha vontade era de ter engolido água até encher o pulmão em vez de ter perguntado aquilo. Ou talvez só afundar na lama e ficar ali, que nem aqueles sapos que hibernam.

Chance franziu ainda mais o cenho.

— Você *quer* que seja um encontro?

— *Você* quer?

Ele soltou um resmungo de frustração e meneou a cabeça.

— Você não facilita nada, né?

Fiquei em silencio.

— Tá bom, beleza... eu começo. Como sempre. — Chance suspirou e fixou o olhar em mim. — Sim, Holc, eu gostaria que isso fosse um encontro.

— Ah.

Mesmo que eu soubesse o que estava por vir, mesmo que *torcesse* para que acontecesse, a resposta me pegou de jeito. Parecia até que eu tinha ido para o meio de um trilho de trem. Naquele instante, esqueci de me movimentar na água e quase realizei meu desejo original quando uma onda encheu minhas narinas. Me debati e tossi.

Havia agora uma expressão dura de decepção no rosto de Chance.

— Puta merda, cara, era só ter me falado que...

— Não! — Quase engoli mais água enquanto tentava interrompê-lo. — Não, isso é bom! É ótimo! — Parecia que algo dentro de mim andava esperando que ele dissesse aquilo e agora essa pecinha havia se encaixado. — Eu também. Também quero, no caso. Que seja um encontro.

Chance me analisou.

— É mesmo?

— É.

Aliviado, ele riu, se inclinou para trás e ficou boiando com os braços abertos.

— Puta que pariu, cara. Que jeito de criar pura expectativa.

Dei um sorriso.

— Foi mal. Não sou muito bom nessas coisas.

— Em encontros? Ou em nadar? Porque as duas são bem fáceis.

— Vai se foder, vai.

— Vem comigo, vamos voltar pra onde dá pé antes que você inspire um salmão pelo nariz.

A clareza da situação me deixou tão aliviado (*eu estava em um encontro com Chance! E estava sendo bom!*) que nem discuti, só o segui até conseguir boiar com os dedões do pé tocando levemente o fundo, oscilando para cima e para baixo com as ondas geradas pelos barcos lá longe. Chance achou uma pedra submersa para se sentar e ficou um tanto para fora da água, com as clavículas a mostra.

— Pronto — disse ele. — Agora você não vai afundar sempre que eu te fizer uma pergunta.

— Muito engraçado.

Seu sorriso ficou um pouco torto.

— Então... vou me arriscar agora e deduzir que você nunca tinha beijado um cara antes, né?

— Não. — A insegurança tomou conta de mim. Como eu podia me sentir assim estranho por ter beijado um garoto e ao mesmo tempo por *nunca* ter beijado nenhum? — Você já?

— Não — respondeu ele, todo tranquilo.

Senti outra onda de alívio, mesmo que aquilo não fizesse sentido algum.

— Então quer dizer que eu sou o cara mais gostoso que você já beijou.

— Tecnicamente. — Chance deu um sorrisão. — Se você quiser ganhar por falta de competição.

Levantei o punho cerrado.

— Viva! — Eu podia até estar perdido com tudo, mas pelo menos ele estava bem ali ao meu lado. — Mas você beijou meninas. Saiu com a Jennifer Marse por, tipo, uns dois meses. E beijou a Grace Kim depois daquele show no Black Lodge.

— É. E teve Emerson, aquelu fã de que eu te contei... elu era não binárie.

Eu sabia o que ele queria dizer. Beijar Chance fora uma experiência tanto familiar quanto alienígena. Os ângulos de seu rosto eram mais definidos, sua pele, mais áspera. Ele tinha um *cheiro* diferente... cheiro de garoto, esportivo, mentolado e... de algum jeito, *caloroso*.

E seus lábios eram macios também, a boca, gentil e insistente. A essência era a mesma. Como aquela música do Louis Armstrong dizia, talvez um beijo fosse simplesmente um beijo.

Ele jogou um punhado de alga em mim.

— Mas, enfim, você nunca me contou com quem você ficou enquanto eu não estava aqui.

Corei e Chance arregalou os olhos.

— É alguém que eu conheço, né? Quem?

Desviei o olhar e falei a verdade:

— A Maddy Everhardt.

— Eu *sabia!*

Tirei água dos meus olhos.

— Por três meses. No segundo ano.

— Três meses? — Ele franziu a testa. — Por que vocês terminaram?

— Porque... — Era esquisito. — Por causa de vocês, na real.

— Quê?

Chance parecia intrigado.

Cerrei os dentes diante da lembrança.

— Foi quando vocês vieram pra cá com a primeira turnê grande e tocaram no Paramount. Um monte de gente do nosso grupo das antigas foi ver o show.

— Pois é, eu lembro. — Chance franziu o cenho. — A Maddy tava lá.

— É. Ela queria ir.

— E você, não.

— É.

De repente pareceu mesquinharia, mas era tudo recente demais na época. Muito latente.

Maddy aceitara (e de certa forma, entendera), mas insistiu para que eu deixasse para lá. *Eles são seus amigos*, dissera ela. *Vamos dar apoio.*

Eu tinha dito que se o objetivo dela era mesmo *apoiar alguém*, ela ficaria em casa comigo.

Maddy foi mesmo assim. E fim de história.

— Nossa — disse Chance. — Ela te deu um pé na bunda por causa de um show?

Dei de ombros. O que constituía um pé na bunda? A *sensação* definitivamente foi essa. De fato, eu tinha falado que se ela fosse, então significaria que a gente não daria mais certo. Mas era só a constatação de um fato. A decisão ainda havia sido de Maddy, e foi tomada. O fato de ela não ter tentado consertar as coisas depois só confirmou o que eu já temia: que ela só se interessava pela versão de mim da época da banda, e não pelo meu eco desbotado. Quando foi necessário escolher entre a Darkhearts e David, ela nem hesitou.

Assim como nossos amigos em comum, que a apoiaram no término. Foram alguns meses solitários até que eu conhecesse a Ridley.

— Puta merda, cara, sinto muito.

A compaixão de Chance parecia genuína.

Eu não queria a pena dele.

— Deixa pra lá — respondi, irritado.

Chance percebeu meu humor e mudou a abordagem.

— Enfim, não importa como isso rolou, tô feliz que vocês dois não namoram mais. — Ele deu um sorrisão. — Ela é uma querida. Eu odiaria ter que te roubar dela.

Senti as bochechas corarem e me encolhi frente a um pensamento repentino.

— Espera aí. Então aquela noite… você sabia que ia rolar?

Ele ergueu uma sobrancelha.

— Se eu cuidadosamente planejei o meu surto pra te fazer me levar de carro por cento e sessenta quilômetros até onde Judas perdeu as botas com o objetivo de te seduzir? — Chance deu uma piscadela. — Parece esforço demais. Gosto de pensar que sou um cara mais tipo "legal esse teu tênis, quer transar?".

Fiquei ainda mais vermelho, mas eu precisava saber.

— Não, mas… faz quanto tempo que você gosta de mim?

— Quem disse que eu gosto de você? — E jogou mais água em mim. — Talvez esse relacionamento seja só uma coisa física.

Minha mente soltou faíscas e fiquei paralisado. Chance riu.

— É brincadeira, Holc. — O movimento de uma lancha fez a água balançar e nos levou para cima e para baixo. — Sempre gostei de você como amigo. Quer dizer, quando você não é um babaca egocêntrico.

— Digo o mesmo — consegui dizer.

— Mas tipo, gostar *gostar* de você… — Ele passou os dedos pela superfície da água. — Acho que desde que eu voltei? O Tacada da Morte foi basicamente um encontro perfeito, então é isso, no fim daquela noite eu com certeza já tava gamadinho. — As ondas pararam e ele encontrou a rocha para se sentar outra uma vez. — E você? Quando foi que começou a gostar de mim?

— Hum… — Era uma pergunta justa. — Não tenho certeza.

— Uau. — Chance fingiu se abanar. — É um romance tão ardente que eu tô até com calor. — Ele meneou a cabeça. — Você tá detonando o meu ego, Holcomb.

— E com certeza ele vai deixar muita saudade — respondi, rápido. — Mas sei lá…acho que quando a gente tava malhando? Eu levei um tempo pra processar a informação. Só foi fazer sentido na viagem e quando…

Fiz um gesto com as mãos.

Chance deu um sorrisinho convencido.

— Quando a gente se beijou? Pode falar, Holc.

— Quando a gente se beijou.

Nós dois abrimos sorrisos abobalhados um para o outro. Chance finalmente arrumou a mecha solta de seu cabelo molhado e a tirou da frente dos olhos. Minhas mãos estavam coçando para fazer isso por ele.

— Bom, não importa como foi o processo — disse Chance. — Tô feliz que você tenha chegado nesse ponto. Mas isso nos leva a uma nova pergunta.

Meu estômago deu um nó.

— Qual?

O sorriso dele atingiu o ápice da malícia.

— Por que é que você tá aí tão longe?

O nó no meu estômago continuava firme e forte, mas dessa vez de um jeito bom. Chutando o fundo de um jeito nada delicado, me aproximei, pulando igual a um sapo, e parei com o peito quase tocando o dele.

— Oi.

— Oi.

Nós nos encaramos nos olhos, tão de perto que eu precisava escolher um dos dois para focar. Será que era estranho ficar olhando só para um olho de alguém de cada vez? E se eu olhasse para um dele, mas ele olhasse para outro meu? Será que nossos olhares chegariam a se encontrar ou estaríamos só passando o olho um pelo outro?

E, mais importante do que isso: o que fazer depois? Era a oportunidade perfeita para beijá-lo. Ele tinha praticamente feito um convite. Mas eu não podia, tipo, só me jogar para a frente e beijar, ou será que tudo bem? Simplesmente flutuar para mais perto, que nem um peixe-boi pálido e empurrar minha boca contra a dele. Eu sentia que precisava dizer alguma coisa. Algo romântico, talvez inteligente.

DARKHEARTS: A MELODIA DO CORAÇÃO 183

— Então, hum... — Comecei.

Ele se inclinou e me beijou.

Obrigado. Beijei-o de volta com força e o envolvi com os braços. A resposta de Chance foi enrolar as pernas ao redor da minha cintura e se pendurar em mim como o coala mais sexy do mundo.

Pensando bem, talvez tenha sido melhor eu não ter dito nada mesmo.

O peso dele nos puxava para baixo e me plantava com firmeza no lodo. Nossos rostos estavam para fora d'água por pouco. Debaixo da superfície, minhas mãos vagavam pela extensão das suas costas e pela cordilheira nodosa de sua coluna. As pernas de Chance, apertadas contra mim, me espremeram ainda mais e o forro do meu calção começou a trabalhar dobrado. Chocado, percebi que eu também conseguia senti-lo, um volume rígido que pressionava minha barriga.

Seus lábios deixaram os meus, viajaram para o lado e subiram até o meu pescoço. Escorreguei as mãos para baixo, sentindo o cós da bermuda dele fino e escorregadio entre meus dedos. Finquei os dedões nas entradinhas de seu quadril, agarrei firme e o som que Chance deixou escapar não se parecia com nada que eu havia imaginado. Ele segurou a minha cabeça entre as duas mãos e a ergueu para encontrá-la com os lábios.

— Meu Deus — falei, arfando. — Eu...

Uma onda veio e nos submergiu.

Rindo e cuspindo água, nos separamos. Depois de tirarmos a água dos olhos, Chance me alcançou de novo e colocou as mãos nos meus ombros.

— Holc?

Ele soava incerto, vulnerável, e sua expressão era completamente genuína. Meu coração bateu mais rápido.

— Hum?

Ele me afundou.

O pôr do sol nos encontrou conforme subíamos de volta a escadaria secreta um atrás do outro para evitar os galhos pendentes. A camiseta de Chance, grudada no triangulo invertido de suas costas, destacava cada detalhe sob o algodão molhado, e eu andava apreciando a vista. Pelo visto eu tinha um fraco por músculos nas costas. Eu estava aprendendo uma variedade de fatos novos sobre mim naquela semana.

Mas, por enquanto, minha Lista de Descobertas Pessoais havia sido apagada para abrir espaço para alguns tópicos avassaladores:

1. *Chance e eu éramos oficialmente Alguma Coisa.*
2. *Era bom.*
3. *Bom pra caramba.*
4. *????*

Eu estava borbulhando por dentro, mas não como quando se fica enjoado. Estava mais para uma efervescência. Meu corpo inteiro era uma latinha de refrigerante que alguém havia sacudido. Eu tinha me tornado aquelas balas que estouram na boca.

Até dentro da minha própria cabeça parecia idiota: *eu gosto de Chance Ng*. Não deveria ter sido uma revelação. Geralmente, as pessoas se dão conta desse detalhe *antes* de beijar alguém, e principalmente antes de um segundo encontro.

Mas os dias anteriores foram tão cheios que acho que alguma parte de mim não tivera certeza. A atração apareceu do nada, sem me dar tempo nem para processar a informação. E se tivesse sido apenas por acaso? Por uma insanidade temporária causada pelo romance inerente a uma aventura tarde da noite? Será que nos daríamos bem durante o dia?

Mas vê-lo outra vez não havia dissipado a empolgação, apenas a concentrado. Até mesmo horas depois de termos nadado e passado tempo no banco juntos enquanto observávamos libélulas caçando pernilongos, eu não queria nada além de passar minhas mãos por seus braços nus e sentir o frescor de sua pele. Era como quando alguém passa horas envolvido em um jogo ou trabalhando em um projeto e acaba percebendo que esqueceu de comer e está morrendo de fome de repente.

Chance olhou para trás e sorriu para mim como se estivesse faminto também.

Chegamos ao portão e nos esgueiramos pelo jardim de sua família até a porta da frente. Ele esticou o braço para girar a maçaneta, mas mudou o percurso e agarrou a minha mão.

Chance me deu um meio sorriso.

— Eu não quero entrar ainda.

Correspondi o sorrisinho dele com outro igual.

— Nem eu.

Chance se aproximou e me beijou. Dessa vez, não havia nenhum resquício daquele frenesi do lago. Foi devagar e suave... o beijo confiante de alguém que não precisava mais ter dúvidas de que seria aceito. Era como dormir até tarde em um domingo. Como uma tarde de verão sem obrigações.

Fechei os olhos e me entreguei.

Um suspiro exasperado veio de trás de nós.

— Ah, que beleza. Era *bem* o que eu precisava hoje.

Nós nos viramos e encontramos o empresário de Chance parado na metade do caminho e franzindo o cenho. Ele fechou os olhos, ergueu as mãos e, todo dramático, esfregou as têmporas com os polegares e a ponta dos dedos.

Por um momento, ninguém falou nada. Então, ele abaixou a mão, abriu os olhos e ficou apontando o indicador de Chance para mim.

— Isso aqui vai ser um problema — anunciou.

Quinze

Assim que a voz de Benjamin ressoou, nos separamos como duas crianças pegas com a boca na botija brincando de namorar. Chance deu um passo à frente e se colocou entre mim e o intruso. Quando falou, foi com um tom surpreendentemente gélido, calmo e perigoso.

— E por que seria um problema, Benjamin?

O sujeito revirou os olhos.

— Ah, não vem pagar de militante pra cima de mim, não. Tô cagando e andando pra quem você beija. Só que eu não sou o seu público. A gente precisa sempre achar um equilíbrio, lembra? — Ele gesticulou as mãos para cima e para baixo, simulando uma balança. — Um pouquinho de ambiguidade, de mistério... faz bem pros negócios. Permite que os fãs que queiram ver vejam e que todo o resto tenha motivos plausíveis pra negar. Quanto mais gente achar que consegue ficar com você, melhor. Só que com *provas* já é outra história. É uma foto e pode dar beijo, beijo, tchau, tchau pros estados conservadores.

— Não ligo pros estados conservadores — vociferou Chance.

— Não liga, é? Pois a sua gravadora liga. — Benjamin meneou a cabeça. — Quer saber? O Arkansas que se dane. Mas e a China? Metade do seu público é do outro lado do mundo. E qualquer indício de, abre aspas, "comportamento imoral", sem querer ofender — ele reconheceu minha presença assentindo de um jeito bem ofensivo —, e os censores vão vir que nem uma guilhotina. Você não vai só perder fãs, vai ser banido.

Chance cruzou os braços, mas parecia abalado.

— Isso é balela.

— É a vida, estrela do rock. — Odiei o jeito condescendente com que Benjamin falou isso. Com um tom mais suave, exalando sensatez. — Olha, Chance. Não vou proibir vocês dois de se pegarem. Já agenciei artistas adolescentes o bastante pra entender que vocês fazem o que querem. Mas preciso ter certeza de que vocês vão ser *discretos*, tá bom? Nada de fotos, nada de redes sociais, nada de andar de mãos dadas onde alguém possa ver. Nada de começar boatos. Todo mundo aqui trabalhou demais pela sua carreira.

Chance pareceu desmoronar internamente. Por mais que aquela autoconfiança constante me deixasse doido, vê-lo despido dela era muito pior. Ele parecia um cachorro sem dono quando disse:

— Tá bom.

— Porque, caso contrário — continuou Benjamin, com um tom de voz agridoce —, vou precisar deixar a equipe inteira a par de tudo. Incluindo os seus pais.

Chance semicerrou os olhos e enrijeceu a postura de novo.

— Eu *concordei* com você.

Benjamin o analisou com a mão no queixo como se estivesse avaliando um sofá novo para seu apartamento. Por fim, assentiu.

— Beleza. Vejo você lá dentro quando estiver pronto pra conversar sobre direitos autorais.

Ele passou por nós, entrou e fechou a porta.

— Babaca.

Fiquei encarando a porta com os punhos cerrados.

— Não, ele tá certo. — Chance se reclinou contra a lateral da casa. Ele ergueu as mãos, passou-as pelo rosto e então me encarou com um olhar solene. — A gente precisa ter cuidado. Se vazar que eu tenho um namorado, tô ferrado.

Minhas funções cerebrais superiores entraram em pane com o termo "namorado". Felizmente, minha raiva estava pronta para assumir o controle e fervi ao ver Chance tão derrotado. Poucas semanas antes eu teria amado essa possibilidade mais do que tudo, mas isso não vinha ao caso.

— Ainda assim, isso é besteira. Se as pessoas gostam da sua música, nada mais deveria importar. Você não deveria precisar fingir.

Ele deu um sorriso triste.

— Eu tô sempre fingindo, Holc. — Chance pegou minha mão. — Talvez só não com você.

Aquilo fez meu coração ficar pulando dentro das costelas como uma bola elástica e arruinou qualquer possibilidade de resposta.

Ele apertou minha mão.

— É melhor eu ver o que eles querem. Você já tem que voltar pra casa mesmo, né?

— Tenho.

Minha cabeça continuava girando. Que horas eram? Quem eu era? Que dimensão alternativa era essa em que eu tinha caído onde os dedos de Chance estavam entrelaçados nos meus?

— A gente se vê logo, né?

Pelo menos essa pergunta eu sabia como responder.

— Com certeza.

Chance sorriu, mas não daquele jeito ensaiado dos palcos. Foi um sorrisão real e feliz. E ele apertou minha mão de novo.

— Que bom.

— Pois é.

Nenhum de nós se soltou.

Chance riu.

— Tá, mas é sério agora. Tô indo.

— Então vai.

O sorriso dele cresceu.

— Como eu já te disse: você não facilita nada, né?

— E você gosta disso.

— Talvez eu goste mesmo. — Chance puxou a mão e abriu a porta de casa. Quando entrou, se virou para trás e me deu um último sorriso. — Até mais, Holc.

A porta se fechou.

Era bom que a cerca-viva fosse tão alta, porque senão qualquer pessoa que passasse na rua teria me visto parado ali por um tempo ridículo de longo, encarando a porta fechada como se fosse uma equação que eu estava tentando resolver. Então a lembrança de meu horário para chegar em casa autoimposto fez com que eu finalmente me virasse. Percebi que continuava envolto em uma das toalhas da família Ng, e em vez de correr o risco de uma conversa com os pais dele naquele estado, pendurei-a na maçaneta e subi mais uma vez a calçada de paralelepípedos.

Namorado. Tudo estava indo tão rápido. O que significaria ficar com Chance, afinal? Beleza, a gente tinha se beijado... mas e daí? A qualquer dia ele podia desaparecer de novo e sair da minha vida do mesmo jeito que entrou. E, mesmo que não saísse, ainda teríamos que ser discretos. Mas será que isso era muito diferente do que já estávamos fazendo? Por que eu deveria me importar se ninguém mais soubesse? Meu humor azedou assim que pensei em Ridley e quando me dei conta de que ainda não poderia contar para ela. Ridley tinha muitas qualidades maravilhosas, mas ser discreta não era uma delas. Muito embora ela nunca tivesse traído minha confiança intencionalmente, se fosse para contar do namoro com Chance, talvez valesse mais a pena eu mesmo ligar para a *Teen Vogue*.

Mas tudo isso ficava em segundo plano se comparado à incandescência que vinha de dentro de mim e se espalhava por todo o meu corpo. A tontura era quase como estar bêbado, e tive que lutar contra uma vontade incomum de rir. Porque, apesar de toda a lógica, da rixa que durou anos e do fato de ele estar colocando sua carreira inteira em risco, Chance *me* queria. O povo vivia falando coisas tipo "dentre todas as pessoas do mundo, fulano me escolheu", mas, no caso de Chance, era literalmente isso. Ele *poderia* ter qualquer um.

E havia me escolhido.

Saí pelo portão e destravei a caminhonete. Assim que me sentei, a euforia se cristalizou e virou determinação. Trinquei o maxilar e girei a chave na ignição.

Benjamin podia até estar certo ao dizer que eu era ruim para a carreira de Chance. Caramba, eu podia ser ruim para a *vida* dele (como se a minha própria fosse exemplar). E fazia poucos dias desde que tínhamos nos beijado pela primeira vez.

Até onde eu sabia, em uma semana ele veria a luz da razão e acabaria com tudo. Ou então eu faria algo idiota e destruiria tudo ao meu redor.

Mas não importava, porque uma coisa era certa naquele momento:

Eu queria Chance também.

E nem sobre o meu cadáver eu o deixaria escapar sem lutar.

Dezesseis

Benjamin não queria que eu e Chance saíssemos juntos em público, mas por mim não tinha problema. Eu não tinha interesse em compartilhar Chance Kain com um público fanático. Esta medida, porém, diminuía significantemente a lista de lugares aonde podíamos ir.

O que significava que era hora de ter uma conversa.

— Pai?

— Hum?

Ele ergueu o olhar de onde estava, sentado na mesa da cozinha usando o celular e comendo os mesmos ovos mexidos que fazia todas as manhãs.

Respirei.

— Quero convidar o Chance pra vir aqui em casa.

A expressão dele não mudou, mas enrijeceu como cimento de pega rápida.

Tentei fazer graça.

— Ah, pelo menos assim você vai saber onde a gente tá.

Péssima jogada. O rosto dele ficou todo vermelho e o queixo foi para a frente com a força de todas as palavras que ele estava se esforçando para conter.

Eu sabia que seria mais fácil simplesmente ficar na casa dele. Mas eu gostava muito do meu pai e odiava saber que ele não aprovava a ideia. Por mais que o objetivo fosse passar tempo com Chance, parte de mim também torcia para que a exposição o ajudasse a deixar o rancor para trás, do mesmo jeito que acontecera comigo. Beleza, talvez não *exatamente* do mesmo jeito. Se Chance seria meu namorado (e essa palavra ainda fazia raios atravessarem meu corpo), eu queria que meu pai gostasse dele.

O que talvez fosse pedir demais, já que nem *eu* tinha certeza do *porquê* do sentimento que eu nutria. De fato, ele era um gato, mas havia milhares de caras gatos que não me davam esse frio na barriga. E a história que compartilhávamos era tanto negativa quanto positiva. Será que era apenas vaidade da minha parte? Meu orgulho de Cinderela por ter sido escolhido por alguém que está acima de mim? Essa justificativa parecia um pouco rasa e ainda não explicava como o olhar dele me fazia corar. Sei lá, havia algo na forma como Chance falava comigo, na maneira como não se esquivava de nada e não deixava a peteca cair. Não era apenas autoconfiança, ele sempre fora convencido. Era o contrário. Era a vulnerabilidade deliberada. Eu não tinha feito nada para dar abertura para ele, havia aproveitado cada oportunidade para ser curto e grosso, e ele continuava ali.

Talvez aquele velho ditado sobre a linha ser muito tênue entre o amor e o ódio tivesse alguma verdade. Parecia que toda a energia emocional de antes continuava presente, mas diferente. Como se estivéssemos nos movendo na mesma velocidade, mas passado do acelerador para a marcha à ré. O que, numa caminhonete, destruiria o câmbio, então talvez não fosse a melhor metáfora. Mas, qualquer que fosse o Lance de Chance, eu sabia que precisava de mais.

— *Por favor* — implorei.

Meu pai balançou a cabeça, suspirou e voltou a olhar para o celular.

— Faça o que você quiser.

Era uma vitória pequena, mas ainda uma vitória. Eu aceitei a conquista e me retirei.

Então chegou sexta-feira à noite. Entre coisas da família e dos negócios, Chance andara bastante ocupado nos dias anteriores, mas a agenda não nos impedira de conversar o tempo inteiro por mensagens. Era estranho como havíamos rapidamente voltado aos mesmos padrões do passado e ficávamos mandando GIFs engraçados e coisas do Reddit e do TikTok um para o outro.

A diferença era que, antigamente, eu não sentia um frio na barriga a cada notificação.

A última mensagem de Chance (tô indo), continuava aberta no meu celular, que estava ao lado dos restos dos nachos irlandeses que havíamos jantado mais cedo.

— Pelo menos não tenho que arranjar comida pra ele — grunhiu meu pai.

— Pai, por favor.

— Tá bom, tá bom.

Ele retirou os pratos.

Alguém bateu na porta.

— Eu atendo! — anunciei, mesmo que meu pai nem tivesse se mexido.

Chance estava na calçada e o vento bagunçava seu cabelo. Ele vestia uma jaqueta college vinho com mangas de couro preto que tinha as letras DH bordadas no peito esquerdo. Por baixo, uma camisa social preta com uma estampa em alto relevo de teias de aranha e uma gravata fina do mesmo tom do casaco. A calça jeans skinny preta de sempre abraçava sua cintura. As solas do seu All Star eram tão brancas que era impossível que tivessem saído da caixa há mais de vinte minutos.

Levei um momento para processar o monograma da jaqueta.

— Não é meio sem noção usar os próprios produtos licenciados?

Chance revirou os olhos com delineado preto.

— Nem me fala. Vim direto de uma sessão de fotos. Desculpa não ter chegado antes.

— Tranquilo.

Abri espaço.

Ele limpou os tênis, já limpos o bastante para entrar numa sala cirúrgica, e passou por mim.

— Oi, sr. Holcomb.

— Olá, Chance.

Meu pai estava limpando a bancada com um pano.

— Obrigado por me receber.

Chance enfiou as mãos nos bolsos do casaco.

— Agradeça ao David. — Ele estava fazendo aquela frase render nos últimos tempos. Continuou a esfregar manchas inexistentes na bancada. — Eu não controlo a agenda dele.

Seu tom de voz era leve, mas mesmo assim não consegui deixar de perceber o "aparentemente" que ele deixou de fora. Cheguei a me encolher.

Determinado, Chance seguiu em frente.

— Como o senhor tem passado?

Meu pai deu o menor dos indícios de um suspiro exasperado, ajeitou a postura e contorceu o pano algumas vezes.

— Tô bem, Chance — respondeu ele, gélido. — E você.

— Não soou como uma pergunta.

— Tranquilo. Quer dizer, nessas circunstâncias.

O comportamento do meu pai descongelou um tantinho.

— Sinto muito pelo Elijah.

— Obrigado. — Chance balançou as mãos dentro dos bolsos. — O senhor era o adulto favorito dele, sabe.

— O quê?

Meu pai pareceu pego de surpresa por aquilo.

— O senhor sempre levava a gente nos lugares, assistia aos shows. Devemos muito ao senhor.

— É, bom… — Despreparado para ouvir todas as suas reclamações enumeradas por Chance, ele gaguejou um pouco e agitou levemente o pano. — Todos os ensaios eram na casa dos pais dele.

— Pois é, mas eles tavam só dando uma mãozinha. O senhor era o único pai que *sacava* a nossa música. Isso era importante pra ele. — Chance deu um sorriso triste. — Enfim, eu só queria agradecer.

— Não tem de quê. — Nitidamente confuso, papai piscou. Ele pareceu perceber que continuava segurando o pano e soltou-o na bancada. — Bom. Eu, hum… Vou assistir a um filme. Divirtam-se.

Então, ele saiu meio perdido em direção à sala de estar, chocado.

Que merda foi aquela? Em sessenta segundos Chance o desarmara por completo. Será que ele tinha planejado aquilo? Não dava para perguntar sem meu pai ouvir.

— Então, é… bem-vindo. — Era uma vez uma época em que Chance na minha cozinha seria algo nada impressionante, e a formalidade da situação agora parecia esquisita.

— Quer tomar alguma coisa?

— Sim, valeu.

Grato, fui até a geladeira.

— Quer o quê? Tem Sprite, água com gás saborizada e água normal.

— Ah, cara…

— Que foi?

Espiei-o por trás da porta da geladeira.

Seus olhos haviam se acendido com um brilho malicioso.

— Será que a gente prepara a Gosma?

— Uuuuh. — Franzi os lábios, pensando a respeito. — E pior que *temos* tudo…

— Vamos fazer!

Peguei a garrafa de dois litros de Sprite e apontei para o armário atrás de mim.

— O chocolate quente tá no armário do canto.

Chance pegou o pote enquanto eu colocava gelo nos copos. Ele adicionou colheradas de uma mistura de cacau em pó em cada um e recuou para eu servisse. O resultado espumou, efervesceu e entrou em erupção com bolhas beges crocantes.

Chance se inclinou para analisar e mexeu a bebida para evitar que transbordasse.

— Não tomo isso aqui desde os treze anos. — Peguei os copos e estendi um para ele. — Vamos?

— Meu corpo está preparado. — Ele pegou e tilintou com o meu. — Saúde.

Bebemos.

Imagine misturar cereal de cacau e de fruta, bater tudo no liquidificador e adicionar umas mil xícaras de açúcar. O resultado seria vagamente parecido com o sabor da Gosma. É como levar um murro na cara com um saco cheio de doces de Dia das Bruxas.

— *Mmf!* — Com os olhos arregalados e as bochechas cheias, Chance cobriu a boca. Vi sua garganta se mexendo para engolir, então ele se curvou. — Meu deus do céu. Meu corpo não tava pronto pra isso, não.

Minha própria barriga embrulhou com a bomba de sacarina, mas tomei mais um gole só para estabelecer dominância na situação.

— Como foi que a gente saiu vivo da infância? — Chance jogou o resto que tinha no seu copo na pia e enfiou a boca debaixo da torneira só para garantir. Meio ofegante, ele acertou a postura e limpou os lábios com as costas da mão. — Nossa!

Deduzi que eu já tinha me provado o bastante e joguei o resto fora.

— Acho que esse negócio de voltar às origens não rola, não.

Admirado e horrorizado com quem éramos na pré-adolescência, Chance meneou a cabeça.

— Tá bom, beleza, já deu de nostalgia por uma noite. E aí? O que a gente faz agora?

Porque, por mais que as coisas tivessem ido bem com meu pai, eu é que não ia sugerir que ficássemos ali com ele, o que nos deixava com poucas opções em nossa pequena casa.

— A gente pode ir pro meu quarto, assistir a um filme, quem sabe… ou eu posso te mostrar o meu ateliê de marcenaria.

— Seu ateliê?

Chance ergueu as sobrancelhas.

— Quer dizer, o *nosso* ateliê. Meu e do meu pai. Mas sim. Quer ver?

Banquei o desinteressado, mas parte de mim estava desesperado para mostrá-lo... honestamente, desde antes de eu tê-lo convidado.

Chance não decepcionou.

— Com certeza.

Guiei-o para fora e descemos os degraus de concreto até o porão.

Na última vez que ele vira esse lugar, era um buraco úmido e cheio de aranhas. Agora estava muito bem iluminado, contava com paredes emborrachadas para impermeabilização e painéis cheios de ferramentas penduradas. Debaixo de uma camada de pó de serra, o chão de cimento, limpo e liso, reluzia.

— Uau. — Chance passou a mão pela pesada bancada de trabalho embutida. — Você fez uma transformação e tanto nesse lugar.

— Pois é. Eu e meu pai que fizemos. — Me movi aleatoriamente pelo recinto, à procura de palavras que traduzissem o quanto aquele espaço significava para mim. — Passo muito tempo aqui.

— Sério? — Chance se abaixou para inspecionar a lâmina de uma serra de bancada. — Que tipo de coisa você faz?

Dei de ombros.

— Nada específico. — Gesticulei para uma cadeira de jardim no canto que ainda esperava para ser envernizada. — Aquela tá quase pronta.

— Você fez *aquilo*? — Chance arregalou os olhos. — *Cara*. Onde foi que você aprendeu isso?

Darkhearts: a melodia do coração **201**

— Vi muitos tutoriais no YouTube. E aprendi também com Jesus, o carpinteiro do meu pai. Ele vai me aceitar como aprendiz depois da formatura.

— Nossa. — Ele se sentou na cadeira e passou os dedos pelo cedro lixado. Corei de orgulho. — Eu nem sabia que você gostava de carpintaria.

— Eu não gostava. Comecei ano passado, na real.

— E você aprendeu a fazer isso em *um* ano? — Chance parecia ainda mais impressionado. — O que despertou seu interesse?

Como poderia explicar? Depois do que aconteceu com a banda, eu fiquei sem nenhuma forma de extravasar a criatividade. Quando meu pai me pressionou para trabalhar para ele naquele verão, eu não tinha nenhum argumento convincente para negar. O pagamento era melhor do que o do Bamf Burguer, e eu tinha folga nos finais de semana. Mas, conforme fui passando tempo ajudando meu pai e Jesus, acabei atraído pela madeira, pelas linhas perfeitas, pelo cheiro da serragem. A satisfação de *criar* alguma coisa, mesmo que fosse transformar uma peça em duas. Quando eu pedi para usar suas ferramentas fora do trabalho, meu pai ficara feliz demais para negar.

Dei de ombros mais uma vez.

— Não sei. Parecia legal.

— Com certeza. — Chance olhou em volta. — O que mais você fez?

— Hum… mais algumas cadeiras tipo aquela, um rack pra TV, prateleiras pra sala de estar, e uma caixa ou outra. Quero tentar fazer tigelas, mas não tenho torno. — Apontei para uma pilha de tábuas e pedaços cortados na estação de trabalho. — Mas a maioria são só só molduras pra minha loja on-line.

— Loja on-line? — Ele parecia entretido. — Sério?

Meus ombros ficaram tensos, meu corpo entrando em modo defensivo.

— As pessoas desembolsam a maior grana por molduras de madeira, ainda mais se forem em tamanhos customizados. E consigo fazer durante o ano letivo, adaptando aos meus horários.

Chance ergueu as mãos.

— Cara, eu não quis ofender... é demais. — Ele olhou de volta para a cadeira com inveja de verdade. — Queria conseguir fazer coisas assim.

Uma afirmação ridícula como aquela, vinda de alguém com uma estante inteira de prêmios, poderia parecer um insulto, mas Chance falou sem ironia alguma.

Uma ideia surgiu na minha cabeça.

— Quer fazer alguma coisa agora? Posso te ensinar.

Ele ajeitou a postura.

— Sério?

— Por que não? — Agarrei um longo pedaço de pinus de dois centímetros e meio por cinco centímetros que estava encostado na parede. — Quer fazer uma moldura?

— Claro. — Chance se levantou, animado. — Como a gente faz?

Depois de tanto tempo estudando com Jesus e meu pai, assumir o papel de professor me tirou do eixo, mas de um jeito bom. Eu gostava do jeito como Chance respeitava minha autoridade.

— Bom, primeiro a gente usa a serra de bancada pra cortar o chanfro, que vai ser um corte inclinado num dos cantos. — Me curvei e liguei a serra. — Já arrumei a lâmina no ângulo certo, então é só passar a tábua. — Subitamente, vi o pó de serra de outra perspectiva e parei. — Você vai sujar o seu lookinho chique.

— Ah, não se preocupa. Eu nunca uso a mesma roupa mais de uma vez.

Eu o encarei.

— Foi uma piada, bobinho.

Beleza, talvez não houvesse *tanto* respeito pela minha autoridade assim. Sorri para ele de volta.

— Pelo menos enfia essa gravata aí pra dentro, pra serra não pegar e te puxar.

— *Galã internacional Chance Kain é encontrado estrangulado e decapitado em porão* — anunciou Chance num tom de narração de telejornal, mas colocou a gravata em segurança dentro da camisa.

Vesti um par de óculos de segurança e protetores de ruído e entreguei os mesmos equipamentos para ele, que pareciam ridículos com o resto do look.

— Você já usou uma serra de bancada alguma vez?

Ele negou com a cabeça.

— Beleza, presta atenção. — Posicionei a tábua, mostrei como usar o empurrador de segurança e liguei o maquinário. A serra gritou ao voltar à vida e eu empurrei a madeira, esculpindo um canto com cuidado. — Sua vez!

Por trás dos óculos, Chance estava de olhos arregalados.

— Quem sabe a gente só assiste a um filme!

— Vai de uma vez, você não precisa de dedos para cantar! — Muito ciente do contato da nossa pele, peguei a mão dele e guiei a tábua pela bancada. — É só segurar firme e usar o empurrador até o fim! Você nunca vai chegar perto da lâmina.

Chance parecia meio enjoado, mas retesou a mandíbula e assentiu. Se mantendo o mais longe possível da lâmina girante, aos poucos foi empurrando a madeira. Fui para o outro lado e segurei a parte já cortada para dar firmeza.

— Muito bom.

— Mesmo? — Chance parecia contente.

Na verdade, ele se atrapalhara um pouco no final quando precisara usar mesmo o empurrador, mas não precisava saber disso. Na etapa seguinte cortaríamos aquela parte.

— Não vou mentir. Essa serra aí me dá o maior medo. Meus pés tão suando.

— Que bom. Significa que você tá prestando atenção.

— Quero ver você achar bom quando eu tirar o tênis.

Peguei a tábua que eu havia feito e fixei-a na lateral da mesa de trabalho.

— Vamos usar uma tupia pra fazer a canaleta.

Chance se apoiou na bancada.

— Pra fazer o quê?

— A caneleta é uma fenda pela borda de alguma coisa. — Eu estava orgulhoso por saber os termos técnicos. — É o que vai segurar o vidro e a foto. — Peguei a tupia, que já tinha a fresa que eu precisava. — Configurei pra não conseguir ir muito longe. É só segurar essa ponta aqui e mover com calma pela borda da tábua que a máquina faz o resto. — Aloquei a peça e posicionei-a no lugar correto. — Aqui, segura isso com as duas mãos.

Chance trocou de lugar comigo e pegou a ferramenta com cautela.

— Pronto? — perguntei.

Ele assentiu.

DARKHEARTS: A MELODIA DO CORAÇÃO 205

Estiquei o braço e liguei a tupia. Chance deu um pulinho quando o equipamento zuniu de volta à vida.

— Agora vai guiando!

A tupia gritava em rompantes irregulares enquanto arrancava pedaços aleatórios da madeira. Ele se contraía toda vez e a puxava para trás.

— Deixa firme! — gritei por cima do barulho. — E nivela! Nivela!

O corte que ele deixou para trás ficou ondulado como uma cobra. Ele desligou a máquina e recuou com um passo ligeiro como se essa mesma cobra fosse picá-lo.

— Acho que você devia fazer.

— De jeito nenhum. — Vê-lo inseguro foi como um gatilho que despertou um instinto protetor em mim que eu nem sabia que tinha. — Você consegue. Vem. — Puxei a tupia de volta para o topo da tábua. Agarra o puxador. Eu te ajudo.

Relutante, Chance obedeceu. Fui para trás dele e cobri suas mãos com as minhas. Eu era poucos centímetros mais alto, mas ele se encaixava com perfeição dentro da curva dos meus braços, parecia até aquelas bonecas russas. Suas costas ficaram contra meu peito e, assim como naquela noite sob as estrelas, eu podia sentir sua respiração indo das costelas dele para as minhas.

Agora era minha vez de ficar suado. Como é que esse cara conseguia fazer o ato de *respirar* ser sexy?

— Pronto? — perguntei. — Vai com calma e tranquilidade.

— Tranquilo — concordou, mas ainda parecia ansioso.

Será que era por causa da tupia? Ou por causa de mim?

Liguei a máquina e o equipamento fez um barulho alto. Devagar, guiei ele e o equipamento ao longo da tábua, então voltei tudo para o começo.

— É bom fazer várias vezes — falei em seu ouvido. — Só pra garantir. É bastante coisa.

Passamos pela segunda vez e desliguei a tupia. Ficamos ali, parados. A mangas de couro da jaqueta de Chance gelavam meus braços.

Era estranho como ele parecia natural ali, pressionado contra mim. Fiquei me perguntando se Chance estava pensando o mesmo. Parte de mim ansiava por me inclinar e beijá-lo. Podia até visualizar a cena: eu esticaria o pescoço ao redor de seus protetores de ouvido, ele se viraria para encontrar meus lábios e nossos óculos de segurança se chocariam. Mas será que eu podia mesmo fazer isso? Já tínhamos nos beijado algumas vezes, mas será que isso significava que eu podia beijá-lo sempre que quisesse, sem mais nem menos? Quais eram as regras?

Mas o momento terminou. Ele soltou a tupia e, por reflexo, deixei meus braços penderem e fui para trás enquanto Chance passava os dedos sobre o corte.

— Viu só? — falei. — Você consegue, sim.

— Pois é — disse ele, pensativo. — Acho que consigo.

Mostrei como usar a serra de esquadria para fazer os ângulos dos cantos. Seus olhos ficaram meio perdidos quando expliquei a matemática necessária para garantir a exatidão das dimensões. Mas eu também não estava muito investido nas contas. Só conseguia pensar na sensação das costas de Chance contra o meu peito. No jeito como ele semicerrava os olhos e trincava os dentes com determinação sempre que tocava a serra, o que destacava suas maçãs do rosto. Minha vontade era de ir a seu encontro de novo, colocar minhas mãos sobre as dele, mas tive medo de que parecesse premeditado demais, que Chance estranhasse.

Distração e maquinário pesado talvez não fossem a melhor combinação. Depois de, sem querer, ligar a lixadeira e dar um susto em nós dois, eu disse:

— Acho que por essa noite já deu. Ainda quer ver um filme?

— Com certeza.

Chance tentou esconder um bocejo e sorriu.

Lá fora, o vento tinha ficado mais forte e se transformado em uma verdadeira tempestade de verão que dobrava as árvores da vizinhança e ameaçava arrancar a porta do porão da minha mão.

— Cara, eu amo tempestades.

Chance estava no quintal com os braços esticados para deixar que o vento o levasse. Ele fechou os olhos e reclinou a cabeça para trás, se entregando.

— Eu também. — Mas o que eu estava gostando mesmo era de ver Chance. Ele era tão *expressivo*. Não só no rosto, mas todo o seu corpo. Era algo que me fazia perceber como a maioria das pessoas chamava pouca atenção para si.

— Eu meio que tô com vontade de correr por aí. — Ele olhou para mim por sobre os ombros. — Vamos?

De repente, eu não queria nada além de vagar pelas estradas vazias como os reis adolescentes que éramos e deixar nossas camisetas se esticarem até virarem velas para capturar a tormenta. Só que que eu ainda não estava cem por cento de boa com meu pai, e desaparecer noite adentro com Chance outra vez destruiria metade do objetivo de tê-lo recebido em casa.

— Acho melhor a gente ficar aqui.

Ele entendeu na mesma hora.

— Tá certo… continuando com o controle de danos. Vamos de filme.

Dentro de casa, meu pai continuava na sala, então subimos para o meu quarto para usar o notebook. Fechei a porta após entrarmos e só aí percebi a importância daquele momento. Estávamos no meu quarto.

Sozinhos.

Teoricamente, o acordo com o meu pai era de que a porta deveria ficar aberta quando eu recebesse uma garota em casa. O termo em questão era "garota". Nunca discutimos outras possibilidades.

Ficou evidente que Chance sentiu a tensão repentina também. Todo sem jeito, ele colocou uma das mãos no bolso.

— Sempre gostei da sua porta ser um alçapão. Lembra uma casa na árvore.

— Pois é. — Sem demora, peguei o notebook da escrivaninha. — O que você quer assistir?

— Hum… — Ele pensou um pouco. — *O Labirinto do Fauno?*

— Por mim pode ser.

Já ia caminhando em direção à cama, mas paralisei.

Havia apenas uma cadeira e um pufe velho. Ridley e eu costumávamos assistir a filmes na cama, juntos, do mesmo jeito que fazíamos na casa dela. Não significava nada.

Mas agora era Chance. E a minha cama. Chance Ng na minha cama. Meu cérebro apenas parou.

Felizmente, ele resolveu o problema arrastando o pufe para perto, deitando e se recostando contra a cama. Depois, gesticulou para o teto inclinado.

— É mais baixo do que eu me lembrava.

— Ah, é mesmo. Cuidado com a cabeça.

Puxei a cadeira para usá-la como um apoio para o notebook.

Chance se contorceu para tirar a jaqueta e revelou as mangas já enroladas e presas com faixas e botõezinhos em formato de caveira para deixar à mostra os antebraços. Meus olhos foram imediatamente para a pele nua, para os pelos finos e o movimento dos tendões conforme ele dobrava o casaco e o colocava sobre a cama.

Por que é que aquilo mexia comigo? Eram *antebraços*. Será que eu tinha virado uma jovem vitoriana do nada e agora punhos e calcanhares me deixavam suando frio?

Chance percebeu que eu estava encarando. Corei, mas só disse:

— Sua gravata ainda tá dentro do colarinho.

— É mesmo.

Ele a puxou e afrouxou o pescoço. Por baixo, o último botão já estava aberto. Camisas sociais faziam com que eu me sentisse como um daqueles balões em formato de animal, sempre escapando de dentro da calça e se amontoando na parte de cima, mas o caimento era perfeito em Chance. O tecido era justo o suficiente para deixar o contorno de seu peito à mostra e exibir o pontinho minúsculo do mamilo.

Afastei o olhar e dei play no filme. Eu sabia que Chance assistira antes, já que tínhamos visto juntos e éramos grandes fãs do design das criaturas de Guillermo del Toro.

Deitei de lado, apoiado sobre um cotovelo e com a barriga *quase* tocando a cabeça de Chance. Eu queria esticar o braço, passar os dedos por aquele cabelo preto até deixar os fios perfeitamente desalinhados bagunçados de verdade e tomá-lo para mim. Mas é claro que não fiz nada disso.

Depois de alguns minutos silenciosos, ele olhou para mim e disse:

— Você parece desconfortável. Tem espaço aqui no pufe se quiser.

Não tinha espaço nenhum.

— Tá bom.

Chance se ajeitou para abrir espaço. Me acomodei ao seu lado e dei um jeito de encaixar exatamente metade da bunda ali.

— Melhor? — perguntou.

Não.

— Aham. Valeu.

Alguns minutos defendendo aquela posição com unhas e dentes serviram para deixar claro que alguma coisa precisava mudar. Era uma corrida para ver o que aconteceria primeiro: ou a dormência na minha nádega direita ficaria insuportável ou eu perderia o equilíbrio e cairia para fora do pufe.

Me preparei mentalmente e estiquei o braço por trás de Chance e ao longo da beirada da cama, o que me rendeu alguns centímetros de espaço e uma base melhor para me equilibrar. Minha bunda praticamente zuniu com o alívio imediato.

Ele veio para mais perto e se encaixou na curva da minha axila. Eu tinha tomado banho depois do trabalho, vestido minha melhor calça jeans, uma camiseta raglan laranja e branca justa que caía bem no meu peito e estava rezando para que meu desodorante continuasse firme e forte. Deixei meu braço relaxar e envolvê-lo no ombro.

Era bom que eu já tivesse visto o filme, porque a única coisa na qual eu conseguia me concentrar era a sensação do ombro dele sob os meus dedos, dos músculos curvos e da protuberância do osso. Nenhum homem sem olhos ou fauno estranho conseguiria ser tão fascinante e apavorante ao mesmo tempo. Chance recostou a cabeça contra minha clavícula

DARKHEARTS: A MELODIA DO CORAÇÃO 211

e pude sentir o cheiro cítrico de sua pomada capilar. Por fim, descansei a bochecha sobre o cabelo dele e fiquei me maravilhando com a grossura dos fios.

Uma eternidade depois, os créditos terminaram de rolar em direção ao esquecimento. Um diálogo retumbou quando a página inicial do streaming retornou, tentando nos atrair com trailers.

— Hummm. — Chance se alongou com movimentos exagerados. — Que horas são?

Verifiquei o celular.

— Quase meia-noite.

— Meu deus, eu dormiria fácil, fácil aqui.

Ele fechou os olhos e se enrolou como um cachorro.

— E pode, se quiser — falei. — Dormir aqui.

— Mesmo?

Ele abriu um dos olhos, me observando.

— Claro. — Tentei agir como se não fosse nada demais.

— Quer dizer, eu também tô cansado. Acho que seria mais seguro eu te levar embora amanhã.

— Eu posso chamar um Uber.

Assenti em direção à janela, onde, lá fora, o vento rugia.

— Seus pais realmente iam querer que você pegasse carona com um desconhecido no meio de uma tempestade? É capaz até de ter caído alguma árvore.

Ele pensou.

— Seu pai não se importaria?

— De jeito nenhum.

Ainda mais porque eu não planejava pedir.

Ele pausou de novo, e então disse:

— Tá bom. Vou mandar uma mensagem pros meus pais.

Quando desci as escadas, meu pai já tinha ido dormir. Peguei uma almofada e uma coberta do sofá para Chance e desci de novo para escovar os dentes. Quando voltei, Chance estava todo encolhido no pufe, com as meias pretas e os calcanhares pálidos escapando debaixo do cobertor. Tentei não pensar na calça jeans preta agora amontoada em cima da jaqueta dele no chão.

Fechei a porta e apaguei a luz. A escuridão repentina bloqueou minha visão (e torci para que a dele também) enquanto eu me contorcia para tirar minha própria camiseta e, só de cueca, ia rapidamente para a cama.

Ao nosso redor, a casa rangia, oscilava e estremecia com cada lufada de vento que assobiava em volta das bordas das janelas. Pensei que Chance já tivesse dormido, mas ele disse:

— A gente não faz isso desde que éramos crianças.

— Verdade.

Dormíamos na mesma casa durante os anos da banda, mas sempre foi na casa de Eli. Nós três desmaiávamos de sono no cômodo em que ensaiávamos cercados por cabos, fones e sacos vazios de biscoito. A própria banda havia começado em uma daquelas noites, na lucidez das duas da manhã de uma madrugada de exaustão extrema e cafeína em excesso, quando estávamos deitados no chão assistindo clipes.

Houve uma longa pausa e ouvi a voz de Chance, um tom suave e incerto:

— Eu era mesmo tão babaca assim?

— O quê?

— Pra te fazer sair da banda.

Eu queria me esquivar da pergunta... queria deixar o passado para trás e fingir que sempre sentira o que estava sentindo agora. Mas há algo na escuridão que exige a verdade.

DARKHEARTS: A MELODIA DO CORAÇÃO 213

— Mais ou menos — admiti. — Você vivia monopolizando os holofotes.

Chance soltou um suspiro longo e triste.

— É, eu sei. É que é difícil, sabe? — No escuro, vi suas mãos saírem de sob a coberta da coberta e agarrarem o ar. — Parecia que eu sempre tinha que me provar.

Se eu já não estivesse deitado, o choque teria me derrubado. Desde quando Chance Kain (o sujeito do sorriso fácil e da malemolência natural) precisava provar alguma coisa para alguém?

— Pra quem?

— Pra todo mundo! — Ele gesticulou. — Tipo, você tinha a guitarra, o Eli tinha o notebook dele. E eu ficava lá, pelado. O pessoal na plateia… eles *sabem* que eles não conseguem tocar guitarra, entendeu? Eles sabem que não conseguem programar igual ao Eli. Mas todo mundo, lá no fundo, em segredo, pensa que pode ser o vocalista. Eu precisava exagerar. E como é que se faz isso com quatorze anos?

— Sei lá — respondi, e era verdade… essa era uma questão para a qual eu nunca tinha descoberto a resposta. Mas Chance tinha.

— Eu não entendia o motivo de você ter saído — continuou ele. — Não naquela época. Pareceu idiotice. Mas agora eu entendo. Eu tava sempre tentando garantir que todo mundo estivesse olhando pra mim… em todo show, em toda entrevista.

Ele se apoiou sobre um braço e encontrou meus olhos sobre a beirada da cama.

— Desculpa, cara.

Dois anos. Eu já nem esperava mais ouvir aquelas palavras, e qualquer parte de mim que ainda tivesse essa esperança tinha desistido havia muito tempo. Ouvi-las naquele momento com tanta sinceridade e vindo tão do fundo do coração, me deixou sem chão.

Consegui recobrar a compostura o bastante para balbuciar:

— Valeu. — E depois: — Não foi só você.

— Mesmo?

— Sim. Eu estava bravo com o Eli também. — Eu estava bravo com todos, com o mundo inteiro, por razões que, finalmente analisando de perto, pareciam vagas e confusas. — Eu tava cansado de tocar só o que ele me mandava tocar. Você disse que sentia que precisava se provar. Acho que eu também.

Só que eu fiz isso indo embora.

Ele assentiu devagar.

— Faz sentido. Eu nunca tive que brigar com ele pra ter controle nas minhas partes. Talvez eu devesse ter dito alguma coisa.

— Talvez eu também. Antes de ter deixado a situação ir longe demais.

Mas tinha sido mais fácil não dizer nada. Deixar que a pressão aumentasse até que a explosão fosse potente demais para conter. Velocidade de escape.

— Quem sabe essa não é a lição.

Chance se recostou sem olhar para mim.

— Que lição?

Mal conseguia vê-lo pela beirada da cama.

Ele encarava o teto.

— De tudo o que rolou com o Eli… Sei que coisas ruins acontecem, e que é uma atitude de bosta e muito egocêntrica achar que sou o protagonista da situação. Mas não consigo deixar de achar que tem que existir algum tipo de lição, sabe? Algo que eu deveria aprender com tudo o que rolou. Sou um babaca por isso?

DARKHEARTS: A MELODIA DO CORAÇÃO 215

— Não.

— Sei lá. Só sei que essa história me faz pensar que tudo de ruim, o Eli, os anos que você passou me odiando e não sei mais o quê, é resultado de pessoas com medo de se expressarem. De dizer o que precisam... — Sua voz falhou. Ele fungou com força uma vez. — Só não quero deixar nada entalado, sabe? Tipo, num dia o Eli tava aqui, e no outro se foi. E não é só ele... poderia ser qualquer um. Poderia ser eu. — Com os olhos brilhando, ele me encarou. — Então o que é que a gente tá esperando nessa *porra*? É só dizer o que temos pra dizer.

Seu olhar me pressionava e me mantinha preso à cama.

O que é que a gente tá esperando?

Empurrei meu cobertor para o lado.

— Esse pufe aí é bem pequeno. Você ia ficar mais confortável aqui em cima.

Os olhos dele se arregalaram. Por um instante interminável, ficamos ali suspensos, sem peso algum.

Então ele jogou a coberta para longe e subiu na cama.

Chance não vestia nada além da cueca, de uma cor escura demais para distinguir com as luzes apagadas. Era como um vazio em comparação com a imensidão branca como a lua de seu peito e a planície de sua barriga. Uma linha de pelos descia de seu umbigo e se curvava sutilmente para a direita. Ele se acomodou com cuidado ao meu lado, como se qualquer movimento brusco pudesse me colocar para correr.

Mas eu já estava cansado de fugir. Estiquei o braço e mapeei a pele nua de seu braço com a mão, sentindo a aspereza causada pelos arrepios.

— O que é que a gente tá esperando? — perguntei, e o beijei.

Eu havia ido além da superfície e, de repente, não havia mais como parar. Nos beijamos numa torrente, numa avalanche, como um rio demolindo a paisagem ao redor montanha abaixo e arrancando tudo pelo caminho. Tombamos um sobre o outro de novo e de novo e ficamos rolando e virando por motivo nenhum a não ser a intensidade do sentimento, o anseio de fazer alguma coisa, *qualquer coisa*, com aquela energia primitiva. Nós nos prendemos um ao outro, correndo as mãos e mordendo os lábios. Arranhei a vastidão desnuda das costas dele enquanto meus dedos cavavam na carne que o compunha. Ele agarrou meus bíceps, como se estivesse me sacudindo, e sacudiu tanto que me tirou do meu eixo.

Só beijar não era o bastante. Minha boca vagava pelo rosto de Chance, pelo cume da maçã do rosto até o canto de seu olho lá em cima. A boca dele estava no meu pescoço, soltando um sopro quente no meu ouvido. Ele mordeu meu lóbulo e não consegui segurar um gemido.

Chance estava em cima de mim, a coxa entre as minhas. Eu já tinha feito uma coisinha ou outra com Maddy; nós dois ficamos nos sarrando naquela mesma cama, e o que estávamos fazendo agora era ao mesmo tempo igual e completamente diferente. Onde ela era macia, ele era duro, e a força da silhueta esbelta e forte de Chance se agarrando em mim chegava a me deixar em choque. Eu ser maior do que ele não fazia a menor diferença – sua pele estava por toda parte, me pressionando para baixo. Eu queria aquilo, queria que ele me demolisse contra o colchão, que se apertasse contra mim até que as bolhas de nossos corpos entrassem combustão.

Não dava para entender como era possível eu precisar tanto de algo que nunca nem havia passado pela minha cabeça antes, mas meu corpo entendia. Ali, só de cueca, não havia dúvida nenhuma quanto a isso. Nós dois roçávamos dolorosamente um contra o outro, clamando pelo ápice. Minha mão deslizou pelas costelas dele, como se meus dedos passassem contra as teclas de um piano, até o contorno afiado de sua cintura. Era como um mergulhador olhando pela borda do precipício.

Meu dedão rastejou para dentro do cós da cueca de Chance, que gemeu suavemente. Parei de beijá-lo e me afastei para admirar seu rosto.

Ele estava em preto e branco, como uma foto antiga. Uma disposição elegante de sombras e anseios. Seus lábios, abertos numa pergunta não dita.

— Posso? — sussurrei.

Ele assentiu.

Meu pau estava tão duro que chegava a doer, mas percebi com um sobressalto que eu não sabia ao certo com o que estávamos concordando. Meu pau gritava que queria tudo, queria qualquer coisa, contanto que fosse *imediatamente*. Mas o que aquilo significava?

— O que... — comecei a questionar, mas parei e tentei de novo. — O que você quer fazer?

Mesmo no escuro, Chance parecia meio atordoado, além de ofegante.

— O que *você* quer fazer?

— Eu não... eu nunca fiz isso antes. Com um cara.

Estávamos indo a passos largos para além do que eu já tinha feito *no geral*.

— O que, hum... — Ele avançou, me deu um beijo que, pela primeira vez, pareceu estranho e recuou. — O que parece bom?

Soltei uma gargalhada.

— Você tá parecendo um garçom.

E o beijei logo em seguida para deixar claro que eu não estava rindo *dele*.

Chance deu um sorrisinho de canto de boca.

— A pergunta ainda vale. A gente pode fazer o que você quiser.

O que você quiser. Pensar naquele cheque em branco e no corpo dele tão perto já quase encerrou as coisas bem ali na minha cueca mesmo. Mas o que é que *eu* queria? Eu não havia visto muito pornô gay antes, mas conhecia o básico. Parecia tudo tão desconhecido, mesmo que uma voz na minha cabeça sussurrasse que o desconhecido poderia ser bom. Mas e quanto à proteção? Eu não tinha camisinha. E para que camisinha era *necessária*? E se a gente tentasse alguma coisa e eu não gostasse? E se doesse? O que Chance pensaria se eu começasse alguma coisa e não conseguisse ir até o fim? E se eu achasse nojento? E se *ele* achasse que *eu* era nojento?

Eu estava hiperventilando. Chance encostou uma das mãos na minha bochecha.

— Ei. — Ele se inclinou até que nossos narizes quase se tocassem. — A gente não precisa fazer nada, se você não quiser.

— Hum... — Ansiedade era uma coisa, mas eu não ia deixar a oportunidade passar de jeito nenhum. Meu pau faria um motim. Envolvi a coxa de Chance com as pernas e apertei para ficarmos ainda mais juntos. — Eu quero.

Ele riu.

— Tá bom. — Chance deslizou a mão entre nós dois e espalhou os dedos pela minha barriga. — Mãos?

Ai, meu Deus. Isso.

— Mãos.

Muito embora na teoria nós fossemos iguais, tudo que envolvia tocar o... meu deus, até *pensar* na palavra "pênis" era esquisito nesse contexto. Mas tudo a respeito do dele foi surpreendente. A pele era macia, e seca, e delicada, o que, por mais bizarro que parecesse, me fez lembrar da parte interna da orelha de um cachorro. E ainda assim, por baixo, havia um núcleo quente e sólido que lembrava um pedaço de madeira com veios ondulados.

Uma coisa que nunca falam sobre ficar com outro garoto é como algumas partes da experiência são fáceis. Eu podia até ter ficado ansioso com a minha falta de experiência, mas umas mil horas de prática sozinhos haviam transformado nós dois em mestres.

Acabou em instantes. Nossas mãos ficaram presas entre barrigas grudentas quando Chance se esparramou sobre mim e cobriu meu corpo com o seu. Enterrei meu rosto no cabelo dele e respirei fundo enquanto sentia seu peso como um cobertor confortável sobre mim. O cheiro de pinho se misturava ao nosso suor.

— Tem serragem no seu cabelo — sussurrei.

Ele murmurou uma resposta abafada contra a lateral do meu pescoço.

— Tá marcando território, Holc?

Sorri na escuridão e segurei-o com mais firmeza.

Lá fora, a tormenta chicoteava e se debatia, tentando chegar até nós.

Dezessete

A semana seguinte foi uma tortura, mas do melhor tipo. Acordamos cedo na manhã seguinte, inundados por uma noção vertiginosa das fronteiras que atravessáramos. O barulho do meu pai no chuveiro nos permitira evitar qualquer pergunta esquisita, e com um beijo ligeiro na porta, Chance fora para a rua chamar um Uber. Eu tinha voltado para a cama e me deitei com a cabeça nas nuvens e contente nos lençóis com cheiro dele.

Agora que eu ultrapassara uma barreira importante com Chance, tudo o que se passava na minha cabeça era arrumar uma oportunidade para repetir tudo aquilo. Só que o universo tinha outros planos. Chance teve que pegar um avião para Los Angeles naquela noite para uma participação especial em um filme e só estaria de volta na sexta-feira seguinte.

E assim começou uma das semanas mais longas da minha vida. O que me confortava era que, caso eu tivesse sido ridículo com aquela paixonite toda, então ele fora na mesma medida. Mensagens ressoavam pelo éter entre nós dois com mil assuntos diferentes que significavam apenas *tô pensando em você*. Intercaladas entre uma e outra, vinham fotos do set de filmagens (que era basicamente um monte de gente de pé cercada por luzes grandes), vistas aleatórias de Los Angeles e (é claro) mesas cheias de lanchinhos.

Uma das fotos foi uma selfie de Chance com o figurino: jeans rasgados e luvas sem dedos. Seu cabelo estava com um topete gigante no estilo *rockabilly* que deixaria Denny orgulhosa.

Mandei um emoji de carinha piscando.

Olha ele, virou galã

Até parece, Chance respondeu. Aparentemente, é assim que eles pensam que o povo do ensino médio se veste, acredita? Mas, pelo menos escalaram um asiático como o bad boy e não como o nerd, então já é um progresso.

Era uma vez, em um tempo distante (tipo, duas semanas atrás), que imaginar Chance todo galanteador por Hollywood teria me deixado fervendo de raiva. E eu estaria mentindo se dissesse que uma parte de mim não pensava mais assim. Mas, pela primeira vez, o espaço do rancor fora preenchido por uma nova emoção: orgulho. O *meu* namorado estava em um filme. Fiz de tudo para reprimir o Velho David invejoso e fortalecer o Novo David, tranquilo e descontraído.

O fluxo constante de mensagens não passou despercebido por Ridley. Embora eu soubesse que ainda não podia contar a verdade a ela, paguei o imposto da amizade compartilhando algumas fotos selecionadas dos bastidores depois de, com cuidado, eliminar qualquer contexto.

— Nossa! — Ela olhou ávida para meu celular de onde estava, com o notebook e uma apostila de preparação para o vestibular espalhados à frente, deitada como uma foca no meu pufe. — Não acredito que a gente conhece alguém que tá num filme desses que vão de verdade pro cinema. — Fechou o laptop. — É bem legal ver vocês virando melhores amigos de novo.

— Pois é.

Ah, se ela soubesse.

— É sério, David. — Ridley se acomodou sobre as pernas cruzadas, sentou mais para cima e me encarou com o olhar mais maduro que conseguia, o que, para ela, era maduro para caramba. — Sei que por muito tempo as coisas andaram azedas entre vocês dois. Não é fácil superar algo assim. — Minha amiga esticou o braço, agarrou meu pé e sacudiu-o levemente. — Tô orgulhosa de você, cara.

— Bem, sabe como é, o Comitê do Nobel pode mandar o Prêmio da Paz direto pra minha casa — brinquei, mas, na verdade, *eu* estava orgulhoso de mim também. Depois de todo aquele tempo sentindo raiva, de repente eu tinha visto uma nova versão de mim mesmo: um cara evoluído, capaz de ser maior do que erros do passado, e não por ter me rendido a eles, mas por ser confiante. Essa pessoa parecia muito mais atraente. E, se havia uma coisa que eu estava curtindo no momento, era me sentir atraente.

Com isso em mente, decidi canalizar toda a minha energia romântica frustrada (e cada célula cerebral que não estivesse estudando ou evitando que eu caísse de escadas no trabalho) para criar um encontro perfeito considerando tudo o que eu aprendera a respeito de Chance em nossas aventuras recentes. Graças a alguns cuidados e refeições planejadas, eu tinha saído da lista de ódio do meu pai e voltado a não ter hora para voltar pra casa, sob a nova condição de prometer contar caso eu, por exemplo, decidisse sair do estado. Felizmente, meus planos eram definitivamente locais. Quando saí do trabalho na sexta-feira e fui buscar Chance, eu já estava pronto.

Ele me encontrou no portão, o que já estava virando nosso costume, vestindo uma camisa de manga longa bem chamativa, com estampa de relógios em tons de roxo e rosa.

— Minha nossa. — Ergui a mão como se quisesse me proteger da claridade. — Já vi que hoje você tá querendo passar despercebido.

— Disse o lenhador. Por acaso te fazem assinar um juramento de passar a só usar xadrez depois de comprar a primeira serra? — Ele gesticulou para si mesmo. — Além do mais, é o disfarce perfeito. Faz com que a camisa chame toda a atenção.

— Se você diz. Entra logo antes que você seja atacado por agentes polinizadores.

Chance entrou e, antes que eu pudesse ligar a caminhonete, ele estava no meu banco, me pressionando contra a janela com um beijo.

A disposição do carro era terrível: a maçaneta cutucava minhas costas e o cinto de segurança ameaçava cortar minha cabeça. O joelho de Chance batia no porta-copos. Falando de uma perspectiva puramente espacial, deve ter sido o beijo mais esquisito da minha vida.

Eu queria que não acabasse nunca.

Uma eternidade sem ar depois, Chance voltou ao seu assento parecendo tão descolado e satisfeito quanto um gato.

— Beleza — anunciou ele, enquanto tirava a franja de cima dos olhos. — *Agora* a gente pode ir.

— Podemos mesmo? — Pisquei rápido, tentando reiniciar meu cérebro. — Acho que esqueci como dirigir.

Mas virei a chave. A mão de Chance cobriu a minha sobre o câmbio da marcha com tanta naturalidade que parecia até que já tínhamos feito isso um milhão de vezes.

— Pra onde a gente vai? — perguntou ele.

Recuperei a compostura o bastante para agitar as sobrancelhas.

— Uhhh! Uma surpresa. — Ele apertou minha mão. — Eu gosto de surpresas.

Enquanto eu dirigia, perguntei:

— Como foi a filmagem? Você é o novo Robert Pattinson?

Chance bufou.

— Cara, é só uma ponta. Eu tenho exatamente uma fala.

— Beleza, e qual era a fala? Manda ver.

Ele se encolheu um pouco.

— Preciso mesmo? É idiota.

Dei um sorriso.

— E *agora* é sua obrigação. Imediatamente.

— Beleza. Só me dá um segundo pra entrar no personagem. — Chance ajeitou a postura e respirou fundo várias vezes para se concentrar. Então, se virou para mim com os olhos arregalados e todo investido em um sotaque à la Keanu Reeves, na maior *vibe* surfista, disse:

— *Nossa… isso aí é molho de queijo?*

Eu ri tanto que quase entrei na contramão, o que me rendeu um dedo do meio de um ciclista.

— É isso? Você passou uma semana filmando isso?

— E um monte de cenas em que eu fico no fundo, mas é… você ficaria surpreso em descobrir quantos jeitos diferentes de dizer "Nossa… isso aí é molho de queijo?" existem.

— Ah, claro. Não dá pra sem querer bancar o Molho de Queijo Empolgado quando o diretor quer o Molho de Queijo Apreensivo.

— Ou o Molho de Queijo Taciturno.

— Ou o Molho de Queijo Sedutor.

— Ou então o Molho de Queijo Mataram a Sua Família.

Continuamos fazendo um ao outro morrer de rir durante todo o caminho até nosso destino e repetindo a frase completando com emoções cada vez mais improváveis. Fiz Chance prometer chamar um futuro álbum de *Molho de Queijo Apreensivo*.

Estávamos de volta a Georgetown. Enquanto eu procurava uma vaga, Chance perguntou:

— Tacada da Morte parte dois? — E assentiu sabiamente. — Claro. Pra que mexer em time que tá ganhando, né? O negócio é achar um encontro que funcione e fazer a mesma coisa sempre, é o que eu sempre digo.

— Cala a boca. Não tenho culpa que tudo de legal aconteça por aqui.

Saímos do carro e seguimos meu celular até uma nova rua, entre uma empresa de laminados e uma fábrica têxtil. Quando viramos a última esquina, a estrada se abriu em um tumulto de cores e barulhos. Carrinhos e trailers retrô de comida se amontoavam em um estacionamento e o espaço entre um e outro era preenchido por guarda-chuvas, tendas e tapetes com estampas doidas.

— Eis aqui! — Abri os braços. — O Mercado Itinerante e o Encontro de Food Trucks de Georgetown.

— Nossa! — exclamou Chance.

— ... molho de queijo? — acrescentei, e nós dois caímos na gargalhada.

Ele agarrou meu braço e me puxou adiante.

Minha experiência anterior com feiras de rua era de que esses eventos consistiam em setenta por cento de arte para hippies ricos e trinta por cento de churros gourmet, mas essa era diferente. Tudo tinha um toque punk-rock, da clientela de trinta e poucos anos vagando com cervejas nas mãos até as barracas cheias de caveiras falsas, couro escandaloso e marionetes arrepiantes. Passamos por uma banca que vendia exclusivamente quadrinhos e livros antigos de ficção científica, e depois por uma chamada Glitteronei, que oferecia acessórios muito extravagantes.

Provei um par de óculos de sol com lentes azuis que pareciam os olhos de um besouro com longos cílios rosados.

— Que tal?

— Parece um Muppet meio piranha. — Ele chutou um montinho vermelho de couro que, na verdade, era um cintaralho com um flamingo de plástico colado na parte da virilha. — Nossa. Como é que eles descobriram o meu fetiche secreto?

Devolvi os óculos ao manequim de olhos esbugalhados.

— Vamos comer alguma coisa.

Os food trucks eram tão excêntricos quanto os outros produtos, mas uma das opções se destacou na mesma hora. O caminhão era pintado a jato para imitar uma galeria com pinturas esquisitas relacionadas a comida: um cara com um hambúrguer flutuando em frente ao rosto, duas pessoas com sacolas cobrindo a cabeça se beijando enquanto seguravam um prato de macarrão, coisas desse tipo. O nome na lateral dizia CUMBUCA SURREAL. Nós nos aproximamos e folheamos o cardápio.

— Salvador Dal — leu Chance, em voz alta. — Penne Magritte. Pita Kahlo. — Ele ergueu o olhar para a mulher cheia de piercings na janela de atendimento. — É sério que vocês só vendem comida com trocadilhos de pintores famosos?

— Pintores *surrealistas* famosos — corrigiu a mulher sem pestanejar.

— E esse é um modelo viável de negócio?

Ela deu de ombros.

— Estamos em Seattle.

Fizemos o pedido. Chance pegou o Peixelógio Derretido e eu fiquei com o Ceci N'est Pas Une Pita, que era, na real, um gyro, ou seja, um sanduíche de carne assada. As bebidas foram limonadas com o nome de Limões Amargos de Penny Singer, e só para equilibrar as coisas pedimos um balde de Fritas Magritte (não era exatamente um trocadilho, mas continuava sendo um nome engraçadinho).

Nós nos sentamos em uma mesa de plástico debaixo de um guarda-chuva vermelho, espremidos entre um sujeito de camisa polo fazendo compras online igual a um zumbi e uma mulher com dreads tentando, sem sucesso, alimentar o filho. Eu não me importava com o espaço apertado, já que assim havia uma desculpa para me aconchegar em Chance. Nossos quadris e cotovelos estavam se tocando.

Ele deu uma mordida e gemeu.

— É bom? — perguntei.

— *Surreal*.

— Então come rápido porque essa é só a nossa primeira parada.

Engolimos a comida enquanto observávamos uma garota num top tomara-que-caia e calças boca de sino gigantescas fazendo truques com um bambolê pegando fogo.

E essas distrações não foram o suficiente para nos salvar. Quando estávamos terminando de comer, um cara apontou do nada e deixou o dedo a poucos centímetros do rosto de Chance.

— Cara! É o Chance Kain!

— Chance Kain?! — Chance fez todo um showzinho de olhar em volta. — Onde?!

Mas o sujeito e seus dois amigos (uma garota e outro rapaz que deviam ter em torno de vinte e poucos anos), já estavam nos cercando. Chance se levantou num movimento suave, e eu notei que ele cortou o contato comigo. Senti o espaço vazio de onde ele estivera como um tapa de ar gelado.

Mas é claro, disse uma vozinha na minha cabeça. *O sr. famoso não pode ser visto com um namoradinho qualquer.*

Mas, óbvio, não era justo. Sufoquei esse pensamento com força.

— Cara, você tem que me dar um autógrafo. Tem uma caneta aí?

— Foi mal — disse Chance, dando tapinhas nos bolsos, como se fosse sua obrigação. — Não tenho.

— *Alguém tem uma caneta?!* — O Cara do Autografo disparou pela multidão.

Na mesma hora, a garota já veio para o lado de Chance segurando o celular com o braço esticado.

— *Possotirarumaselfieaitábomobrigada!*

O celular emitiu os cliques rápidos da foto antes mesmo dela terminar de falar enquanto, com o outro braço, envolvia a cintura de Chance de maneira possessiva. Ele deu um sorriso automático, mas dava para ver que seus olhos estavam ficando perdidos e sem vida.

— Consegui! — O cara, o *parça*, veio correndo atravessando a aglomeração segurando uma caneta esferográfica como uma tocha olímpica. Na outra mão, havia uma pilha de guardanapos. — Nossa, cara, vou precisar de vários. Começa com a Mikayla. É *M... i... k...*

Sem poder fazer nada, observei o frenesi começar. Foi só então que me dei conta de como os fãs na Tacada da Morte tinham sido tranquilos em comparação a isso. Lá, a galera toda percebera a presença de Chance, mas tentara ficar sossegada e ser respeitosa. Aqui, havia apenas três pessoas, mas que estavam pisoteando nosso clima como gado, mugindo e cagando por toda parte.

E chamando atenção.

O outro cara também pediu uma selfie.

— Eu nem curto a sua música, na real — confessou o rapaz. — Mas minha irmãzinha ama.

Chance deu um sorriso tímido.

— Fala pra ela que ela tem muito bom gosto.

Foi a gota d'água. Levantei, me enfiei entre a zona e o puxei pelo braço.

— Pois é, pois é, obrigado a todos, mas agora o sr. Kain precisa ir. Ele já tá atrasado pra jantar com o Eddie Vedder e o Príncipe Harry. Desculpa mesmo.

Pelo que talvez tenha sido a primeira vez na vida, usei meu tamanho para causar uma baita impressão e agi como um navio quebra-gelo, arrastando-o comigo. O que normalmente pareceria uma grosseria sem tamanho, de repente parecia justíssimo, agora que era por Chance. O povo saiu do caminho ou foi retirado à força e, em instantes, estávamos longe da multidão e voltando para a caminhonete.

— Desculpa — disse ele, com uma expressão arrependida.

— *Desculpa?!* — Percebi que estava gritando e me controlei. — Você não tem que se desculpar por nada. Aquelas pessoas que foram babacas!

Chance deu de ombros.

— A gente se acostuma.

Será que eu teria me acostumado a ser tratado assim?
Não dava para ter certeza.

— Bom, hoje à noite você não precisa se acostumar com isso. E assim concluímos a parte pública da noite. — Destranquei o carro. — Sobe.

Dessa vez, dirigimos por menos de dois quilômetros, de volta para o topo da Colina Beacon e estacionamos ao longo dos limites do Parque Jefferson. Chance parecia confuso e elétrico ao mesmo tempo enquanto eu o guiava para fora da rua e por meio de um matagal.

Do outro lado, um labirinto de trilhas serpenteava colina acima, se atravessando para criar pequenas ilhas de paisagens verdes cercadas por tijolo. Algumas pareciam jardins, plantadas com fileiras cuidadosas de plantas, enquanto outras cresciam em emaranhados selvagens. No centro, ficava uma estrutura de madeira que lembrava um gazebo. Além de uma senhora negra capinando uma área em declive, estávamos cem por cento sozinhos.

— Chegamos! — proclamei. — Pra sobremesa!

Confuso, ele olhou em volta.

— Um jardim comunitário? Você tem um terreno aqui?

— Que nada, cara. Estamos na Floresta da Comida, é tudo de graça. São voluntários que cuidam, então a gente pode catar algo pra comer por aí. É tipo uma caça ao tesouro!

Chance ainda parecia desconfiado.

Estendi a mão e comecei a colher framboesas.

— Olha!

Coloquei algumas em sua mão.

Ele as comeu e ergueu as sobrancelhas em apreciação.

— Puta merda!

— Né?! — Comecei a subir a trilha. — Vem, vamos ver o que a gente acha por aqui.

Como eu esperara, o prazer da descoberta logo contagiou Chance. Em instantes, estávamos correndo e gritando um para o outro como alunos da primeira série. Havia arbustos cheios de amoras e mirtilos tão maduros que se desfaziam quando colhíamos. Amorinhas pretas nativas rastejavam sob as macieiras que começavam a amadurecer e as cerejeiras que passavam pelo fim da estação. Tinha até coisas que eu nunca experimentara antes, como groselhas e figos.

Depois de colhermos tudo o que queríamos experimentar, nós nos sentamos nos bancos do pequeno gazebo e dividimos uma ameixa que eu havia colhido. Ripas de madeira nos lados nos escondiam dos campos esportivos mais para cima e concediam um tiquinho de privacidade. Por impulso, estiquei o braço e segurei a mão de Chance.

Ele se encolheu, olhou em volta por instinto e meu coração se partiu um pouco. Mas, ao ver que não havia ninguém em volta, sorriu e apertou meus dedos.

Cobri a tristeza cantando um trecho da música "Breaking the Law", do Judas Priest.

Chance deu um sorriso tímido e seco.

— Sabia que o cara que cantava essa música era gay?

— É?

Soei um pouco mais forçado do que era minha intenção.

— Rob Halford. Se assumiu nos anos 1990.

Ficamos absorvendo aquela informação por um instante.

— Você sempre soube? — perguntei. — Que gostava de meninos?

Ele deu de ombros.

— Mais ou menos.

— E por que nunca contou pra gente?

— E por que vocês nunca perguntaram? — Chance assumiu uma expressão amarga. — Quer dizer, eu era basicamente o Freddie Mercury no palco. Dava muita bandeira.

— É, mas era só *sair* do palco que começava a flertar com todas as meninas ao mesmo tempo. — Franzi o cenho. — *Inclusive* as que o Eli e eu gostávamos.

— Pois é. — Ele abaixou a cabeça. — Foi mal. Acho que eu pensava que precisava fazer isso, sabe? Garantir que ninguém achasse que eu não era hétero.

— Mas você acabou de dizer que não era.

— Mas não significa que eu queria que os *outros* descobrissem! — Ele olhou para baixo, surpreso, pois tinha espremido o que restava de sua metade da ameixa e transformado-a em uma gosma molhada. Chance jogou-a nos arbustos e limpou as mãos na bainha da calça. — Acho que... talvez a persona do palco fosse um jeito de eu tentar ser outra pessoa, sabe? Sem me comprometer.

— E agora? — disse, apontando para o jardim vazio. — Tipo, eu sei que você tem que continuar sendo discreto em público. Mas você pensa em si mesmo como gay? Ou bi?

Ele parou, pensou a respeito e respondeu:

— Não. Tipo... sei lá, o que essas palavras significam, afinal? Se gênero e sexualidade são espectros, então não quer dizer que *todo mundo* é bi? Qual é o limite?

Dei de ombros.

— Pode ser algo tipo... se você estiver preso numa ilha deserta e só pudesse transar com um gênero pra sempre, teria alguma preferência?

— Mas a gente não tá numa ilha. — Ele gesticulou com a mão manchada de suco. — Então, tipo, vamos dizer que noventa por cento do tempo eu escolha jogar no Time Piroca. Nesse caso, eu sou gay, né? Mas vamos supor também que eu me apaixone por uma menina, a gente se casa e eu fico muito feliz, mesmo que eu, *hipoteticamente*, goste mais de pau. Isso significa que eu tava mentindo antes e nunca fui gay de verdade? — Ele meneou a cabeça, irritado. — O que importa na vida é o que é *específico*, e não hipotético. Entende?

— É, acho que sim.

Chance apertou minha mão.

— Desculpa. Não queria ficar dando palestrinha.

— Não tem problema.

Mordi minha metade da ameixa e o suco escorreu pelo meu queixo.

Ele se esticou e limpou com o dedão. O gesto *teve um impacto* em mim lá embaixo.

— Só acho que as pessoas deviam deixar um espacinho pro inesperado acontecer, sabe?

Bufei e o encarei.

— Nem me fala.

Chance deu um sorrisão. A vontade de beijá-lo era tanta que chegava a doer, mas, mesmo sem ninguém por perto, eu não queria deixá-lo desconfortável. E, além do mais, eu não conseguiria uma deixa melhor do que aquela. Me levantei e puxei-o na minha direção.

— Falando do inesperado, o nosso encontro não acabou ainda. De pé, Ng.

Guiei-o para fora do gazebo (e, com relutância, larguei sua mão) e através das fronteiras gramadas do parque, mantendo distância do habitual grupo de pessoas se exercitando e passeando.

Chance olhou para trás.

— A gente não vai voltar pra caminhonete?

— Não. Daqui pra frente, vamos a pé.

Seguimos em direção ao norte por ruas residenciais. Enquanto atravessávamos uma galeria comercial com cafeterias e restaurantes, paramos na frente de um estúdio de tatuagem para observar alguém sendo tatuado através da vitrine.

Chance deu um suspiro quando nos afastamos.

— Eu amo tatuagens.

— Dá pra notar. — Encarei-o de esguelha. — A maioria das pessoas não começa pelo rosto.

Ele deu de ombros como quem não está nem aí para nada.

— O que eu posso fazer? Eu não deixo nada pela metade. — Então abandonou a persona. — Sendo bem sincero, os primeiros dois tatuadores com quem falei não faziam por nada, ficavam dizendo que ninguém deveria começar pelo rosto. Mas ser no rosto era justamente o ponto.

Me virei para olhá-lo de cima a baixo.

— Por quê?

Chance deu um sorrisinho e continuou andando sem me olhar nos olhos.

— Assim, não me leva a mal. Eu gosto de arte. E o lance do psicopompo acaba sendo uma história legal. Mas, na verdade, eu só queria algo que me fizesse não ser mais a celebridade perfeita, sabe? O Benjamin e a gravadora odiaram. É uma prova de que eu sou dono do meu próprio corpo.

— Hum.

Pensei nos supostos fãs lá nos food trucks. Aquele pessoal com certeza tinha agido como se fossem donos do Chance. Quantas pessoas acreditavam ter direito a uma parte dele?

— Mas a questão não se refere apenas a eles — continuou. — Ou às tatuagens. É que o *mundo* inteiro tem opiniões a respeito de quem eu deveria ser. E ser asiático só piora tudo porque, já que a indústria não tá exatamente transbordando de gente como eu, acabo tendo que representar todos nós. Só que ninguém concorda em nada. — Com os lábios cerrados, Chance ficava balançando uma das mãos para a frente e para trás. — Eu tenho que usar a minha voz e o meu espaço, mas sem ofender ninguém! Lutar contra as injustiças, mas ser alguém fácil de se trabalhar! Se eu uso maquiagem, ficam dizendo que eu tô propagando a merda do estereótipo acerca de homens asiáticos serem femininos. Mas se eu *paro*, dizem que eu tô cedendo às normas opressivas de gênero. Não importa o que eu faça, alguém fica incomodado. — Ele meneou a cabeça. — Então a tatuagem foi isso: um lembrete pra mim de que eu posso ser apenas eu mesmo. De que tenho o direito de controlar minha vida. — Chance parou por um instante. — E de brinde uma dose saudável de rebeldia típica dos astros adolescentes. — Ele riu, mas seus ombros se encolheram de vergonha. — É patético? Sou o clichê da celebridade surtada que raspa a cabeça?

— Ei. — Agarrei seu ombro para fazê-lo parar e obrigá-lo a olhar para mim. — Você não é patético. Tá ocupando o seu espaço. Isso é muito bom.

— Mesmo?

Ele parecia esperançoso.

— Sim.

Chance sorriu.

— Então você tá me dizendo que vai ser irado se eu raspar o cabelo inteiro. Quem sabe até fazer uma tatuagem de teia de aranha enorme na cabeça.

— Sem dúvidas. — Voltamos a caminhar. — Quer dizer, você ia ter que tapar a cabeça com um saco sempre que eu estivesse por perto. Mas eu com certeza te respeitaria do outro lado do saco.

— Posso usar uma daquelas máscaras de borracha de cavalo. Vai ser o meu novo lance.

— Você pode investir no público do My Little Pony.

Continuamos por quase dois quilômetros; casas e cercas-vivas lançavam sombras através da calçada. A maioria dos outros pedestres era de passeadores de cães que ficavam esperando sem paciência e usando o celular enquanto Belinha fazia o que tinha que fazer. Ninguém prestou a menor atenção em nós.

Quando chegamos à cerca de arame, já estava quase escuro.

— Beleza — anunciei. — Chegamos.

Chance se esticou para trás, absorvendo a vista.

— Uma igreja? — E olhou para mim, logo atrás. — Olha, Holc, o encontro foi legal, mas acho que você tá indo rápido demais.

— Nossa, como você é esperto.

Fui até o cadeado do portão e inseri o código. Abriu com um clique satisfatório.

— Eita, porra! — Ele ficou de boca aberta. — É a *sua* igreja.

— Aham. — Puxei o portão para abri-lo. — Agora entra logo antes que alguém veja a gente.

O mesmo código nos permitiu passar pelas portas da frente. Lá dentro, os brilhos derradeiros do sol que atravessavam os vitrais configuravam a tudo um ar etéreo enquanto nossos passos ecoavam no teto distante.

Chance absorveu o espaço com reverência.

— Vou deduzir que a gente não deveria estar aqui.

— Depois da perseguição dos paparazzi pós-Tacada da Morte, achei que você ia curtir uma invasão a propriedade privada.

Ele deu um sorriso. Agora em segurança e fora de vista de olhos intrometidos, sucumbi ao desejo de beijá-lo. O gosto era de fruto proibido. Chance deu um passo para trás, se recostou na parte de trás de um banco, enrolou meu colarinho e me puxou para perto. Dei um passo e fiquei entre suas pernas.

Por um longo e arrebatador instante, apertei as laterais do corpo dele e tateei com meus dedos os degraus que formavam suas costelas. O tecido sintético brilhoso da camisa dele deslizava com facilidade sobre os vincos musculosos e, de repente, me dei conta de como Chance estava nu por baixo daquela única peça.

Mas eu tinha um *plano*, merda. Relutante, recuei, peguei a mão de Chance e tentei levá-lo até o outro lado do recinto.

— Quero te mostrar uma coisa.

— Cê *jura?* — Ele agarrou meu quadril e me puxou de volta para si. Minha bunda roçou contra sua virilha. — A gente vai transar no altar? Porque ia ser um tesão do caralho.

Minha calça ficou mais apertada, e a semana que eu havia passado planejando aquilo foi a única coisa que me segurou.

— Com certeza solidificaria a sua credibilidade como garoto gótico — respondi. — Mas, não, eu quero te mostrar outra coisa.

Ele deslizou uma das mãos para dentro da minha camisa e percorreu o cós da minha calça. Parei.

— Beleza. Mas outra coisinha *primeiro*.

Ele beliscou meu pescoço de leve.

— Sacri-licioso.

Atrás de um dos lados do púlpito, uma porta estreita se abria para a escuridão. Puxei duas lâmpadas de capacete do bolso.

— Coloca isso aqui.

— Hum. — Chance olhou para a lanterna com o elástico alaranjado. — A gente não vai descer numa cripta, né?

— Quê? Não vem me dizer que o vampiro favorito dos Estados Unidos tem medo de caixão.

Ele ficou desconcertado. Deixei-o pensando por um instante, e então ri.

— Tô só implicando contigo, cara. Não é uma tumba.

Ele relaxou a postura, aliviado.

— Só pra deixar claro: eu não tô com medo *nenhum* de visitar uma cripta numa igreja velha e esquisita onde ninguém nunca acharia nossos corpos. — Ele colocou a lâmpada. — Só não quero bagunçar o cabelo.

— Tem que estar bonito pro Senhor.

Estiquei a mão e liguei a lanterna dele. O elástico tinha, de fato, bagunçado o cabelo.

O feixe de luz das lâmpadas revelou uma escadaria estreita de madeira que espiralava ao longo das paredes rumo a um quadrado um pouco mais claro seis andares para cima. Comecei a subir.

Chance não seguiu. Continuava encarando a escada.

— Não se preocupa — falei. — Os degraus estão em perfeito estado. Jesus consertou todos eles. — Percebi o que eu havia acabado de dizer e parei. — Tô falando do carpinteiro do meu pai. Mas, sabe, o outro provavelmente deu a benção dele também.

DARKHEARTS: A MELODIA DO CORAÇÃO 239

— Eu, hum... — Ele parecia mais desconfortável do que nunca. — Altura não é muito a minha praia.

— Sério? — Essa era uma novidade para mim. O grande Chance Kain, assustado com uma escada. Como foi que esse medo nunca apareceu antes? Dei um tapa no corrimão. — Você vai ficar bem. Tem apoio e tudo.

Ainda assim, Chance continuou parado.

Emoções conflitantes batalhavam dentro de mim. Por um lado, "terror" não costuma ser a atmosfera que se espera cultivar em um encontro, a não ser, talvez, para facilitar uma conchinha durante um filme assustador. Por outro, esse era o *grand finale* do meu plano para uma noite romântica e mágica, e eu estava relutante em desistir.

Além do mais, sendo bem sincero, uma parte minúscula e nada generosa de mim gostava de vê-lo um pouco vulnerável. Assim como na oficina, havia algo profundamente relaxante em saber que eu era capaz de fazer algo que Chance não conseguia. Fazia parecer que éramos, de fato, iguais. O que, em retorno, facilitava que eu tivesse sentimentos românticos voltados a Chance.

Eu sei que gostar de ver o namorado com medo não soa nada bom. Uma psicóloga provavelmente teria muito a dizer a respeito.

Que bom que eu não fazia terapia. Estendi uma das mãos.

— Só segura em mim com uma das mãos, e no corrimão com a outra. É só se concentrar nas minhas costas até a gente chegar lá em cima. Tá bom?

Ele mordeu os lábios de verdade (quem é que fazia isso?) e foi tão fofo quanto é nos filmes. Mas, por fim, Chance respirou fundo, ajeitou a postura e pegou minha mão.

— Fica sabendo que, se eu morrer, vou te assombrar pra sempre.

Como se já não estivesse me assombrando por anos. Comecei a subir.

Em defesa dele, as escadas eram, *sim*, bem assustadoras. O vão vazio no centro parecia projetado para dar vertigem, com os degraus girando e girando como um redemoinho quadrado. Havia uma trança de cabos escuros pendurada no meio da torre.

Na metade da subida, Chance parou do nada e ficou moendo os tendões da parte de trás da minha mão.

— Puta que pariu.

Olhei para trás e o vi encarando o chão lá embaixo por cima do corrimão, com uma cara de quem estava prestes a vomitar.

— O que foi que eu disse sobre olhar para baixo?

Chance fechou os olhos.

— A gente devia ter ido pra cripta, mesmo.

Acariciei seus braços.

— Só mais um pouquinho.

No topo, a torre se alargava de novo e as escadas abriam espaço para uma plataforma mais larga. Grato, Chance se jogou ali.

— Ai, graças a deus.

— É isso aí.

Ele olhou para a viga central acima de nós e, com a luz das lanternas de cabeça, viu as caixas de som penduradas em grossas correntes que mais pareciam tumores irregulares.

— Não tem um sino?

— Que nada. É eletrônico desde os anos 1980. — Eu o chamei para vir até o parapeito na altura do peito que percorria a borda do campanário a céu aberto. — Apaga a luz antes que alguém nos veja.

Quando estávamos em uma posição segura, apaguei a minha lâmpada.

Beacon Hill se estendia adiante. Do outro lado do vale, os edifícios do centro se erguiam como espirais pontilhadas, marcados na escuridão pelas luzes de milhares de janelas. A rodovia I-5 era como uma fita reluzente, enquanto, no lago Sound, balsas deslizavam em silêncio entre o continente e as ilhas, como lanterninhas contra a água escura. Pensei no que Chance dissera a respeito dos vagalumes.

— Era isso que eu queria te mostrar — falei.

— Uau.

Olhar adiante e não imediatamente para a frente pareceu ajudar com o medo de altura. Ele apoiou os cotovelos em cima do parapeito e, embasbacado, encarou o horizonte.

— Valeu a pena a subida? — arrisquei perguntar.

— Eu *deveria* dizer que não, mas… valeu. É maravilhoso.

Nos recostamos um no outro; ombro no ombro enquanto admirávamos nossa cidade e, de algum jeito, aquele simples contato foi tão íntimo quanto nossas mãos bobas da outra madrugada. Senti um ímpeto repentino e avassalador de amor pelo mundo; por Chance, por esse momento e por cada pessoa naqueles prédios. Estávamos todos brilhando nossas luzes, na esperança de que alguém nos visse.

Ele suspirou.

— Sempre me surpreendo com a saudade que sinto de Seattle. Acho que tá tudo tranquilo e, assim que saio do aeroporto de carro pra ir pra casa e encaro o horizonte, parece que todo um fardo sai das minhas costas. Sabe como é?

— Sei. — Eu raramente viajava, mas entendia. — Mas eu amo o contrário também.

— Como assim?

Me esforcei para encontrar as palavras.

— Tá, é tipo... sabe quando a gente passa bastante tempo longe e o lugar novo começa a parecer nossa casa?

— Sim.

— Eu amo quando a gente volta pra casa e tudo é familiar. A rua, a casa, essas coisas... Mas aí, só por um segundo, vem um flashback rápido da sensação de quando vimos aquilo pela primeira vez. A primeira vez caminhando naquela rua. O primeiro dia naquela escola. O sentimento de como tudo parecia desconhecido. A empolgação. Então a gente percebe que o que mudou fomos nós mesmos. — Gesticulei para a cidade. — Por baixo do conforto, todo aquele mistério continua lá.

Chance se afastou e, quando me virei, percebi que ele estava me encarando. Ele balançou a cabeça.

— David Holcomb. E você ainda insiste que não gosta de poesia.

— O quê?

Ele enganchou o braço no meu e me puxou para perto.

— Cara, essa metáfora foi romântica *demais.*

— Foi?

Eu nem estava me referindo a pessoas, mas não recusei o beijo dele. Foi suave e profundo, mas logo que eu comecei a contemplar como funcionaria a logística de ir além em uma torre do sino, Chance enrijeceu (e não do jeito bom).

Deixei-o se afastar

— O que foi?

— Desculpa. Não é nada com você. — Ele não soltou meu braço, mas se virou para a cidade de novo sem me olhar nos olhos. — Vão me mandar de volta pra turnê.

Meu estômago despencou seis andares até o chão da igreja.

— Quando?

— Em setembro. No máximo em outubro. Batemos o martelo hoje de manhã.

Óbvio que eu sabia que isso aconteceria. Desde antes de qualquer coisa acontecer. Mas mesmo assim. Faltava menos de um mês para chegar setembro.

— O que você vai fazer sem o Eli?

Chance deu de ombros.

— Vão contratar alguém. Músicos pra turnê. Produtores.

Chegava a ser quase engraçado, mas de um jeito meio Alanis Morissette naquela música "Ironic", em uma *vibe* bem "isso aqui tá mais pra desgraça do que ironia". Ali estava eu, que passara anos achando que Chance havia roubado a banda de mim, e agora era a banda que o roubava de mim.

— Olha. — Ele apertou minha mão. — Eu gosto muito de você. Mas entendo se você não quiser... que seja assim.

— Chance gesticulou para o ar entre nós. — Tipo, caso fique ainda mais difícil quando eu precisar partir. Sei que namorar à distância é um saco.

Meu estômago tinha atravessado o assoalho e estava se enterrando lá no fundo, no alicerce da igreja.

— *Você* quer terminar?

— Não. Mas é que...

Puxei seu corpo contra o meu e beijei-o com força. Houve um segundo de hesitação, então ele retribuiu o beijo com a mesma ferocidade. Quando, por fim, nos separamos para respirar, eu disse:

— Boa resposta.

Chance deu um sorrisão bobo.

— Então você não quer terminar?

— Se eu quisesse, não teria nem começado, seu bocó. Até parece que a gente não sabia que isso ia acontecer. — Beijei-o na ponta do nariz. — Essa é a lição, né? Parar de se preocupar com o futuro e botar pra fora o que precisa ser dito.

— O que a gente precisa dizer. — Chance fixou o olhar nos meus olhos e, devagar, passou um dedo dobrado pela lateral da minha bochecha. — Você me deixa com vontade de falar todo tipo de insensatez.

Meu corpo inteiro parecia vibrar.

— Então fala.

— Quem sabe eu fale mesmo. — E mais um sorriso de lado. — Você vai ter que ficar por perto para descobrir.

Nos beijamos outra vez. Mas, enquanto eu caía no abismo gerado pela gravidade do toque de Chance, uma outra parte do meu cérebro ia entrando em curto-circuito e, freneticamente, montava o quebra-cabeça.

Eu já não guardava mais rancor, não tanto. Me apaixonar por Chance me obrigara a reconhecer meu papel na minha saída da banda. Mesmo que eu já não o culpasse mais pela minha falta de fama, a oportunidade perdida continuava sendo um arrependimento. Agora, ali estava eu, prestes a ser deixado para trás novamente, e a culpa nem era minha. Também não era de Chance. Era uma culpa que ninguém queria carregar.

Mas se ninguém queria…

A ideia surgiu. Quase absurda demais para encarar. Com certeza absurda demais para externalizar.

Mas diga o que precisa dizer…

Interrompi nosso beijo e recuei o bastante para ver seu rosto.

— E se a gente não precisasse ter um relacionamento à distância?

— Como assim?

Respirei fundo e tomei coragem.

— E se eu voltasse pra Darkhearts?

Chance tremeu como se tivesse levado um choque e deu um passo para trás.

— Quê?

Corri em direção a ele.

— Olha, você precisa de um novo parceiro pra compor as músicas, né? Talvez pudesse ser eu. Sei que o Eli sempre foi o ingrediente secreto, mas eu escrevia algumas partes. Ninguém que possam contratar estava lá no começo... eles não te conhecem como eu. E, se eu voltasse pra banda, poderia fazer a turnê com você. — Agarrei as mãos de Chance. — A gente podia passar todo dia juntos.

— Holc. — Ele parecia atordoado. — Eu. Hum... — Ele expirou o ar das bochechas. — Nossa.

— Eu sei, é muita informação, foi mal. Eu não tinha pensado nisso até agora, juro. Não quis te pegar de surpresa com uma proposta. — Apertei as mãos de Chance. — Mas faz sentido, não é?

— Sim, mas... — No escuro, as expressões que relampejavam pelo rosto dele eram difíceis de decifrar. — Na última vez que estivemos em uma banda, você ficou com tanto ódio de mim que passou dois anos sem nem falar comigo.

— Você também não falou comigo.

— A questão não é essa. — Ele puxou as mãos de volta para si, passou-as pelo rosto e uniu as palmas como se esti-

vesse rezando. — Eu tenho tentado te explicar. Essa vida…
não é como você acha. Ela acaba com as pessoas.

Senti uma faísca da velha raiva.

— Eu consigo dar conta.

Chance parecia triste e nada além.

— Era o que o Eli achava.

— Eu não sou o Eli — vociferei.

— Não, eu sei. — Seu olhar se perdeu ao longe. — Tô
querendo dizer que o que a gente tem agora… é *bom*. Eu não
ia querer que a banda ficasse entre nós.

Rangi os dentes.

— A banda *já* está entre a gente. É uma chance de resolver isso. E somos pessoas diferentes agora. *Eu* sou diferente. — Estendi o braço para pegar as mãos de Chance de
novo e puxei-o para mais perto. — Olha, eu sei que estraguei
tudo. E sei que ninguém pode substituir o Eli. A gente nunca vai conseguir ser o que deveríamos ter sido. Mas talvez a
gente consiga ser algo novo.

Parei antes de quase dizer *algo melhor*. Mas *seria* melhor
mesmo, pelo menos para mim. Uma banda *e* um namorado.
Eu não acreditava muito em destino, mas parte de mim dizia
que talvez fosse isso que deveria ter acontecido. Que, se não
fosse a dor que havíamos enfrentado, nunca teríamos chegado nesse ponto.

Percebi que Chance já estava em silêncio há longos segundos, o que me lembrou que meu estômago, àquela altura,
já estava cavando através do manto terrestre.

— … quer dizer, se você quiser, né. — Completei, baixinho.

O momento perdurou. Então, Chance deu um suspiro
longo e devagar.

— Eu quero — disse ele.

Meu coração deu uma cambalhota.

— Sério?

— Sim. — E voltou a me segurar. — Seria muito divertido fazer a turnê com você.

A tensão ainda irradiava dele.

— Mas? — sugeri.

Senti quando ele deu de ombros.

— Mas isso não depende de mim. A Darkhearts é uma coisa independente agora... a gente tem um contrato de desenvolvimento artístico. Se você quer voltar pra banda, vamos ter que convencer a gravadora.

— Beleza, e como fazemos isso?

Chance pensou a respeito por um instante, e disse:

— Uma amostra. A gente escreve algo novo juntos, uma música, rápido, antes que a turnê comece, e faz uma apresentação pra eles. Para mostrar o que podemos fazer juntos.

— Perfeito! — A sensação era de que meu corpo podia se revirar do avesso a qualquer instante. Que bom que não havia um sino de verdade na torre, porque eu era capaz de me balançar igual ao Corcunda de Notre Dame. Não era apenas empolgante... era um recomeço para toda a minha vida.

Chance chegou mais perto, tentando enxergar meus olhos.

— Tem certeza de que isso é o que você quer?

— Positivo.

Dei um sorrisão.

— Que bom.

Ali, na escuridão, o sorriso dele poderia significar qualquer coisa.

Dezoito

O resto do fim de semana foi oficialmente reservado à Família Ng. *Minha mãe tá ameaçando me amarrar numa cadeira*, disse Chance quando o deixei em casa. Mas não tinha problema, porque, de uma hora para outra, eu tinha muito o que fazer.

Minha guitarra passara a maior parte dos dois anos anteriores debaixo da cama, mas puxei a *case* e apertei as travas. Abri-la foi como abrir a Arca da Aliança ou, sendo mais otimista, como Arthur puxando a espada da roxa.

Aço cromado e jacarandá me encararam de volta. O escudo protetor preto era circundado por um tom verde-floresta. O tecido cinza e felpudo da *case* se moldava seguindo o corpo assimétrico da guitarra, e a erguia como uma oferenda.

Estiquei as mãos, aceitei a oferta e prendi a faixa ao redor do pescoço.

Fender Jazzmaster: a guitarra escolhida por bandas como The Cure, Arcade Fire e My Bloody Valentine.

E agora, talvez, da Darkhearts novamente.

Tirei as roupas sujas e os livros antigos de Calvin e Haroldo do meu pai de cima do meu amplificador, pluguei e apertei o interruptor.

As válvulas murmuraram lentamente, de volta à vida. Mantive o volume desligado enquanto afinava, depois respirei fundo e aumentei o som.

A distorção rugiu pelo quarto. Toquei um mi menor usando a mão para abafar as cordas e me remexendo para sentir o baixo no peito. Tentei alguns acordes experimentais e depois uma escala maior enquanto navegava pelas notas.

Como eu estava enferrujado. Mas talvez isso fosse algo positivo? Às vezes, quando se passava tempo longe demais de algum instrumento, novas ideias apareciam quando se voltava a tocar. E eu passara um bom tempo longe.

Repassei algumas músicas antigas da Darkhearts, depois comecei a brincar escolhendo notas aleatórias de escalas e misturando acordes em busca de um som que parecesse bem darkheartiano. Cheguei até a colocar algumas das músicas mais novas da banda e me arrisquei a tocar junto para tentar entender o que Eli faria. As canções dele eram menos focadas na guitarra, o que significava que havia espaço para deixá-las com mais camadas.

Depois de uma hora, meu pai colocou a cabeça porta adentro. Ele claramente tinha acabado de terminar de mexer na van, e estava comendo um saco de pipoca sabor cheddar branco com pegadores de salada para não tocar na comida com as mãos cheias de graxa.

— Tá mandando bem — disse, o que era muita generosidade. — É bom te ouvir tocando de novo.

— Pois é. — Toquei um acorde e então abaixei o volume. — A sensação é boa.

Fiquei surpreso com o quanto era boa mesmo.

Meu pai parecia contente.

— O que mudou?

Eu não poderia contar do plano de jeito nenhum. Meu pai ou acabaria irritado ou com as esperanças lá em cima, e as duas possibilidades piorariam a situação se não funcionasse. Mas eu também não queria mentir.

Decidi seguir com metade da verdade.

— Acho que passar um tempo com o Chance me faz querer tocar, só isso.

O sorriso dele diminuiu, mas meu pai o recuperou antes que desaparecesse por completo.

— Bom, já é alguma coisa! — Ele acenou com os pegadores enquanto voltava lá para baixo. — Enfim, tô fazendo tacos pra janta de hoje. Me avisa se quiser algo especial.

O restante do dia foi um mundaréu de abas na internet e riffs medianos com intervalos apenas para comer ou ir ao banheiro. Talvez eu tivesse continuado até a hora do jantar, não fosse a notificação de um e-mail no meu celular.

Assunto: Entrevista?

Oi, David.

Meu nome é Jazon Aldern, e trabalho como jornalista para a *Pop Lock*. Tem rumores por aí de que você e Chance Kain andam passando bastante tempo juntos... Você gostaria de comentar a respeito da natureza do relacionamento de vocês? ;)

Caso você esteja disposto a nos dar uma entrevista exclusiva sobre esse assunto, podemos pagar um honorário generoso, assim como os direitos por fotografias ou vídeos originais de você e de Chance juntos.

Obrigado, e fico no aguardo!

Voltei para o começo e li de novo. Depois, pesquisei "honorário". Então li outra vez.

Uma visita rápida ao Google revelou que a *Pop Lock* era meio revista on-line de música e meio blog de fofocas de famosos – o tipo de portal em que dá para perceber que os jornalistas gostariam de ser da *Rolling Stone* ou *Pitchfork*, mas não conseguem se conter e postam cada separação e série de nudes vazadas de celebridades. Em outras palavras: um lixão a céu aberto.

Como foi que essa gente tinha descoberto quem eu era, e o meu e-mail, ainda por cima? Mas não devia ser muito difícil me reconhecer. Não era como se eu tivesse sido completamente apagado da história da Darkhearts – havia até uma menção a mim na Wikipedia: meu nomezinho triste, sozinho e sem link debaixo de "Antigos Membros". E Chance dissera que essas pessoas eram determinadas. Mas mal tínhamos sido vistos em público juntos, e nunca de um jeito obviamente romântico.

De repente, fiquei puto. A gente tinha tomado tanto cuidado, se esgueirando pelas sombras e sendo tão discreto, e não serviu para nada. O povo acredita no que quer.

Então que acreditem. A parte impulsiva em mim queria dizer para o empresário de Chance (aquele tal de *Benjamin*) enfiar seus conselhos profissionais em um lugar cabuloso. Era só anunciar que estávamos namorando e os haters que fossem pro inferno. Parecia até que nenhuma outra celebridade tinha saído do armário antes.

Mas, é claro, a decisão não era minha. Era Chance quem tinha algo a perder, e ele deixara sua escolha bem explícita. O que, se fosse para ser bem sincero comigo mesmo, me machucava. Eu sabia que não se tratava de mim, Chance não podia se dar ao luxo de brincar com a carreira. Mas, em algum lugar lá no fundo, era difícil descartar a voz que sussurrava: *ele tem vergonha de você*. Não era nem de namorar com um menino, era de namorar *comigo*. Chance Kain deveria namorar alguém sofisticado e elegante, e não um Zé-ninguém nada padrão do ensino médio com cola de madeira debaixo das unhas.

Mas isso era mais um ponto a favor da minha volta à banda, não era? Me transformar em uma estrela do rock. Então poderíamos fazer nosso relacionamento ser uma vantagem. Dois galãs adolescentes na mesma banda e ainda namorando? Seríamos ícones.

Mas nada disso se aplicava à situação atual. A vontade era responder e mandar o jornalista se ferrar, ou encontrar algo melhor para fazer da vida além de perseguir adolescentes, mas deduzi que isso não se encaixava no plano de relações públicas de Benjamin. Ao mesmo tempo, a ideia de não dizer *nada* me deixava muito insatisfeito. Uma invasão de privacidade como essa exigia uma resposta.

Apertei o botão de resposta. Como era que os políticos sempre diziam quando alguém os irritava?

Nada a declarar.

Digitei isso e encarei a tela. Parecia bom. Nenhum cumprimento, nada de "Atenciosamente, David"... apenas aquelas duas palavras gélidas e polidas. Uma resposta que não dizia nada, mas com o inconfundível ar de *você não merece uma resposta. Estou acima de você.*

Enviei e fui comer tacos.

✳ ✳ ✳

Por volta da hora do almoço no dia seguinte, eu estava começando a me perder em um novo riff quando Chance mandou uma mensagem.

Chance:
Temos um problema. Posso ligar por vídeo?

Agarrei o celular.

Eu:
Claro... o que rolou?

Ele não respondeu, só disse: Vou mandar um link por e-mail. Põe uma calça.

Felizmente eu já estava vestido, mas fui lá e escovei o cabelo com os dedos do melhor jeito que podia. Depois, me recostei na cama e abri o notebook.

O e-mail chegou. A pequena minhoca do *"conectando"* ficava perseguindo o próprio rabo.

E lá estava ele, mas não sozinho. Benjamin apareceu encurvado em uma segunda janela com um quarto de hotel ao fundo e me deu o sorriso mais constrangido que se podia imaginar.

— Nosso Romeu chegou — disse Benjamin. — Obrigado por se reunir com a gente. Sei que você deve viver ocupado botando lenha na fogueira.

— Benjamin… — Em um moletom preto básico e com o cabelo virado numa bagunça legítima em vez do emaranhado intencional de sempre, Chance parecia derrotado.

— Do que você tá falando?

Mas parte de mim já sabia.

— Pesquisa o seu nome junto com *Pop Lock*.

Abri uma nova aba e, é lógico, ali estávamos, logo na página inicial. Uma foto de nós dois correndo pelo beco do lado de fora do Tacada da Morte e a mão de Chance na minha cintura com a manchete: DANDO CHANCE PARA O ROMANCE? Rolei o cursor rápido. Mais para baixo havia outras fotos, todas tiradas no Mercado Itinerante.

—Aqueles malditos do mercado *venderam* as fotos?

Não dava para acreditar na audácia.

— É óbvio que sim — vociferou Benjamin. — Por que não venderiam? Um repórter aparece oferecendo dinheiro por uma foto qualquer no seu perfil do Facebook? Não tem nem o que pensar. E falando em não pensar… — Sua expressão "desapontada" era tão fria e profissional que ele devia ter praticado no espelho. — Vamos ter uma conversinha sobre a sua resposta pra esse mesmo repórter.

Eu não sabia se o calor tomando conta das minhas bochechas era de raiva ou de vergonha.

— Eu não disse nada.

— Errado. — O tom de Benjamin não chegava nem a ser cruel, o que deixava a situação toda ainda mais tensa. — De acordo com a reportagem, você disse "nada a declarar". O que é praticamente um "sim, com certeza, tudo o que você puder imaginar é verdade". Você simplesmente disse que tem algo a esconder.

Pareceu tão óbvio quando ele explicou desse jeito. Ainda assim, a raiva é muito mais confortável do que a culpa.

— E o que é que eu *devia* ter dito? — gritei de volta.

DARKHEARTS: A MELODIA DO CORAÇÃO 255

— *Nada.* — Benjamin desenhou uma linha reta no ar com as mãos. — Nenhuma resposta. A sua meta é ser um buraco negro, o sinal dessa gentinha entra, mas não sai nada. — Ele suspirou e deixou de lado parte de sua indiferença profissional para beliscar o ossinho do nariz. — Olha, abutres que nem a *Pop Lock* sensacionalizam tudo. Se conseguirem uma foto sua com ketchup na camisa, vão dizer que você acabou de matar uma criança. São lulas.

O termo me pegou desprevenido.

— Lulas?

— Esguichando tinta em tudo que é canto. — Ele chicoteou os dedos, imitando uma lula soltando tinta. — Um bando de fracassados que querem ser o próximo Perez Hilton. São um lixo, mas não importa. O Twitter já tá explodindo com rumores. Tem gente achando que vocês tão namorando. Outros acham que você vai voltar pra banda.

— Sério? — Eu me animei, mas Chance inflou as narinas como se quisesse dizer *agora não é a hora.*

— E o que a gente faz? — Era a primeira frase inteira que Chance falara, me doía ouvi-lo tão cansado e desiludido.

— Desvia a atenção. — Benjamin imitou fogos de artifício estourando com as mãos. — Cortina de fumaça. Vamos criar rumores contraditórios pra competir e torcer pra que um anule o outro. — Ele olhou para mim através da câmera. — E *chega* de declarações públicas, *capisce?*

Graças à Ridley, que me fez assistir *O Poderoso Chefão*, eu sabia que aquela última palavra significava *entendeu.*

— Beleza.

— Fico feliz de ouvir isso. Então vamos controlar os danos. — Ele entrelaçou os dedos. —A maior ameaça é o rumor de que vocês tão namorando, então esse deve ser nosso alvo.

E o melhor jeito de resolver essa *questão* é dar um outro interesse romântico pro povo. Uma garota, dessa vez. Alguém que a gente possa mandar num encontro com o Chance e depois vazar a localização, ou umas fotos, pelo menos.

— Que coisa mais linda, meu empresário virou meu cafetão — murmurou Chance.

— É isso que *empresariar* significa, estrela do rock. E você me paga uma bela bolada pra isso. Mas, relaxa, não tô pedindo pra você dormir com ela. Só sair pra jantar, sorrir pras câmeras e pronto, acabou.

— Quem?

Meu estomago deu um nó. Todo esse lance de namorado podia até ser novo, mas o ciúme era um velho conhecido meu.

Chance franziu os lábios de lado, pensativo.

— E a Clara Shadid? Eu poderia pegar um avião para Los Angeles.

O nó no meu estomago ficou ainda mais apertado, mas Benjamin dispensou a ideia.

— Nada de celebridades. Vamos aproveitar a oportunidade pra fazer você parecer acessível. Uma garota normal, da cidade... alguém que faça os fãs pensarem "essa podia ser eu!".

— Ele abaixou as mãos. — Então, quem vocês têm na manga?

Fosse de mentirinha ou não, eu não queria ninguém além de mim levando Chance para sair. Mas eu sabia o que precisava fazer. Levantei um dedo.

— Eu conheço alguém.

Dezenove

— **Aimeudeus, aimeudeus, aimeu*deus*!** Não acredito que vou ter um encontro com o Chance Kain!

No banco do passageiro, Ridley pulava no lugar como um cachorro agitando as patas. Ela estava com sua roupa favorita, que eu considerava a definição de "se divertiu com a tesoura": uma camiseta rosa e justa do Festival Internacional de Cinema de Seattle com rasgos horizontais que subiam pelas laterais e uma calça jeans muito puída que parecia ter brigado com um aparador de cerca-viva. Ridley tinha feito dois coques no topo da cabeça, como as orelhas do Mickey mouse.

Diminuí a marcha para verificar o mapa.

— Vai com calma, Renata Ingrata. É um encontro de *mentirinha*, lembra?

— Eu sei, eu sei. Não precisa ficar me lembrando toda hora.

Não éramos *tão* babacas assim. Eu avisara logo de início que aquilo não passava de um teatrinho de RP para fazer os fãs pensarem que Chance talvez tivesse uma namorada na cidade. Só deixei de fora o *motivo*. Sendo quem era, Ridley imediatamente encarnara a mercenária e, em troca, pedira que ele promovesse o blog dela e fizera Benjamin incluir a divulgação no acordo de confidencialidade. Foi tudo muito profissional.

Então, sim, ela sabia do esquema. Mas havia uma diferença entre saber e *saber*, e vê-la toda empolgada fez com que eu me sentisse culpado de qualquer jeito.

— Mesmo assim... Mesmo que seja de mentira, continua sendo um encontro. E ele ainda não tá saindo com ninguém, né?

Mantive os olhos na estrada.

— Não que eu saiba.

— Então nunca se sabe, né?

— Ridley...

— Shhh, deixa a gata aqui se iludir. Não vem querer... Ah! É ali!

Dei a volta no quarteirão para estacionar e acabei parando em uma vaga reservada para ônibus.

Zuzu era o mais novo restaurante de Doug Thomas, o chef celebridade que fazia residência em Seattle. O lugar misturava culinária chinesa com tradições do noroeste dos Estados Unidos, e era famosinho daquele jeito que cada pedacinho de brócolis custava tanto quanto um prato completo em outro estabelecimento. O tipo de lugar que o pessoal do ensino médio só vai no dia de baile de formatura.

Ou, pelo visto, num encontro com Chance Kain.

Ridley abriu a porta.

— Valeu pela carona!

— Não precisa agradecer — respondi.

Eu suspeitava que Benjamin não gostaria que eu me envolvesse na história nem para levá-la até o restaurante. Mas o trem não ia para o oeste de Seattle, Ridley não dirigia e eu estava desesperado para sentir que tinha pelo menos um pouquinho da situação sob controle. Parte de mim queria bancar o Agente Teen e pegar uma mesa ao lado só para acompanhar o desenrolar do *date*, mas eu sabia que ser pego ali só colocaria mais lenha na fogueira.

E também não fazia sentido nenhum. Ridley era minha melhor amiga e Chance era meu namorado. A situação toda era um golpe que nós três estávamos dando no resto do mundo, e não algo com que eu deveria me preocupar. O lado racional da minha mente sabia disso. Mas isso não impedia que algo lá no fundo das minhas estranhas rugisse que *eu* deveria estar comendo salmão *lo mein* superfaturado e vivenciando a experiência completa de sair com uma estrela como Chance Kain.

Uma sirene alta me assustou e acabou com meu devaneio. Um ônibus municipal tinha estacionado atrás de mim e o motorista gesticulava, irritado. Pedi desculpas discretamente e engatei a primeira na caminhonete.

Em casa, tentei prestar atenção no filme que meu pai estava vendo, mas não conseguia evitar ficar verificando o celular de trinta em trinta segundos.

O Instagram de Ridley já estava ficando cheio de postagens, bem como o planejado. Fotos de comida, selfies para mostrar o look e, é óbvio, Chance. Meus olhos foram imediatamente para uma dos dois, com ela aninhada debaixo do braço dele de um jeito que podia ser tanto amigável quanto romântico; dependia do que as pessoas queriam ver. A legenda tinha o mesmo efeito:

@RidleyMeThis: jantarzinho com o @ChanceKain. Tô me sentindo a Cinderela, só que com um sapatinho muito melhor.

#saltoaltoehruim #eaboborastambem

De início, eu tinha pensado que eles não iriam querer que a própria Ridley fizesse os posts, afinal, será que não pareceria suspeito se ela postasse selfies com Chance enquanto nós dois evitávamos ser fotografados? Mas Chance só dissera: *Cara, metade da minha vida é posar pra selfie.*

Quanto mais eu encarava a foto, mais difícil ficava me concentrar em qualquer outra coisa. Por fim, sucumbi e mandei uma mensagem para ele:

> **Eu:**
> Tudo certo por aí?

A resposta veio poucos minutos depois.

> **Chance:**
> Tudo! A Ridley é legal pra caramba.
> Você tem bom gosto pra amigos.

Chance conseguiu escolher um elogio que alimentou meu ego e disparou minha ansiedade ao mesmo tempo. Tentei manter o clima leve:

> **Eu:**
> Meu gosto não pode ser assim *tão* bom.
> Olha quem eu tô namorando.

Ele respondeu com um emoji de dedo do meio.

Eu:
Olha, cara, que coisa mais esquisita,
eu tenho um igualzinho aqui pra você.

E adicionei meu próprio emoji de dedo do meio.

Chance:
Gênios pensam igual e coisa e tal.
Cara, toc toc.

Eu:
Quem é?

Emoji de dedo do meio.

Eu:
E ainda dizem que a
comunicação é o segredo pra
um relacionamento saudável.

Do outro lado do sofá, meu pai disse:
— Você tá bem requisitado, hein.
— Ah, desculpa.
Coloquei o telefone no silencioso.
— Algo de importante?
— Não, é que a Ridley tá num encontro.
— Que bom. — Talvez por perceber meu nervosismo, ele
me lançou um olhar curioso. — Você gosta do cara?
— Com certeza.

Eu estava me tornando o rei das meias verdades.

Meu pai só ficou ainda mais investido na história.

— Você queria que fosse você?

— Hein?

Ai, meu deus. Eu era tão transparente assim?

— A Ridley é uma menina bem legal. E bonita, também.

Dei uma risada com um alívio genuíno.

— Pai, eu que *arrumei* esse encontro pra ela.

— Não foi isso que eu perguntei.

Balancei a cabeça.

— Não se preocupa, eu definitivamente não tenho nenhuma quedinha pela Ridley. Só tô interessado em saber como tá sendo o encontro.

— Beleza.

Ele deu de ombros e voltou a assistir o filme.

Tudo aquilo chegava perto demais da verdade para o meu gosto e, sendo bem sincero, mais perto do que eu teria esperado do meu pai adivinhar. Então, assim que ficou menos óbvio, pedi licença e fugi para o quarto.

O Instagram de Ridley continuava firme e forte, e fiquei chocado ao ver o número de curtidas e comentários. Pelo visto, até ser adjacente a Chance nas redes sociais já tinha efeito. A foto mais recente era da mão dela indo até um prato de bolinhas de massa recheadas enquanto, ao fundo, Chance dava de ombros com uma expressão cômica que dizia "Fazer o que, né?".

@RidleyMeThis: ao vivo pegando as bolas deliciosas do **@ChanceKain.**

#foimalgalera #foimalnada

Era uma piada óbvia e infantil, e fiquei muito *mal* por não ser eu quem estava a fazendo. Mandei "de olho nas suas bolas" para Chance e, depois, quando ele não respondeu na mesma hora, escrevi para Ridley também. "tudo certo no encontro fake?" Lutei contra a ânsia de digitar "fake" com todas as letras maiúsculas.

Ridley respondeu primeiro.

Ridley:
MDSSS TUDO DE BOM! Que ele era um gostoso eu já sabia, mas o cara também é inteligente, tipo??? Passamos meia hora comparando Entrevista com o Vampiro e Crepúsculo e falando de como os dois são metáforas pra culpa religiosa e relacionamentos abusivos.

Engraçado. Eu não tinha me tocado antes, mas o conhecimento enciclopédico de Chance a respeito de vampiros era, na real, perfeito para Ridley.

Respondi:

É bem a cara dele mesmo.

Meu celular vibrou.

Ridley:
E além do mais, a minha newsletter acabou de receber, tipo, uns cem inscritos na última hora, e o post dele promovendo nem saiu ainda!

É a melhor noite de todas. Enfim, a
gente vai caminhar pela Alki e ver a
cidade. Até que ele tá se esforçando
pra um encontro "fake"! 😍

Meus dedos coçavam para dizer que eu já sabia. Caminhar pela praia de Alki era só mais uma parte do plano; o jantar daria o tempo necessário para que as postagens de Ridley chegassem aos caça-famosos locais, e Benjamin estava preparado para mandar pistas anônimas caso fosse necessário. Não havia dúvidas de que, durante a caminhada, os dois seriam alvo de diversas fotos espontâneas tiradas tanto por profissionais quanto por amadores, o que faria tudo parecer mais autêntico e cimentaria o rumor.

Mas não respondi. Eu já havia feito todo o possível para impedir que Ridley pensasse que aquilo era um encontro de verdade e, tirando falar a verdade (o que ainda estava fora de cogitação), não tinha mais nada que eu pudesse fazer. Não estávamos fazendo Ridley de otária e ela estava lucrando com o acordo tanto quanto nós. A essa altura, se rolasse alguma mágoa, seria porque Ridley enganara a si mesma. Ela queria saber mais do Chance de mentirinha do que da realidade.

No entanto, mesmo enquanto eu criava justificativas, não dava para evitar a culpa. Não apenas porque eu não queria que minha amiga se magoasse, mas porque parte de mim queria, *sim*. A ideia de mandá-la no encontro havia sido minha, mas não fazia diferença; uma parte terrível minha ainda queria puni-la por estar com meu namorado. Não importava que não fizesse sentido. Eu estava com as costas eriçadas e as garras para fora.

Meu celular vibrou.

Chance:
Desculpa ter te obrigado a
ver minhas bolas na internet.
Caso faça você se sentir melhor,
tava bem frio.

Em seguida os emojis de berinjela e de mão beliscando.

Eu:
Que bom que vocês
conseguiram conversar sobre filmes.
Só não exagera no charme, tá bom?
Não gosto de dividir.

Outra vibração.

Chance:
Hummmm... tá ficando com ciúme, é, Holc?

Passei cinco minutos inteiros ali sentado, tentando pensar em uma resposta à altura. Antes que eu conseguisse, o celular vibrou de novo.

Chance:
Opa, ela voltou. Tenho que ir!

E fiquei sozinho de novo. Eu me deitei na cama com o telefone pesado sobre o peito.

Na verdade, eu não sentia ciúmes da Ridley. Quer dizer, não especificamente. Ela não era diferente dos fotógrafos, dos pais de Chance ou dos fãs aleatórios passando pela rua.

Só mais uma pessoa revindicando-o publicamente de formas que eu não podia.

Ele pertencia mais ao mundo inteiro do que a mim. E seria assim para sempre.

A menos que eu fizesse algo a respeito.

Vinte

Na noite seguinte, depois do trabalho, esperei meu pai se acomodar no banheiro para seu clássico número dois pós-serviço, uma atividade que envolvia muito uso do celular e que me garantia pelo menos quinze minutos de privacidade. Foi quando corri escada acima e peguei a guitarra e o amplificador...

... Só para encontrá-lo procurando alguma coisa no quartinho da bagunça. Ele ergueu o olhar, surpreso.

— Nossa! Vai levar isso pra onde?

— Vou tocar.

Ele revirou os olhos.

— Óbvio, né. Mas com quem?

E, bem ali, estava a conversa que eu tentei evitar. O jeito era chutar o pau da barraca lá para o fundo do poço.

— Então... com o Chance.

Ele paralisou com um rolo de papel higiênico em cada mão.

— Você vai mesmo fazer essa merda?

— Não, você que vai. — Era uma piada fraca, mas não deu para evitar. — Tô pensando em voltar pra Darkhearts.

Uma vez, quando mamãe ainda estava em casa, o irmão dela nos levara para pescar em alto mar em San Juans. As criaturas que puxamos eram alienígenas espinhosos (linguados, peixes-escorpião e garoupas), mas todos ficaram com as bocarras escancaradas e os olhos esbugalhados de forma grotesca com o mesmo pavor. Mais tarde, descobri que era por causa da mudança na pressão: os peixes estavam acostumados com a pressão lá do fundo e, ao puxá-los dezenas de metros para a superfície, explodíamos seus órgãos internos.

Era com essa cara de peixe explodido que meu pai me encarava agora.

— Você quer voltar pra banda. Depois do que fizeram contigo.

Apertei a alça da *case* da guitarra e me obriguei a manter a calma.

— *Eles* não fizeram nada comigo. Fui *eu* que saí da banda. Mas, enfim, isso não importa mais. Essa é a minha chance de acertar as coisas. Pode ser que eu toque em *estádios*, pai. E não em algum dia tão distante. Mês que vem.

— *Mês* que vem? — Meu pai parecia atordoado. — E a escola?

— Quem se importa? O Chance tá estudando na estrada nas turnês. Posso estudar também, fazer um supletivo, sei lá. Além do mais, se eu não tivesse saído da banda pra começo de conversa eu *já* teria saído do colégio.

— Não sei bem o que eu acho disso.

— Desde quando? — Estava ficando cada vez mais difícil manter meu tom de voz sob controle. — Você realmente teria me obrigado a ficar em casa enquanto eles saíam por aí e ficavam famosos? Você sempre disse que tinham roubado minha chance de sucesso. Bom, agora tô pegando essa chance de volta. Pensei que você fosse ficar *feliz.*

Era só uma meia verdade, mas colou. Sua carranca esmaeceu.

— Assim... — Ele se esforçou para encontrar as palavras. — Se é o que você quer... é lógico que eu fico feliz. E você tá certo, é uma grande oportunidade. É só que... não deixa ninguém te pressionar a fazer nada, tá bom? Não se preocupa com o que eu quero, ou com o que os Ng ou qualquer outra pessoa queira. Faça o que for melhor pra *você.*

— Eu vou — prometi.

Essa era a parte fácil.

Ficamos ali nos encarando. Eu segurando a guitarra e ele o papel higiênico.

Meu pai suspirou, então sorriu e meneou a cabeça.

— Você sabe mesmo como inventar moda, cara.

— Eu sei.

Ele se virou para voltar ao banheiro e fez o gesto de rock com as mãos por cima do ombro.

— Vai lá e mostra pra eles, filho.

Na casa de Chance, a sra. Ng abriu a porta e foi aquela velha história de novo, só que agora de trás para a frente.

— Ah! — Ela percebeu a guitarra e o amplificador e seu rosto foi tomado por uma máscara elegante e amigável. — Oi, David. O Chance não me contou que vocês iam tocar.

— Espero que não seja um incômodo. — Eu não faria o ensaio lá em casa de jeito nenhum. — A gente não vai até muito tarde.

— Claro.

Seus olhos não deixavam nada passar despercebido. Será que ela via coisas que nem eu mesmo percebia?

— E aí, cara. — Ele estava no topo da escada curva, vestindo um moletom preto sem mangas com rasgos compridos e artísticos. — Vem cá.

Com muita boa vontade, carreguei o fardo de mais de vinte quilos que era meu amplificador da Marshall escada acima.

— Foi tudo de acordo com o plano ontem à noite?

— Sim. Foi bem divertido, na real. — Ele deu um sorrisão. — Mas a Ridley me convidou pra festa dela no fim do verão.

— Convidou, é? — Segui-o por um corredor. — Tá pensando em ir?

Eu não sabia qual resposta gostaria de ouvir.

— E passar a noite inteira sendo exibido que nem uma aberração de circo? Deixa pra próxima. — Ele se virou para abrir uma das portas.

Havia um quarto lá dentro. Eu diria que era o quarto de Chance, mas, na verdade, não era. Tinha coisas dele ali (um closet abarrotado de roupas, uma escrivaninha com um notebook e alguns prêmios na soleira da janela), mas nada com a cara *dele*. O quarto de Ridley podia até ser quase ridículo de tão organizado, mas pelo menos expressava uma parte dela. O antigo quarto de Chance era cheio de pôsteres nas paredes, réplicas de espadas e pilhas de livros de terror; um santuário à entidade Chance. Esse lugar era completamente genérico.

Ele comprara essa casa maravilhosa, e mesmo assim vivia como se pudesse fazer as malas e vazar em trinta segundos. Talvez fosse o que a vida em turnê fazia com as pessoas: transformava-as em hóspedes dentro de suas próprias casas. Era insuportável de tão triste.

— Desculpa se a minha mãe foi esquisita. Eu não sabia direito como...

Meu beijo foi meio que um atropelamento que o empurrou contra a parede com um baque. Eu pressionei meu corpo contra Chance, o espremi contra o drywall, agarrei suas mãos e fui sentindo seu corpo através da barreira tênue das nossas roupas.

Depois de certo tempo, puxei meu rosto para trás, ofegante.

— Oi.

— Oi. — Com um sorriso bobo, ele estava respirando fundo também. — Holc esmaga!

— Por mim, tudo bem.

E voltei com tudo.

Havia alguma coisa em beijá-lo com suas costas contra a parede, na forma em que a posição forçava o contato um com o outro de jeitos que beijos normais não faziam. Eu não costumava me sentir poderoso. Mas com Chance preso contra mim e gemendo suavemente na minha boca, eu me senti ao mesmo tempo no comando e cem por cento fora de controle.

As mãos de Chance escorregaram para dentro da minha camisa, mas consegui focar (mesmo que por um fio) no motivo que me levara até ali, e recuei para onde ele não conseguia me alcançar.

— Nananinanão. Por enquanto é isso. Primeiro os negócios e depois, o prazer.

— Meu deus, seu desgraçado.

Mas Chance deu um sorrisão.

— Só pra te lembrar do que tá em jogo aqui.

Lembrar a mim mesmo, inclusive. Tudo o que eu queria era arrancar as roupas dele, mas nosso prazo era curto. Se desse certo, haveria tempo mais do que suficiente para oportunidades de rala-e-rola no futuro.

E, se não desse, talvez não houvesse nenhuma.

Tirei a guitarra da *case*, pluguei-a e me sentei em cima do amplificador. Chance se acomodou de pernas cruzadas na cama. Encaramos um ao outro.

— Então — disse ele.

— Pois é.

Passei os dedos pela guitarra.

— Que estranho fazer isso sem o Eli.

— Pois é. — E não era só porque ele não estava ali. Eli sempre fora o líder, a pessoa que comandava o lado musical do show. Eu até escrevia certas partes, mas era Eli quem costurava tudo. — Quer tocar alguma coisa pra aquecer?

Chance deu de ombros.

— Claro.

Eu ainda não estava exatamente pronto para tocar as antigas da Darkhearts, então passamos alguns covers, coisas lá dos primeiros dias da banda. "Just Like Heaven", do The Cure, "Heroes", do Bowie... Mesmo sentado todo curvado, Chance tinha uma voz mais poderosa do que eu lembrava, mais opulenta e suave. Ele ia e vinha com as batidas e, sempre que nossos olhares se encontravam, eu lutava para não me atrapalhar com os acordes.

Depois de um tempo, porém, não dava mais para ficar postergando. Peguei o celular, abri um aplicativo de gravação para que não esquecêssemos de nada que inventássemos e coloquei o aparelho no chão.

— Como você quer fazer? — perguntou Chance.

Dei de ombros.

— Acho que vou só... tocar umas paradas? E aí você me diz se alguma coisa mexer com você, pode ser?

— Pode. — Ele parecia desconfortável. — E tudo bem se não der certo, né? É que, assim, faz muito tempo.

De jeito nenhum ficaria *tudo bem*, mas dizer isso não ajudaria em nada.

— Claro.

Chance suspirou e estalou o pescoço.

— Então beleza. Vai lá.

Eu tinha alguns riffs e progressões diferentes com que andava brincando, mas deduzi que seria melhor ir direito ao ponto. Toquei o que me dava mais confiança e fui sentindo os acordes vibrarem na caixa de som debaixo de mim.

Quando terminei, ele inclinou a cabeça.

— Isso aí é "Filhos da Meia noite".

Meu estomago deu um nó.

— Que? Não é, não.

— Claro que é. Você só tá usando um tom diferente. — Chance gesticulou. — Vai, de novo.

Toquei outra vez.

Dessa vez, ele cantou junto:

Eu quero voar
Como um morcego vampiro
Não quero morrer
Somos muito bonitos para isso...

Merda. É claro que tinha soado tão perfeito na minha cabeça.

— Mas ainda é diferente — arrisquei. — Bandas reaproveitam progressões o tempo todo...

— Cara. — Chance me encarou. — Foi o nosso terceiro single. Você acha mesmo que ninguém vai notar?

— Tá bom, tá bom. — Forcei um sorriso. — Pelo menos a gente sabe que tá escrevendo hits, né? — De repente, fiquei hesitante por dentro. — Aqui, vê essa.

Toquei outra. Uma mistura de riffs e acordes mais punk com um padrão de palhetada mais complicado do que minhas mãos enferrujadas estavam prontas para encarar. Eu fazia careta toda vez que errava uma corda. Terminei e olhei para Chance. Sua expressão estava completamente neutra (era a Expressão Julgadora dele). Na mesma hora, me lembrei de dezenas de versões diferentes deste mesmo momento, de quando eu ficava sentado no sofá de Eli observando os dois se prepararem para descartar minhas ideias.

— É um pouco repetitivo — opinou Chance. — E provavelmente um pouco punk demais pro que a gente tá fazendo.

No porão do meu coração, o velho monstro da raiva abriu a porta só um tiquinho e espiou o lado de fora.

Chutei a porta para fechá-la de novo. *Foco.*

— Pois é, verdade, eu tava pensando a mesma coisa agora.

Toquei outra. Uma sequência doce e triste, com as cordas mais abertas. Como não queria ficar vendo Chance no modo robótico, encarei a parede. Ele era tão tranquilo com os fãs ou em entrevistas… por que não podia usar um pouco daquele verniz comigo? Mas sempre fora desse jeito: assim que a música era o assunto, ele parava de brincadeira e os sentimentos dos outros que fossem para o inferno.

Cheguei ao fim e, cheio de expectativa, ergui o olhar.

— É bonito — admitiu Chance, devagar. — Mas meio genérico. E um pouco clichê.

A raiva que fervia em mim transbordou.

— E daí? Genérico significa que é universal. Se é clichê, então funciona.

— Clichê significa *esquecível*. — Seu rosto estava pétreo. — O povo da gravadora já ouviu de tudo. Ser bom não é o suficiente, a gente precisa de algo original. — Ele olhou para longe. — Além disso, não parece coisa da Darkhearts.

Chance tinha razão (era provavelmente *soft rock* demais), mas meu orgulho não me permitia admitir e deixar para lá.

— Pensei que quem decidia a sonoridade da Darkhearts era *a gente*.

— Bom, não mais. — Ele fechou as pálpebras e esfregou um dos olhos. — Talvez isso tenha sido uma má ideia.

Você já passou por um momento em que dava para *sentir* uma oportunidade escorrendo pelas mãos? Na minha cabeça, Chance recuou como se estivesse na popa de um navio, me deixando para trás no píer. A minha raiva virou medo.

Não. *Não vou estragar isso outra vez.* Estiquei a mão e toquei-o no joelho.

— Desculpa. — Tentei parecer arrependido. — É força do hábito. Vamos tentar só mais um pouquinho, pode ser?

Ele analisou meu rosto, então assentiu.

— Pode.

Soltei o ar que eu não sabia que estava segurando.

— Que bom.

Era um adiamento da execução. O alívio amoleceu meus braços, mas, ainda assim, eu tinha tão poucos riffs restantes a oferecer que estava ficando perigoso. Dava para sentir as palmas das minhas mãos suando contra o pescoço da guitarra e o toque áspero e desconhecido das cordas nos meus dedos.

Ainda restava uma ideia. A menos completa. Alguns poucos acordes, na verdade. Um lance meio em dó, mas com uma raiz que ia para lá e para cá. Eu não sabia muito de teoria musical, mas soava temperamental. Incluí um padrão dedilhado percussivo que era quase como tapas nas cordas, e deixava as batidas subirem e descerem como o ritmo dos trens da cidade.

Vi quando bateu. Mesmo que discretamente, o corpo inteiro de Chance se contraiu. Ele fechou os olhos, sentindo.

— Continua.

Isso! Segui a progressão enquanto o observava se embalar inconscientemente no ritmo. Um instante depois, porém, ele franziu o cenho.

— O terceiro acorde tá errado.

Minha frustração voltou.

— Não tem como estar *errado*. Acabei de escrever.

Chance abriu só um pouco os olhos, formando fendas.

— Beleza. Não é que tá *errado*, só não *funciona*. Tenta outra coisa.

— Tipo o quê?

Ele jogou as mãos para o alto.

— Sei lá! O guitarrista é você. Tenta alguma coisa diferente.

Eu quis discutir, mas não tinha esquecido do que estava em jogo. Engoli o orgulho e, quase aleatoriamente, comecei a inserir acordes naquele último espaço.

Nada parecia bom. Dava para ver a empolgação de Chance sumindo.

Desesperado, cortei o terceiro acorde de uma vez. Ficaram só dois, que se alternavam entre um e o outro. Era tão básico que chegava a ser idiota.

E, simples assim, a empolgação dele voltou. Chance abriu os olhos depressa e assentiu com vigor enquanto rodava um dedo. *Continua.* Depois, fechou os olhos outra vez e começou a cantar.

Eram sílabas sem sentido, sem nexo. Mas era assim que Chance funcionava. Primeiro vinha o sentimento. Ele cantava coisas que não eram nem palavras, mas de um jeito que a gente sentia nos ossos, com notas que subiam das profundezas dele e flutuavam, lisas como óleo sobre as ondas do ritmo.

A combinação da minha guitarra com a voz de Chance fez minhas pernas, mãos e entranhas zunirem.

Como eu tinha me esquecido daquele sentimento? E tinha esquecido, mesmo. Eu havia dito a mim mesmo que não precisava daquilo e virado as costas. Mas, estando ali outra vez, tudo ficou tão claro. A voz dele, que tocava meus nervos como o arco de um violino. Nós dois, virando parte da mesma casta criatura, respirando em um só ritmo, gloriosos e terríveis em nossa melancolia.

De repente, errar uma nota parecia impossível. Aumentei o volume e fui com tudo num triunfante acorde maior.

— *Isso!*

Chance pulou para fora da cama enquanto eu deslizava escala abaixo pelos acordes de um refrão improvisado. Estava voando sem amarras, descobrindo cada nota conforme meus dedos as tocavam, mas, em nossa perfeição, éramos intocáveis. Saí do novo refrão e voltei ao que agora eu sabia ser o verso enquanto Chance vasculhava a maleta de seu notebook e pegava um caderninho de couro e uma caneta. Ele começou a rabiscar furiosamente.

Eu apenas continuei ali, tocando e alternando entre as duas partes ao passo que ele murmurava versos entre um fôlego e outro. Em determinado momento, acrescentei uma linha melódica ascendente entre os dois como uma estrutura pré-refrão, e Chance apontou a caneta para mim com tanto afinco que teria me arrancado um olho se eu estivesse uns trinta centímetros mais perto.

— *É isso aí* — ordenou ele. — Faz essa!

Devo ter ficado tocando a mesma coisa por uma meia hora até eu começar a ter câimbra nos dedos e precisar de uma pausa. Chance olhou para mim como um sonâmbulo que fora sacudido até acordar e deu um sorriso atordoado.

— Acho que temos alguma coisa.

— Sério…?

Eu também sabia que sim, mas queria ouvi-lo repetir.

— Sério. — Ele riu e deu um tapa da cama. — Puta que *pariu!* Ficou bom demais!

— Não vem pagar de surpreso, não. — Mas eu estava rindo também. A sensação era boa demais para não rir. — Já dá quase pra ouvir a bateria no verso também. Algo tipo *tum--tum*-TSS, *tan-tum-tum*-TSS.

— Tum-tum-TSS, é?

Chance me encarou com um olhar brincalhão e desacreditado.

— Ah, cala a boca. Você entendeu. — Apontei para o caderno com o queixo. — Fez a letra?

Ele ficou tímido e curvou as mãos de um jeito protetivo ao redor do livrinho.

— Um começo, sim.

Chance hesitou, bufou e se levantou.

— Beleza. — Gesticulou para que eu tocasse. — Repete algumas vezes até eu entrar, depois toca quatro vezes quando eu começar antes de seguir pro pré-refrão.

— Beleza.

Comecei.

Ele assentiu e, já sem olhar para mim, foi revezando entre checar o caderno e encarar um público invisível. Então, começou a cantar.

DARKHEARTS: A MELODIA DO CORAÇÃO **279**

Eu reconheço,
nada mais vai ser o mesmo
E nossas mãos estão atadas
por escolhas passadas

Mas você
não quer pôr tudo a perder
E não sei,
Tenho medo da gente ver . . .

Um pressentimento começou a se formar enquanto seguíamos para o pré-refrão.

. . . que as luzes, e os sons,
e os amigos na memória,
são uma vida que passou,
que já virou história.

Ele tá cantando sobre a gente. Senti um aperto no estômago conforme a música ia se construindo. Ali estava eu, tentando nos dar uma segunda chance, enquanto ele dizia que nossas escolhas eram permanentes, e que não havia segundas chances. Eu não sabia se queria chorar ou gritar.

Então, quando chegamos ao refrão, Chance se virou e me encarou bem nos olhos.

Mas aí você voltou
E eu não vou mais dar mais pra trás
Ainda lembro o que falamos,
por isso o silêncio nos planos:
você voltou de longe

Quê? Ele sorriu de um jeito hesitante para mim, e eu senti um sorriso enorme, atrapalhado e bobão se espalhando pelo meu rosto. Repetimos o refrão pela segunda vez e demos o maior sorrisão um para o outro quando Chance mudou os últimos versos:

Ainda lembro o que falamos,
mas até o fim tentamos
então vamos voltar de longe

Entrei no segundo verso, mas ele deixou os braços caírem e segurou o caderno de forma frouxa na ponta dos dedos.

— É o que tenho até agora.

— É maravilhoso — falei, com sinceridade. — É *tudo* maravilhoso. *Você* é maravilhoso.

Chance ficou vermelho, e tudo o que pude fazer foi soltar a guitarra de lado e atacá-lo.

Ele tinha escrito uma canção de amor para mim. Talvez não a *mais feliz* do mundo, mas isso só a tornava ainda melhor. Era uma canção romântica honesta. Tínhamos uma história, uma trajetória que era triste, atravessada por raiva e complicações. Mas eu estava de volta, e ele não daria para trás. Estava do meu lado.

— É boa — disse ele, e eu não sabia se era a respeito da música ou de algo maior. — Mas será que é suficiente?

— Tem que ser. — Coloquei a guitarra sobre o carpete. — Qual é a data mais próxima que você acha que consegue marcar pra gente apresentar pra sua gravadora?

Chance parecia assustado.

— Já?

— A gente não tem muito tempo, sabe. Eles já devem estar contratando sua banda de apoio neste exato momento.

Ele franziu o cenho.

— Vou tentar.

— Só tentar não é o suficiente. — Levantei, fui para mais perto e peguei suas mãos. — É hora de bancar o Yoda, cara. Isso pode mudar tudo.

Chance olhou para longe.

— Eu sei.

— Ei. — Adentrei o campo de visão dele. — Você consegue. — Apertei suas mãos. — A *gente* consegue. Juntos.

Ele procurou meus olhos e, aos poucos, sorriu.

— Juntos.

Me inclinei para a frente e beijei-o enquanto minhas mãos se moviam pelo seu braço. Depois da mais breve das hesitações, Chance me beijou de volta. Senti a tensão fluir para fora dele.

Depois de um minuto, ele se afastou e, sem pestanejar, se moveu até o notebook.

— Beleza — disse, com uma nova onda de determinação. — Vamos achar uma base de bateria que funcione, pelo menos pra fazer a demo.

— Você acha que precisamos?

As batidas sempre haviam sido território de Eli, e, sendo bem sincero, softwares de gravação me deixavam um pouco apavorado.

— A não ser que você prefira fazer beatbox. — Chance me encarou. — Acho que "tum-tum-tss" não vai dar muito certo.

Levei a mão ao peito.

— Que história é essa? O povo adora o meu tum-tum!

Ele bufou, mas não conseguiu manter a expressão séria. Se sentou na cadeira em frente ao computador e eu me acomodei sem cerimônia em seu colo.

— Ai! Você tá me esmagando!

— E você adora.

Dei uma reboladinha.

— Minha mãe pode entrar!

— Sua mãe também adora. — Eu estava desorientado e abobalhado, alterado pela emoção da criação. — Todo mundo adora minha bunda majestosa e masculina.

— Cara, *levanta*. — Ele me empurrou para fora, deixou a cadeira para mim e se sentou no meu colo depois. — Vamos pelo menos empilhar por tamanho.

— Por mim, tudo bem. — Envolvi sua cintura com as mãos com tanta naturalidade que parecia até que sempre nos sentávamos desse jeito. O peso de Chance era inebriante. Me inclinei para a frente e inalei seu aroma enquanto ele abria o site do Garage-Band.

— Beleza, fala pra parar quando aparecer uma que você goste.

— Para. — Falei, e mordi seu ombro. — Gostei.

— Idiota. — Chance esticou o braço para trás e, rindo, empurrou minha testa. — Foco.

— Tá bom, beleza. Foco. — Me controlei. — Vamos lá. Só que eu preciso saber uma coisa primeiro.

— O que?

Passei a mão para dentro do cós da calça jeans dele, me aproximei e, com os lábios contra sua orelha, sussurrei:

— *Gatinho, tá falando mal do meu tum-tum por quê?*

Vinte e um

Apesar de nosso sucesso inicial, qualquer oportunidade de continuar trabalhando na música foi interrompida no dia seguinte pela sra. Ng, que anunciou que todos eles fariam uma viagem surpresa até a Ilha das Orcas para aproveitar um Momento em Família.

A ideia de passar cinco dias sem vê-lo me doía fisicamente, ainda mais levando nossa linha do tempo em consideração. Mas tudo o que eu podia fazer era levar numa boa.

Chance estava menos otimista.

"Ela colocou todo mundo numa cabana com um quarto só", escreveu ele. "Tenho quase certeza de que é uma violação das Convenções de Genebra."

"Aguenta firme", respondi. "não deixa isso acabar com você."

Chance:
Obrigado meu deus pela invenção
do telefone celular. Vou precisar que
você me mande mensagem o

tempo inteiro, blz? Pra me lembrar
de como é a vida aí fora.

Apesar da decepção, senti um quentinho no coração.

Eu:
Não se preocupe, soldado.
Não esqueceremos seu sacrifício.

E ficou por isso mesmo, até a metade do dia no dia seguinte. Eu estava trabalhando, arrancando pregos de vigas antigas quando, do nada, meu celular vibrou com uma sequência de emojis de sirene.

Chance:
ALERTA VERMELHO!
ISSO NÃO É UM TREINAMENTO!
TEMOS UM PROBLEMA.

Tirei as luvas pesadas de couro do trabalho e respondi.

Eu:
O que rolou?

Chance:
A minha mãe acabou de declarar
que a ilha vai ser uma
Área Livre de Telefones.

Eu:
Q U E

Chance:
Tô mandando essa mensagem do
terminal da balsa. Vai ser a última antes do
Grande Silêncio.

Eu:
Cara, não dá pra só dar uma
escapadinha e usar?

Chance:
Não seria nada bom.
Assim que a gente embarcar,
a Reverenda Mãe vai trancar todos
os telefones no porta-luvas.
Inclusive o dela.

Se havia uma palavra para descrever a sra. Ng, era justa.
E determinada.

Chance:
Sério, não sei se eu consigo
cagar sem o celular.

Eu:
Isso é um problemão!

Chance:
Parece tão estressante. Ficar sentado
lá em silêncio, sem mais nada
pra pensar a não ser no fato de que
eu tô soltando um barro

"pois é. o cocô tá saindo agora.
vai ser dos grandes."
plaft

Eu:
Vou precisar que você pare
de descrever esse tipo de cena específica.
Falando nisso, e as fotos? Ela não quer fotos
da Operação Diversão em Família?
Como é que você vai postar fotos suas
sendo carregado por caranguejos, ou
qualquer coisa assim? E se vocês virem o
Pé Grande?

Chance:
Ela acabou de distribuir câmeras
descartáveis.
Nossas opções de diversão são
jogos de tabuleiro, ler livros físicos
e ficar um olhando pro outro.
Ou gritando pro vazio do oceano.
Tenho quase certeza que
isso é permitido.

Eu:
Eeeeeeita.

Chance:
Mas é isso aí. Câmeras descartáveis.
Pelo visto, só vir pra uma ilha não
era suficiente. A gente também tem

que voltar pra 1995.

ZERO VONTADE DE EXPERIMENTAR AS ERAS DAS SOMBRAS.

Eu:

A Terra Antes dos Memes.

Chance:

Nada de mensagens. Nada de Reddit
Nada de Instagram. NADA DE PORNÔ.

A HUMANIDADE NÃO FOI FEITA PRA VIVER ASSIM.

Eu:

Tá, verdade, mas você vai ficar
numa cabana de um quarto só, não é?
Ia mesmo dar pra bater umazinha
sabendo que a sua família inteira
tá logo ali do outro lado da
porta do banheiro?

Chance:

Não sei. MAS JURO POR DEUS, CARA,
EU PODERIA TENTAR.

Eu:

Quanta resiliência. Um triunfo
pro espírito.

Chance:

Eu tava contando contigo pra
me manter são enquanto fico observando
as algas crescerem.

> **Eu:**
> Vou te arranjar uma equipe de resgate.

Chance:
Bem que eu queria. Na real, acho que
até o meu pai tá meio assustado com esse
lance do celular, mas a Madre Superiora
não será desobedecida. A balsa chegou.
Tenho que ir.

> **Eu:**
> Boa sorte, soldado.

Chance:
Se eu não voltar, conta pra todo
mundo que eu morri do mesmo jeito
que vivi: EXTREMAMENTE GOSTOSO.

> **Eu:**
> E humilde.

Chance:
Com certeza.
Tá, tenho que ir de verdade.
Minha mãe tá me olhando
Daquele Jeito.

E ficou por isso mesmo. Pelos cinco dias seguintes, não recebi nem um emoji sequer.

Era estranho: não nos falamos por dois anos, e de repente alguns dias sem Chance faziam parecer que eu havia perdido o celular; ficava sempre buscando inconscientemente por algo que não estava lá.

Quando não estava tocando guitarra, passei o máximo de tempo possível com Ridley, vendo filmes antigos estranhos ou ajudando nos preparativos da festa secreta, que vinha com tudo. Eu dei carona para ela até o apartamento do irmão dela, onde pegamos as bebidas e as escondemos embaixo da varanda, onde agora havia álcool barato escondido em sacos de terra fértil o suficiente para um bacanal romano. Ainda assim, para onde quer que eu fosse, meu celular silencioso incomodava como o espaço vazio de um dente perdido.

Eu estava na oficina, trabalhando na minha fantasia para a festa, quando o telefone finalmente apitou. Fui em direção à bancada de trabalho onde o tinha deixado.

Chance:
Olá, internet.

Eu:
VOCÊ VOLTOU!

Chance:
Voltei? Como faço pra ter certeza?
EM QUE ANO NÓS ESTAMOS?

Eu:
Todo mundo conseguiu sobreviver
ao Octógono da Família Ng?

Chance:
Por um triz. Felizmente tinha um

aparelho de DVD na cabana. Até a minha
mãe tava tendo uma overdose de união
familiar no final. A gente acabou de sair
da balsa. Estou na estrada de volta pra
casa agora. O carro tá num silêncio bizarro
a não ser pelas notificações.

Eu:
Olha, espero que você esteja descansado,
porque vou te levar pra sair hoje à noite.

Chance:
Hoje? A gente só vai chegar
tipo umas dez horas.

Eu:
E...?

Chance:
Noooooooooosa. Não sei se meus pais
vão gostar que eu saia tão tarde. :/

Eu:
O nome é "dar uma fugidinha",
parceiro. Ouvi falar que é bem comum
entre Os Adolescentes.

Chance:
Olha ele!
David Holcomb: rebelde.
Gostei.

DARKHEARTS: A MELODIA DO CORAÇÃO 291

Eu:

E vai gostar ainda mais quando
vir o que eu planejei pra gente. ☺

Chance:

:-O

Tá falando putaria, né?

Você tá mesmo me mandando sacanagem
por mensagem agora?

Eu:

Só me avisa quando você chegar.

Duas horas depois, encostei na frente da casa de Chance. Ele veio correndo de trás dos arbustos, todo de preto (pra variar) e cobrindo a cabeça com um capuz. Com os vidros fechados, dava para ouvi-lo assoviando a vinheta de *Missão Impossível*.

— Eita, como é discreto — falei.

— Eu sou a noite. — E se atirou para dentro da caminhonete antes de fechar a porta. — O pacote tá seguro! Vai vai vai!

— O pacote tá seguro? Quem é tá falando sacanagem agora?

Ele se inclinou e me deu um beijão enquanto levava a mão até meu cabelo.

— Sentiu saudade?

— Que nada.

Chance cerrou o punho e puxou meu couro cabeludo com um prazer que chegava quase a ser dor.

— Admite. — Ele deslizou a bochecha pela minha e respirou bem no meu ouvido. — Eu sou um verme de orelha, Holc. Não importa o quanto te irrite, você nunca vai conseguir me tirar da cabeça.

Não era mentira. Me virei para demonstrar isso.

Faróis golpearam o vidro traseiro do carro e nos iluminaram quando um vizinho encostou para estacionar algumas vagas atrás de nós. Chance recuou com um sorriso triste e apontou em direção à rua com a cabeça.

Engatei a marcha.

— Como foi nas Orcas?

— Propaganda falsa. Não tinha nem um único demônio.

— Do que você tá falando?

Olhei para onde ele havia se recostado contra a janela.

— Se é pra chamar uma ilha de "Orcus", eu espero pelo menos ver o Príncipe Demônio dos Mortos-vivos.

Peguei a referência.

— Você por acaso acabou de fazer uma piadinha de *Dungeons & Dragons*?

Aquele sorriso dele de Gato da Alice se alargou.

— Foi mal. Vê se não fica *mago*-ado.

— Meu deus do céu. Como é possível você ser tão nerd?

— É um hábito *ogro*-roso, eu sei.

— Eu vou parar o carro.

— Que seja, você ama minhas piadinhas. É *duende* por elas.

— Se prepara pra sair.

Chance, enfim, ficou em silêncio, e arrisquei dar outra olhadinha na direção dele.

— Tá tentando pensar em mais, né?

— Sendo bem sincero, acho que não consigo. Faz tanto tempo.

Ficamos os dois em silêncio por um instante, pensando em Eli. Meu pai comprou um kit para iniciantes de D&D depois de eu ter visto em *Stranger Things,* e a gente tinha passado dois verões inteiros jogando antes da banda tomar conta da nossa amizade. Eli, naturalmente, era o nosso Mestre.

Mas nossa noite não tinha nada a ver com Eli. Mandei esses pensamentos para longe. As lembranças, porém, tinham, *sim*, trazido à tona uma pergunta que eu precisava fazer:

— Você conseguiu falar com a gravadora? Sobre a audição? O bom humor de Chance sumiu.

— Ainda não. Nada de celular, lembra?

— Eu sei, só achei que tivesse dado antes de você viajar. Ou durante a volta pra casa, sei lá.

Ele deu de os ombros.

— Eu disse que vou falar com eles, tá bom?

— Eu sei. — Estiquei a mão e agarrei sua coxa. — Desculpa… chega de coisas sobre a banda. Hoje a noite é só pra nós dois. — Apertei. — Então, de volta a pergunta original: a vida na ilha, vale a pena ou não?

Chance relaxou um pouco.

— Ah, tranquilo. Cutuquei um monte de anêmonas. Joguei Código Secreto tipo um milhão de vezes. Comi. Comi quase o tempo todo, na real. Já que durante a turnê meu pai não pode cozinhar, ele extravasou. Foi pato curado, *tangbao*, peixe esquilo…

— Peixe *esquilo?*

— É só peixe frito, mas em formato de esquilo. Tipo uma versão frutos do mar daquelas cebolas em flor.

— Nossa.

Tentei imaginar o prato e fracassei.

— Pois é, então essa parte não foi ruim. E foi bom ter um tempinho pra ficar só relaxando com minha mãe e a Livi. — Seu tom de voz ficou irritado. — Mas, ainda no tema Férias das Antigas, a minha mãe decidiu no meio da viagem que a gente devia alugar bicicletas.

— Que... legal?

Ele claramente queria chegar em algum lugar com aquele papo, mas eu não tinha certeza de onde.

— Talvez você tenha percebido minha inclinação para calças jeans apertadinhas. Tem noção do que essas calças fazem com a anatomia de alguém numa bicicleta?

— Aaaah. — Me encolhi. — Que as suas bolas descansem em paz. Vou rezar por elas.

— Foi feio, cara. Eu não tinha levado bermuda nenhuma, porque eu ia tirar umas férias da academia, e porque eu me recuso a ser menos sexy do que o absolutamente necessário. Até daria pra você achar que pararia por aí, mas minha mãe ditadora teve uma solução.

— Ah, não.

— Ah, sim. Passei as férias inteiras vestindo bermudas da loja de lembrancinhas É a Minha Praia.

— Ah, *não*.

— Bermudas de *sarja*. Com estampa de baleia.

Eu estava rindo tanto que mal conseguia manter a caminhonete na estrada.

— Você pode até tá pensando que parece um desastre fashion, mas calma aí... ainda tinha "hora da ilha, mano" estampado na bunda. Porque, aparentemente, todas as ilhas são a Jamaica. Ou talvez todas as baleias sejam jamaicanas? As bermudas não chegavam a ser tão específicas.

— Meu deus! Para com isso antes que eu acabe matando nós dois! — Respirei com dificuldade e agarrei o volante com firmeza. — Inclusive, você é obrigado a vestir essa bermuda no nosso próximo encontro.

— Vai sonhando.

— Vou, mesmo. Se a gente bater o carro agora, vou ligar pra uma daquelas ONGs e dizer que é isso que eu quero.

— Lamento, mas essas bermudas já tão no fundo de uma lixeira do terminal de balsa. O que acontece na ilha fica na ilha.

Entramos na ponte I-90 e atravessamos a planície escura do lago Washington outra vez. Chance arqueou uma sobrancelha.

— A gente vai atravessar a montanha de novo?

— Não.

Ele olhou para mim do outro lado da cabine.

— Vai me dizer pra onde estamos indo?

— Não.

— Que misterioso. Nossa. — E olhou para as luzes que passavam piscando do outro lado da janela. — Parece que a gente sempre tá junto de noite.

A afirmação me atingiu no fundo do peito. Era verdade; podíamos até sair durante o dia, mas ficar *juntos* era outra história. Nosso romance era definitivamente noturno. De repente, dei por mim, estava mais uma vez ansiando pela simplicidade do encontro de mentira que ele tivera com Ridley. Pela chance de a gente ser o que quer que fosse sem se preocupar com quem pudesse estar olhando.

Mas o que eu disse foi:

— É o que eu ganho por decidir namorar um vampiro, né?

Chance deu uma risada educada.

— Acho que sim. — Ele recostou a cabeça contra o vidro. — É idiota? Todo esse lance de vampiro?

Consegui perceber uma outra pergunta nas entrelinhas, mas não o bastante para entender o que ele queria saber.

— Funcionou pra você até agora — arrisquei dizer.

— Pode ser. — Chance bateu com o nó de um dedo na janela. — É esquisito continuar tentando ser como eu me imaginava com doze anos. Acho que às vezes a gente vira nossos próprios personagens sem nem se dar conta.

— Como assim?

Ele meneou a cabeça, em busca das palavras.

— Tipo, às vezes eu me *sinto* como um vampiro. Passo o dia inteiro trancado em algum lugar, só pra sair à noite e me alimentar da multidão. Da energia do público.

— O que é legal pra caramba...?

— Acho que sim.

Mas Chance não parecia nada convencido.

Eu não era idiota. Dava para notar que ele era solitário. Mas isso era parte da razão de eu entrar na banda, não era? Para que pudéssemos ser vampiros juntos.

De qualquer forma, essa noite não era para ninguém ficar introspectivo. Dei um tapa em sua perna.

— Se anima aí, Drácula. A noite de hoje é zona proibida pra desgraça. Meu amigo Louis Armstrong, tá bom? Que nem nos velhos tempos.

— Louis Armstrong — ele repetiu.

— Não me convenceu. Mais alto!

Chance deu um sorrisinho sarcástico para meu discurso motivacional meia boca, mas gentilmente falou um pouco mais alto:

— Louis Armstrong!

Abaixei os vidros e o ar veio rugindo janela adentro e bagunçando nosso cabelo. Coloquei a mão em concha ao redor da orelha.

— Desculpa, o que você disse?

DARKHEARTS: A MELODIA DO CORAÇÃO 297

Ele colocou a parte de cima inteira do corpo para fora, abriu os braços para pegar o vento e gritamos juntos:

— *Louis Armstrong!*

Pouco depois, atravessei os portões destrancados do Parque Estadual Lake Sammamish. Nos subúrbios norte-americanos, não havia nenhuma daquelas pessoas que passeavam com cachorros à noite ou dormiam em carros, apenas mil vagas vazias no estacionamento iluminadas por postes altos e o reflexo reluzente do lago à distância. Encontrei um lugar para o carro longe dos poucos outros veículos ali e desliguei o motor. O silêncio repentino era ensurdecedor.

— Outro parque?

— Da última vez, funcionou. — Soltei o cinto e me virei para ele. — Mas a gente não veio por causa do parque. Eu só precisava de um lugar grande sem ninguém por perto.

— Ah, é? — Chance tentou bancar o tranquilão, mas a calma súbita era praticamente um outdoor de sua empolgação. Sob a luz amarelada da rua, seu rosto estava alaranjado e preto. — E por quê?

Me inclinei sobre o console, apoiei as mãos em sua coxa e restaram poucos centímetros entre nossos rostos. Com a voz baixinha, expliquei:

— Porque vou te dar uma coisa que nenhum dos seus amigos ricaços de Hollywood já deu antes.

Os olhos de Chance se arregalaram como os de um personagem de desenho animado. Ele abriu os lábios, prestes a falar algo, e nada saiu.

Esse garoto. Amado por milhões, uma fantasia em carne e osso, e sem palavras diante do que eu poderia fazer com ele num estacionamento vazio. A incongruência só deixava tudo mais sexy. Deixei-o saborear aquela expectativa, beber o suspense. Então explodi de tanto rir e recostei de volta contra minha própria porta.

— Pensa com a cabeça de cima, galã.

Ele piscou.

— Quê?

A única coisa melhor do que beijar Chance Kain era deixá-lo esperando. Observá-lo me desejar.

Puxei as chaves e joguei-as em seu peito.

— Aulas de direção. Vou te ensinar a manusear um outro tipo de marcha.

Pela expressão dele, parecia que eu tinha acabado de batê-lo na cabeça com um bastão, mas sua expressão se iluminou.

— Pera aí… é sério?

Abri a porta.

— Vem descobrir.

Chance saiu correndo do seu lado da caminhonete e trocamos de lugar. No banco do motorista, ficou respirando fundo enquanto segurava o volante.

— Vai, liga — falei. — Você vai precisar pisar na embreagem, que é o pedal da esquerda. Deixa o pé direito no freio.

Ele virou a chave meio incerto, e o carro ressoou de volta à vida.

— Beleza, então, pra começar, não precisa segurar assim. — Estiquei o braço e puxei sua mão direita do volante. — Esse lance de ficar com uma mão de cada lado é papo furado. Você tá dirigindo uma caminhonete, não um carro de *rally*. E, de qualquer jeito, vai precisar dessa mão pra trocar a marcha. — Puxei-a para a cabeça do câmbio. — Continua pisando na embreagem. A mesma coisa com o freio. Não solta.

— Tá bom.

— Agora você tá no ponto morto. Balança pros lados. Sentiu como mexe?

Ele moveu a alavanca uma leveza extrema, parecia até que estava com medo de acordá-la.

— Que sacudida mais fraca, Ng. Ninguém quer um negócio fraco desse. Mexe com vontade!

Consegui arrancar dele a risada que eu queria. Chance relaxou um pouco e moveu o câmbio com mais confiança.

— Isso aí. Agora se a gente mover pra esquerda e pra cima, é a primeira. — Envolvi a mão dele com a minha para guiá-la. — Depois, reto pra baixo é a segunda. — Conduzi-o pelas marchas algumas vezes e depois mandei que soltasse o freio manual. — Vamos tentar engatar a primeira. Se alguma coisa não funcionar, lembra de pisar na embreagem pro carro não morrer. Beleza?

— Beleza.

Ele estava com a mandíbula tensa de tanta concentração, como um piloto de combate. O visual o favorecia.

— Agora dá uma acelerada, pouca coisa, só pra manter, tipo, uns 1500 RPMS. Pra você entender como é o barulho.

O motor rugiu.

— Tá, agora engata a primeira. — Movi sua mão. — *Sem* acelerar nem mais e nem menos, vai *devagar* tirando o pé da embreagem. Pronto?

— Sim.

— Vai.

A caminhonete engasgou para a frente e morreu.

— Desculpa! — Ele parecia ter entrado em pânico. — Desculpa!

— Tá tranquilo, cara. — Coloquei de volta no ponto morto. — Pronto pra tentar de novo?

— Claro.

Dava para sentir os tendões da mão de Chance tensos debaixo da palma da minha mão sobre o câmbio.

— Ei. Olha pra mim. — Dei meu sorriso mais reconfortante. — Tá tudo bem. Juro.

Ele correspondeu com um esboço de sorriso e abriu os dedos entre os meus para entrelaçá-los.

Chance ligou o motor de novo. Outra engasgada para a frente, outra morte precoce.

— Puta que pariu! — Frustrado, socou o volante. — É muito mais fácil no *Gran Turismo*.

— É só memória muscular. Precisa sentir.

— Eu *sinto* é que tô acabando com a sua caminhonete.

A cabine estava, *sim*, começando a ficar com cheiro de embreagem queimada. Mas falei:

— Ela já passou por coisa pior, vai por mim. Só tenta outra vez.

Chance respirou fundo e ligou o carro.

Apertei a mão dele.

— Devagar...

O motor passou a rugir com um som diferente quando a marcha engatou. Começamos a andar.

— Tá funcionando!

Ele chegava a tremer de empolgação.

— Beleza, a parte difícil já foi. — O barulho do motor ficou mais alto. — Agora é só fazer a mesma coisa: pisa na embreagem, mas dessa vez puxa o câmbio reto pra trás pra entrar na segunda. E controla o volante.

E assim foi; a caminhonete seguiu suavemente pelo estacionamento enquanto Chance desviava por vagas vazias para evitar as lombadas.

— Puta merda. — Ele riu, feliz da vida. — Tô dirigindo um carro com câmbio manual!

— Tá mesmo. Agora volta pro ponto morto, para e depois vamos tentar de novo.

Repetimos o processo de novo e de novo e, mesmo quando ele não acertava exatamente, pelo menos conseguia parar de fazer o motor morrer. Pouco depois, minha ajuda nem era mais necessária, e me permiti recostar no assento para observá-lo.

Chance praticava com a mesma intensidade silenciosa com que lidava com a música (não as apresentações, mas a composição). Nada de pompa e nada de arrogância, apenas um foco avassalador. Assisti-lo despido de todos os excessos (vê-lo no que eu considerava, no fundo, seu estado natural) fazia com que, de algum jeito, Chance parecesse mais real. Observei a confiança crescente com que ele trocava as marchas e ia se movendo de forma segura pelas engrenagens, e, apesar de ser sido eu quem o mostrara como fazê-lo um momento antes (apesar de ser a *minha caminhonete*), ainda senti um calafrio me percorrer por inteiro. Era essa parte de Chance que eu queria. Essa autoridade quieta. Que me fazia pensar naquela noite no meu quarto, na convicção com que ele moveu meu corpo. De como foi bom parar de pensar tanto. Só me deitar e assisti-lo dirigir.

Depois de darmos a milésima volta pelo estacionamento, ele retornou à nossa vaga original e estacionou.

— Gostou? — perguntei.

— Sim.

Sua voz estava suave, um tanto maravilhada. Chance se virou e o foco de sua atenção se voltou para mim. Eu podia sentir o calor daquele afeto em cada um dos meus pelos e poros. Fiquei sem ar.

— Obrigado.

Ele esticou o braço e agarrou minha mão.

O brilho em seus olhos era tudo. Admiração. Adoração. Apreciação. Coisas que iam para além do alfabeto, um glossário completo de tudo o que um tal de David Holcomb vivia procurando e raramente encontrava. Feliz da vida, me contorci sob aquele olhar e decidi optar pela humildade.

— Não é nada.

— É, sim.

Seus olhos não deixavam os meus. Era eu quem o havia conquistado, mas, de algum jeito, agora ele era o caçador.

Chance levou a mão para cima e segurou minha bochecha.

— Eu amo...

Meu coração deu um solavanco como um motor prestes a morrer.

— ... que você tenha feito isso por mim — concluiu.

Meu coração voltou a bater rápido e veio ricocheteando nos outros órgãos.

Claro. Eu realmente tinha achado que ele estava prestes a dizer algo além disso? Será que eu *queria* isso? Será que não era cedo demais para ficarmos jogando a palavra "amor" por aí?

Só que... ele havia hesitado quando falara aquilo? Talvez só um pouquinho?

Segurei firme a parte de trás de sua mão e levei a palma até meu rosto. Os nós de seus dedos eram suaves em comparação aos meus calos.

— Eu queria fazer. — Foi tudo o que disse.

Ele sorriu. Outro clarão do farol, me guiando para casa.

— Sabe que pra alguém que se esforça tanto pra tentar ser legal e desapegado, você até que manda bem nesse lance de namorado carinhoso — comentou ele.

— Ah, pois é.

Não era lá uma grande resposta. Não me importei.

Chance me observou por mais um momento e riu.

— Meu deus do céu, olha só pra gente! — E meneou a cabeça. — Quem diria que a gente ia acabar assim? Chance e Holc.

— Eu é que não — respondi, sendo bem sincero.

— Foi burrice a gente ter passado todos aqueles anos juntos e a ideia nunca ter passado pela nossa cabeça. Mas agora que é tudo complicado, só quero ficar o tempo todo com você.

Apertei a mão dele com força.

— Eu também.

— Beleza.

Chance se inclinou para a frente e me beijou. O fecho do cinto de segurança pressionou contra meu quadril quando nos aproximamos, e nossas pernas continuavam entrelaçadas para trás por causa da barricada que o câmbio da marcha formava. Ele não tinha feito a barba durante as férias e agora tinha uma faixa áspera muito sutil cobrindo seu lábio superior. Esfreguei meu rosto ali como um gato e senti o ardor nos meus lábios e na bochecha.

Quando nos separamos um minuto depois, ele ergueu as mãos para esconder um bocejo.

— Nossa — falei, brincando. — Tá tão bom assim?

Chance riu.

— Juro que não tem nada a ver com isso. É só que a gente acordou cedo pra fazer escalada antes de pegar a balsa.

— E isso significa que é melhor eu te levar de volta?

— Não. — Ele veio ligeiro e me deu um selinho. — Talvez. — Só que não fez menção alguma de liberar o assento do motorista. — Mas só depois de eu saber quando a gente vai se ver de novo. Amanhã?

A avidez dele me fez sorrir.

— Prometi pra Ridley que amanhã a gente ia estudar pro vestibular uma última vez. Quinta?

— Não posso. Prometi pro Benjamin que ia fazer uma live de vinte e quatro horas pra caridade. Mas na sexta tô livre! Ou sábado?

Senti um nó no estomago. Aquilo estava ficando ridículo.

— Sábado é o vestibular. Meu pai planejou um jantar especial pra sexta à noite e não vai me deixar sair depois de jeito nenhum, não com a prova no dia seguinte. E sábado à noite é a festa da Ridley.

— Ah, é. — Ele franziu o cenho. — Tenho que pegar um avião pra Washington no domingo. Vou fazer uma participação especial nos vocais do novo álbum da Aventine.

— Caramba.

Pensar em perdê-lo de novo tão cedo para a estrada de era insuportável.

Mas talvez houvesse outra opção.

— Você bem que podia ir à festa comigo.

Ele se remexeu, desconfortável.

— Eu te disse que não gosto de festas.

— Não é verdade. Naquela primeira noite que a gente saiu e foi pro Orbital você falou que ia direto em festas.

— É, mas... — Chance não completou a resposta, mas nós dois sabíamos o que aquilo queria dizer: esses eventos eram cheios de outras celebridades. Só festas com gente *normal* eram um problema. Mesmo que eu não tivesse esquecido o jeito que o público o atacava, algo dentro de mim se incomodava com a ideia de que meus amigos não eram bons o bastante para ele. Que *eu* não era bom o suficiente.

Controlei esse sentimento e estiquei a mão para entrelaçar nossos dedos mindinhos.

— Cara, não se preocupa. Não é o público num geral, só alguns amigos meus e da Ridley. Você já conhece metade deles. Todo mundo vai ficar tranquilo.

Chance se moveu, desconfortável, mas não se afastou.

— É o que você diz, mas as coisas ainda podem ficar ruins. Até mesmo com gente que eu conhecia.

— E daí? — Balancei sua mão com gentileza. — A vida é assim, precisa arriscar. Dá uma chance, Chance.

Ele franziu o cenho.

— Como se eu nunca tivesse ouvido essa piadinha antes.

— Então larga de ter medo. Se você consegue se apresentar pra vinte mil pessoas, consegue beber com apenas vinte.

Chance se afastou de mim bruscamente, e eu sabia que tinha ido longe demais.

— E por que você se importa? — vociferou ele.

Bom. Se era pra ser *assim*...

— Por que você *acha* que eu me importo? — Empurrei seu joelho sem gentileza. — Porque eu *gosto* de você, seu burro! — As palavras escaparam antes de conseguir pensar. — Eu quero ficar contigo! Mas você tá sempre longe. — Chance abriu a boca, mas levantei a mão para cortá-lo. — Tá, eu sei que é o seu trabalho. E, se eu puder entrar na banda e virar parte do seu mundo, ótimo. Mas preciso que você faça parte do *meu* mundo também. Quero te apresentar aos meus amigos. Quero que a gente possa ficar junto perto do meu pai. Quero que a gente possa estar *junto*.

De repente, senti que eu estava perigosamente perto de chorar e me virei para encarar a escuridão do estacionamento.

Dava para sentir os olhos de Chance em mim. O que eu veria ali se eu virasse? Julgamento? Indignação? Pena? Emoção percorreu minha garganta como fumaça, engasgando minha voz e se agarrando com garras flamejantes.

Quando Chance enfim falou, sua voz estava suave.

— É o que eu quero também.

A pressão nos meus pulmões aliviou, mas eu continuava inflamado demais para conter toda a acidez.

— Quer?

— Acho que sim.

Olhei de volta e o vi dando aquele meio sorriso (o de verdade, não o que ele usava para deslumbrar a câmera).

Bufei.

— Isso não é lá uma boa resposta.

— Mas é sincera. — Agora foi a vez dele de se manifestar. — Por favor, Holc. Eu tô tentando. — Chance tocou meu ombro e descansou o dedão na cavidade da minha clavícula. — E se isso significa tanto pra você... eu vou pra festa.

— Vai?

A tensão dentro de mim era como uma corda de desenho segurando uma bigorna, se agarrando por um fio.

Ele apertou os olhos e fechou a boca enquanto assentia.

— Vou.

O fio arrebentou e, de repente, eu estava caindo... me apaixonando perdidamente por esse garoto que faria por mim algo que visivelmente não queria. Um menino que, quando a água batia na bunda, se recusava a me abandonar.

Me joguei contra Chance e empurrei-o contra a porta quando minha boca encontrou a dele. Minhas mãos se fecharam em seus bíceps e ombros. Ele grunhiu quando bateu a cabeça na janela, mas isso não o impediu de retribuir o beijo. Suas mãos serpentearam por baixo da minha camisa enquanto desenhavam linhas geladas nas laterais do meu corpo. Eu o agarrei com fervor e o desejei mais, querendo segurá-lo, reivindicá-lo. Porque ele *era* meu. Só meu.

Chance riu quando meus beijos foram descendo por seu pescoço.

— Meu deus. — Naquela risada havia o alívio hesitante de quando se evita um acidente de trânsito por um triz. — Você não facilita as coisas, né?

Abri o zíper de seu moletom e puxei o colarinho de sua camisa para expor mais pele.

— E você por acaso gostaria de mim se eu facilitasse?

— Acho que a gente nunca vai saber. Eu... *Ah.* — Ele ofegou quando meus dedos deslizaram dos cantos definidos de sua cintura para o cós da calça jeans. Foi apenas um centímetro, mas pude sentir seu corpo inteiro tensionar e o abdome ficar rígido de desejo.

Não, não era desejo... era *necessidade.* Me afastei para observar seu rosto. Nu. Vulnerável. Me encarando como se eu fosse a única coisa que importava no mundo. Como se ele fosse Santa Valburga e eu, sua revelação divina.

Chance *precisava* de mim.

Estiquei o braço e abri o botão da calça dele.

— Lembra quando eu te mandei pensar com a cabeça de cima?

Seus olhos reluziam contra a escuridão.

—Aham.

— Pode pensar com a de baixo agora.

Empurrei-o de volta contra o assento e me abaixei.

Vinte e dois

Nos livros e nos filmes, havia sempre uma romantização marcante sobre o ato de perder a virgindade. Em um momento a pessoa era uma criança, aí alguém colocava alguma coisa em algum lugar e *presto*: vida adulta!

Não foi assim. Não apareceram trombetas angelicais e nenhuma música animada ficou na minha cabeça. O David que acordou sozinho na minha cama no dia seguinte era o mesmo cara esquisito, com tesão e uma leve tendência a suar que fui no dia anterior.

Também podia ser que nada houvesse mudado porque eu não tinha perdido a virgindade de verdade. Afinal, o que é que significava ser virgem no meu caso? Com casais hétero, as regras eram bem definidas: boquetes não contavam. Seguindo essa lógica, Chance e eu ainda éramos virgens. Será que teríamos que ir com tudo no anal para perdermos a virgindade de verdade? Eu não tinha certeza de como me sentia em relação ao assunto. Além disso, todo mundo já ouviu falar daqueles jovens crentes que faziam sexo anal para guardar a virgindade para o casamento (o famoso "porta de trás não tem porteiro"). Se Jesus abria essa exceção, então será que seria *possível* que Chance e eu perdêssemos nossa virgindade? Eu definitivamente era *menos* virgem agora que tínhamos caído de boca um no outro, mas isso também valia para quando a gente tinha ficado na minha cama. Qual era o limite?

Esse era exatamente o tipo de assunto feito para conversar com a Ridley (já que fatos sobre sexo e opiniões fortes eram duas das suas coisas favoritas), mas não ousei trazer o tópico à tona, mesmo que em um cenário hipotético. Ela daria uma olhadela no meu rosto e seria o meu fim. Eu não tinha nenhum outro amigo próximo o bastante para conversar sobre isso e, embora Denny sem sombra de dúvidas fosse qualificada para ter essa conversa, eu é que não ia começar a falar de sexo com os amigos do meu pai.

Minha vontade *mesmo* era de conversar com Chance. Não tínhamos ido muito fundo nas ramificações filosóficas durante a volta para casa, só rido e ficado de mãos dadas para que o momento perdurasse. Dissecar o que aconteceu parecia muito pouco romântico, e a última coisa que eu queria era deixá-lo com a impressão de que eu estava me arrependendo. Em nossas mensagens desde então, nenhum dos nós mencionara o fato diretamente. O mais perto que eu havia chegado foi na manhã seguinte:

Eu:

Curti muito nossa noite ontem.

Chance:

Acho bom!

☺

... e depois tínhamos voltado à nossa rotina de gracejos. Talvez fosse covardice da minha parte. Lembrei de uma das máximas das aulas educação sexual no fundamental II: *Se não estiver pronto pra conversar sobre sexo, então não está pronto para transar.* Mas, ao mesmo tempo, talvez fosse melhor ficar tranquilo. É óbvio que eu estava *feliz* por ter rolado (e, inclusive, ficava pensando pelo menos umas trinta e sete vezes por minuto em quando rolaria de novo). Então, como Denny dissera, talvez rótulos não importassem.

Era isso que passava pela minha cabeça quando cheguei na casa de Ridley logo cedo na manhã de sábado. Ela veio correndo e a porta da garagem se fechou atrás dela em seguida. Ela jogou a bolsa carteiro no pequeno banco de trás, entrou e me entregou um copo de café quente para a viagem.

— *Aeeeeeee!* Dia da prova! Pode ir se animando!

Estremeci frente ao entusiasmo matutino.

— Quanto café você já tomou?

— Tudo que eu podia! — Ela agarrou meus ombros e me balançou para a frente e para trás. — *Tuuuudooooooo!*

— Hum...

— Relaxa. Tô brincando. — Ajeitou a postura no assento. — Você tá falando com a rainha do vestibular. Tomei um copo, o resto tá na geladeira pra gente fazer White Russians hoje à noite, aquele drinque com café. Esse é pra você.

— Valeu.

Ela inclinou a cabeça.

— Tudo certo?

— Aham. Só tô ansioso.

— Relaxa. A gente vai arrasar nessa *porra*. A banca vai gritar o nosso nome. — Ridley conectou o celular ao som da caminhonete e colocou "Don't Stop Me", do Queen, no volume máximo.

— É a nossa trilha sonora! Rumo à vitória! — Apontou para a frente. — Avante à gloria, nobre corcel!

Imitei um cavalo.

Beberiquei o café e peguei o trânsito.

O vestibular foi surpreendentemente anticlimático. Acontece que, sem nada em jogo, a prova não é lá grande coisa. Enquanto todas as outras pessoas estavam suando pelas calças de pijama apavoradas, achando que toda questão poderia ser aquela que as tiraria de Harvard, eu estava ali sentado no ginásio de uma escola preenchendo um cartão de respostas. A maior prova da minha vida foi tão desimportante quanto um quiz de personalidade na internet.

Ridley, é claro, estava se sentindo em casa. Tecnicamente, era permitido conversar durante os intervalos, mas os monitores tinham sido tão severos quando avisaram para que ninguém discutisse nada relacionado ao teste, que parecia mais seguro só ficar em silêncio. E tudo bem. Dava para perceber que Ridley estava tirando de letra, com o corpo inteiro relaxado e os olhos desfocados de um jeito que deixava explícito que ela estava vivendo cem por centro dentro da própria cabeça. Uma atleta olímpica acadêmica se preparando para seu grande evento.

Isso durou até exatamente dez segundos depois do fim da prova. Quando saímos pelas portas da frente, ela gritou e pulou nas minhas costas, o que quase nos derrubou rolando pela escada de concreto.

— Você viu só? — gritou Ridley bem no meu ouvido e pontuou cada palavra com um soco no meu ombro. — Você! Viu! *Só?!*

Cambaleei para fora da calçada até a segurança da grama.

— Então foi melhor dessa vez?

— Eu sou quase uma *deusa* do vestibular! — Ela pegou a deixa, saiu de cima e ficou dançando ao redor como um lutador de boxe antes de uma luta. — A parte de matemática desse ano não foi *nada*. Eu dei uma de *Gênio Indomável* pra cima daquela desgraça.

Vasculhei meu cérebro em busca da referência perfeita.

— Assim! Assim! Agora você entendeu?

Ridley parou de pular e escancarou a boca, horrorizada.

— Esses dois filmes não têm *nada* a ver.

— Tem certeza?

Ela cruzou os braços e fez careta.

— Tá bom, sim, *Gênio Indomável* e *Encontrando Forrester* têm a mesma premissa básica. E o mesmo diretor, inclusive. Mas o Sean Connery era um machista insuportável e o Robin Williams, um anjo Muppet que caiu do céu.

— Admito o meu erro.

— Eu te absolvo. — Ridley me abraçou de novo e ficou pulando para cima e para baixo, me forçando a saltar junto com ela.

— E agora a gente vai beber até *cair*. Tá na hora de acabar com *todas* essas células cerebrais extras.

Dirigimos de volta para a casa dela com "We Are the Champions" estourando. Ainda tínhamos quatro horas até a festa, e os preparativos a essa altura eram basicamente fazer a limpa no mercado para comprar comidinhas e coisas para misturar com a bebida, além de ajudá-la a escolher qual filme adolescente com temática de festa ficaria passando no fundo.

— Beleza. Olha, tem *Fora de Série* como opção moderna e *Uma Festa de Arromba*, se preferirmos seguir a rota clássica.

— Ridley mexeu na planilha, porque era óbvio que havia uma

planilha. — *Dez Coisas que Eu Odeio em Você* se encaixa bem direitinho como meio termo, mas aí será que vou ter que deixar *Mal Posso Esperar* de fora? Não quero exagerar na representatividade do final dos anos 1990. Só que entre esses e o desastre que é *American Pie*, o ano de 1999 foi basicamente o auge dos filmes adolescentes de festa. — Ela me olhou, em conflito. — Será que seria hipocrisia *não* pender muito pra essa era?

Deitei no sofá e fiquei jogando um dos brinquedos de Artoo no teto.

— Ridley. É uma festa, não um festival de cinema. O pessoal vai mesmo querer assistir a alguma coisa?

Apesar de ter feito uma pergunta, ela parecia não estar me escutando. Mordeu o lábio.

— Sabe, fico pensando se tem um motivo pro final dos anos 1990 ter tantos filmes adolescentes hedonistas. Tipo, talvez tenha alguma coisa a ver com as comédias machistas cheias de sexo dos anos 1980 terem rolado tão pouco tempo antes, mas com toda a atmosfera dos anos 2000 pra deixar o povo achando que *alguma coisa* tava prestes a acontecer. Por isso esses filmes todos passam aquela sensação desesperada de "último dia na terra"...

Eu já conseguia prever a postagem no blog vindo, então pedi licença e fui embora. Quando Ridley entrava nessas de teoria do cinema, era melhor sair de perto e deixá-la escrever, senão ela ficava simplesmente ditando versões do texto.

Meu pai me encontrou na porta quando cheguei em casa.

— Como foi?

Dei de ombros.

— Bom. Nada demais.

— Ah, que coisa boa! — Ele parecia determinado a expressar uma empolgação que eu mesmo não sentia. — Quer fazer alguma coisa pra comemorar? Sair pra comer um hambúrguer ou algo do tipo?

As coisas andavam tensas entre nós desde que contei da possibilidade do meu retorno à Darkhearts. A resistência inicial se transformara em um entusiasmo cauteloso, e eu o pegara algumas vezes pensativo, com o olhar fixo pela casa, definitivamente pensando em tudo o que reformaria se tivéssemos condições. Ao mesmo tempo, ele visivelmente estava tentando não deixar transparecer, para não colocar pressão demais em cima de mim. O resultado era uma animação esquisita e artificial, como um garçom obrigado a cantar "parabéns" para estranhos.

Era cansativo, e eu tentava nos poupar sempre que possível.

— Na verdade, preciso terminar minha fantasia — respondi. — Tem a festa da Ridley hoje à noite.

— Ah, a festa dos filmes! Claro. — Deu um tapinha no meu ombro. — Bom, você merece comemorar, com certeza.

— Valeu.

Saí, larguei a mochila e escapei para minha oficina.

A festa começava às sete, mas, embora eu não tivesse muita experiência, sabia que ser o primeiro a chegar não era legal. Assim que passássemos pela porta de Ridley, eu queria que Chance encontrasse uma festa ao nível de Hollywood, já bombando. Então, às sete e quarenta e cinco, estacionei na casa dele e toquei o interfone do portão.

A mãe de Chance me encontrou na entrada.

— Oi, David!

— Oi, sra. Ng.

Sua roupa do dia consistia em uma calça marrom de veludo e uma camisa xadrez justa que era ao mesmo tempo estranhamente parecida com o meu próprio estilo e ficava um milhão de vezes melhor nela. Pela primeira vez, percebi o quanto a sensualidade dela era um reflexo feminino da de Chance: os mesmos ombros largos e cintura estreita de nadadores, os mesmos olhos brilhantes e os dentes perfeitos.

Percebi que tinha deixado uma pergunta passar enquanto ela falava comigo.

— Perdão?

— Falei que fiquei sabendo que você acabou de prestar vestibular. Acha que foi bem?

— Ah, acho, sim. — Dei de ombros de novo, já cansado do assunto. — Foi tranquilo.

— Que bom! Quem sabe você não consegue convencer o Chance a estudar de verdade pro dele? — Seus olhos vagaram até as escadas, que continuavam vazias. — Então... Vocês dois tão indo para uma festa?

— Sim. Da Ridley, minha amiga.

— Os pais dela vão estar presentes e de olho, tenho certeza.

— Hum.

Era a pior resposta possível, mas o que mais um rato é capaz de dizer quando se vê coberto pela sombra de uma coruja?

Felizmente, ela sorriu; aquele mesmo sorrisinho de lado que Chance tanto usava.

— Relaxa, David. Não quero saber os detalhes. Fingir ignorância é o mais importante quando se tem filhos. — Seus olhos se semicerraram só um pouquinho. — Mas quero deixar claro que se você sequer sentir o *cheiro* de álcool nessa festa, espero que chame um carro de aplicativo pra levar vocês dois embora depois. Se eu suspeitar que você dirigiu depois de usar qualquer substância ilegal, eu vou pessoalmente te esfolar igual a um cervo e depois usar o seu couro pra estrangular o meu filho. Estamos entendidos?

— Com certeza.

Ela sorriu.

— Eu sabia que podia contar com você. — Uma porta se fechou lá em cima. — E aqui está o sr. Show Business.

— Oi, desculpa! Já tô pronto.

Ergui o olhar enquanto Chance descia a escada num rompante, e fiquei sem ar.

Ele estava vestido como A Noiva de *Kill Bill*: roupa de motociclista amarelo-neon com listras pretas ao longo das laterais. Caía como uma luva, abraçava cada linha de seu corpo e o fazia parecer tão perigoso quanto a própria Uma Thurman.

— Nossa.

— Né? — Meio sem jeito, apontou para o traje. — Deus abençoe a entrega no mesmo dia. — E assentiu na minha direção. — Belo Capitão América. Arrasou demais nessa pegada Chris Evans.

Arrasei nada, mas gostei do elogio. Tudo o que eu estava vestindo era um jeans azul, uma camisa que eu já tinha com a estampa das estrelas e barras do *Soldado Invernal* e alguns cintos sociais marrons ao redor da cintura e dos ombros.

— Valeu. O resto tá na caminhonete.

— Agora fotos!

A sra. Ng, com o celular a postos, gesticulou para que ficássemos um ao lado do outro.

No automático, Chance ergueu a mão e se virou para longe da câmera.

— Mãe, por favor, né.

— Relaxa aí, *rock star*. Tenho fotos muito mais constrangedoras se eu quisesse vender pros tabloides. Isso aqui é só o imposto dos pais. Da mãe e do pai-parazzi

— Mandou bem, sra. Ng.

Ela apontou para mim.

— Viu? O David sabe como agradar a sua mãe. Agora fiquem mais perto um do outro.

Ele se aproximou e eu coloquei um braço ao redor de seus ombros de um jeito que, com sorte, pareceria mais coisa de amigos do que algo romântico. Sob meus dedos, a jaqueta que lembrava couro era claramente de algum tecido artificial.

A sra. Ng fez uma pinça com os dedos e deu zoom para enquadrar a foto.

— Digam: "Eu tomo boas decisões e aceito a responsabilidade inerente à minha própria mortalidade!"

— Meu deus, mãe.

O celular emitiu sons de captura.

— Perfeito. — Ela guardou o aparelho de volta no bolso. — Divirtam-se.

Enquanto caminhávamos para fora, não consegui evitar e acabei pensando naquele olhar penetrante.

— Ela sabe? — murmurei para Chance. — Sobre a gente?

— Não. — Ele pensou a respeito. — Quer dizer, não tenho certeza. Mas não se preocupa que, mesmo se ela soubesse, iria gostar.

— Você acha?

Meu peito doeu. Imaginei como seria não nos escondermos na casa de Chance. Jantar com a família dele. Ficar deitado no sofá com minha cabeça no ombro dele.

— Cara. Ela te ama.

Eu sabia que isso tinha sido verdade em algum momento. A ideia de que talvez ainda pudesse ser verdade me agradava tanto que chegava a ser perigosa. Parecia que eu estava pendendo na beira de um precipício.

Chegamos à caminhonete e Chance abriu a porta.

— Orra!

Embarquei no meu lado.

— Desculpa, pode jogar lá pra trás.

Mas ele não jogou. Em vez disso, colocou o escudo de madeira no colo e traçou as linhas com a ponta dos dedos.

— Cara. Você que fez isso?

—Aham.

Eu tinha feito com compensado, empilhando e colando anéis concêntricos e depois lixando bastante para que virasse uma peça única. Mesmo usando os mais baratos dos materiais, tinha ficado tão bonito que não tive coragem de pintar, então tingi algumas partes em tons quentes ou frios, para dar a entender as cores do Capitão América sem manchar o veio da madeira.

— Acho que ficou bom, até — falei.

— Ficou incrível. — Chance o colocou com cuidado no banco de trás. — Você tem noção de como você é talentoso? — De repente, ele estava ocupando metade do meu assento e me beijando com tanta força que senti o formato de seus dentes através dos lábios. — E de como isso é um tesão do *caralho?*

— Sossega o facho aí, garoto. — Mas minha respiração também estava acelerada. — Temos uma festa pra ir.

— Verdade. É. — Chance se ajeitou com uma careta. — Festa. Êee.

Coloquei uma das mãos em sua coxa.

— Vai ser legal. Prometo.

— Se você diz — grunhiu ele.

Mas segurou minha mão.

Vinte e três

Dirigimos até a casa de Ridley, e a rua da frente já estava lotada de carros. Encontramos uma vaga a dois quarteirões de distância, e apertei a mão de Chance.

— Pronto?

Ele respirou fundo e expirou devagar.

— Beleza. Vamos.

Peguei o escudo, passei a mão pela alça que eu fizera com uma camiseta velha e agarrei o suporte de madeira. Enquanto caminhávamos, lutei contra a vontade de segurar a mão de Chance de novo. Tudo naquela noite (o ar gelado e seco, nós dois andando lado a lado para uma festa) parecia tão perfeito que ter que esconder aquele anseio dava uma sensação horrível. Tipo desentupir um vaso. Uma parte nada generosa de mim torcia para que Chance estivesse sofrendo tanto quanto eu. Ele não tinha acabado de se jogar para cima de mim na caminhonete?

Mas regras não podiam ser quebradas, e ficar de mãos dadas em público estava fora de cogitação. Em vez disso, guiei-o pelos degraus da frente e toquei a campainha. Atrás da parede, dava para ouvir o baixo retumbando.

A porta se abriu com tudo e revelou Ridley usando óculos de sol e um longo roupão rosa por cima de shorts e uma camiseta.

— CARA! — Seus óculos enormes quase caíram quando ela abriu a boca ao ver Chance. — Chance! O David não contou que você vinha! Sua fantasia é *maravilhosa!*

— Valeu! — Ele deu um sorriso largo e tranquilo, sem nem um pingo da tensão lá do carro. — A sua também.

— Você sabe o que é? — Ridley irradiava de satisfação.

— Lógico!

Ela esperou, cheia de expectativa.

— ... Tá, não reconheci, não — admitiu.

— Eu sou O Cara! — Nossa anfitriã levantou o copo contento a mistureba obscura daquele drinque, o tal do White Russian. — *O Grande Lebowski!*

— Ahhhh, claro é óbvio — disse Chance (sendo muito generoso, na minha opinião).

— Você não tem culpa — falei. — A Ridley só gosta de filmes feitos antes da gente nascer. Especialmente dos superestimados.

— Arte boa não reconhece idade — entoou Ridley, empertigada. — E além do mais, acontece que essa é só a sua opinião, cara. — Ela se virou e, com um olhar de aprovação, me analisou de cima a baixo. — Ó, capitão! Meu capitão! Belo escudo, Davidzinho. — E abriu espaço para nós. — Entrem!

Tiramos os sapatos e os acrescentamos a uma montanha já desordenada na entrada.

Lá dentro, cerca de vinte pessoas formavam dois grupos distintos. O primeiro, reunido na cozinha, eram os amigos de

Ridley de Garfield, seu antigo colégio. O outro, composto por gente da nossa escola, estava de boa na sala de estar vendo um filme adolescente com legendas.

Apesar da óbvia divisão, a insistência dela pelas fantasias tinha valido a pena. Tinha uma Hermione com capa de feiticeira, um cara num kigurumi de coruja e outro em um de sapo e um garoto de Garfield enorme com toda a pinta de jogador de futebol que fez um Exterminador incrível, com LED nos olhos e tudo. Ariel Brady estava vestida como sua xará sereia, e chamava a atenção de todo mundo com suas conchas exuberantes. Até mesmo quem parecia normal poderia estar fantasiado de personagens que eu não conhecia. Por exemplo, eu tinha pelo menos setenta por cento de certeza que Samira Gupta estava arrasando como uma versão sexy da Dora, a Aventureira, o que era inapropriado de todas as formas *possíveis*.

Mas a questão é que funcionava. As fantasias davam a pessoas diferentes algo para quebrar o gelo, e já havia espertos se movendo entre os dois grupos, explorando com coragem as férteis possibilidades de se dar bem com o pessoal de uma outra escola.

— Gente! — anunciou Ridley. — Olha quem tá aqui!

Talvez surpreendê-la com a presença de Chance não tivesse sido a melhor ideia, no fim das contas. Se eu tivesse contado antes, poderia ter pedido para que ela não fizesse alarde.

Em vez disso, cada rosto se virou na nossa direção.

Sendo justo, a maioria ali agiu de maneira decente. Não foram correndo numa turba e despedaçaram Chance como aldeões medievais arrancando relíquias do corpo de um santo. Mas metade dos convidados se iluminaram ao reconhecê-lo, e logo começaram a murmurar para o restante. Alguns celulares surgiram e tiraram fotos.

— Querem uma bebida? — perguntou Ridley.

— Por favor.

Por fora, Chance parecia totalmente tranquilo, e um leve realce em seu tom de voz foi a única confirmação de que percebia o recinto cheio de olhos.

Seguimos minha amiga até a cozinha, onde garrafas e latas se enfileiravam sobre a bancada. O Exterminador do Futebol (que, afinal, se chamava Jerome) assentiu para mim e se moveu para abrir espaço, e pareceu simpático de um jeito que eu não esperava.

— O que vocês vão querer? — Ridley fez um movimento grandioso com as mãos. — Tem drinques prontos de latinha, White Russians e mimosas de lixão…

— O que é uma mimosa de lixão? — questionou Chance.

— É tipo uma mimosa normal, só que em vez de champanhe, é o vinho mais barato que o mercado tem pra oferecer.

Ela deu um tapinha afetuoso no vinho em caixa de papelão.

— Por mim pode ser — respondi.

Chance pegou um White Russian, talvez só para agradá-la. Assim como naquele primeiro almoço no Bamf Burguer, quando eu o vi colocar umas notas de dinheiro no jarro de doação quando ninguém estava olhando. Dessa vez, porém, o gesto me passou uma onda intensa de orgulho. Meu namorado era generoso. O que, de certa forma, era quase como *eu* ser generoso também.

Os gêmeos Martinez acenaram do sofá. Quando Chance não se moveu, aparentemente esperando para ver o que eu faria, nos conduzi até lá e me sentei na mesinha de centro.

— E aí, Chance! Quanto tempo. — Gabe estava fantasiado de Thor, e Angela exibia tatuagens das presas vermelhas da Princesa Mononoke nas bochechas. Gabe apertou os lábios, em uma feição aprovadora. — Caramba, David. Arrasou no escudo.

— Valeu. — Assenti para o martelo de papelão dele. — Arrasou no martelo.

E tinha arrasado mesmo. Gabe era um artista, e colou camadas de papelão de um jeito que parecia menos uma colagem e mais uma escultura cheia de textura.

— Eu faço o que dá com o que eu tenho. E o que eu tinha dessa vez eram pilhas de caixas de papelão. — Ele me entregou para que eu o segurasse. Em troca, ofereci meu escudo. — Caramba — repetiu ele. — Esse troço é pesado.

Troquei os adereços.

— Talvez eu é que devesse ter usado papelão. Seu martelo é levíssimo.

— Acho que ele te considera digno — disse Chance. — Igualzinho o Capitão América de verdade.

— Cara! — De brincadeira, Angela o encarou com seriedade. — *Spoiler!*

Ridley apareceu ao lado de Chance e se espremeu na mesa perto dele.

— E eu vinha aqui apresentar vocês. Pelo visto, não sou necessária.

Angela riu.

— A gente era amigo do Chance antes de você se mudar pra cá, Riddlezinha. Íamos para todos os shows.

— Pois é, nós, os fãs de *verdade*, amávamos a banda *antes* de vocês ficarem bons. — Gabe deu uma marteladinha no joelho de Chance. — Como andam as coisas, cara? A gente não se vê desde o funeral.

Chance coçou a nuca.

— Pois é, eu tenho viajado bastante.

Fiquei surpreso. Por alguma razão, nunca me ocorreu pensar se ele estava falando com qualquer outra pessoa de nosso antigo grupo. A sensação tinha sido de que a gente vivia em nosso próprio mundinho. Mas é claro que eu não seria toda a vida social de Chance. Só que agora meio que parecia que... eu era, certo?

— É, a gente também — respondeu Gabe. — Enfim, você devia ir aparecer qualquer hora. A gente te leva pra fazer wakeboarding!

— Você também, Holcomb! — Angela me deu uma olhada. — É *impossível* que você trabalhe o tempo inteiro.

— É bem possível, sim, se vocês só vão em dia de semana.

Angela deu de ombros, cem por cento confortável com o ócio do desemprego que compartilhava com o irmão.

— Tem menos gente na água em dia de semana. A gente precisa aproveitar.

— Você ainda tá pintando? — perguntou Chance a Gabe.

— Tô, cara! O professor de artes, o sr. Henessy, tá me ajudando a solicitar subsídio da cidade. Tive a oportunidade de fazer um mural bem grande lá em Rainier.

— Nossa, que demais! Vou ter que conferir.

— Na real, tem umas fotos no meu Insta. Calma aí, deixa eu achar...

Dava para ver Chance começando a relaxar, o que era bom. Mas eu continuava tentando processar o diálogo anterior. Será que ele realmente andava evitando todos os velhos amigos além de mim? Era uma honra, mas confuso, também. Lembrei do que ele dissera, que as coisas nem sempre iam bem, mesmo com gente conhecida. Mas se Chance tinha tanto medo dessa estranheza, porque ficara tão ansioso para passar tempo *comigo*, a única pessoa que com toda a certeza agiria estranho ao seu redor?

Ridley se meteu.

— Antes de vocês começarem, quero que o Chance conheça todo mundo. — Ela agarrou-o pelo braço (de um jeito um pouco possessivo demais, na minha opinião). — Já trago ele de volta, prometo.

— Claro, Riddlezinha.

Angela deu um sorriso sugestivo, e logo me dei conta de que todo mundo devia ter visto as fotos do encontro arranjado.

O que fez com que a mão de Ridley no braço de Chance fosse *definitivamente* possessiva demais. Me levantei e fui atrás deles.

A cada nova apresentação, ele fazia o mesmo teatrinho do *meet and greet*: calmo e charmoso, mantendo uma distância inalcançável apenas o suficiente para deixá-los querendo mais. Agora que eu conhecia seus padrões, era fascinante vê-lo bancar o camaleão e prever o que cada um iria querer. Chance fofocava com um, agia como amigo de outro e, para o terceiro, oferecia o clássico vampiro melancólico. A forma como conseguia mudar detalhes minúsculos na voz ou na postura e se transformar em outro alguém lembrava alguém fazendo imitações. Em três minutos, ele conquistava a pessoa, posava para a selfie e seguia para a próxima.

Meu estômago parecia uma nuvem turva de sentimentos: orgulho e inveja daquele charme descomplicado e rancor por Ridley monopolizar seu tempo e me deixar segurando vela. Para ser justo, ela também me apresentou para o pessoal que eu não conhecia. Mas era nítido quem interessava a todos.

Quando dei por mim, estava grato pela mimosa, que, ao mesmo tempo, me deixava em um torpor agradável e me dava algo para fazer. O suco de laranja mascarava o vinho quase que por completo e me oferecia um gosto levemente fermentado, como um suco de caixinha que ficou tempo demais no sol. Bebericar em vez de falar fez com que a bebida acabasse rápido, e aproveitei a oportunidade para encher o copo de novo.

Depois de Chance ter sido exibido pelo recinto, Ridley nos pressionou a ajudá-la a começar uma partida de strip-Twister com todos os convidados. Afinal, quem poderia negar se Chance Kain jogasse? Notei que ele estava desconfortável, mas era educado demais para recusar.

Muito embora o jogo não tenha resultado em nenhum nu frontal, serviu para catalisar o espírito da festa. Não fazia diferença que o pessoal tivesse se despido e ficado com a mesma quantidade de roupa que usaria na praia; no contexto deslocado, parecia algo selvagem e chocante. Quando Ridley finalmente permitiu que Chance saísse como vencedor depois de perder apenas a jaqueta, eu já estava sem camisa e ela com uma calcinha da Mulher-Maravilha e uma regata da mesma estampa.

Pelo visto, eu estava mais bêbado do que tinha percebido, porque mal me dei conta de que segui Chance até o sofá. Flutuei junto a ele como uma pipa – uma que ele conduzia, mesmo sem se dar conta.

É que ele era gato demais. Tão elegante quando se acomodou ao lado de Gabe e de Angela. Seu rosto exibia uma expressão agradável, mas dava para ver aquela tensão familiar ao redor dos olhos e da boca dele, e o que eu mais queria era tirá-la aos beijos dali.

Me espremi ao lado dele (ou tentei). Não era um sofá para quatro bundas de jeito *nenhum*, ainda mais se um dos traseiros fosse meu. Acabei quase no colo de Chance, com o braço esticado pelos seus ombros para me equilibrar. O que, para mim, estava ótimo.

— Cara! — Ele se contorceu para sair debaixo. Forçou uma risada enquanto se movia para ficar em cima do encosto do sofá, deixando Angela como um amortecedor entre nós e deu um sorriso debochado e conspiratório para os gêmeos.

— Pelo visto o David gosta de conchinha quando bebe demais. Pra mim é novidade.

Gabe inclinou a cabeça e sorriu para mim.

— Já tá mais pra lá do que pra cá, Holcomb?

Sobre o ombro, Chance continuava sorrindo, mas a mensagem em seus olhos era inconfundível. *Para de destruir nosso disfarce.*

Ah, é. Verdade. No que eu estava pensando? Será que eu *tinha* pensado? Não fora bem uma decisão, apenas um reflexo. Mas, óbvio, era arriscado demais.

Curioso, Gabe continuava olhando para mim.

— Ah, pois é, acho que eu tô bem alegre. — Me obriguei a sorrir. — Mas é esse o objetivo disso aqui, né?

— Tá certo.

Gabe me entregou um drinque de latinha para que brindássemos.

Mudando de assunto, perguntei para Angela a respeito de seu novo barco, e tentei não ficar magoado pelo jeito como Chance mantinha todo o foco nos gêmeos. Não era por minha causa, lembrei a mim mesmo. Era uma questão de necessidade. Mas isso não fazia com que doesse menos.

Do outro lado da sala, Ridley subiu no braço do sofá.

— Vamos dar início à bagunça geral! — Ela brandiu o celular e colocou o volume no máximo. — Balada: ativar!

Uma música da Lady Gaga ressoou com força pela sala. Ridley veio correndo até nós, ou melhor, até um de nós.

— Quer dançar? — Ela estendeu a mão para Chance.

Antes que eu sequer conseguisse registrar minha decepção, os dois já estavam lá, no centro de uma aglomeração que crescia rápido. Fiquei observando-os.

— Cara — disse Angela. — Você vai ficar só olhando que nem um cachorrinho esquecido na mudança ou vai com eles?

Eu me levantei rápido, em pânico por ter deixado tão na cara, mas vi que elu tinha, na verdade, se dirigido a Gabe, que parecia igualmente acanhado.

— Espera aí — perguntei, fazendo a conexão. — *Ridley?*

Angela revirou os olhos.

— Ele tá *caidinho*. — Angela agarrou nossos braços e nos arrancou do sofá. — Sai daqui e vai dançar com ela, seu covarde. Você também, Holc.

Mal tive tempo de deixar a bebida em algum lugar antes de ficarmos espremidos no meio da dança.

O tamanho modesto da sala de estar de Ridley fazia com que, mesmo que não houvesse tanta gente assim, o espaço *parecesse* uma balada. Tinha a mesma energia de rodinha punk com todo mundo se mexendo perto demais, as explosões estelares causadas por toques acidentais. Angela ergueu os braços e remexeu como uma enguia em uma rave.

— Dança, Holcomb! — Elu bateu a cintura contra a minha, depois levantou o pé por trás de nós e colocou o salto bem firme na minha bunda. — Balança esse pacote!

Sempre falei para mim mesmo que eu era feito para criar música, não para dançar. Enquanto a coluna de Angela parecia feita de gelatina, meu corpo estava mais para uma argila velha e seca, uma protuberância solida e inútil. Ainda assim, me dar conta que a maioria das pessoas ao meu redor não eram nenhum pouco melhores (e que Angela continuaria me chutando), fez com que eu me mexesse.

Deixei o ritmo me envolver e fiquei levantando e abaixando os ombros. Qualquer coisa que eu fazia com as mãos parecia idiota, mas deixá-las paradas no lado do corpo era claramente a pior opção, então fiquei erguendo e abaixando-as num gesto vago de *e aí?*. A combinação provavelmente fazia parecer que eu estava dando de ombros sem parar, como se quisesse dizer, *eu também não faço a menor ideia do que isso aqui é pra ser.*

Só dava para chamar aquilo de dança por causa daqueles ursos em circos russos que o povo diz que dançam, também. Mesmo assim, enquanto eu balançava e bufava com a playlist impecável de Ridley, a energia na sala e a coragem líquida nas minhas veias começaram a promover uma transformação. Claro, eu parecia um idiota, mas vários de nós também. Embora alguns dos caras no grupo tivessem a malemolência, muitos faziam suas próprias interpretações do meu estilo desajeitado. Jerome, o Robô do Futebol, ficava pulando para cima e para baixo, com força o bastante para fazer o chão duro de madeira tremer. Vinh Tran estava ou tentando fazer malabarismo com bolas de energia invisíveis ou se preparando para jogar um *hadouken* em alguém. Um cara magro chamado Andy podia estar tendo uma convulsão. Apesar de toda a ansiedade, dava para dizer que eu ficava na média.

A partir dessa percepção, senti uma onda repentina de solidariedade. Eu estava ali com o meu povo, a Gangue Doente do Pé, e juntos éramos intocáveis. Comecei a pular para cima e para baixo ao lado de Jerome e, naquele momento, ele não era um estranho qualquer de outra escola, mas sim um irmão de combate. Ele deu um grito e bateu o peito contra o meu.

"Dynamite", do BTS, começou a tocar e todo mundo abriu espaço para deixar Vinh tentar fazer a minhoca, o que acabou parecendo um peixe morrendo, mas recebeu aplausos. Do outro lado da rodinha, Chance dançava parado com passos pequenos e seguindo a batida, como um personagem preparado de um jogo de luta. Ele fazia parecer tão natural: o inclinar de uma das mãos, o deslizar de um pé; movimentos minúsculos que incrementavam uma noção fascinante de *ritmo*. Ele me percebeu olhando e deu um sorriso, o primeiro sincero desde que chegáramos.

Ridley veio pulando até nós quando o círculo se dissolveu de volta para o caos.

— Tão curtindo?

— Demais!

Mesmo sobre a música estourada, a resposta de Gabe foi um pouco alta demais.

— Você sabe dar uma festa boa, Riddlezinha. — Angela se remexeu ao extremo em direção a Ridley, o que a provocou a dançar daquele jeito também, e o resto do mundo desapareceu temporariamente enquanto minha visão periférica se esforçava para focar em peitos saltitantes, mas sem encará-los diretamente.

Quando alternaram a dança para movimentos menos debilitantes, olhei em volta à procura de Chance…

… e o encontrei do outro lado da sala, encurralado contra uma porta deslizante de vidro por Natalie Chambers, uma corredora de cross-country magra como um galgo, seminua em uma fantasia de Arlequina e sufocante ao extremo. A expressão dele era daquela tolerância educada que se usa quando o cachorro de um amigo fica sarrando no seu calcanhar.

De olho na cena, Ridley cruzou os braços.

— Refresca a minha memória do porquê de eu ter que convidá-la?

Angela deu de ombros.

— Porque eu quero comer a bunda dela como se fosse uma maçã.

— Ela é hétero, Ange.

— Todo mundo é hétero até não ser mais.

Angela não fazia ideia de como essa afirmação era apropriada nesse caso, mas Ridley continuou irredutível.

— É melhor alguém resgatar ele antes que ela passe clamídia praquele macacão.

— Deixa comigo. — Gabe passou a mão pelo comprido cabelo preto, estufou o peito e atravessou a multidão como uma bala. Quando alcançou o outro lado, posicionou os pés bem abertos e apontou.

— Ng! — berrou. — Você! Eu! Batalha de dança.

Natalie pareceu decepcionada, mas não dava para ficar no caminho de um desafio tão formal. Relutante, ela se esgueirou para se juntar ao resto dos convidados e abriu espaço para os dois.

Gabe era uma daquelas pessoas com ritmo natural e confiança que faziam até mesmo a dança mais patética parecer boa. Ele esperou pela batida, então fez o movimento do sprinkler, seguido pelo do carrinho de compras. Terminou com uma pose exagerada de *street dance* que conquistou uma risada do público.

Chance sorriu e rebateu com um *body roll* que começou nos pés e foi vindo beeeeeem devagar corpo acima numa onda que fez meus órgãos internos serem perfurados por arco-íris. Quando a onda chegou à cabeça, ele reverteu, e transformou o movimento em um típico *pop-and-lock*. Atrás de mim, Angela gritou:

— Eita, *porra!*.

Gabe apenas sorriu, mandou o cavalinho invisível de "Gagnam Style" e acabou com um movimento de flossing...

...que Chance logo eviscerou com um *moonwalk*.

A audiência entrou em furor. Gabe desistiu de jogar limpo e atravessou a rodinha sarrando em uma série de girinhos até invadir o espaço de Chance.

— Se rende, Ng!

— Cara! — Chance riu e tentou desviar, mas Gabe só se virou e começou a rebolar furiosamente virando para ele, perseguindo-o por trás pela pista.

— Você não é capaz de derrotar o meu popô! Minha raba é campeã!

Chance ria histericamente enquanto tentava, sem sucesso, se proteger do bombardeio de bunda de Gabe.

— Tá bom, tá bom, você ganhou!

Gabe ajeitou a postura, Chance agarrou o punho dele e ergueu seu braço como um lutador de boxe.

— O vencedor!

Todos comemoraram e lotaram a pista mais uma vez.

Se ainda tinha sobrado alguma hesitação no recinto, Gabe a despedaçara. Os convidados estavam se agitando de um lado para o outro, dando tudo de si enquanto Dua Lipa gritava pelas caixas de som nos mandando ter contato físico.

Meu pequeno grupo de amigos cercou Chance, criando uma festa dentro da festa. E, conforme uma música se misturava com a outra e suor escorria pelo meu tronco nu, percebi que Gabe tinha me dado um presente.

Agarrei Chance e puxei-o para um tango, com os braços esticados enquanto marchávamos pela pista de dança. Eu o inclinei para trás, depois o girei para longe, soltei e fingi que o estava pescando. Ele sorriu e voltou pulando e se contorcendo para mim.

As pessoas riram, mas melhor ainda: perderam o interesse. Afinal, Gabe já fizera aquela piada. E, com isso, criara um precedente. Ninguém precisava que saber que, secretamente, eu saboreava cada toque do corpo de Chance, as mãos nas minhas costas expostas e a cintura dele atrás da minha quando eu rebolava. Quanto mais provocativos e escrachados fossem nossos passos, mais desaparecíamos diante da atenção de todos. Só dois caras fazendo palhaçada. Fingindo serem gays para tirar sarro. Coisa de *brother*.

Chance percebeu também e deu um sorriso malandro enquanto orbitávamos um ao outro. Outros entraram no nosso jogo e ficavam se revezando agindo de forma atrevida ou ridícula. Ridley circundou Chance como se ela fosse uma stripper e ele, a barra, e depois convenceu-o a posar conosco para uma foto para tirar uma foto. Natalie até me achou digno de sua atenção por um breve instante antes de se atirar no peito malhado de Jerome. E, ainda assim, não importava se Chance e eu estivéssemos esmagando Gabe em um sanduíche másculo ou pulando juntos ao som de "Walk the Moon", não havia como interromper a nossa conexão. Até quando não estávamos dançando juntos continuávamos dançando *juntos*. Parecia gravidade, puxando meu corpo em direção ao dele o tempo todo. A cada vez que nos tocávamos um circuito se completava, e eu conseguia sentir a mesma eletricidade que fritava meus nervos atravessando seu rosto. Toda vez que Chance roçava contra meu peito nu, era como pular de uma ponte.

334 JAMES L. SUTTER

Então começou a tocar uma música da Darkhearts.

— Opa, eu conheço essa música! — Natalie, bêbada que só, se jogou nele quando os sintetizadores estilo Lady Gaga se juntaram ao baixo estrondoso de "Sick Transit". — Ela cutucou o peito dele. — É *você*!

— Pois é. Sou eu.

Chance deu um sorriso tolerante e foi sutilmente para o lado, fora do alcance de mais cutucões.

— Você devia cantar!

Vi a luz sumir dos olhos dele.

Angela colocou um braço ao redor dos ombros de Natalie.

— Nati, mulher. O rapaz não tá trabalhando.

Mas já havia gente se amontoando ao redor. Olhei para Ridley, para que ela acabasse com aquilo, mas ela estava encarando Chance com olhos cheios de culpa e esperança.

— Você não precisa, de jeito nenhum — disse a anfitriã. — Mas *seria* incrível…

Alguém na aglomeração começou a entoar:

— Chance! Chance! Chance!

O grito de guerra se espalhou, como de praxe. Ele me lançou um olhar desconfortável.

— Gente — falei.

Mas ninguém me ouvia. Chance olhou para os rostos cheios de expectativa em volta e viu que o estrago estava feito. Colocou os ombros para trás e deu aquele sorriso de revista para os presentes.

— Claro. Tranquilo.

As pessoas comemoram. Ridley correu para pegar o celular.

— Deixa eu colocar do começo.

Todo mundo recuou quando a música recomeçou.

— A dança também! — gritou Natalie. — Do clipe!

A concentração esvaziou seu rosto, e Chance de repente parecia ter dez anos de idade. Suas mãos abertas foram rápido para cima e, como morcegos, cruzaram a frente de seu rosto enquanto Chance começava a cantar:

Acho que pegou aqui
A doença que vi em ti
Você me faz implorar
E eu deixo a febre queimar
É que a sua atenção... é infecção...
É que o seu suplício... é meu vício...

Ele avançou pela coreografia com movimentos afiados e cirúrgicos complementando a letra penetrante. Sua voz combinava com a da gravação, comparando a vida e relacionamentos a doenças terminais, condenados desde o início, então era melhor que aproveitassem. Era uma canção romântica mórbida com uma pegada "dançando no fim do mundo", e tão contagiosa quanto a metáfora.

Outro drinque de lata aparecera de algum modo na minha mão, e fui com tudo enquanto o observava ascendendo mais uma vez ao Olimpo, bem ali na sala de estar de Ridley.

Sempre foi assim. Mesmo quando tínhamos dividido o palco, era sempre para ele que todo mundo olhava. Na época, eu sentia certo orgulho, e havia algo parecido agora (já que, enfim, Chance era um pouco meu, o que fazia com que sua vitória fosse minha também). De fato, a antiga invejinha continuava presente (observando o jeito como os olhos acompanhavam cada movimento dele), mas eu tinha evoluído. Era capaz de contê-la, de garantir que os sentimentos bons reinassem sobre ela.

Por outro lado, *caso* ainda existisse algum ressentimento... seria pelo fato de que Chance parecia não apreciar o que tinha. Será que ele entendia que *isso* (esse momento, um público fissurado em cada movimento seu) era tudo? Não fazia diferença se era em uma sala de estar ou em um estádio. Era o paraíso. As pessoas não apenas o amavam, mas agora *imploravam* pela oportunidade de estar aos seus pés. Ter tido tanto trabalho para cultivar algo assim só para ficar ofendido quando funcionara parecia hipocrisia. Que peninha, estrela do rock, mas se você não queria a atenção de todo mundo, por que correu atrás disso por tanto tempo? Não dá para ficar gritando *olhem para mim* por anos e depois ficar chateado quando todo mundo olha.

Rispidamente, lembrei a mim mesmo de que estava tudo bem. Eu conseguia perdoá-lo. Eu *tinha* perdoado. E esse pensamento trouxe um tipo diferente de orgulho.

Chance terminou a música e encerrou a dança numa pose de super-herói com a mão no chão. Os convidados o cercaram, puxaram-no para que ficasse de pé e lhe deram tapinhas nas costas.

Gentilmente, decidi dar esse momento a ele. Cambaleei pelo corredor até o banheiro apoiando uma das mãos na parede para me equilibrar e fiz o xixi mais majestoso da minha vida. Uma súbita tontura atingiu minha cabeça, me obrigou a colocar as duas mãos contra a parede acima do vaso, e confiei na gravidade e na graça de deus para acertar a mira. Jesus, eis aqui teu filho.

A cada galão que deixava a minha bexiga, eu me sentia ficando mais bêbado. Será que tinha alguma coisa a ver com hidratação? Ou só peso corporal? Se eu perdia peso ao fazer xixi, então a taxa de álcool por quilo aumentava, né? Deviam ter colocado *essa* questão no vestibular.

Por fim, o rio secou. Lavei as mãos, me assustei ao ver meu torso pelado no espelho (*verdade, eu estava sem camisa*) e voltei pelo corredor até a festa. Estavam todos amontoados dançando de novo, com uma exceção.

Chance tinha desaparecido.

Vinte e quatro

Minha primeira suspeita foi de que Ridley levara Chance para algum lugar, uma possibilidade que, por si só, já revirou meu estômago. Mas não... lá estava ela, na pista de dança. Me apressei em sua direção. Levando em consideração que estava bem mais para lá do que para cá.

— Você viu o Chance? — gritei sobre a música.

Ela apontou para as portas de vidro que davam para o deque.

— Foi fazer uma ligação.

— Ah, valeu.

— Deixa as portas fechadas pros vizinhos não chamarem a polícia. — Quando a canção seguinte começou, Ridley inclinou a cabeça para ouvir. — Aí, *sim!* Eu amo essa!

— É a sua playlist. Você *ama* todas.

Mas eu já estava andando.

Lá fora, no deque elevado, o ar estava delicioso de tão limpo depois do aglomerado de suor e hormônios. Uma brisa de fim de verão gelou o suor na minha pele e traçou trilhas geladas no decorrer do meu torso enquanto a batida abafada do baixo enfatizava a quietude da cidade à noite.

Chance não estava ali e nem mais para baixo, no pátio cercado. Senti uma pontada momentânea de pânico, mas então senti um cheiro distante de morango. Desci as escadas até o gramado.

Das sombras debaixo do deque, um LED verde se acendia, apagava, e então ficava embaçado por uma lufada de vapor.

— Te achei — falei.

— Me achou.

Chance puxou o cigarro eletrônico outra vez.

Sentindo o concreto áspero da área externa através da meia, me aproximei para ficar ao seu lado e me apoiei na fundação de cimento.

— É a primeira vez que te vejo fumando essa coisa, sabia?

— Ah, pois é. — Ele resmungou as palavras sem respirar e depois exalou uma torrente longa e pungente. — Não é um vício. Só uma desculpa.

Queria que Chance tivesse escolhido outro sabor. Perto assim, a doçura artificial me dava náuseas, uma trindade profana de aromatizante de mictório, purificador de ar e bolacha de morango. Reclinei o corpo para fora da nuvem.

— Uma desculpa pra quê?

O cigarro eletrônico brilhou quando ele deu outra tragada.

— Pra sair.

Finalmente entendi que a monotonia em seu tom de voz não era só por segurar a respiração.

— Não tá se divertindo?

Chance deu uma risada de fumante, áspera como a de um dragão.

— Tá falando sério? A gente tá na mesma festa?

Fiquei incomodado.

— Qual é o problema?

— Meu deus, Holc, por onde eu começo? — Ele gesticulou com o *vape*. — Ser molestado por garotas bêbadas que acham que são minhas donas porque viram um clipe meu alguma vez? Ter que fazer um *meet-and-greet* particular com cada convidado na sala? Ou talvez a festa inteira parar pra me ver dançar que nem a porra de um *animal de circo* pra divertir todo mundo?

Cruzei os braços.

— O pessoal queria te ver se apresentar. Você deveria ficar lisonjeado.

— *Lisonjeado*? — Chance parecia embasbacado de verdade. — Você fica lisonjeado quando vem um mendigo te pedir dinheiro?

— Nossa. Você tá *tentando* parecer um babaca agora?

— Não é isso que eu estou tentando dizer! A questão é que eu odeio ter que estar sempre *ligado*. Eu não tinha aquecido, minha voz podia ter falhado. Eu podia ter errado um passo e caído de bunda no chão. Aí alguém filma, põe no YouTube e do nada eu viro uma piada. É a minha *carreira*, Holc!

— Cara, você precisa relaxar. Mesmo que algo *tivesse* dado errado, a sua carreira não é tão frágil assim. Talvez fosse vergonhoso, mas também serviria pra te fazer parecer mais real e humano. — O veneno em mim não se aguentou e acrescentou: — Lembra de ser humano?

Ele semicerrou os olhos.

— O que é que *você* quer dizer com isso?

— É só que você parece chateado pra caramba por todo mundo te amar.

— Todo mundo *quer* alguma coisa de mim! Eu não pedi pra ser exibido por aí igual um porco numa quermesse!

— Pelo menos você ganhou o prêmio. — Em algum lugar no fundo da minha mente, uma luz vermelha de aviso piscava, mas era minha irritação quem estava no comando agora. — Pra mim também não é fácil, sabe. Ficar pra trás enquanto você recebe toda a atenção. Ter que ver a Ridley te exibir pra todo mundo como se você fosse o namorado dela.

— Ah, *olha* ela aí! — O sorriso debochado de Chance não representava humor algum. — A clássica inveja do David Holcomb. Já temos nossa motivação, detetive. — Ele meneou a cabeça. — Caso você tenha se esquecido, eu só vim hoje à noite porque *você* me obrigou.

— É lógico, porque é muito sacrifício sair com a gente, os plebeus.

— Não vem com essa, não! Você ficou todo animado pra me trazer quando pensou que quem ficaria me exibindo seria *você*. Mas agora que eu tô *aqui* mesmo, ficou bravo porque ninguém sabe que você tá ficando com o Chance Kain.

— Ah, claro! Eu devia me sentir *honrado* por estar chupando o famoso *Chance Kain!*

Mesmo assim, pelo menos metade da acidez no meu tom de voz respigou de volta e queimou como humilhação. Ele estava certo, eu *queria* que todo mundo soubesse. Que ficassem com inveja de mim. Só não havia admitido isso para mim mesmo.

— Eu sabia. — Chance rompeu o contato visual e olhou para o pátio. O reflexo da luz refletiu um brilho em suas bochechas e, chocado, percebi que ele estava chorando.

Minha raiva se apagou. Tentei pegar sua mão.

— Cara...

— Te falei que isso ia acontecer! — Com a voz engasgada, empurrou bruscamente minha mão e se virou. Mais baixinho, continuou: — Sempre acontece.

— Ei.

Assumi o risco, dei um passo para trás dele e o envolvi em um abraço.

Chance ficou rígido em meus braços, mas pelo menos não me empurrou para longe.

— Você tá certo — admiti, tentando chegar num tom conciliatório. — Eu queria, *sim*, que as pessoas soubessem de nós dois. Porque eu te acho demais. Desde que a gente tinha dez anos.

Ele bufou.

— Você acha que eu sou um babaca.

— Também. — Beijei a lateral de seu pescoço. — Você tem muitas facetas.

Chance bufou de novo, mas se encolheu mais ainda.

— Todo mundo só se importa com a minha fama.

Dei uma risada.

— Cara, o que eu *menos* gosto é da sua fama. — Apertei ainda mais seus ombros. — Tudo isso seria muito mais fácil se você fosse só você. — Enterrei o rosto em seu cabelo. — E eu ainda ia querer ficar te exibindo por aí.

Ele relaxou os ombros e, com um suspiro, se apoiou contra mim.

Finalmente. Talvez fosse o álcool colocando um filtro bonitinho sobre a coisa toda, mas tive a sensação de que eu havia lidado até que bem com a situação. Claro, com alguns solavancos, mas, no fim das contas, Chance precisara de consolo, e fora o que eu lhe dera. Mais dez pontos para o namorado aqui.

Só que eu continuava cheio de adrenalina por causa da discussão, e essa energia precisava ir para *algum lugar*. Com Chance apoiado em mim, estava ficando claro como o macacão dele era fino mesmo.

Minha mão foi até o zíper na garganta de sua fantasia.

— Que tentação.

— Cara. — Chance agarrou-a e ajeitou a postura. Uma camada de ar se apressou entre nós como um fosso. — Você vai ter que absorver que assim em público não dá.

Dei um passo adiante para diminuir a distância.

— Aqui fora ninguém vai ver a gente. — Me inclinei para respirar em sua orelha, e em seguida me remexi quando senti a inspiração. — Não, espera aí! Eu devia ter dito: "não é só isso que eu vou absorver".

Ele saiu dos meus braços, se virou para me encarar e revirou os olhos.

— Você tá bêbado.

— E você é um gostoso.

Chance fez careta.

— Ainda tô bravo.

Eu o prendi suavemente contra o poste que apoiava o deque.

— Nisso eu dou um jeito.

Beijei-o e senti o gosto de café com creme do White Russian em seus lábios. Chance hesitou e, por um instante, fiquei preocupado que tivesse ido longe demais, mas ele me beijou também e vagou com as mãos pelas minhas costas nuas. Pressionei meu corpo contra o dele; nossas pernas foram se entrelaçando e os quadris roçando um no outro. Enfiei uma das mãos entre nós, encontrei o zíper de novo e fui abrindo... e abrindo... e abrindo...

Ele mordeu meu lábio e, com uma careta, afastou o rosto.

— Você não pode consertar tudo com sexo.

Trilhei seu pescoço de cima a baixo com beijos.

— Tem certeza?

Chance estremeceu e fechou os olhos quando deslizei uma das mãos para dentro do macacão.

De trás dele, veio uma única palavra.

— Nossa.

Com um movimento brusco, Chance me empurrou para longe e me fez cambalear para trás. Me virei e vi Ridley parada no pé da escada. Parecia arrasada naquele roupão maltrapilho.

— Então — disse ela, toda perdida. — Isso explica algumas coisas.

— Ridley. — Meu cérebro estava a mil. — O Chance e eu, a gente só tava, hum...

— *Não*. — Minha amiga pareceu recuperar a compostura e solidificou a voz. — Por favor. Há quanto tempo isso tá rolando?

— Hum. — Mentir àquela altura parecia errado. Ainda mais errado. — Umas seis semanas.

— Caramba. — Ela virou a cabeça como se tivesse levado um tapa. — E você ficou mentindo pra mim esse tempo todo.

— Eu não tava *mentindo* — protestei. — Só não te contei.

— E tem diferença? O nome é "mentira por omissão", David. Pode pesquisar. E *você*. — Ela enquadrou Chance.

— Eu sabia que nosso encontro era de mentira, o seu empresário deixou isso *bem* claro, mas pensei que a gente estava pelo menos virando amigos. Mas você não tava nem aí, né? Só queria um disfarce. Uma menina pros sites de fofoca, porque você é covarde demais pra sair do armário.

— Ridley! — Levantei a mão ao mesmo tempo em que Chance disse:

DARKHEARTS: A MELODIA DO CORAÇÃO 345

— Não é justo!

— Não é? Então explica por que é que você pode fingir que vai me levar pra sair, mas nem me conta que tá namorando o meu melhor amigo. — O lábio dela tremia sem graça alguma. — Você é rico, famoso e mora numa das cidades mais gays dos Estados Unidos. Você é intocável. Sabe quantos adolescentes se assumem todo dia *sem* essas vantagens? Você podia ser uma inspiração. Mas não, fica nesse teatrinho ambíguo de "Ai, será que ele é? Será que não é?" pra poder lucrar com os jovens LGBT sem se comprometer.

— Você não entende — insisti.

— Ah, não entendo? — Ela apontou para o meu rosto. Sua pele escura cintilava na luz perdida da festa lá em cima. — Quer me falar de como é viver sendo minoria, David?

— Não preciso dessa merda.

Chance subiu o zíper e passou por mim a caminho da lateral do pátio que levava à rua.

— Chance, espera! — Comecei a segui-lo. — Eu vou com você.

— *Não.* — Sua voz ressoou como um chicote. Ao ver minha expressão de choque, ele suavizou um pouco o timbre. — Vou pra casa. Tenho um voo amanhã cedo.

— Mas...

Então foi para o lado da casa e sumiu.

Voltei para Ridley.

— Valeu mesmo, miga.

— *Você* ficou chateado? — Ela meneou a cabeça. — Não dá pra acreditar, David. Você *sabia* que eu gostava dele. Quantas vezes você ficou lá sentado, quieto enquanto eu bancava a otária?

— Hum.

Isso fazia sentido.

— Naquela noite que você desapareceu com ele... antes de você sair, perguntei com todas as letras se tinha alguma coisa que eu precisava saber.

— Bom, mas *ainda* não tinha.

O que, tecnicamente, era quase verdade.

— Você é tão idiota, David. Devia ter me contado que tava a fim dele. Eu te conto *tudo*, é pra *isso* que servem os melhores amigos. — Seus braços cruzados se tornaram um abraço em si mesma. — Você sabe que eu teria te apoiado, né? Você gostar de meninos não muda nada.

— Sei.

Eu estava começando a me sentir um pouco enjoado.

— Então por que não me contou?

Não havia uma resposta segura.

— Você não confia em mim? — perguntou.

No fim das contas, ficar em silêncio era uma resposta por si só. Ridley arregalou os olhos.

— Ai, meu Deus. Você não confia. — A voz dela soava distante, quase desacreditada.

— Eu confio em você pra muita coisa — argumentei.

— Mas não quando se trata de algo importante. — E apertou ainda mais o roupão ao redor do corpo. — Eu não passo de um peão nos seus esquemas.

— *Como é que é?!* Faz semanas que você tá tentando me fazer arranjar o seu lado com o Chance! Não é o mesmo tipo de esquema?

— É diferente!

— É mesmo? E aquele lance de cobrar um favor à lá Poderoso *Chefão* pra fazer ele postar sobre o seu blog?

Ela parecia desconfortável.

— *Você* é que tá usando *a gente*. Pro seu blog, pra sua festa...

Minha resposta morreu quando Chance surgiu da lateral do pátio. Ele nos encarou com um olhar que tinha as mesmas medidas de raiva e de vergonha.

— Preciso do meu tênis.

E, em silêncio, subiu de volta os degraus para o deque com as meias úmidas estapeando a madeira. Os sons da festa eclodiram quando as portas de vidro se abriram e fecharam.

Ficamos o observando. Ridley meneou a cabeça de novo.

— Só não posso acreditar que você mentiria pra mim.

A chegada e reabandono de Chance minaram o que restava do meu autocontrole.

—Ah, dá um tempo, Ridley! Você sabe exatamente como teria sido.

— O quê? — Ela parecia chocada.

— Você ficaria na minha cola o tempo inteiro, forçando pra saber detalhes, analisando, pressionando pra fazer alguma coisa acontecer. Você teria entrado em parafuso, tramaria um monte de coisa, transformaria tudo num *dramalhão* e ainda me arrastaria junto. Tudo é um filme pra você. Tudo é um *plano*.

— Me interrompi e, trôpego, puxei o ar. — Eu só queria lidar com tudo isso sozinho, beleza?

Ela me encarou. O vento, cheirando a grama e pavimento, soprou entre nós. Ficar ali, de pé no ar gelado, já não fazia mais com que eu me sentisse refrescado. Só exposto.

— Bom — disse Ridley, baixinho. — Isso você conseguiu. — Olhou para o deque atrás de nós, para a festa que organizara. —Acho que você devia ir embora.

— É — respondi. — Eu também.

E fui.

Vinte e cinco

Eu esperava acordar com umas doze mensagens de Ridley. Ela não era do tipo que deixava um desentendimento no ar; se tivesse um problema com alguém, não escondia e deixava bem claro até que a pessoa se desculpasse ou os dois desistissem. Dessa vez, não tinha mensagem nenhuma. Conforme o silêncio se estendeu para segunda e terça-feira, o peso da situação começou a cair sobre mim e a me fazer questionar se talvez eu devesse romper essa tradição e dar o primeiro passo.

Mas também: foda-se. Pelo que eu tinha que me desculpar? Claro, eu não havia contado sobre eu e o Chance, mas por acaso era minha obrigação contar para ela cada aspecto da minha vida? Não era porque *ela* não guardava segredo nenhum que eu deveria fazer o mesmo. Parecia até que eu tinha a instigado de propósito, mas eu havia tentado evitar que Ridley se investisse emocionalmente naquele romance de fantasia a cada reviravolta. Além do mais, fora ela quem chateara Chance na festa, exibindo-o, em vez de protegê-lo como uma boa anfitriã faria. Eu o levara como ela quisera (como um *favor* para minha amiga) e Ridley transformara tudo numa confusão. E, de algum jeito, *eu* é que era o vilão?

Eu não era um completo babaca. Havia aceitado minha parte da culpa, assim como sempre fiz. Mas Ridley envergonhara meu namorado e me expulsara da festa que eu ajudara a planejar. Se estava esperando que eu pedisse desculpa primeiro, era melhor esperar sentada.

E, mais preocupante do que isso, era o silêncio de Chance. Na viagem para Los Angeles, ele tinha massacrado meu celular sempre que não estava realmente trabalhando. Agora, porém, esperava horas antes de responder e, quando mandava alguma coisa, eram mensagens praticamente monossilábicas.

Prova A:

Eu:
Oi! Como tá a capital?
Já te convenceram a concorrer
a presidente?

Chance:
☺

Ou esta troca empolgante:

Eu:
Como vai a gravação com o pessoal
da Aventine? Tá saindo coisa boa daí?

Chance:
Aham. eles são
legais.

Nem ser direto adiantava:

> **Eu:**
> Oi, desculpa pela festa chata.
> Vou te recompensar quando
> você voltar, prometo. 😇

Chance:
Suave.

Eu tinha conversas melhores com as mensagens de spam que tentavam me convencer de que tinha algum problema no meu CPF.

A perseverança acabou valendo a pena. Conforme continuei o bombardeando com bom-humor, Chance foi voltando a se abrir aos poucos. Na quarta-feira de manhã, me mandou fotos da viagem do lounge VIP do aeroporto enquanto esperava o avião para voltar. Uma se destacou em particular: ele na cabine de gravação usando fones gigantescos de estúdio, tão gato que chegava a ser letal. E eu falei isso para ele.

Chance:
Letal, é?

> **Eu:**
> Demais. Morri.
> Na minha lápide tá escrito:
> "aqui jaz David, mortinho da silva /
> o sangue da cabeça foi todo pro pau /
> e ele se deu mal".
> (sei como você gosta de uma boa poesia)

Chance:

...

Você acha isso romântico,

né?

Eu:

O vampiro aqui é você. Sexo

e morte, gatinho. *La petit mort.*

(é sexy porque é em francês.)

Chance:

Oui oui.

Eu:

kkkk o cara disse uiui.

Chance:

Tá ouvindo esse barulhão?

Ah, era você destruindo o clima.

Eu:

Que seja.

É que parece que você tá se

divertindo tanto naquela foto. Queria

poder estar contigo.

Mas tomara que a gente consiga

fazer essas coisas juntos de novo

logo! 🤞

Houve uma pausa longa o bastante para me fazer pensar que Chance pudesse ter embarcado. E então:

Chance:
Se você ainda quiser fazer
a audição, a minha produtora vai
tá em Seattle na sexta à tarde.

Parecia que alguém tinha colocado meu coração em um grampo tipo c e apertado. Era o que eu estava esperando, mas agora, depois de toda a estranheza da festa, parecia tudo errado. Apressado demais, de repente demais.

Eu:
Mas você nem tem um segundo verso ainda!

Chance:
Vou ter. Só repete os mesmos acordes.

Respirei fundo. Pelo visto, era agora ou nunca. Havia apenas uma resposta apropriada:

Eu:
Beleza. A gente consegue.
Vou na sua casa hoje à noite e amanhã
pra gente praticar até não poder mais
e deixar tudo direitinho.

Outro longo intervalo em que pensei que o tinha perdido de novo.

Chance:
Eu vou tá bem ocupado
na real.

Encarei o celular. O que estava acontecendo?

Eu:
Você quer dizer que não pode
ensaiar?

Chance:
Vai dar certo. Vou atualizar a batida.
Ah, e ela disse que seu pai
precisa assinar uma autorização.
O Benjamin vai te enviar.
Tô embarcando agora. Tenho que ir.

Então ele sumiu, e me deixou sentado na mesa da cozinha relendo a conversa mil vezes enquanto meu cereal ia amolecendo rapidamente.

Nada daquilo fazia sentido. Eu entendia o motivo de Chance estar chateado por causa da festa, mas isso era só mais um motivo para me querer de volta na banda, né? Agora ele estava cem por cento sozinho na fama, separado de todo mundo. Quando eu chegasse no mesmo nível que ele, isso não seria mais um problema. E se ele não quisesse ir em frente com a audição, Chance podia simplesmente não ter marcado, ou mentido e dito que a gravadora recusou. Então para que agir estranho assim?

Eu continuava pensativo algumas horas mais tarde, quando Jesus se inclinou contra a serra de bancada ao meu lado com um café em mãos.

— Tudo certo?

Pisquei, tentando suprimir os pensamentos a respeito de Chance.

— Aham, tudo ótimo.

Ele ergueu uma sobrancelha grossa.

— Certeza?

Pego no flagra.

— Aham…? — consegui responder. — Por quê?

Ele assentiu em direção à pilha de tábuas que eu estava cortando.

— Porque te pedi pra cortar com 45 centímetros e você cortou todas aquelas com quarenta.

— Ah, *merda*. — Agarrei o caderninho amarelo batido que usávamos. E, claro, lá estava o número 45. Na minha própria caligrafia. — Merda. Desculpa, Jesus. Eu pago pela madeira.

Ele fez um gesto de "deixa para lá".

— A igreja tem bastante dinheiro. E a gente encontra algum outro lugar pra usar essas aí. Mas presta atenção na serra, viu? Quando perder os dedos você vai ficar com saudade.

— Presto. Prometo.

— Eu sei. — ele tomou um gole do café. Jesus tinha um daqueles rostos sofridos estilo Danny Trejo que fazia com que cada ação parecesse majestosa, até beber *lattes* em temperatura ambiente. — O que é que tá acontecendo, hein? Problema com garotas?

— Não.

Escapei, mas por pouco.

Ele assentiu.

— Quando tiver, é só falar comigo.

Do outro lado do recinto, Denny bufou.

— Você se casou três vezes, velhote.

— Exatamente! — Jesus sorriu. — É experiência pra caramba! Eu valho por um painel inteiro de especialistas.

DARKHEARTS: A MELODIA DO CORAÇÃO **355**

— Claro. — Denny olhou de cima de sua escada e nossos olhares se cruzaram. — Acho que o Dave aqui só tá triste porque a escola vai começar e ele não vai poder mais passar o dia inteiro com a gente.

Ela estava me oferecendo uma saída, caso eu precisasse. Mas ao me juntar à brincadeira e desviar do problema da minha vida romântica, percebi que Denny também tinha razão. Eu ia *mesmo* desistir disso, e não apenas pelos nove meses da escola. Se meu retorno à Darkhearts desse certo, essa seria uma das últimas vezes que eu ouviria os dois implicando um com o outro. Seria o fim das aulas de marcenaria com Jesus. Caramba, eu não estaria nem no mesmo *estado* que ele na maior parte do tempo.

Ou que o meu pai. Eu não havia pensado muito nisso antes, mas era óbvio que ele não poderia me acompanhar na turnê. A expectativa não era de ficar rico como Chance de um dia para o outro, e alguém precisava nos sustentar. Quão estranho seria vê-lo apenas em alguns meses? Talvez não fosse muito diferente de todo mundo que ia para a faculdade no ano seguinte, mas me mudar nunca fora parte do meu plano antes. Pensar no meu pai vendo TV sozinho em casa de repente parecia extremamente deprimente.

Mas não havia tempo para pensar naquilo. Primeiro, eu precisava ter uma conversa com o meu pai.

Quando chegou o horário do almoço, sugeri que nós dois fossemos até o *food truck* Perro Feo. Enquanto comíamos as *tortas* mexicanas na van, perguntei como se não fosse nada:

— Então, eu preciso tirar a sexta de folga.

— E eu preciso de um milhão de dólares. — Ele deu um mordidona que fez molho escapar para a parte de trás de sua mão.

— É, mas eu tô falando sério.

— Eu também. Pra quê? — Papai procurou um guardanapo pelo carro que já não estivesse encharcado de gordura de carne de porco.

— Tenho a minha audição pra Darkhearts.

— A *o quê?* — E se virou para mim. — Ele tá te obrigando a fazer uma *audição?*

— O Chance, não — respondi, rápido. — A gravadora. Eles querem ver a gente junto. É preciso que você assine uma permissão.

— É inacreditável. — Ele meneou a cabeça. — Essa gente. Te obrigando a fazer um *teste* pra entrar na banda que você *começou.*

— Pai, são os empresários da gravadora. Eles não me conhecem.

— Aí é que tá! Ficaram ricos com o seu trabalho sem nem agradecer e agora querem te testar pra ver se você é *digno* de gerar mais dinheiro pra eles?

A situação estava saindo de controle rápido demais.

— Pois é, mas agora *nós* podemos pegar um pouco dessa grana. Você acabou de dizer que quer um milhão de dólares.

— Tentei dar um sorriso encorajador. — E eu não tô nem aí pra gravadora. O que importa é eu e o Chance, e finalmente ter a chance de fazer o que eu devia tá fazendo esse tempo todo.

— David. — Meu pai parou, claramente batalhando contra si mesmo. — Vocês fazerem as pazes... eu respeito. Mas lá atrás, quando *você* saiu da Darkhearts, você enchia a boca pra falar do Chance e do ego dele. E isso foi antes de entrar dinheiro na jogada. Se você entrar agora, vai acabar trabalhando pra ele.

Eu não via por esse lado. Mas não importava.

— O Jesus e a Denny trabalham pro senhor e vocês ainda são amigos.

— É verdade, e tento manter tudo casual. Mas, no fim das contas, eles sabem que quem manda sou eu. Tem certeza de que você vai conseguir lidar com isso?

— Se for preciso — respondi. — Mas também não é pra tanto. É de igual pra igual. E o Chance precisa de alguém pra ajudar a compor as músicas. Ele *precisa* de mim.

— Tá.

Papai ainda não parecia convencido, o que me incomodou mais do que eu tinha esperado. Se havia algo que eu podia dizer a respeito do meu pai, era que ele sempre acreditava em mim. Era, talvez, a única coisa no mundo com que eu podia contar.

E havia outro motivo óbvio para que Chance não me expulsasse. O maior de todos. Parte de mim mandava fechar a matraca e não deixar uma situação esquisita ainda mais complicada, mas o silêncio já não tinha funcionado nada com a Ridley. Por mais que eu odiasse manter coisas em segredo dela, ocultar informações do meu pai era ainda pior. Ele merecia mais do que isso. E eu estava cansado de me esconder.

— E, além disso , e eu o Chance estamos namorando.

— Quê?

Papai esticou o pescoço para a frente como um abutre e, confuso, semicerrou os olhos para mim.

— Namorando. — Apontei para meu peito. — Eu. E o Chance.

Ele ficou me encarando, sem nenhum som a não ser o *plim* baixinho da gordura da *torta* pingando no saco de papel.

— Caramba, David.

Pelo tom de voz do meu pai, dava para pensar que era ele quem estava morrendo na cruz pelos meus pecados. Meus olhos ficaram vermelhos.

Meu pai percebeu e inspirou fundo.

— Desculpa, é só que... — E olhou pela cabine da caminhonete à procura de algum tipo de apoio. — Se você quer namorar meninos, beleza. Mas podia ter escolhido literalmente *qualquer outra pessoa*, sabe?

— O Chance é um cara legal — insisti.

— Que, como você acabou de dizer, *precisa* de alguma coisa de você. Muito conveniente.

Eu tinha certeza de que se aquela conversa continuasse por muito mais tempo eu acabaria me humilhando e chorando.

— Olha — falei, agora exigindo. — Você vai assinar a autorização ou não?

Ele ficou ali, sentado e respirando fundo, com uma mancha de gordura lentamente se espalhando pela sacola branca do sanduíche em sua mão.

Por fim, disse:

— Se isso é o que você quer.

Fui inundado de alívio.

— Vai ser demais — respondi. — Você vai ver.

Mas tudo o que meu pai fez foi olhar para a frente e pegar as chaves. Quando a van ligou, ele balançou a cabeça de novo.

— Tomara que você saiba o que tá fazendo.

— Eu sei — falei.

Só que, por dentro, uma parte traidora de mim acrescentou: *eu espero que sim*.

Vinte e seis

Os Estúdios Ahoy, para minha surpresa, ficavam em um bairro residencial. Eu tinha estacionado quinze minutos antes da hora marcada só para garantir, e tive que verificar o endereço duas vezes para me certificar de que estava no lugar certo.

Eu não sabia direito o que esperar. Quando eu estava na Darkhearts (na *primeira* vez, lembro a mim mesmo), Eli gravara as nossas demos no porão de casa. Tudo o que eu sabia a respeito de estúdios vinha de documentários e fotografias, mas que eram sempre da parte de dentro, com a banda. Era raro que mostrassem o exterior.

O lugar parecia a casa de alguém: uma velha estrutura cinza de um andar, com uma cerca-viva onde o gramado encontrava a calçada. Tinha até um galinheiro cheio.

Eu estava prestes a conferir meu celular pela terceira vez quando Chance apareceu pela lateral da casa com o *vape* na mão. Ele me encontrou no caminho até a entrada e, meio curvado e segurando um dedão no bolso da calça jeans, disse:

— E aí?

Hesitei. Será que devia beijá-lo? Só um selinho. Era o que namorados faziam, não era? Não havia mais ninguém por perto, e ele estava um gato com a jaqueta jeans preta de sempre, aberta para mostrar uma camisa de gola assimétrica com um cordão no lugar dos botões e um cinto com fivela em formato de morcego. Mas, além disso, havia também algo de defensivo em sua postura.

Nem tive chance de entender o quê.

— Trouxe tudo o que precisa?

Ergui a *case* da guitarra.

— Aham.

— Beleza, então. Vamos nessa.

Então, ele se virou para caminhar até a porta.

Para quem tinha discos de ouro da Soundgarden e do Death Cab na sala de estar, o cômodo da frente ainda era quase uma sala normal. Havia sofás, uma TV e uma cozinha estilo anos 1950 visível do outro lado de uma passagem abobadada. Quando Chance me guiou por uma segunda porta pesada, porém, todas as ilusões de uma casa normal caíram por terra.

Estávamos em um espaço com carpete. Havia um arco de enormes mesas de mixagem debaixo de uma janela de vidro gigantesca com visão para a área de gravação. Equipamentos antigos de bobina competiam pelo espaço com monitores de última geração tanto para vídeo quanto para áudio. Mas a mudança mais desconcertante era o som: painéis de espuma com a textura de caixas de ovos preenchiam as paredes, sugando o som e deixando o ar estranhamente básico.

— Olha ele aí! — Benjamin ajeitou a postura no sofá baixo em que estava esparramado. Ele estava só sorrisos, igualzinho àquela primeira vez no teatro. Parecia ainda mais falso agora que eu já tinha visto por baixo de sua máscara, mas ele não demonstrou indício nenhum de que algo mudara quando apertou minha mão. — Tô muito feliz que você conseguiu vir.

Como se ele tivesse me convidado.

— Imagina — respondi.

— Essa é a Misha, a engenheira. — Chance apontou para uma garota tatuada que devia ser cinco anos mais velha do que nós dois, sentada na cadeira de comando à frente dos consoles. A moça acenou. — Ela tá me ajudando a gravar um diálogo pra uma parada em realidade aumentada.

— A gente conseguiu uma participação especial pro Chance no novo jogo *Pecados na Cidade* — murmurou Benjamin. — É coisa top de linha, mesmo. — Ele gesticulou para a grande janela de observação. — Que tal vocês dois irem se ajeitando? É pra Elena ficar aqui só por um tempinho e, sério, é melhor não deixar ela esperando.

A porta para o estúdio de verdade se abriu com um barulho de sucção, como a escotilha de um submarino. Tudo lá dentro era de madeira brilhante, e nossos passos ressoavam em ecos abafados enquanto atravessávamos o espaço até uma ilha de tapetes persas no centro. Pilhas de amplificadores circundavam as paredes, junto com uma bateria e instrumentos aleatórios pendurados em ganchos nas paredes.

Chance foi até um pequeno suporte no meio e pegou um fone de ouvido como se fizesse isso todo dia. Tentei demonstrar a mesma calma.

— Qual você quer? — Misha inclinou a cabeça para a fileira de amplificadores.

— Hum. — Me apressei para identificar minhas opções. De metade das marcas eu nunca ouvira falar, o que significava que eram caras. — A que for melhor.

Ela me lançou um olhar intrigado, mas gentil.

— Não é muito dos equipamentos, né? Beleza, eu escolho. Quer distorção?

— Um pouco, sim.

— Vamos usar o 800. — A moça plugou um cabo no painel frontal dourado de um amplificador *Half stack* da Marshall e me entregou a outra ponta. — Vai dar aquele timbre meio blues do Slash. Não tem pedal, então é só abaixar o volume pra um som limpo e aumentar quando quiser mais ruído.

— Valeu. — Me ocupei tirando a guitarra e a faixa para mostrar que eu sabia muito bem o que estava fazendo.

A porta se abriu de novo e outra mulher entrou, com Benjamin seguindo-a feito um cachorrinho.

Era magra e estava na casa dos quarenta e poucos anos, com cabelo ruivo e bronzeado marcante. Vestia um casaco rosa salmão que caía até o joelho com um lenço de seda de zebra e um colar hippie enorme, e ainda parecia um look profissional (ou talvez um uniforme militar). Ela irradiava confiança.

— Chance! Que bom te ver, querido. — Ela estendeu os braços e Chance, obediente, se aproximou para um abraço rápido. Quando o soltou e deu um passo para trás, a mulher pegou o queixo dele com uma das mãos e o analisou. — Você tá bonito. Tô feliz que você tirou esse tempinho pra se reencontrar.

Meio sem graça, Chance deu de ombros.

— Valeu, Elena.

Mas, à essa altura, ela já estava vindo em minha direção.

— Você deve ser o David.

— É. Oi.

— Muito bom te conhecer. — E me deu um sorrisão, mas seus olhos pareciam um scanner de aeroporto, me descas-

DARKHEARTS: A MELODIA DO CORAÇÃO 363

cando camada por camada. No mesmo tom agradável, disse:
— Você não combina com muito bem com a estética, né?

Eu havia me arrumado para a ocasião, com meu jeans mais apertado e a camisa xadrez mais justinha que eu tinha com as mangas enroladas para cima. Não era o visual vampiresco de Chance, mas ainda parecia um Cara Típico de Banda.

— O David super consegue entrar na *vibe* gótica — argumentou Chance, ligeiro. — Na real, foi ele que teve a ideia.

O que não era nem de longe verdade, mas fiquei feliz pelo apoio.

Elena comprimiu os lábios, continuou a me examinar por mais alguns segundos intermináveis e então disse:

— Bom, nada que um estilista e um *personal trainer* não possam ajustar. — Ela bateu as mãos. — Que tal ouvirmos essa música nova? — Falou por cima do ombro para Benjamin, sem nem olhar em sua direção. — Manda a engenheira gravar. Quero poder levar pra equipe.

— Claro.

O empresário se virou e acenou pelo vidro.

Houve uma breve agitação enquanto Misha ajeitava os nossos microfones e eu me acostumava com o amplificador. Testei alguns riffs para aquecer (o timbre era *mesmo* maravilhoso), mas saber que qualquer nota errada seria usada contra mim logo matou a minha vontade de improvisar.

Então, estávamos só nós dois, sozinhos sob as luzes brilhantes e os fones gigantes enquanto os outros três nos assistiam da sala de controle escurecida.

A voz de Misha ressoou pelos fones.

— Quando estiverem prontos.

Chance me olhou. Meus joelhos pareciam tão moles que chegava a ser perigoso, e o pescoço da minha guitarra já estava escorregadio com o suor das minhas mãos, mas assenti para ele.

Ele olhou de volta para a janela.

— O nome da música é "Longe de Perto".

Hum. Essa era novidade. Eu tinha achado que era "Longe". Mas o compositor era Chance e, de qualquer forma, não dava tempo de pensar muito a respeito. Um metrônomo começou a clicar e a batida de bateria que havíamos feito no computador retumbou, viva.

E eu toquei.

Minha guitarra preencheu o espaço. Cada acorde rosnava conforme eu os atacava, quente e áspero como uma lixa grossa até mesmo quando as cordas mais altas ressoavam, límpidas. O baixo das batidas da minha palma ecoava como uma percussão e se integrou à faixa simples da bateria.

Chance fechou os olhos, começou a cantar e minhas mãos entraram no piloto automático enquanto cada sentido do meu corpo se concentrava nele. Não me interessava que acertar os acordes talvez fosse a coisa mais importante que eu já tinha feito. Não havia como resistir a ele.

Quando compusemos a canção no quarto, Chance usara o sentimento para se guiar, e as letras saíram ainda cruas e viscerais. A versão de agora carregava aquele mesmo poder, a sensação de que cada palavra estava sendo dita pela primeira vez, direto para quem ouvisse. Mas havia um verniz. Convicção. Dei uma olhada discreta na cabine de controle, vi a equipe inteira concentrada e Misha assentindo. Chance era o sol, e todos éramos flores nos virando em sua direção.

Ele navegou pelo verso e chegamos ao refrão, juntos como um trovão.

Mas aí você voltou
E eu não vou mais dar pra trás...

Aquela voz me preenchia como melado quente. E, simples assim, entendi como era a sensação de amar. Era vê-lo cantar, ouvir aquelas palavras, a recusa de partir, a declaração de que valia a pena lutar pelo amor. Saber que era sobre *mim* que ele estava cantando.

O pessoal na cabine que se fodesse. A gente estava deixando claro que éramos David e Chance contra o mundo. A intensidade do sentimento ardeu em mim, e tudo o que eu podia fazer era continuar tocando sem me esforçar nem um pouco para esconder o sorriso idiota no meu rosto. Eu queria que Chance se virasse na minha direção e compartilhasse o momento; dava até para imaginá-lo fazendo isso e me dando aquele sorriso só nosso enquanto cantava.

Mas ele continuou de olhos fechados, com toda a atenção na música. Consegui parar de sonhar acordado bem a tempo de pegar o fim da batida de bateria e voltar ao verso. Cheguei até a me sentir convencido o bastante a ponto de fazer um *bend*, e sosseguei quando Chance começou a nova estrofe:

E eu ainda caio
nos seus truques de sempre
Mas a lição nessa canção
não vai deixar a sua mente
Porque você
não me enxerga
como dono de mim mesmo
Mas sua hora vai chegar
É só se sentar e esperar...

Um buraco se abriu no fundo do meu estomago.

Quando for atrás dos seus sonhos
e alcançar cada um,
a dor vai te ensinar
a hora de deixar pra lá

Quase errei a mudança de acorde e me salvei por um triz. *Beleza, relaxa.* Talvez a letra não fosse sobre a gente, no fim das contas. Talvez só o primeiro verso fosse inspirado em nós dois e esse era sobre, tipo, os riscos da fama. Chance conhecia o público... claro que não poderia existir uma música da Darkhearts *cem por cento* feliz. Não significava que tinha algo de errado com *a gente.* The Cure compusera a canção de relacionamento mais deprimente de todas quando Robert Smith estava contente que só, casado com sua namorada do ensino médio. Boa música falava a verdade, mas não precisava ser a *nossa* verdade.

Chance abrira as pálpebras. Eu o encarei, fisicamente comandando que ele olhasse para mim, mas ele manteve os olhos fixados na cabine de controle enquanto seguíamos para o refrão.

Porque aí você voltou
e ainda está dando pra trás
Você não tem o que falar,
pois não te peço pra ficar,
porque você tá longe de perto

Mas que *porra* era essa? De onde isso estava vindo? Eu não havia dado para trás com nada. Mas aquilo era bom, né? Significava que não era sobre nós de jeito nenhum.

É só a letra, David. Deixa de besteira.

Deixei o último acorde ecoar. Chance decaiu e voltou a ser um mortal. Por fim, nossos olhos se encontraram, e ele me deu um meio sorriso arrependido.

Beleza, então ele tinha tomado liberdades criativas para deixar nossa música mais sombria e estava com vergonha. Tudo bem. Um pouco da tensão em mim se dissipou.

Aplausos chegaram pelos fones. Me virei e vi Benjamin aplaudindo.

— Grande música, meninos! Tem uma *vibe* The Wallflowers com Snow Patrol. Chance, você arrasou nos vocais.

Misha também sorria.

Todos os olhos foram para Elena. A executiva, sentada ao lado da engenheira, mantinha a ponta dos dedos unidos e as palmas separadas sobre a mesa de gravação enquanto me analisava.

Ninguém disse nada. Uma gota de suor trilhou a lateral das minhas costelas de tanto nervoso.

Ela assentiu.

— Você tem potencial, rapaz.

Fui inundado pelo alívio e mal consegui evitar desabar no chão. O sangue pulsava com tanta força nos meus ouvidos que mal ouvi quando ela acrescentou:

— Mas não o bastante.

Vinte e sete

Pisquei.

— Desculpa, como é?

Elena deu um sorriso breve, simpático e profissional.

— Não leve pro pessoal. Você tem uma faísca. Só não está no nível que eu preciso que você esteja.

A sala girava ao meu redor enquanto eu tentava fazer aquelas palavras combinarem com a situação.

— Mas a música é boa. — Apontei para Benjamin. — Ele acabou de dizer.

— Claro que sim. É o Chance Kain cantando. Eu podia colocá-lo pra batucar balde numa calçada que seria um sucesso. — Elena meneou a cabeça. — Olha, não sei quantas maneiras de dizer isso existem. Não é que você seja ruim. Só não tá no nível da Darkhearts.

Chance finalmente encontrou sua voz.

— Mas o Holc já esteve na Darkhearts.

Ela deu de ombros.

— Mas isso foi antes. Se o David estivesse na banda quanto te contratei, teríamos tido anos para deixá-lo nos trinques. Não dá mais pra gente consertar alguém, e é preciso de mais do que quatro acordes e pose. Qualquer pessoa que vá substituir o Eli como o seu compositor precisa estar completo. Senão, precisamos ir atrás de produtores. — Ela se reclinou na cadeira. — Chance. Querido. Posso trazer o Mac Martin e o Savan Kotecha pra comporem pra você. A Tayla Parx. O *Pharrell*.

Vi cada nome acertar Chance em cheio, ameaçando convencê-lo, mas ele contra-atacou.

— Tá bom, beleza. E daí se outra pessoa escrever as músicas? O Chance pode tocar guitarra.

Não gostei da forma com que minha contribuição criativa foi jogada de lado, mas, pelo menos, ele estava lutando.

— Hummm. — Elena passou a língua sob o lábio superior. Fixou os olhos de tubarão morto em mim e ergueu o queixo. — Faz um Lá bemol pra mim.

— Hum… — Minhas bochechas queimaram.

— Foi o que eu pensei. — Ela se virou de volta para Chance como se eu tivesse deixado de existir. — Olha, se você quer guitarra ao vivo, tem uma centena de guitarristas pra turnê que podem quebrar tudo que nem o Van Halen e ainda parecer jovens o bastante pra combinar com a sua estética. Sinto muito, mas trazer um amador, um amador *menor de idade*, simplesmente não faz sentido. É sarna pra se coçar. Em todos os sentidos da expressão.

— Mas *eu* era um amador menor de idade — protestou Chance.

Ela assentiu, concordando.

— E agora não é mais.

Ele lançou um olhar carregado para mim.

— Mas o Holc é meu amigo.

Elena abriu os braços.

— Então, sejam amigos! Aqui são *negócios*.

Chance olhou para Benjamin em busca de ajuda, mas o empresário só fez que não com a cabeça.

— Eu entendo, cara, mas a Elena tá certa. Eu respeito a contribuição do David, mas a Darkhearts é maior do que isso agora. A Elena e eu temos uma responsabilidade com a equipe. — Uma pausa dramática. — E você também.

— É isso? — As palavras saíram com rispidez quando a parede do meu choque finalmente desmoronou. Encarei a executiva em seu lenço hipster idiota de velha. — Você pode simplesmente decidir quem entra na banda?

— Claro que não. — Ela deu de ombros de novo, cem por cento nem aí. — A Darkhearts é a banda do Chance. Ele pode trazer quem quiser. — E esticou a cabeça, encarando--o. — Mas essa indústria se baseia em conexões pessoais. Deu um trabalho enorme pra deixar a Darkhearts grande assim, e esse respeito é uma via de mão dupla. Quem esnoba aquele que tenta ajudar não pode ficar surpreso quando os esforços forem direcionados a outro lugar.

— Até parece. Como se você fosse virar as costas pra uma banda que te rende milhões. — Me virei para Chance com uma ferocidade triunfante. — Você ouviu isso? Ela acabou de admitir que não pode nos impedir. É você quem manda.

Mas ele não estava olhando para mim. Uma onda gelada tomou minhas veias.

— Chance? — Minhas mãos apertaram o pescoço da guitarra até doer. — Cara. Diz que eu tô na banda.

E ele ainda não falava nada, só ficava olhando para o chão.

— David, por favor. — A voz de Benjamin exalava falsa preocupação. — Não deixa as coisas mais difíceis do que elas precisam ser. Não é nada pessoal.

— Meu cu que não! — Arranquei o fone da minha cabeça e o joguei no chão com um baque. O cabo da guitarra se soltou com um zunido quando dei a volta para ficar na frente de Chance e encará-lo nos olhos. — Chance, que porra é *essa?*

Atrás de mim, Benjamin abriu a porta do estúdio com tudo e, sério, disse:

— Beleza, agora já deu.

Olhei de Chance para o empresário dele. Sem a cobertura falsa de Hollywood em cada palavra, o sujeito abruptamente parecia um pai. De repente, tive certeza de que eu não seria a primeira pessoa que esse cara, com todas aquelas camisetas apertadinhas e calças jeans de grife, arrastaria fisicamente para fora de um estúdio.

Passei por ele com um esbarrão em direção à porta.

Ninguém disse nada quando atravessei a cabine de controle com a força de uma tempestade, mas enquanto a porta de fora fechava atrás de mim, ouvi Elena dar um longo suspiro.

— É por isso, crianças — disse ela —, que trabalho com profissionais. O coração deles já tá quebrado.

Vinte e oito

Chance me alcançou na parte externa da casa.

— Holc, espera!

Foi um tributo à estupidez monumental da emoção humana que meu coração tenha, de fato, se alegrado pelo meio segundo que levei para dar meia-volta. Ali estava o fim hollywoodiano, tão nítido como se tivesse sido escrito por Ridley: Chance correndo atrás de mim para dizer que havia mandado Benjamin e Elena se ferrarem e que seríamos nós dois até o fim. Para pular nos meus braços enquanto a música aumentava e os créditos começavam a rolar.

Mas ele não pulou nos meus braços. Parou de repente, com uma expressão frustrada e desolada.

Esperei que ele falasse alguma coisa. Quando Chance seguiu calado, eu disse:

— E aí?

— Sinto muito.

—Ah, sim, deve sentir mesmo.

Chance enfiou uma das mãos naquele cabelo perfeito e segurou a franja.

— Cara, qual foi. Não fica assim.

— Assim *como*, Chance? Humilhado? Me sentindo traído? — O magma continuava borbulhando dentro de mim. Agarrei a guitarra para evitar que minhas mãos tremessem.

— Agora é tarde pra isso, não acha?

Um reflexo do meu próprio ardor apareceu nas bochechas dele.

— Cara! Eu não te traí! Você queria escrever uma música, então a gente escreveu. Queria uma audição, e eu consegui uma. Não é minha culpa que não tenha funcionado. *Eu fiz a minha parte!*

— Eu não queria uma *audição*, Chance. Eu queria *voltar pra banda*.

— Meu deus, Holc, o que mais você quer de mim? Você ouviu a Elena. Não vale a pena.

— Pois é, não vale a pena pra *ela*. E pra *você?* Você é a porra do Chance Kain. Podia fazer isso acontecer, se quisesse.

— Ah, claro, e cuspir na cara de todo mundo que controla a minha carreira.

— Ah, então você pode desobedecer pra fazer uma *tatuagem*, mas não por mim?

Ele meneou a cabeça, desacreditado.

— Puta que pariu, Holc. Isso aqui não é uma festa qualquer que eu posso te convidar para entrar. É a minha *vida*. Eu trabalho com essa gente. Preciso deles do meu lado.

— Pensei que você precisasse de *mim*.

— E *preciso*. — Chance tentou pegar minha mão, mas recusei. Músculos se destacaram nas bordas de sua mandíbula quando ele deixou o braço cair. — Eu sabia que era uma má ideia.

— Qual parte? — vociferei.

— Talvez tudo. — Ele prendeu os dedões nos bolsos de novo, ergueu o queixo e fechou a cara. — Eu me convenci de que talvez você fosse diferente. A gente tinha uma *história*. Foi por isso que te mandei mensagem depois do funeral, pra começo de conversa. Eu sabia que você ainda me odiava, mas não tinha problema, porque você pelo menos me *conhecia*. Mas desde que caiu a ficha de que podia me usar como atalho pra fama, é só com isso que você se importa. Igual a todo mundo.

— Ah, para com esse papinho furado de vítima. Essa audição era pra *nós dois*.

— É mesmo? — Ele comprimiu os lábios. — E como exatamente você ser grosso com os meus empresários me ajuda?

— *Eu* fui grosso?! — Apontei um dedo para a porta do estúdio. — Eles me chamaram de amador!

— Cara, você *é* amador.

As palavras me fizeram dar um passo para trás. Percebi meu movimento e me obriguei a voltar para mais perto.

— Eu toco há tanto tempo quanto você!

— É, e a gente fez o quê? Uns trinta shows juntos? — Uma ruga de frustração apareceu entre suas sobrancelhas. — Nos últimos dois anos eu fiz *trezentos*, Holc. A Elena tá certa… a gente *não* tá no mesmo nível. Não mais.

A verdade dessa afirmação se enterrou no meu peito como uma lança. Desesperado, procurei por qualquer resposta.

— Ah, é? Mas pelo menos eu sei dirigir!

Chance deu uma única risada curta e penetrante.

— É sério isso?

DARKHEARTS: A MELODIA DO CORAÇÃO 375

— Só tô falando. — Tentei imitar o ar de desdém dele mesmo. — O folgado que vive implorando por carona não sou eu.

Ele mordeu o lábio inferior enquanto sacudia a cabeça, admirado.

— Você realmente não entende, né?

— Sei lá. O que é que eu não entendo?

Chance hesitou, abriu as narinas e então assentiu levemente.

— Sabe todas as vezes que eu te pedi pra me buscar? Era por *você*.

O jeito com que isso foi dito, como se fosse um segredo que ele não tinha certeza se deveria revelar, deu um peso inesperado às palavras. O chão parecia estar se movendo sozinho embaixo de mim.

— Como é que é?

— Você tava tão inseguro. — De repente, Chance parecia cansado. — Com tanta inveja. Era como se tivesse um muro enorme entre a gente. Mas quando descobriu que eu não sabia dirigir, você relaxou. — Ele suspirou bruscamente pelo nariz. — Você precisava de alguma coisa que fizesse você se sentir superior. Algo que eu não tivesse, pra aumentar o seu ego a ponto de você parar de agir que nem um idiota imaturo. Era por isso que eu ficava te pedindo pra me buscar.

— Mentira.

Mas minha voz tremia.

— Será? — Chance riu de novo. — Eu sou milionário, Holc. Você acha que eu não posso chamar a porra de um Uber?

Me senti nu. De repente, consegui enxergar como eu devia parecer minúsculo para ele, com toda a minha mesquinharia espalhada diante dele como bugigangas numa venda de garagem. Todas aquelas vezes eu, em segredo, me permitira ficar cheio de mim, regozijando com as poucas coisas que me deixavam no mesmo nível de Chance. Só que não tinha sido segredo nenhum.

E, para piorar, aos poucos, lá pelo horizonte, se aproximava o entendimento de que ele vira tudo isso e mesmo assim havia me dado uma chance. Chance tinha engolido o orgulho para me deixar confortável.

O que significava que ele realmente *era* melhor do que eu.

E nós dois sabíamos disso.

Lágrimas quentes brotaram atrás dos meus olhos, e forcei a mandíbula para evitar que elas vazassem. Como se do outro lago de um longo túnel, me ouvi dizer:

— Talvez a gente não devesse mais se ver.

Eu esperava que ele murchasse. Para ser bem sincero, eu *queria* vê-lo sentir uma fração do que eu estava sentindo, que ele se cortasse com os cacos de vidro dentro de mim.

Ao invés disso, Chance deu um sorriso melancólico e conferiu um relógio imaginário.

— E aqui estamos nós de novo, bem na hora. As coisas ficam difíceis, e David Holcomb dá no pé. — Com os olhos arregalados, ele esticou o pescoço para a frente. — Você é *previsível,* Holc.

— Vai tomar no cu. Eu não sou previsível.

— Ah, não? — Chance riu, subitamente tão calmo e gélido como o vampiro cinematográfico que fingia ser. — Eu escrevi a porra da nossa *música* sobre isso, cara. "Porque aí você voltou, e ainda está dando pra trás"? Eu sabia que você reagiria assim. É o que você faz, Holcomb. Nada mudou. No momento em que você não consegue exatamente o que quer, você foge e se convence de que todo mundo tem culpa por não correr atrás de você. Mas e o que *eu* quero, Holc?

— Você já *tem* tudo o que eu quero!

Parei abruptamente, surpreso por deixar aquele deslize freudiano escapar. O que eu queria ter dito era "tudo o que *você* quer". Mas ambos eram verdade.

Chance percebeu também e zombou de mim.

— Então porque eu tive sucesso e você não, agora preciso passar cada minuto tentando te fazer se sentir melhor consigo mesmo? Isso não é relacionamento que se preze, Holc. Se você quer amor incondicional, arranja um cachorro. Eu passei esse tempo todo carregando o seu ego frágil numa almofadinha, e pra mim já deu.

— Bom, não precisa mais. — Tirei a faixa da guitarra pela cabeça. — Cansei.

— Claro que cansou. — Resignado, Chance gesticulou em direção à rua. — Vai. Foge, se quiser. Só não fica mentindo pra você mesmo sobre o que tá fazendo.

Ele não fez menção de vir atrás quando saí pisando forte pela calçada, mas suas palavras ficaram no ar atrás de mim.

— A culpa é toda sua, Holc. Sempre foi.

Vinte e nove

Existe um método de tortura viking historicamente duvidoso e muito conhecido por sua brutalidade chamado águia de sangue. Nele, as costas da vítima são abertas por um corte e toda a caixa torácica é quebrada como um pistache. Por último, os pulmões das vítimas são puxados por trás e esticados para criar um grotesco par de "asas".

Era como eu me sentia: esvaziado e exposto, com todos os meus medos e vergonha arrancados em cordas escuras e reluzentes.

Quando abri a porta da caminhonete, percebi que havia deixado a *case* da guitarra no estúdio. Caguei. Enfiei o instrumento solto atrás do banco do motorista e subi no carro.

Em algum nível, eu devia estar vendo a estrada enquanto dirigia, mas o trabalho de me manter vivo foi relegado por completo ao meu cérebro instintivo, aquela pequena parte que se lembra de respirar até enquanto dormimos. A outra parte da minha mente repassava as imagens da audição sem parar.

DARKHEARTS: A MELODIA DO CORAÇÃO 379

Eu não era bom o bastante. Tinha passado anos acreditando que eu ficaria tão famoso quando Chance e Eli se tivesse recebido a mesma oportunidade. Tudo o que eu precisava era de uma chance, que nem aquela música de *Hamilton*: a chance de mostrar ao mundo do que eu era capaz. E eu finalmente a tivera.

E tinha estragado tudo.

Mas nem era isso. Não fora um desastre. Eu não tinha errado os acordes ou mijado nas calças. Eu escrevi uma boa música e a toquei com tudo de mim.

Mas não fora o suficiente. Porque a verdade era que David Holcomb não tinha o que era preciso para ser um *rock star*.

E Chance já tinha percebido isso. A questão não era apenas que ele tinha me visto fracassar, era que ele sempre *soube* que seria assim. Chance nunca acreditou em mim. Agora, enquanto meu cérebro repassava cada hesitação, cada vez que ele postergara ao máximo a audição, eu percebia. Porque Chance *não queria* que acontecesse. Era capaz até de ter tentado me proteger. Eu havia montado essa armadilha para mim mesmo ao acreditar no meu próprio papo furado. Igualzinho a quando eu me convencera de que fora a banda que me deixara, e não o contrário.

A culpa é toda sua, Holc.

Ele tinha razão. Era mais fácil culpá-lo do que admitir que meu sonho, que *todos* os meus sonhos estavam mortos.

E eu mesmo os matara.

Começou a chover do lado de fora, gotinhas pesadas o bastante para cegar, mas não para evitar que os limpadores de para-brisa rangessem. O ruído se misturou às minhas lágrimas, que transformaram a estrada em borrões brilhantes de cor.

De alguma maneira, cheguei em casa. Ainda era horário comercial, e a casa estava em um silêncio sepulcral quando abri a porta. Lá em cima, enfiei a guitarra num canto e me joguei na cama.

O que não adiantou coisa nenhuma. Porque, apesar de eu ter dormido naquela cama desde os meus sete anos, agora só conseguia pensar em Chance deitado comigo. Eu ainda não tinha lavado os lençóis, e o travesseiro ainda tinha o cheiro dos produtos para cabelo dele.

Filho da puta. Em uma única noite tinha amaldiçoado minha própria cama contra mim.

Fui para o sofá da sala de estar. Me convenci a ver TV, mas o controle estava lá do outro lado da mesinha de centro, e ficar encarando a tela apagada parecia tão bom quanto o plano inicial.

A verdadeira ironia, me dei conta, era que eu nem me importava com esse lance de ser um *rock star*. Agora dava para perceber. Eu não me importaria se a Darkhearts nunca tivesse dado em nada, ou se houvéssemos nos separado como qualquer outra banda adolescente. Tocar tinha sido legal, mas, assim que o encanto sumiu, eu havia fugido sem nem pensar duas vezes.

Mas então os outros dois ficaram famosos e, de repente, todo mundo estava ciente de que eu havia jogado fora um bilhete premiado de loteria. Foi *isso* que me tirou do sério. A questão não era que eu precisava fazer sucesso, eu precisava era *não fracassar*. E Chance Kain era um lembrete cantante e dançante desse fracasso.

Não sei quanto tempo passei sentado ali, mas de repente havia chaves tilintando na fechadura. A porta se abriu e ouvi meu pai colocando a bolsa em cima da mesa.

— E aí! Como foi?

Nem me dei ao trabalho de me virar.

— David?

Ele deu a volta no sofá, e percebi que ainda estava usando as botas manchadas de concreto do trabalho, um pecado cardinal na residência Holcomb. Meu pai deu uma olhada no meu rosto e franziu o cenho.

— O que aconteceu?

— Ah, sabe como é. — Falei com calma, mas, para o meu horror, senti uma lágrima rolar bochecha abaixo. — A gravadora não me quis e eu e o Chance terminamos. Então, o de sempre.

Ele me encarou. Éramos tão parecidos nesse quesito. Diante de uma situação desagradável, um Holcomb sabe o que fazer: ficar paralisado de choque e incredulidade. É de se admirar que nossos ancestrais não tenham sido todos devorados por tigres.

Aos poucos, o cenho franzido se aprofundou e virou uma careta. Ele sacudiu a cabeça.

— Puta que pariu. Eu *falei* pra não confiar naqueles desgraçados!

O sal encontrou a ferida.

— Pois é, pai, falou. — Com o rosto quente, me levantei. — Você tava certo. Parabéns.

Me virei e saí da sala.

— David...

Mas eu já tinha saído porta afora.

Minha vontade era de fugir, correr, me esconder, qualquer coisa, mas estava chovendo bastante naquele momento, e, de qualquer forma, eu não tinha para onde ir. Me retirei pelos degraus para o porão.

Fazia silêncio lá dentro, e o ar estava fresco, mas com um cheiro de madeira que parecia mais quente, do mesmo jeito que o sabor da menta parece ser gelado.

Se eu tinha um refúgio, era ali, mas as ferramentas espalhadas não trouxeram nenhuma sensação eficiente de aconchego. Em vez disso, fiquei extremamente consciente de que estava me escondendo. Um rato em sua toca.

Eu andava tão ocupado ensaiando para a audição trágica que não tinha ido ali embaixo desde a festa, e tudo continuava coberto de restos e serragem. Pensei em pegar a vassoura e limpar, mas, de repente, parecia inútil. Eu bagunçaria de novo. E se *isso* não era uma metáfora para a minha vida, o que mais seria?

Meus olhos pousaram numa pilha de pedaços de pinho, a moldura pela metade que eu havia começado com Chance. Peguei um dos nacos e senti a curva empoeirada da borda finalizada, lembrando da pressão das costas dele contra meu peito enquanto guiávamos a serra pela tábua.

Por que eu não conseguia ser mais como Chance? Ele havia me elogiado com tanta facilidade e honestidade naquela noite, impressionado com as minhas habilidades (habilidades que eu mesmo *tinha desenvolvido*, com muito trabalho), sem ter inveja ou se sentir diminuído. Ele não precisava acabar comigo para se sentir bem consigo mesmo.

Era assim que um namorado deveria ser. Que um *amigo* deveria ser. Eu podia até não estar constantemente competindo com Ridley desse mesmo jeito, mas com certeza também não tinha passado muito tempo me preocupando com os sentimentos dela. Eu era um lixo, um desastre, e os dois estavam bem melhores sem mim.

Houve uma batida na porta, que logo foi aberta sem esperar por uma resposta. Meu pai entrou.

— Ei. Vamos conversar.

Quase dei uma resposta sarcástica, mas, levando em consideração que ele era talvez a última pessoa que ainda gostava de mim, não me pareceu uma boa ideia.

— Tá.

— Tá. — Ele deu um suspiro de alívio, mas agora que tinha chegado a esse ponto, parecia subitamente perdido.

Ele olhou em volta, como se quem sabe uma serra de bancada fosse lhe dar algumas dicas de paternidade, depois se aproximou e se sentou na cadeira de jardim que continuava imaculada no canto. Pensativo, passou as mãos pelos braços do móvel.

— É uma bela cadeira — ofereceu ele.

— Valeu.

O silêncio se prolongou.

Por fim, meu pai se inclinou e colocou os cotovelos nos joelhos.

— Desculpa ter sido um merda.

Dei de ombros.

— De boa.

— Não, de boa, nada. — Entre os joelhos, ele bateu os punhos cerrados um contra o outro. — Eu tava com raiva. Não consigo ver ninguém te magoando... eu fico doido. E vou admitir que fiquei decepcionado, também.

— Caramba, valeu, pai.

Ele ergueu uma mão apaziguadora.

— Não com você. Comigo mesmo, por criar tanta esperança. Eu admito, adorava quando você fazia parte da Darkhearts. Amava te ver lá em cima do palco. — E deu um sorriso irônico. — É o típico pai de artista, né? É por isso que foi mais fácil pra mim culpar os outros meninos quando você saiu. Mas não se trata de mim. O importante agora são os seus sentimentos, não os meus.

— Ah, pois é. — Dei um sorriso constrangido em resposta. — Pelo menos você não precisa mais ser simpático com o Chance.

— Como falei, não se trata de mim aqui. — Meu pai me olhou com firmeza. — Vocês terminaram mesmo?

— Acho que sim, sei lá. — Dei de ombros de novo. — Fiquei puto porque ele não passou por cima da gravadora.

— Ele pode fazer isso?

Levantei os braços.

— Talvez? Não exatamente? Vai saber! A gravadora não tava a fim e ele não tentou. Eu saí, ele me seguiu, a gente brigou. Eu falei que tava cansado da gente e fui pro carro.

— Caramba.

— Pois é. — Desabei para trás contra a bancada de trabalho.

Meu pai me observou com cuidado.

— Você gosta mesmo dele, não gosta?

— Gosto. — Eu não conseguia encará-lo. Fixei o olhar no cortador de cerca-viva pendurado na parede. — Idiota, né?

— Aí eu já não sei. — Meu pai pegou uma chave de fenda e ficou girando-a entre os dedos. — Antes de toda essa coisa da banda, quando era só vocês dois saindo de novo… vocês se divertiam?

— Meu Deus, pai, tá *tentando* fazer eu me sentir pior? — Me levantei com as costas rentes à bancada. — Eu te falei! Acabou entre a gente.

— Por quê?

— Como assim "por quê"? — Agitei os braços como uma versão irritada do Caco, o Sapo, e por pouco não atingi uma luminária de metal. — Eu acabei com a audição, o Chance acha que eu sou um babaca... ah, e a Ridley me odeia também porque não contei de mim e do Chance. Eu destruí tudo!

A cada frase, ele ia assentindo com calma, como se eu estivesse apresentando um PowerPoint, e não tendo um surto. Quando terminei, ele disse:

— Então conserta as coisas.

Fiz uma careta e, mais uma vez, não fui capaz de encará-lo nos olhos.

— Não é tão simples assim.

No silêncio que se seguiu, o exaustor ligou e preencheu o porão com seu rangido. Passei as mãos pela borda amassada da bancada.

— A sua mãe tinha mania de sair sempre que a gente brigava. Simplesmente dava no pé.

Agora era vez dele de desviar o olhar. Meu pai bateu o cabo da chave de fenda contra a palma da mão.

— Se a coisa ficasse feia, ela se trancava no quarto, e eu tinha que ficar sentado do lado de fora pedindo desculpas até ela abrir a porta.

Me contorci. Não gostava do rumo que a conversa estava tomando.

— Não quero falar da minha mãe.

— E você acha que *eu* quero? — Ele meneou a cabeça. — Depois de um tempo, ela começou a sair de casa. Eu sabia que, se ligasse o bastante, ela atenderia em algum momento. Se não ligasse, ela dormia por dias no carro em vez de voltar pra casa por vontade própria. Eram as regras do jogo dela. E ela sempre vencia.

Ele passou a mão pelo rosto.

— E foi assim na última vez. Ela saiu, como de costume, só que eu não liguei. E ela não voltou. — Papai soltou a chave de fenda, pegou um punhado da serragem de cima da mesa e apertou até formar uma bola de neve alaranjada. — A questão é que eu nunca soube se sua mãe realmente queria ir embora, ou se só precisava que alguém corresse atrás dela. Só que, no fim das contas, dá na mesma. — Ele, enfim, encontrou meus olhos de novo. — Tá entendendo aonde eu quero chegar?

Eu estava, e não queria estar. Minhas bochechas ficaram quentes.

— Você tá dizendo que eu sou que nem a minha mãe.

— Estou dizendo que ir embora pra não se machucar é um tipo solitário de segurança. — Meu pai se levantou e deixou a serragem ser filtrada entre seus dedos. — Faz com que seja difícil construir qualquer coisa.

Quantas vezes será que meu gêiser da vergonha podia entrar em erupção num único dia? Meu rosto ia acabar todo queimado.

— Você nem *gosta* do Chance!

— E não preciso gostar. — Ele deu de ombros. — A questão é que dá pra ver que *você* gosta. E o Chance não teria ido tão longe se não se importasse contigo também. O que significa que talvez você tenha razão quanto a ele. Algumas pessoas fazem o risco valer à pena. — E deu um breve sorrisinho. — Como você, por exemplo.

Meu pai se levantou, foi até a porta, e então parou com a mão na maçaneta.

— Só tô dizendo que você desistiu quando a banda ficou difícil e passou os últimos dois anos se martirizando. Agora o seu relacionamento com o Chance tá ficando difícil. Se você decidir que não vale a pena e desistir… bom, quem sou eu pra dar conselho nessa questão?

Ele abriu a porta e deixou uma rajada de vento entrar.

— Mas, se fizer isso, vai ficar quanto tempo se questionando?

Então adentrou a tempestade e deixou a porta se fechar com um clique.

Trinta

As palavras do meu pai me acompanharam quando estacionei a caminhonete e abri a porta.

Eu tinha passado dez anos odiando a minha mãe; não apenas por ir embora, mas por deixar tão claro que eu não era uma prioridade para ela. Por nunca vir me visitar. Por sempre esperar que o telefonema partisse primeiro de mim. E ali estava eu, fazendo a mesma coisa. Na verdade, eu havia feito a mesma coisa a vida inteira: com Chance e Eli, com Maddy e até com Ridley. Será que esse comportamento era genético? Será que eu estava fadado a ser aquele mesmo tipo de sanguessuga emocional, constantemente chantageando todo mundo para que me validassem?

Era hora de parar de correr de tudo e começar a correr *em direção* a alguma coisa. A *alguém*.

Caminhei até a porta da frente e bati.

Um grito veio de algum lugar lá de dentro, e então ouvi o barulho de uma pessoa descendo a escada com passos pesados. Por um instante minha coragem vacilou e desejei ter só mandado uma mensagem. Mas algumas coisas mereciam ser feitas pessoalmente.

A porta se abriu.

Ridley me olhou e torceu o nariz.

— Você não é pizza.

— Não.

— Pois é. Decepção dupla.

Ficamos nos encarando.

Beleza... era para tomar a iniciativa. Era esse o objetivo de tudo isso.

— Posso entrar?

Ela tamborilou os dedos na madeira enquanto pensava. E então suspirou e abriu espaço.

— Tá bem.

O interior da casa estava de volta ao caos de sempre. Uma das mais recentes séries de *Star Wars* passava ao fundo, e o *pew pew* das pistolas *blaster* se misturava com os gritos de Kaylee e Malcom brigando por um *tablet*. Sr. McNeill observava as crianças sem se preocupar enquanto mexia numa panela no fogão. Ele acenou com a colher de madeira para me cumprimentar.

Segui Ridley escada acima até seu quarto e a batalha pela galáxia foi abafada quando a porta se fechou atrás de nós. Ficamos ali, parados e sem jeito.

— Então...

Ela cruzou os braços.

— É. Hum... Oi.

Mais silêncio.

— Bom, foi divertido — disse minha amiga com rispidez, e bateu uma palma. — Mas tenho um post pra escrever, então...

— Desculpa ter sido tão babaca. Você é minha melhor amiga, e eu devia ter confiado em você, e foi muita sacanagem não ter te contado sobre mim e o Chance mesmo sabendo que você gostava dele, me desculpa de *verdade*!

As palavras se apressaram para fora em um único folego e usaram todo o ar nos meus pulmões.

Ridley torceu a boca para um lado enquanto me analisava.

— Viu? — disse ela, por fim. — Não foi tão difícil.

Dei um sorriso cheio de remorso.

— Você nem imagina.

— Meu deus, imagino, sim. — E se jogou na cama. — Precisei de toda a minha força de vontade pra não ligar e te descer o sarrafo. Sério, eu tive que pedir pra Kaylee esconder meu celular por um tempinho. Mas valeu a pena.

A esperança martelou dentro do meu peito.

— Então você me perdoa?

— Claro que sim, seu imbecil! — Ela jogou um travesseiro em mim. — Quer dizer, sim, você foi a personificação de uma cólica menstrual nessa história. Mas... — Revirou os olhos e suspirou. — Eu entendo. Você precisava manter segredo pelo bem do Chance, e talvez eu me empolgue demais com essa coisa dos favores e de planejar as coisas. E, tipo, você não o roubou de mim. Você realmente chegou primeiro. — Ridley fez um gesto de "deixa para lá". — Além do mais, ele é meio magrelo pro meu gosto.

Ergui as sobrancelhas.

— Sério?

— Claro que não, seu doido! Dá até pra ralar queijo naquele tanquinho. Só tô sendo legal. Então me ajuda a ficar de boa e finge que não tá quicando no pula-pula mais gostoso do mundo enquanto eu tô em casa brincando de DJ vendo vídeos do Robert Irwin.

— Tá, primeiro: que nojo. E segundo: *quê?*

— Tô te falando. Se o Crocodilo Júnior consegue achar uma cobra num pântano, então ele com certeza consegue encontrar uma pérola na minha ostra.

— Por favor, nunca mais fala isso.

— Até parece. Só Deus pode me julgar. — Ela olhou toda dramática para o teto. — Inclusive, pelo menos o Robertinho é um garoto dos sonhos que eu não vou precisar dividir com você. Deixa a solteirona aqui fantasiar em paz.

— Vai por mim, essas fantasias são todas suas. — Joguei o travesseiro de volta na cama, e falei: — Olha… longe de mim querer acabar com o seu fetiche nesse lance de Animal Planet, mas talvez tenha uns garotos mais por perto que você devesse levar em consideração.

— Deixa de ser guloso, David. Você não pode ter nós dois.

— Há Há. Eu não tô falando de mim.

Ela rolou para mais perto de mim e me encarou com um olhar suspeito.

— Quem?

Dei de ombros.

— Não tô dando certeza de nada, mas o Gabe pareceu *bem* interessado quando você tirou a calça na festa.

— Mas isso é porque a minha bunda é absurda.

Ela pareceu pensar no assunto.

Me sentei no meu lado de sempre da cama e tirei o golfinho tarado do caminho.

— Então a gente tá numa boa mesmo?

Ridley bufou.

— Por enquanto. Com uma condição. — Minha amiga pegou o golfinho e os dois deram um sorriso malicioso para mim. — Me conta *tudo*.

Então contei. A cada nova história, eu me sentia mais leve, mesmo que estivesse me dando conta de como havia estragado as coisas. Ridley ouvia com o corpo inteiro e mal interrompia, exceto para algumas perguntas esclarecedoras.

Quando terminei, ficamos quietos de novo, mas dessa vez o silêncio era confortável. Ela absorveu tudo o que eu tinha dito e, pensativa, batia com o fantoche no queixo.

— Porra, David. Você fodeu o golfinho de jeito, mesmo.

— *Quê?*

— Afogou o ganso é cruel demais. Golfinhos são cheios de fetiche, lembra? — Ridley acenou com o fantoche e depois o jogou de lado. — A questão é que você errou feio. Errou rude.

Me recostei pesadamente contra a parede.

— Pra variar.

— Tá, olha só: você não é o único que anda fodendo o Chance. E não quero dizer no bom sentido.

Semicerrei os olhos.

— Como assim?

— Tipo, o cara faz tudo por todo mundo. Tá sempre tentando dar pras pessoas o que elas querem. Pra gravadora. Pros fãs. Pros pais. Pra *você*. Você viu como ele se transforma toda vez que conhece alguém novo. — Ela meneou a cabeça.

— Tenho a impressão de que ele *sabia* que essa audição estragaria tudo. E ele foi em frente, porque você queria muito.

— Pois é. — Essa parte até eu já tinha entendido. Esfreguei as mãos no rosto. — Nossa, como eu sou babaca.

Ridley assentiu, toda empática.

— É mesmo. — E então se recostou e juntou as pontas dos dedos. — Mas é o seguinte: o que é que você vai fazer?

— Sei lá, terapia?

— David.

Levantei uma das mãos.

— Eu sei o que você quer dizer. Mas o que eu *posso* fazer? Quer dizer, pedir desculpas, óbvio. Mas não é um caso isolado. Mesmo que ele me aceitasse de volta... não sei se consigo parar de guardar rancor dele, entendeu? Sempre vou me comparar a ele.

— Pode ser. — Ela se inclinou para a frente segurando o queixo. — Eu escrevo melhor que você. Sou uma aluna melhor. Basicamente, mais inteligente em todos os quesitos. Verdadeiro ou falso?

— Verdadeiro.

— E mesmo assim você não guarda rancor.

Dispensei o argumento.

— Não é a mesma coisa.

— Por que não? — Ela ajeitou a postura, e usou os dedos para indicar pessoas. — O Gabe é um artista melhor, e se veste melhor que você. Angela é melhor nos esportes. A Natalie arranjaria alguém pra transar até num monastério. *Todo* mundo é melhor do que você em alguma coisa, David. Então ou você supera essa merda o mais rápido possível ou vai acabar sozinho de *verdade*.

— Eu sei, é só que... O Chance é quem eu devia *ser*, entendeu? Se eu não tivesse estragado tudo.

— Quem disse? — Ridley se inclinou para a frente. — David, meu querido, faz dois anos que eu sou sua melhor amiga e nunca te vi tocando guitarra. Talvez você tenha sido essa pessoa em algum momento lá atrás, mas claramente não é quem você é *agora*. Tá na hora de superar essa merda. — Ela voltou a se recostar e deu de ombros. — Ou não. Mas você tá certo: se eu fosse o Chance, não ia te querer de volta se fosse pra ficar com essa atitude ridícula mais conhecida como dor de cotovelo. Você precisa escolher se tá mais apaixonado pelo Chance ou pelo seu orgulho.

— Que inferno.

Agarrei o travesseiro e enterrei o rosto, recuando para o escuro.

Ela estava certa. Por que era tão difícil superar? Do que é que eu tinha tanto medo?

E, na escuridão, a resposta veio.

De mim.

Eu ficava me definindo pelo que eu poderia ter sido porque havia uma segurança em ter sido injustiçado. Não precisava assumir a responsabilidade pela minha felicidade, já que todos concordavam que eu tinha perdido a minha chance. Podia me lamentar no conforto de saber que todos os meus problemas eram culpa de outras pessoas. Se deixasse isso para trás… não restaria ninguém para culpar além de mim.

Eu sempre seria aquele cara que fez parte da Darkhearts.

Mas talvez estivesse na hora de ser outra pessoa também. Soltei o travesseiro. Ridley me observava com uma expressão preocupada.

— Quero acertar as coisas com o Chance — anunciei.

— Mas como?

Minha amiga deu de ombros de um jeito nada característico.

— Aí é com você.

— Eu sei. — Respirei fundo e repeti: — Eu *sei*. E acho que sei o que quero falar, mas não sei *como*. Nem por onde começar. E preciso ser melhor do que isso.

— Tenho certeza de que vai dar certo.

— Tá, mas você acabou de dizer que eu preciso superar meu orgulho. Então aqui vamos nós. — Agarrei seu braço com as duas mãos. — Por favor, Rid. Me ajuda a reescrever o final dessa história.

Ela se inclinou para a frente e seus olhos se iluminaram.

— Pensei que você nunca fosse pedir.

Trinta e um

Os dias seguintes foram quentes, daquele tipo de fim de verão sem nuvens que o povo dali tanto amava. Ciclistas que estavam mais para motoristas da NASCAR apinhavam o Lake Washington Boulevard enquanto subiam as montanhas um atrás do outro. Ao longo do lago, cada espacinho de grama fervilhava com corredores, gente passeando com cachorros e adolescentes tentando aproveitar ao máximo a oportunidade de usar roupas de banho antes que as aulas voltassem. Seattle não tinhas muitas regras não oficiais (além de ninguém carregar guarda-chuvas e nem atravessar a rua fora da faixa), mas todo mundo sabia que, em um tempo bom assim, era *obrigação* ir para a rua. Qualquer outra coisa era sacrilégio.

O vento do fim de tarde entrava pelas janelas abertas enquanto eu dirigia, agitando as alças da bolsa de papel no banco do carona. Estiquei uma das mãos para evitar que o pacote virasse quando estacionei na frente da casa de Chance pelo que eu esperava não ser a última vez.

Pelo interfone, a mãe dele me deixou entrar e abriu a porta.

— David. Oi.

Parecia surpresa em me ver, mas não de um jeito ruim. Me convenci de que esse era um bom sinal.

— Oi, sra. Ng. O Chance tá aí?

— Ele acabou de ir nadar. — Ela inclinou a cabeça. — Você não falou com ele por mensagem?

— Acabei de sair do trabalho e tava aqui pelo bairro. — E não queria correr o risco de ele negar. — Vou dar uma olhada na praia. Obrigado.

E me virei para sair.

— Espera. — Ela abriu a porta do armário de casacos, deu uma procurada por lá e então emergiu segurando a *case* da minha guitarra. — O Chance disse que você esqueceu no estúdio.

— Ah, é mesmo. — Peguei. — Valeu.

— Ouvi dizer que a audição não deu muito certo. Sinto muito. — A sra. Ng continuava me encarando com aquele olhar. — Quer conversar?

— Não precisa.

Eu não fazia ideia de que Chance havia contado e, de um jeito ou de outro, tinha a impressão de que não conseguiria lidar nem com simpatia e nem com reprovação no momento.

— Tudo bem. — Ela parou e então assentiu lentamente. — Tô feliz por você ter passado aqui, David.

— É. — Um nó se formou na minha garganta. — Eu também.

Escapei, joguei a *case* na caminhonete e então desci as escadas secretas com a bolsa de papel em mãos.

Não havia ninguém na prainha, apenas uma toalha dobrada pendurada no encosto do banco de madeira. Coloquei o pacote de lado e fiz sombra sobre a vista com a mão para olhar para o lago.

O sol tinha acabado de começar a desaparecer na montanha atrás de mim, e as ondas brilhavam como vidro. Chance emergiu suavemente, com a cabeça e os ombros saindo da água enquanto seus braços nadavam em movimentos preguiçosos e poderosos. A água escorrendo pela pele exposta reluzia e seu cabelo escuro estava lambido. Me levantei e fiquei observando-o, lá sozinho em meio a toda aquela luz refletida. Percebi o momento exato em que ele me viu. Chance estava longe demais para que eu julgasse sua expressão, mas seu ritmo tranquilo vacilou. Por um instante, ele só ficou boiando. Então, mais devagar do que antes, nadou de volta até a margem.

Ele chegou no limite das vitórias-régias e se levantou. A água descia de seus ombros em cascatas e trilhava o meio de seu peito como dedos. Chance passou a mão pelo cabelo e os fios subiram e desceram como uma onda preta.

— Oi — ofereci.

— Oi.

Ele não fez menção alguma de se aproximar.

— Eu queria conversar.

O rosto dele era como uma pintura, insípida e imóvel.

— E por que eu iria querer falar com você?

— Porque eu sou um babaca imaturo que veio se desculpar? — Icei minhas bochechas em um sorriso e gesticulei para o banco. — E porque tô com a sua toalha?

Chance balançou a cabeça em reprovação, mas acabou vindo. Ao pisar na grama coberta de cocô de ganso, a lama se agarrou em seus pés e ele parou bem longe do meu alcance. E ficou esperando ali, na expectativa.

Puxei o ar.

— Queria pedir desculpas. Por tudo. Sei que você só arranjou aquela audição por mim, e eu fui babaca demais com a situação.

— Pois é. — Ele cruzou os braços. — Foi mesmo.

Três dias antes, isso teria sido o suficiente para me fazer retrucar. Agora, só confirmava o que eu já sabia. Peguei o saco de papel e o estendi para Chance.

— Toma.

Ele ergueu a sobrancelha, suspeito. Quando não falei nada, a curiosidade foi mais forte e ele se aproximou o bastante para alcançar a sacola. Ao puxar o objeto de dentro, sua outra sobrancelha se ergueu também. Arrisquei ir para seu lado para que pudéssemos ver juntos.

Era um pequeno porta-retrato de madeira, feito de pinho dourado, com uma faixa incrustada de acaiacá. Ao longo da parte de cima, eu tinha usado a Gremel para esculpir a silhueta da tatuagem de pássaro de Chance e a preenchi com o mesmo acaiacá. Atrás do vidro, havia uma foto impressa de nós três: eu, ele e Eli. Na beirada de um palco, suados e sorrindo. Chance estava no meio, o cabo do microfone enrolado no pescoço e os braços sobre nossos ombros. Parecíamos jovens, felizes e indestrutíveis.

— Somos nós — disse ele em um suspiro e com admiração na voz.

— É. — De leve, passei um dedo pela madeira envernizada. — E é a moldura que a gente fez junto.

Chance encarou o presente por mais um instante, então direcionou o olhar para mim.

— Por quê?

— Porque é que nem a banda. — Dei outro sorriso nervoso. — Algo que a gente começou junto, mas terminou sozinho.

Toda a suavidade sumiu do rosto dele.

— Puta que pariu, Holc. Eu não aguento mais.

— Não! — Agarrei seus ombros. — Não foi uma provocação. A banda é sua. — Percebi o que estava fazendo, soltei-o e, rendido, ergui as mãos. — A banda... você tava certo, Chance. A banda deixou de ser minha quando eu saí. Tá na hora de eu parar de agir como se tivesse direito à Darkhearts.

A carranca se amenizou, mas ele continuava meneando a cabeça.

— Eu agradeço, mas talvez você estivesse certo lá no estúdio, Holc. Talvez isso aqui simplesmente nunca vá funcionar. Não consigo lidar com a sua inveja.

— E nem devia. — Toquei seu braço de novo, com menos força dessa vez. — Mas eu cansei de ser invejoso, Chance. Porque não ligo pra ser famoso. Nunca liguei, na verdade.

Ele parecia desconfiado.

Suspirei e me sentei no banco para encarar o lago.

— Quando eu saí da banda... Tá, beleza, a dinâmica toda tinha me tirado do sério. Mas era porque eu me sentia desnecessário. Eli era um gênio da música. Você era o vocalista que todo mundo amava. E eu só... ficava lá. Então, quando eu saí... foi meio que um teste. Inconsciente, mas eu queria saber se vocês precisavam de mim. Quando me deixaram ir embora, pareceu uma prova de que eu não fazia diferença. Como se a gente não fosse, mesmo, amigo.

— Meu deus, Holc. — Chance se sentou ao meu lado. — Você percebe como isso é errado, né?

— Agora, *sim*. — Agarrei a beirada do banco. — É que eu tinha a sensação de que é assim que se sabe se alguém te ama, entende? Se brigarem por você, mesmo que a pessoa com quem estejam brigando *seja* você. — Balancei a cabeça.

— Mas agora vejo que eu tava tão fixado em descobrir se *me* amavam, que nunca me dei ao trabalho de mostrar que eu amava *também*. Eu só vivo recebendo. — Estiquei o braço e peguei a mão dele. — E eu sinto muito por isso.

Chance mordeu o lábio, mas não se afastou.

— Eu sei que ando sendo um namorado péssimo — continuei. — Mas quero mudar isso. Quero ser o tipo de namorado que você merece. Porque esse verão contigo... eu não quero que acabe.

— Mas *vai* acabar. — Ele parecia odiar aquelas palavras, mas estava proferindo-as mesmo assim mesmo assim. — Daqui a algumas semanas, eu vou voltar pra turnê. Você vai passar meses sem me ver.

Essa ideia apertou um laço de ferro em torno do meu coração, mas eu disse:

— Então me manda fotos. Eu aprendo a usar melhor os emojis.

Ele espremeu minha mão com força.

— Eu não vou parar de ser famoso. Não se eu puder evitar, pelo menos. A fama sempre vai estar presente.

— Eu sei. — Dei um sorriso. — Como já disse, eu não me importo mais. Ser famoso parecia ótimo quando significava ser amado pelo mundo inteiro. Eu ainda queria que a gente pudesse parar de fingir em público e simplesmente contar pra todo mundo que estamos namorando. Mas não me importo com o resto do mundo. — Levantei a mão de Chance e dei um beijo suave na parte da trás. — Eu me importo com *você*.

— Tem certeza? — Chance parecia desesperadamente querer acreditar, mas não conseguia se permitir. Senti uma onda de vergonha pelo tanto que eu tinha estragado o nosso lance. Mas, junto a isso, veio uma sensação reconfortante de compreensão.

É minha vez de correr atrás.

— Tenho. — Me virei em sua direção, peguei o porta-retratos, coloquei de lado com gentileza e então segurei sua outra mão também. — Eu não preciso ser você, Chance. — Espremi os dedos dele. — Eu só preciso *estar* com você.

Chance olhou no fundo dos meus olhos, avaliando. Então seus lábios tremeram e formaram aquele sorriso de cantinho, o verdadeiro.

— E aí, vai me beijar ou tá esperando convite?

Eu o beijei, e seu cabelo caiu e pingou água do lago na minha testa. Uma ponta molhada atingiu o meu olho.

— Ai! — Me afastei e esfreguei a córnea machucada. — Você meteu mijo de pato no meu olho.

— É o que você merece! — Chance riu, me agarrou e me pressionou contra seu corpo enquanto as gotas no seu peito encharcavam minha camiseta. Ele abriu caminho para se sentar no meu colo, e o short úmido de banho encharcou o meu jeans na mesma hora. — É o que você merece por fazer minha toalha de refém!

— Parabéns, agora parece que seu namorado faz xixi na calça. Alguém chama os paparazzi.

Enquanto passava os dedos pela vastidão estrelada de gotas nas costas dele e voltei para outro beijo, senti algo se libertar dentro de mim, como um balão cortado do barbante. Pela primeira vez em muito tempo, eu estava feliz por simplesmente estar onde estava, por ser *quem* eu era.

Ainda não seria fácil. Eu não era bobo. Ter um namorado que basicamente vivia no meu celular seria exaustivo. Mas, no meio-tempo, naqueles momentos roubados...teríamos isso. Ele podia ir ser Chance Kain e eu... eu estaria ali. Terminando o ensino médio, aprendendo carpintaria. Descobrindo quem eu queria ser.

E, de repente, tudo parecia certo.

Eu havia passado os dois anos anteriores me sentindo um fracasso, me crucificando pelo meu grande erro. Mas se fora isso o que me levou até aquele momento, até Chance, aninhado em mim e mordiscando minha orelha...

Então talvez eu não tivesse errado coisa nenhuma.

Trinta e dois

UM MÊS DEPOIS

Estar nos bastidores de um show até que não é lá muito diferente de uma obra. Há andaimes, cabos e grandes caixas metálicas em que a gente definitivamente não quer bater o dedo do pé. Há caras barbados grandões e todo mundo só quer fazer seu serviço. É trabalho manual.

E não dá para fugir do barulho, e não apenas dos alto-falantes. Quando se reúne gente o bastante em um lugar só, ninguém precisa nem falar. Só o movimento de vinte mil pessoas se mexendo em seus assentos já ruge como um avião se preparando para decolagem.

Naquele momento, não havia ninguém sentado e parado. Mesmo através dos protetores de orelha, o som da multidão era uma força física que fazia pressão contra a minha pele em ondas calmas. Parei nas sombras, logo atrás das cortinas que bloqueavam a visão dos equipamentos, e dei uma espiada no show.

Chance estava no centro do palco, incandescente no holofote, com a pele brilhando em contraste ao preto impecável de sua roupa. Uma luz vermelha se derramou ao redor dele, desenhando no chão a silhueta de sua tatuagem de corvo: a nova logo da Darkhearts, para a nova encarnação da banda. Quando a música terminou, ele parou, arfando e segurando o microfone com o punho cerrado sobre a cabeça, e a adoração da plateia o soterrou como uma avalanche.

Percebi que, daquela distância, os fãs nunca notariam como Chance estava ofegante. Nunca enxergariam o suor escorrendo de seu couro cabeludo por cima dos fios transparentes de seu fone interno de retorno. Para a multidão, ele era perfeito, mítico, um ídolo a ser louvado. A ideia de Chance Kain, muito maior do que o garoto em si. Nunca sentiriam o cheiro de suor de suas axilas quando ele se jogava num sofá depois de um show. Nunca o veriam roncando e se engasgando quando fazia lavagem nasal para a sinusite antes de cada apresentação. Nunca conheceriam o Chance de verdade.

E por mim, tudo bem. Eles podiam ficar com Chance Kain. Eu escolheria Chance Ng em qualquer dia.

Ele abriu os braços, absorvendo a aprovação da plateia e, por um instante, consegui vê-lo do jeito que os fãs o viam: um reflexo de todas as suas esperanças e sonhos. Vi a forma como Chance se transformava no que eles precisavam para recompensá-los, e senti um orgulho ardente. Que logo em seguida me trouxe gratidão: por poder estar ali, vendo meu namorado fazer o que nasceu para fazer. Por poder apoiá-lo enquanto ele brilhava.

E era o bastante.

Um cara da produção de som de cabelo comprido e com um *headset* me deu um tapinha no ombro.

— Tudo certo?

Respirei fundo e meu corpo inteiro zumbiu.

— Aham.

— Beleza. Vou te colocar no ao vivo assim que você subir lá, então é só aumentar o volume quando estiver pronto.

Sem confiar em mim mesmo para falar qualquer outra coisa, assenti. O sujeito sorriu e deu outro tapinha no meu ombro.

— Mostra pra eles, cara.

No palco, a banda ficou em silencio quando Chance foi bem para a frente e colocou o pé em cima de um dos monitores angulares. Embaixo do palco, seguranças formavam um muro entre ele e os fãs que, extasiados, se espremiam contra as barricadas de barras de aço.

— Muito obrigado, pessoal. — As palavras de Chance saíam suaves e tranquilas. Eram a calma no centro da tormenta. — Vocês foram um começo incrível para a turnê. Os últimos meses foram difíceis. Tudo mudou. Mas todos vocês... fazem com que eu me sinta em casa.

Ele sorriu para os aplausos.

— Então hoje quero dar algo especial pra vocês. Algo que nenhuma outra cidade vai ganhar. Só esta noite. O que acham, Portland?

A multidão foi à loucura. Em frente àquele caos, Chance se virou e olhou para trás.

Para mim.

O cara do som me deu um tapinha nas costas.

— É a sua deixa.

Entrei no palco.

O estádio era um mar de gente que se curvava para cima e ao longo das paredes em todas as direções. Meu cérebro tentou processar que cada um daqueles pontinhos era uma pessoa e entrou em pane na mesma hora. Em algum lugar no fundo da minha cabeça, o moço de *A Princesa Prometida* gritou *"inconcebível!"*. Meu suor de medo já tinha atravessado a regata de baixo e eu estava torcendo para que as manchas de pânico no meu sovaco não aparecessem na camisa xadrez que eu vestia por cima.

Eu poderia ter vomitado ou passado mal, não fosse por Chance. O sorriso dele era uma âncora, na qual me agarrei até parar ao seu lado. Rostos nos encaravam lá de baixo.

Chance colocou um braço ao redor dos meus ombros.

— Esse é o David Holcomb. Ele começou a Darkhearts comigo e com o Eli na época do ensino fundamental. Sem ele, a Darkhearts nunca teria existido. Acho que ele merece uns aplausos, não é?

O trovão das pessoas batendo os pés, aplaudindo e assoviando era ensurdecedor. Nada parecia real.

— O Holc dirigiu lá de Seattle só pra gente tocar uma música pra vocês... uma canção nova que ninguém ouviu. — Ele abaixou o microfone e falou só para mim: — Tá pronto?

Engoli em seco e assenti.

Chance deu um sorriso encorajador.

— É só fingir que a gente tá tocando no Centro Adolescente de Kirkland.

Sorri de volta. Ele soltou o braço ao erguer o microfone.

— O nome dessa é "Longe de Perto".

Amplificadores sibilaram quando girei o regulador de volume da minha guitarra. Chance assentiu para a banda e o baterista deu a contagem.

Foi o maior som que eu já tinha feito na vida. Os acordes ressoaram pela arena e imediatamente se sincronizaram com a bateria e o baixo quando a banda entrou em ritmo perfeito comigo.

Então Chance começou a cantar.

Eram os mesmos versos que havíamos escrito no quarto dele. Os da audição. Mas estavam diferentes agora. As palavras eram iguais, mas não havia medo. Sim, era sobre a gente. Mas também sobre um momento no tempo. E esse momento estava no passado. A canção era a mesma, mas nós estávamos diferentes.

Era só uma música. E a gente era muito, muito além disso. A canção fluiu. Chance não correu pelo palco ou instigou o público. Só ficamos ali, lado a lado, e tocamos nossa canção. A voz dele e a minha guitarra, fluindo e se mesclando. Sem competir, se complementando.

Afastei o olhar de meu namorado e encarei a multidão, memorizando o mar de rostos e tentando gravar a cena nas minhas retinas. *Não se esqueça disso.*

Essa nunca seria a minha vida. Eu nunca seria uma estrela como Chance. Mas, apenas por um minuto, podia experimentar. E nada nunca seria capaz de tirar essa lembrança de mim.

Mesmo assim, enquanto seguíamos para o último refrão, percebi minha atenção desviando da plateia e voltando para ele. E observei seus olhos se fecharem nas notas altas e as mechas de cabelo caindo sobre sua vista, implorando para serem tiradas dali. E, quando a última nota sumiu e Chance abriu os olhos de novo para encontrar os meus, eu soube: ali estava o que eu queria de verdade.

Não importava que ninguém pudesse saber a verdade sobre nós. Não importava que eu fosse voltar para a escola na segunda-feira como o bom e velho David Holcomb. Eu gostava de passar tempo com Ridley, de trabalhar na minha oficina e de aprender com Jesus nos fins de semana. Eu não precisava ser outra pessoa.

E eu tinha Chance Ng. Meu lindo segredo.

A multidão aplaudiu, ele agarrou minha mão e a ergueu acima da gente, me apresentando para o público.

— David Holcomb, senhoras e senhores!

Os aplausos se intensificaram.

Me virei para meu namorado quando abaixamos nossos braços.

— Obrigado, Chance.

Num gesto invisível, apertei sua mão com força uma única vez, e soltei.

Mas ele, não. Continuou me segurando e me dando um sorriso estranho. Uma lembrança surgiu, e me dei conta de onde eu tinha visto aquela expressão no rosto dele antes: no caminho para o topo da torre do sino, na igreja.

Chance Kain estava nervoso.

Uma gota de suor escorreu por sua bochecha. Ele passou a língua pelos lábios.

— Obrigado *você*, David Holcomb.

E então, se inclinou e me beijou.

As caixas de som sibilaram. Houve um sopro de ar quando vinte mil pessoas abriram a boca, espantadas.

E depois *foram à loucura*.

Agradecimentos

Publicar uma história é um esporte coletivo, e um daqueles bem sofridos, inclusive. Este livro nunca teria saído sem uma banda completa de pessoas maravilhosas ao meu lado. Infinitos agradecimentos ao meu agente, Josh Adams, e à toda a equipe da Adams Literary, por essa parceria digna de conto de fadas. Tenho muita sorte por poder contar com vocês. Já que estamos aqui, tenho muito o que agradecer aos meus parceiros compatriotas na Adams Lit Amie Kaufman e Jay Kristoff por fazer a apresentação e torcerem pela minha carreira. Obrigado, amigos.

Minha editora, Sara Goodman, é tudo o que um autor poderia desejar. Dentro dos primeiros cinco minutos, eu sabia que estávamos sincronia, e tem sido um prazer trabalhar juntos a cada passo. Obrigado por fazer este livro acontecer. Agradeço também à assistente editorial Vanessa Aguirre, e à editora de sensibilidade Kayla Dunigan por me emprestar sua expertise. O preparador Terry McGarry e a revisora Sara Thwaite fizeram um trabalho estelar ao apontarem meus pontos fracos na gramática, e o editor chefe Eric Meyer manteve tudo dentro do prazo.

Esta belíssima capa chegou por intermédio da diretora sênior de arte Kerry Resnick (que, além de ter um talento incrível, foi *extremamente* paciente ao ouvir meus pitacos amadores de design gráfico) e também do artista Sivan Karim, que capturou Chance e Holc de forma tão perfeita. Miramos alto ao tentar criar a capa de um romance jovem adulto que *também* parecesse a capa de um CD da Darkhearts, e acredito que acertamos em cheio. O designer Devan Normal transformou textos crus (e mensagens de texto!) em páginas elegantes, e o gerente de produção e a editora de produção Carla Benton usaram tudo isso para fazer este belo objeto que você está segurando. (Se estiver ouvindo, então o agradecimento vai para a produtora do audiolivro, Ally Demeter, e para o narrador, Ramón de Ocampo.)

Este livro teria sido muito menos redondinho sem o esforço dos meus generosos leitores beta: Jessica Blat, Susan Chang, Katie Groeneveld, Charlie N/ Holmberg, Amie Kaufman, Aprilynne Pike, Kat Twson e Shannon Woodhouse. O sabe-tudo Dave Markel também ganha pontos por ter ajudado nas cenas de carpintaria (o que deve ser uma mudança agradável, já que é para ele que faço todas as minhas perguntas médicas sangrentas).

Mil agradecimentos à gerente de publicidade da Wednesday, Mary Moates, e ao assistente de publicidade, Oliver Wehner, assim como à gerente associada de marketing, Lexi Neuville, à vice-presidente de marketing, Brant Janeway, e ao assistente de marketing, Austin Adams, por liderar a batalha de fazer esse livro chegar nas pessoas.

À essa altura, você deve estar se perguntando: "nossa, quanta gente é necessária é pra fazer um livro?". Bom, aperte o cinto, porque a resposta é *mais*. Você não estaria lendo esta história sem as intrépidas representantes comerciais Rebecca Schmidt, Sofrina Hinton, Jennifer Edwards, Jennifer Golding, Jaime Bode e Jennifer Medina, ou seus assistentes, Julia Metzger, D'Kela Duncan, Isaac Loewen e Alexa Rosenberg. A equipe criativa (o pessoal que faz os anúncios e evita que o marketing seja apenas fotos de mim com cara de desesperado) é composta por Britt Saghi, Kim Ludlam, Tom Thompson e Dylan Helstien. E a todas outras pessoas na Wednesday Books e na St. Martin's Press, cujos nomes ainda preciso aprender: obrigado do fundo do meu coração.

Se isso fosse um discurso de alguma premiação, provavelmente já estariam me puxando para fora do palco com um daqueles ganchos de vaudeville a esta altura, mas tão importante quanto todos que ajudaram e deram força a esse livro são as pessoas que *me* ajudam e dão força. Obrigado a todos os Wabis, que continuavam me mostrando todo dia o que uma comunidade de apoio pode ser. Obrigado aos meus amigos do mercado editorial, principalmente à galera do Screamin' Hole, vocês dois me inspiram e me ajudam a manter os pés no chão. Obrigado aos meus colegas de casa, os Mooncastlers, pelas escaladas, quebra-cabeças e por não terem me assassinado depois de vários anos a fio enfurnados juntos durante a pandemia.

Obrigado à minha família, pelo apoio inabalável em todas as minhas empreitadas selvagens. Meu pai, Jim, e meu irmão, Anthony, merecem uma menção especial nesse aqui (papai pelo conhecimento de empreiteiro e frases de efeito, e Ant por dar a sugestão de que arrancar tinta é o trabalho mais insuportável para quem cresce em um canteiro de obras de obra).

Por último, mas não menos importante, à minha esposa, Margo Arnold. Quando eu sou a galinha apavorada de *Moana*, ela é o capacete de coco que me acalma. Ela vive me encorajando a ir atrás dos projetos pelos quais sou mais apaixonado, mesmo quando isso significa sair de um trabalho dos sonhos e mergulhar de cabeça em um novo gênero. Então obrigado, meu amor. O Porco dos Negócios aqui não teria conseguido esse trabalho sem você.

Este livro, composto na fonte Fairfield,
foi impresso em papel Lux Cream 60g/m² na gráfica BMF.
São Paulo, Brasil, novembro de 2023.